U0886099

读客®

全球顶级畅销小说文库

全球文化，尽收眼底；
顶级经典，尽入囊中！

# Au revoir là-haut

# 天上再见

[法] 皮耶尔·勒迈特 著　　杨鹤龄 译

江苏凤凰文艺出版社

致帕斯卡利娜

带着浓浓的爱意，献给

我的儿子维克多

愿上帝让我们在天上再见

我亲爱的妻子……

——让·布朗夏尔最后的话

逝世于1914年12月4日

# 1918年11月

# 1

那些认为这场战争即将结束的人都早早离开了人世。准确地说，他们是死在了战场上。今年十月，阿尔伯特也听到不少关于停战的传闻，但最初他并不相信。比如：有传闻说德国佬的子弹软弱无力，砸在军装上就像熟透的梨一样，一下就会烂掉，这让法国军队笑翻了天。在过去的四年里，很多人嘲笑德国的子弹，结果却丢掉了性命。

阿尔伯特知道自己不会相信停战这样离奇的传闻。人们越是期望和平，就越是不敢相信，以免之后失望。直至消息日复一日出现，人们才开始逐渐接受。

士兵们同样听到了一些不可思议的消息，说军队将要遣散在前线驻扎多年的疲惫老兵。最终，当传闻变成可能时，就连那些最悲观的人也有了活下去的希望。这就是没人再对进攻感兴趣的原因。据说，163步兵师试图从默兹省的另一端强行通过。士兵还在谈论这场战争，但阿尔伯特和他的战友认为，继弗朗德勒胜利、里尔解放、奥匈帝国垮台和土耳其投降之后，协约国士兵并不像军官那样疯狂地想要继续进攻。意大利出兵的胜利、图尔战役中的英国人、沙蒂隆战役中的美国人……士兵们觉察到协约国之间已经形成了明确的统一战线，他们有了明显的优势，就等着敌人溃败。大家跟阿尔伯特一样期待着战争结束。士兵不再打仗，就只抽抽烟，写写信。

不过，仍有一些人享受着和德国佬最后厮杀的日子。

这正是军官和士兵的区别，阿尔伯特心想，没什么好稀奇的，军队高层想占领尽可能多的土地，无非是想在以后的谈判中占据更有利的地位。他们明确告诉士兵，只要再攻占30米，战争结果就会完全改变。今天的死亡比昨天的死亡更有价值。

奥尔奈·普拉代勒中尉正是这样的军官。所有人都以他的姓普拉代勒称呼他，这是一个贵族的姓。如果直呼他的名字他会生气。但不用担心，他以名誉担保，永远不会表露自己的怒气。他可不是普通人，他是有教养的。阿尔伯特不喜欢他。中尉十分英俊，身材修长，风度翩翩；深棕色的卷发，高鼻梁，两片柔软的薄嘴唇像画出来的一样，还有一双深蓝色的眼睛。划船和打网球显然造就了他的好身材。

不过阿尔伯特认为中尉很丑陋。他们之间不太友好。中尉是个毛躁不稳重的小伙子，总控制不住自己，要么急匆匆，要么慢吞吞，十分极端，没有合理的节奏。他走路时肩膀前倾，好像在推动家具。突然出现，猛地坐你身边，就是他一贯的节奏。他是个有教养的人，举止像个贵族，但有时候也非常粗鲁，这样的混合体显得很奇怪。战争塑造了他不同的两面，让他在战场上如鱼得水。

阿尔伯特最不喜欢普拉代勒身上的毛发。中尉全身上下都黑乎乎的，连手指头上都有许多毛，一绺绺毛发从领口露出来，喉结处也有。不打仗的时候，普拉代勒一天刮好几次，以免让别人不适。当然，不乏女人被普拉代勒的毛发吸引，她们认为那很有男人味，是成熟男人的表现。不过，塞西尔并不这样想。就算没有塞西尔，阿尔伯特对普拉代勒中尉也没有一丝好感。

阿尔伯特不信任中尉。他攻击性太强，乐趣就是打败别人。

普拉代勒沮丧了很久，停战的传闻让他的心情跌到了谷底，爱国精神也荡然无存，可以说战争结束这件事本身杀死了普拉代勒中尉。

当走进战壕对士兵讲话时，他发现自己是在浪费热情，每说到要用最后一击消灭敌人，几乎只听得到含糊不清的回答，士兵们无精打采地垂着头，朝向军鞋，畏畏缩缩地点头附和。这不仅仅是怕死，而且死亡就在面前。先死后死都一样，这太可笑了。

没有比这更愚蠢的事情了，阿尔伯特想。

可这是无法避免的。

在等待停战的这些日子里，本来还算平静，但是突然间一切发生转变。上级下达命令，要求到更靠近德国佬的地方去勘察敌情。将军可不认为德军会和法国军队一样，也在期待战争结束。但这阻止不了前去一探究竟的想法。从那一刻开始，没人知道接下来会发生些什么。

为了完成侦察的任务，普拉代勒中尉派出了路易·泰里奥和加斯东·格里索利，很难说清楚为什么派这一老一少两个人，大概是勇猛和经验的组合。可是没什么用，他们没能在任务中活过半个小时。正常情况下，他们不可能走太远。因为什么也看不到，所以他们应该沿着东北路线行进两百米，剪断那里的铁丝网，接着再匍匐前进到达第二排刺铁丝网，仔细侦察，然后回来通告一切都好。他们似乎并不担心这样靠近敌军。近日以来，即便被发现，德国佬也不会理他们，最后只会让他们回去。这趟侦察，无非是一种消遣。

只不过，当他们尽可能猫着腰继续靠近时，突然传来三声枪响，然后，一切都安静了。对于敌军来说，问题解决了。所有人都试着探出头去看，但他们已经走到北边去了，根本不知道尸体倒在哪儿。

阿尔伯特周围的人都愣住了。紧接着是几声怒吼。

浑蛋！德国佬太残忍了，太卑鄙了！野蛮人，那可是一老一少两条人命！

这并不能改变什么。但是，所有人都认为德国佬不满足于只杀死两个法国兵，杀了他们就是象征。总之，所有人都愤怒了。

炮兵很快得知他们已经阵亡，紧接着从后方向德军投射出了75式炮弹。

德国人立刻回击。就和连锁反应一样。

法国无需多少时间就能召集士兵。他们立刻报复了这群蠢货。

这一天是1918年11月2日。士兵们不知道，十天后，战争就结束了。

在亡灵节这一天发起进攻，是对死去的人极度不尊重……阿尔伯特思考着。

士兵们再次装备起来，准备爬出壕沟，向敌人发起猛烈进攻。所有的小伙子，一个挨一个，都像拉满了弦的弓一样，费劲地咽着口水。阿尔伯特在第三方阵，在贝里和年轻的佩里顾后面。佩里顾转过身来，观察每个人是否都准备就绪。眼神相交，佩里顾对阿尔伯特笑了笑，露出孩子般调皮的笑容，就像打算恶作剧一样。阿尔伯特试图回应，却没能笑出来，然后佩里顾就转了回去。士兵们蓄势待发，等待着进攻的口令。德国佬的行为引起了法国士兵的不满，每个人都等待着发泄自己的愤怒。在他们上方，炮弹从两个不同的方向划过天空。大地震颤，即使在战壕里也能感觉到。

阿尔伯特从上方看见了贝里的肩膀。普拉代勒中尉爬出壕沟，到达哨兵区，仔细观察着敌军。阿尔伯特又回到了自己的队伍里。炮弹的爆炸声轰鸣，接连而来的哨声尖锐刺耳，让人从头到脚都震颤着。他根本不可能集中精神思考到底是什么让他这样心神不宁。

试想一下，那是怎样一种情境！

士兵正在等待进攻的口令。因此，要观察阿尔伯特，现在正是时候。

阿尔伯特·马亚尔，一个瘦瘦的小伙子，性格软弱，不引人注意。他话很少，但数学很好。在战争之前，他是巴黎联合银行分行的一名出纳。他并不喜欢这份工作，待在那儿是因为他母亲。马亚尔夫人只有这么一个儿子，她也喜欢那些有权势的人。阿尔伯特，银行的头儿，天哪，她立马兴奋，开始幻想，她相信，以阿尔伯特的智慧，他很快就能爬上显要的位置。她这种对权力强烈的渴望遗传自父亲。她父亲是邮电部邮政总局副主任助理，他认为工作部门里的等级之分，就和宇宙万物一样合理。毫不意外，马亚尔夫人对所有的长官都抱有好感，并丝毫不在意他们的才能和出身。她保存着克里蒙梭、莫拉、普安卡雷、饶勒斯、若弗尔和白里安的照片。她的丈夫是卢浮宫稽查队的一名长官。自从丈夫去世，她总是对大人物有一种不同寻常的情感。

阿尔伯特工作虽然不积极，但表现尚可。这对他母亲来说，也还算不错。但他一直有自己的打算。他想要离开这里，去越南北圻地区，虽然不知道具体地方，可这是他想要的。无论如何，他都要辞去会计职位，做其他事情。但是，阿尔伯特不是一个做事果断的人，做什么事都要花上很长时间。然而，有塞西尔的时候，他一下就有了激情。塞西尔的眼睛、嘴巴和笑容，当然，还有塞西尔那丰满的胸部和翘臀，这些都吸引着他。

在我们看来，一米七六的阿尔伯特·马亚尔看上去并不高，但在他那个年代，这已经不错了。过去，女人们会时不时打量他，尤其是塞西尔。其实，阿尔伯特也注意到了塞西尔。很快，塞西尔就发现阿尔伯特一直在给她递眼神。她回应了他。他有一张看了会让人痴醉的脸孔，鬓角处有一道在索姆河战役中被子弹击中后留下的伤痕。阿尔伯特很害怕战争，但他并没有在那场战争中受到伤害，只留下了一道括号形状的伤疤，然而这却十分引人注意，因为看起来很气派。塞西尔胡思乱想着，脸上洋溢着快乐。在得到阿尔伯特的许可后，她用食指抚摸着那道伤疤，只是，这些并没有改变阿尔伯特的精神状态。小时候，阿尔伯特的脸小小的，圆圆的，脸色苍白。他的眼皮肿胀，看上去就像巴黎嘉年华里忧伤的小丑皮埃罗。马亚尔夫人把红肉都给阿尔伯特吃，告诉他正是因为血色太差他才这么白。阿尔伯特向母亲解释了很多遍，可都没有用。母亲可不是轻易改变自己想法的人，她甚至在信件中也会经常提起好多年前的事，这真让阿尔伯特受不了。阿尔伯特在战争一开始就应募参军了，当马亚尔夫人知道这个消息时，气愤不已，对着他大吵大闹。她是个感情丰富、性格外向的女人，很难弄明白她究竟是害怕还是在演戏。她大声地喊叫，看上去绝望极了，可很快就恢复了平静。她对战争有着传统的想法，很快就说服自己——以阿尔伯特的“聪明才智”，很快就会在人群中脱颖而出，爬上高位。她仿佛看到阿尔伯特冲在最前面，杀向敌人。她认为他应该成为英雄，而且马上就会当上军官、上尉、少校，甚至是将军，这些人都是战争中涌现的。当然，阿尔伯特并没有理睬，只是收拾着自己的行李。

相反，和塞西尔在一起，感觉完全不一样。战争并没有让他泄气。首先，这是一种爱国行为（阿尔伯特也感到惊讶，他从来都没有想要说出这样的一个词），其次，这也没有什么好害怕的，战争差不多就是这个样子，这是所有人都知道的事实。

阿尔伯特对停战有那么一点儿疑虑。塞西尔和马亚尔夫人的看法却有些相似，她们坚定地认为战争不会持续太久。阿尔伯特信任她。无论塞西尔说什么，用她的手，用她的嘴，用所有这一切来表达，对阿尔伯特来说都无关紧要。阿尔伯特心里想，如果没有经历战争就不可能知道它到底是怎样的。大家都认为塞西尔只是个漂亮的女孩，除此之外没别的了。可阿尔伯特不这样想。她皮肤的每一个毛孔都由一个特别的分子组成，而且身体还散发着一种特别的香味。她有一双蓝色的眼睛，这很普通，可对阿尔伯特来说，那双大眼睛是让他陷入爱情深渊的入口。你可以把自己想象成阿尔伯特，想象你和她嘴唇相碰时的样子。他吻过好多遍塞西尔那热情温暖的嘴唇，这样的吻总让他收紧小腹，兴奋不已。他能感觉到她的唾液在他身体里流动着，撩拨起他的情欲。阿尔伯特一直被这样的情欲折磨着。她是那么神奇，不仅仅是我们看到的那个塞西尔而已……因此，她能在战争中活下来，军队也会打胜仗。

现在，他显然不这么认为。战争只不过是一场与子弹的豪赌，想要在这场赌博中幸存下来，而且多活四年，这近乎奇迹。

说真的，在战争马上就要结束的时候被活埋，可真是倒霉。

而这确实是正在发生的事。

活埋，矮小的阿尔伯特。

用他母亲的话说，阿尔伯特运气不太好。

普拉代勒中尉调转头回到队伍里，站在一旁看着第一排左右两边的士兵，他们也一直注视着他。在士兵眼里，他和上帝一样。接着，他点点头，深吸了一口气。

几分钟后，阿尔伯特弯着腰向前跑，周围的一切是世界末日的景象，头顶呼啸而过的炮弹要把他淹没了。他用尽全力握着枪，脚步沉重，肩膀缩着，头放得很低。由于这几天下了很多场雨，脚下的泥土变得黏糊糊的。在他旁边，一些士兵为了鼓起勇气并保持兴奋状态，疯狂地叫喊着。另外一些士兵则和阿尔伯特一样，喉咙发干，专注紧张地向前行进着。所有人都冲向敌方，他们用愤怒武装自己，渴望给予敌人打击。事实上，这也许就是停战传闻带来的负面影响。他们都遭受着这样的折磨：那么多战友死去，同样多的敌人却还活着。他们想要一次性解决所有敌人。无论是谁，士兵们都会毫不犹豫地将其杀死。

因为恐惧死亡，所以连阿尔伯特都选择直接杀死最先朝他冲过来的敌人。然而，这很难做到。他决定改道往右边跑。最初，他一直遵循着普拉代勒中尉指挥的路线前进，可子弹、炮弹乱飞，士兵们只好成"之"字形向前冲。阿尔伯特前面的佩里顾被子弹打中，几乎倒在他的双脚上，阿尔伯特只得从他身上跳过去。他失去平衡，向前冲出去好几米，摔倒在格里索利的身体上。他的死令人惊讶，也成了最后进攻的导火索。

尽管阿尔伯特听到子弹的嗖嗖声，但看着格里索利平躺在那儿时，他一下就停了下来。

阿尔伯特认出了那件军衣，因为衣服上总是别着一个小玩意儿。格里索利时常说："红色的，这是一枚荣誉勋章。"格里索利不是个头脑灵活的人，也不是过分讲究的人，但却很勇敢，所有人都喜欢他。眼前这个人毫无疑问就是他。他的头栽在泥浆里，看上去好像是卧躺着，身上一团糟。就在他旁边，阿尔伯特发现了年轻的路易·泰里奥，他身体的一部分也埋在泥浆里，蜷缩成一团，就像胎儿还在母亲肚子里一样。

如此年轻就死了。如此触目惊心。

阿尔伯特不知道怎么做才好，出于直觉，他抓住年纪大的格里索利，推了推他的肩膀，尸体翻了过去，趴在地上。对阿尔伯特来说，他需要好几秒才能认清这个事实。然后，他一下子明白了：当冲向敌人的时候，背部是不可能中两枪的。

他跨过尸体，挪动了几步，身体压得很低。很难解释他这样做的原因，因为就算是弯下腰，也和直着腰一样容易被子弹击中，但这是一种条件反射，以降低自己被击中的可能性，就像在战场上，士兵因为害怕死亡，所以头都埋得很低。路易的尸体就这样摆在阿尔伯特面前。年轻的路易双手握紧，拳头靠在嘴边。在这样的年纪死去，真是太不可思议了。他才二十二岁。阿尔伯特看不到沾满泥浆的脸，只看得到他的背。背部中了一枪。加上格里索利背上的两枪，这就是之前听到的那三声枪响。

阿尔伯特重新爬起来，仍然对眼前的一切感到不知所措，不知道这意味着什么。停战前的那些日子，士兵不再急着攻击德军。两个士兵背部中枪的时候普拉代勒在哪儿呢？

天哪……

阿尔伯特惊讶得目瞪口呆。他转过头，普拉代勒中尉就在几米开外，正朝他的方向冲过来。即便带着装备，中尉仍跑得很快。

他的动作很果断，头直直地对着前方。阿尔伯特十分清楚地看着眼前的一切，特别是中尉那明亮坚定毫不躲闪的眼神。现在一切都明白了。

就是这个时候，阿尔伯特知道了自己马上就会死。

他尝试着动了动，但头和脚都无法移动。这一切来得太快。就像我告诉你的那样，这和阿尔伯特慢吞吞的性格形成了鲜明的对比。普拉代勒跑了三步便撞上了阿尔伯特。在他旁边有一个炸开的大洞，一个弹坑。普拉代勒中尉的肩膀撞上了他的胸口，这让他完全无法呼吸。阿尔伯特脚下一滑，本能地想要保持平衡，双手交叉在胸前，往后一倒，掉到了洞里。

向下掉的过程就像电影慢动作一样，普拉代勒的脸逐渐消失在自己眼前，现在，他明白那是藐视和挑衅，是事实。

阿尔伯特完全栽进了弹坑，滚了几圈后，勉强靠着身上的背包停了下来。身上的枪支绊住了脚，不过他还是成功稳住了自己，紧紧靠住倾斜的坑壁，就好像当听到有动静或者感到害怕时，人会一下贴在门上一样。他盯着自己的鞋跟，湿黏的泥土像肥皂一样滑，但他还是竭力平复着自己的呼吸。想到普拉代勒中尉那冷冰冰的眼神，混乱的思绪又涌上心头。在他头顶，战火愈加猛烈。白烟弥漫的苍穹闪烁着蓝色和橙色的光。密密麻麻的炮弹轰炸着格拉韦洛特这座小镇，轰隆的爆炸声连续不断。阿尔伯特抬头向上看。洞口处，死亡天使飘在空中，对阿尔伯特来说，那就是普拉代勒中尉高大的身影。

阿尔伯特有一种坠落的感觉，下落的过程似乎持续了很长时间。然而，他和中尉之间最多就隔着两米距离，也可能更近。可是事实却并不是这样。普拉代勒中尉站在上面，双脚分开，双手插在皮带上。身后，火光四溅。中尉默默地看着坑底，一动不动。他看了一眼阿尔伯特，笑了笑。他并不打算把阿尔伯特弄出来。阿尔伯特整个人都惊呆了，他拿起枪，脚下有点儿打滑，他勉强稳住自己，然后把枪架在肩膀上。但是，当他把枪抬起来的时候，中尉已经不见了。普拉代勒早走远了。

现在，这里只留下阿尔伯特一个人。

阿尔伯特放下枪，试图再喘口气。他等不及了，沿着斜坡往上爬，想要赶上普拉代勒，朝他背后开上几枪，直接杀死他。或者赶上其他队友，告诉他们真相，虽然他也不知道要怎么说。可他现在特别累，已经筋疲力尽。这一切都太荒唐了。他想爬不上去却不太可能。他想往上爬，却怎么也办不到。战争就快要结束了，而他自己却掉到了弹坑里。阿尔伯特完全没有了力气，他坐在坑里，双手抱头，不敢相信这一切。他试图去分析接下来该怎么做，可脑子里现在一团糨糊，就像溶化了的冰激凌。塞西尔很喜欢吃冰激凌，特别是柠檬口味的。一想到塞西尔被冰激凌刺激得牙齿打战，像可爱的小猫一样，阿尔伯特就想把她抱在怀里。可是，塞西尔上一封信是什么时候寄来的？一想到这里，阿尔伯特就十分难受。塞西尔的信越来越短，但是他没有和别人谈起过这件事。这就和马上要结束的战争一样，她似乎想要和阿尔伯特结束这一切，不再继续下去了。对于一些父母健在，有兄弟姐妹的士兵来说，情况完全不一样，他们总是收得到信。阿尔伯特只能收到塞西尔的信，当然，还有他母亲的。但是，母亲比其他任何事都让他更加受不了。如果能换个位置想想阿尔伯特的心情的话，但是，她比其他事更让人受不了。她什么事都要为他做决定，信里的内容也和她平时说话一样……所有这些都折磨着阿尔伯特。另外，战友们都死了，他不愿意去多想这些让他难受的事。已经经历过那么多令人失望的时刻，现在的自己却还是那么的痛苦和不幸。这个时候，他多么希望自己还能坚持住。他说不出到底是什么，似乎有什么东西从身体里消失了。他很害怕，感到特别疲惫，身体就像石头一样重。他有一种极度消极的情绪，确定自己就要死了，似乎世界末日到了一样。在加入军队的时候，在尝试着去想象战争的时候，和很多人一样，他默默地想着，要是遇到困难那就去死。

他瘫倒在地，焦虑不安，大喊着，脸上露出痛苦的表情，好像子弹打中了心脏一样。然后，他躺了下来，等着一切慢慢平静。天渐渐黑了，他爬到另一个已经战死的队友身旁，从他身上拿走了可以证明他身份的证件，接着继续向前爬行。他不知道爬了多久，直到听到黑夜里有声音，才停下来喘了喘气。他小心翼翼地爬着，最后看到了一条通向北边的小径，也可能是向南的，这取决于爬行的方向。他向前爬着，心里牢牢地记住自己当士兵所学到的一切。他仿佛看到了一支迷路的小分队，带队的下士长个子很高。众所周知，在银行做出纳员的时候，阿尔伯特就是个爱幻想的人。这些想法无疑是受到了马亚尔夫人的影响。在战争刚开始的时候，他就和很多人分享那些情感。现在，他看到士兵一个挨着一个向对方军队前行，他们那帅气的红蓝制服上全是血。士兵们用他们闪闪发亮的刺刀对准敌军，炮弹的浓烟四散，敌人溃不成军。实际上，阿尔伯特加入的战争就像司汤达小说里的那些战争一样。他现在就处在这样一场无情又残忍的屠杀当中——在短短的五个月里，每天都要死上千人。再看看四周，大地寸草不生，地面上有数不清的弹坑，到处都是腐烂的尸体，还散发着恶臭，让人感到恶心。在第一场炮火轰炸后，有一段短暂的平静，大家像老鼠一样四下逃窜，和苍蝇争夺着爬满蛆虫的尸体。阿尔伯特对此很了解，他在埃纳省当过担架员，一旦没有痛苦呻吟或者大声吼叫的士兵，他就会去把各种程度的腐尸捡起来抬走。在这方面，他很懂行。他对工作没有热情，这个工作令他厌烦。

不幸马上就要降临，他要被活埋了。这让他整个人都陷入了恐惧的深渊。

他想起自己还是孩子时，妈妈会锁上门，留下他一个人在房间里，然后离开。那个时候，他常常感到很沮丧。他什么也不说，躺着。他不想惹母亲生气，因为她总是说自己已经够倒霉了。因此阿尔伯特对夜晚和黑暗产生了一种强烈的反应。即使后来和塞西尔在床上短短的时间里，他也会感到害怕。当整个人被埋在土里的时候，他无法呼吸，巨大的恐惧笼罩着全身。有时候，塞西尔会把他牢牢地固定在双腿之间，她笑着说想看看他的反应。总之，窒息而死是他最害怕的。幸运的是，不管结局如何，他什么都可以不用去想，只要想着将头埋在塞西尔丝滑的双腿之间，甚至是床单下，那就是天堂。然而，一想到这里，阿尔伯特就想要去死。

这也不算很糟，死亡是难免的。只是不会那么快而已。就在刚才，炮弹划过天空，在离他几米的地方爆炸，扬起了漫天的尘土，就像一堵墙倒塌，马上就要把他埋在下面。对他来说，时间所剩不多，不过这已经足够让他知道接下来要发生的事。阿尔伯特有了强烈的求生欲望，他觉得自己是实验室的小白鼠，似乎有人从后面抓住他的腿，又觉得自己像猪和牛，要被宰杀，这是一种本能的反抗……他还要再坚持一会儿。坚持到肺部发白，呼吸困难，或是精力耗尽，彻底绝望，又或者是大脑崩溃，精神错乱。现在，这一切还没结束，还不能这么快下结论。

阿尔伯特转了过去，最后一次看了看似乎尽在咫尺的天空，对他来说，一切都很远。他努力地集中力量，心里只想着一定要逃离这一切，爬出这个弹坑。他再次背上装备，拿起枪往上爬。尽管感到疲倦，他仍然坚持着。可是这太难了。脚下的泥土很滑，他根本找不到可以落脚的地方。他把手指插进泥土里，脚尖用力踩，想要稳住自己不往下掉，但是没能成功，又滑了下去。阿尔伯特扔下了枪和包。他早就该毫不犹豫地扔掉所有东西。阿尔伯特用肚子贴着倾斜的坑壁，慢慢向上爬，就像笼子里的松鼠一样，结果一下抓空，又摔了下来。最终，恐惧战胜了求生的渴望，眼泪涌了出来，他握紧拳头击打着黏黏的坑壁。弹坑的边离他其实并不远，这让他十分泄气。他伸出双手，差一点儿就能碰到边缘，可是每挪动一厘米都是艰难的，因为脚底很滑。他大声叫喊着，一定要爬出这该死的弹坑。就快要成功了，他心里想着，以后什么时候死都可以，但绝不是现在。他想要出去，就算是追到德国佬的阵营里也要找到普拉代勒中尉，然后杀了他。杀死这该死的畜生，这个想法鼓舞了他。

事实摆在眼前——四年来，德国佬不停地进攻没能杀死他，现在一个法国兵几乎要了他的命。

噢，他妈的！

阿尔伯特跪下来，打开包，把所有东西都拿了出来，水壶放在双腿间，衣服铺在地上防滑，然后把所有可以稳住自己的东西插入泥土里。他转过身，上面好几十米远的地方炮弹仍在轰轰作响。突然，阿尔伯特感到心里不安，一下子抬起了头。四年来，他已经学会了区分75式和95式炮弹，或者是105式和120式……但现在这种情况，他分不清楚了，大概是弹坑的深度或是距离的原因，外面的炮弹声和平常很不一样，就像第一次听到，比起其他声音要低沉很多。炮弹隆隆声像关掉的电钻一样，逐渐减弱，最终停了下来。阿尔伯特刚好有那么一点儿时间来思考。爆炸声大到难以形容，四周一片混乱，大地震动着，轰轰隆隆的声音，泥土一下被炸飞，像火山爆发一样凶猛。害怕和惊慌涌上心头，不断的震动让阿尔伯特失去了平衡，一切都变得模糊起来。阿尔伯特死死盯着天空。离他十几米的地方，大量黑褐色泥土像浪潮一样打了过来，流动、飞溅的波浪似乎要吞灭他，眼前的一切像是慢动作一样。迎面而来的泥土，如下雨般，夹杂着各种小石块、泥土块和炮弹碎片向他逼近。阿尔伯特蜷缩成一团，屏住呼吸。所有被活埋的灵魂都会告诉你，一定不要这样做，相反，身体应该尽量展开。阿尔伯特盯着泥土从天上掉下来，如倾盆大雨般，在这短短的两三秒时间里，他心里想着自己就要死在这里了。

马上，泥土就要压上他，完全盖住整个人。

平常，阿尔伯特看上去像画家丁托列托。脸上总是挂着忧郁，嘴的轮廓很明显，饱满的长下巴向前微微翘起，深黑色的眉毛呈圆弧形。而现在，看着飞来的泥土，看着死亡的逼近，他的脸变成了圣徒塞巴斯蒂安。他的脸突然抽搐，因为痛苦和害怕，整张脸都是皱纹。在阿尔伯特的生命里，他什么也不相信，更何况是活着的希望。并不因为厄运的降临，他就要开始相信什么。他还有一点儿时间。

伴随着巨大的爆炸声，泥土像暴雨倾盆而下，阿尔伯特很可能就这样死在这里。情况越来越糟糕。先是石头不断从天上掉下来，然后泥土覆盖住他全身，越来越重。阿尔伯特整个身体紧紧地贴在地面上。

泥土一点点落下，越积越多，渐渐地，阿尔伯特完全无法移动了，被紧紧地压在下面。

最终，一丝光线都没有了。

一切都停止了。

这是一个新的世界，从此，这个世界里将不再有塞西尔。

最先打击阿尔伯特的并不是恐惧，而是外面的宁静。突然一切都安静了，似乎上帝判定这一局比赛已经结束。当然，如果阿尔伯特仔细想一想，就会知道一切并没有结束，只是因为掩埋的泥土太多，声音才变得越来越弱。对阿尔伯特来说，想要根据外面的声音来判断战争是否还在继续，实在是太困难了，因为现在他满脑子想的都是战争结束这件事。

当声音变得模糊的时候，阿尔伯特清楚地知道了自己的命运。他心里想着："我在地下。"这是个抽象的想法，他反应过来的事实是："我被活埋了。"

阿尔伯特开始去想象这场灾难的程度、死亡的方式，当他明白自己逃不过窒息而死的时候，就在那一瞬间，他完全失去了理智。他的大脑一片混乱，他大叫起来。这样的叫喊完全没用，只是在浪费仅有的一点儿氧气。他嘴里不断地重复着：“我被活埋了。”可怕的现实就这样持续折磨着他，以至于他不愿再次睁开眼睛。他唯一做的事就是尝试向四周挪动身体。那仅剩的力气和对死亡的恐惧转化成了力量。他尽全力去和死亡斗争，身体里有一股不可思议的能量。

突然，阿尔伯特停了下来，他发现自己的手居然可以动，虽然空间不大。他屏住呼吸。泥土开始向下移动，手臂上、肩膀上和脖子上黏糊糊的泥土，像是保护自己的外壳。他又有了好几厘米的地方可以移动，让他恐惧窒息的世界似乎做出了让步。事实上，阿尔伯特知道掩埋在他身上的泥土不算太多，大概有四十厘米吧。可躺着的姿势让他完全无法动弹，身上的泥土阻碍了他所有的动作。

四周震动着。在上面远远的地方，战争仍在继续，炮弹不断地轰炸，大地晃动得更加厉害。

阿尔伯特胆战心惊地睁开双眼，眼前黑暗，并不是完全看不见，但只有极其微弱的暗白色光线缓缓透进来，勉强有那么一点儿生机。

阿尔伯特强迫自己小口呼吸。他双肘挪动几厘米，终于可以伸伸脚，把泥土挤到另一边去。他十分谨慎，不断和恐惧做斗争，试图伸出头去呼吸。他挪动了一寸泥土，看上去就像气泡爆裂一样。虽然只是短暂的一瞬间，但是阿尔伯特身上的肌肉绷得紧紧的，整个人缩成一团。其实这样完全没什么用。对他来说，在这个不稳定的状态下，空气正在慢慢减少，还剩下多少时间？他想象着死亡的迫近，最后一点儿氧气不剩会是怎样的情境。他甚至想象血管会像气球一样，一个接一个爆炸。他尽力睁大双眼，这样的状态虽然没办法维持很久，但他仍然想要找到一点儿空气可以呼吸。他尽可能小口地呼吸着，什么也不想，不去考虑现在的情况，只是一寸一寸地不断用手向前挖着。他能感觉到手指下摸到了什么。虽然有光线透进来，但他仍无法看清四周的环境。突然，他摸到了软软滑滑的东西，肯定不是泥土，这个东西如丝绸一般柔滑，表面还有一点儿凹凸不平。

他花了一点儿时间才弄清楚这到底是什么。

他慢慢发现，面前的东西原来是两片很厚的嘴唇，嘴角还留着黏糊糊的液体。那儿，有两排又大又黄的牙齿，浅蓝色的眼睛好像已经腐烂了……

这是一匹马，马的头特别大，显得很畸形。

阿尔伯特害怕得忍不住往后缩了一下，头撞到边上，泥土掉下来重新埋没了他的脖子。他本能地抬起肩膀保护自己，但却无法移动，甚至连呼吸也变得更困难了。

一匹战死的马出现在了阿尔伯特面前。一个年轻小伙子和一匹死了的马就这样面对面，他们几乎快要抱在一起了。泥土的坍塌给了阿尔伯特一点儿空间，但大量的沉重泥土仍然压迫着他的胸腔。他只能断断续续地呼吸，肺部已经快不行了。他抑制住想哭的冲动，告诉自己，哭，就是接受了死亡。

他最好这样。他剩的时间不多了。

据说，人快死的时候会看到自己的人生像走马灯一样在眼前闪过，当然，不是真实地发生在你面前。但你会看到一些画面，一些曾经发生过的事。阿尔伯特似乎看到父亲的脸庞，如此清晰，好像父亲就在这里陪着他。他们死后终究会相遇吧。那是一个和自己年纪相仿的年轻人，三十岁出头。阿尔伯特看得并不清楚，毕竟到处都是泥土扬起的灰尘。那个人穿着博物馆工作人员的制服，胡子油亮亮的，脸上没有任何表情，没有笑容，这和母亲摆放在家里的照片中的父亲一模一样。阿尔伯特感到空气完全不够用了。他的肺部感到难受，恐惧布满全身，整个人不停抽搐着。他完全无法集中精力，心里再次慌乱起来，死亡的恐惧又一次涌上心头，眼泪也控制不住地流了下来。他看到了马亚尔夫人用责备的眼光看着他，那样的眼神让阿尔伯特永远不知道怎么向她解释才好。你想想看，掉进坑里，战争马上就要结束了，而你却死了。就算这可以接受，然而被活埋，这也太愚蠢了。这就是阿尔伯特，总是跟不上节奏。无论如何，如果能在战争中存活下来，他以后会成为什么样的人呢？想到这儿，马亚尔夫人笑了笑。阿尔伯特要是战死了，至少家里出了一个英雄，这似乎还不错。

现在，阿尔伯特整张脸已经发青，全身上下的血管都要爆炸了。生命的时钟正在嘀嗒嘀嗒地倒数，就像是打着美妙的节拍。他呼喊着塞西尔的名字，想要再次回到她的两腿之间，被她紧紧抱住，但他已经看不清楚塞西尔的脸，她仿佛离得特别远，这让他十分难受。他想要在这一刻见到她，可她却不在身边。他满脑子只有塞西尔，因为他马上要去的世界里只有死亡。他迫切想要塞西尔来到自己身边，他害怕死亡。然而，乞求没有得到回应，他只能一个人孤独地死去。

再见，我亲爱的塞西尔。不久后，我们天上再见。

塞西尔从脑子里消失后，他看到了普拉代勒中尉和他那令人讨厌的微笑。阿尔伯特将手伸了出去，想要抓住他。

肺里的空气越来越少，他用尽全力呼吸着。最后，他收紧腹部，咳嗽起来。一点儿空气都没有了。

他紧紧抓住马头，摸到它肥厚下垂的嘴唇，鼓起勇气用双手抓住那黄黄的大牙齿，用力掰开它的嘴。马嘴里散发着一股股恶臭，阿尔伯特将这点儿空气吸了进去，多活了几秒的时间，可刚才吸进去的空气让他反胃，呕吐感一下就涌了上来。全身上下再一次抽搐起来，阿尔伯特仍然努力地想要再找一点儿氧气。现在，他完全没救了。

压在身上的泥土太重了，四周几乎看不见，除了头上被炮弹炸飞的泥土不断扑来，他看不见其他任何东西。他什么也没有了，只剩下一口气。

接着，他完全平静下来，闭上了眼睛。

一股难受的感觉突然袭来，他的心脏停止了跳动，失去了意识。

士兵阿尔伯特，刚刚离开了这个世界。

# 2

奥尔奈·普拉代勒中尉在战场上行动果断，总是像一头公牛那样愤怒地冲向敌军，什么都不怕的性格让人印象深刻。但实际上并不是我们想象的那样，他可没有那么大的勇气。他并不是特别勇敢，只是坚信自己不会死在这里。他相当确定这场战争不会杀死自己，反而会带来绝好的机会。

在这场战略部署编号为113的战役中，他对德国人的仇恨超出了想象，完全只靠直觉来决定自己的行为。毕竟大家都希望结束这一切。对他来说，已经没有时间了。

阿尔伯特和其他士兵都知道，他是一个贵族。可奥尔奈·普拉代勒家三代人不断地挥霍，最终无法偿还债务，现在一分钱都没有了。祖先们过去的荣耀，留给他的只有在萨勒维耶的一幢破旧的老房子，其他就只剩家族声誉和一两个远方表亲，以及他那渴望回归上流社会的欲望。这让他无比愤怒。他过着不安稳的日子，这似乎不太公平。他一心只想回到上流社会，准备为了再次成为贵族而牺牲一切，这种萦绕脑际的念头让他十分烦恼。父亲挥霍完了钱财，刚好心脏中了一枪，死在外省的一家旅馆里。母亲无法接受这样的事实，终日郁郁寡欢，一年后也去世了。他没有兄弟姐妹，是家里最后一个普拉代勒。而且，他还没有后代。在这种环境下，家族的灭亡让他有一种强烈的紧迫感。父亲地位不断地衰落，很快就让他明白重振家族威望的担子落到了自己的肩上。他必须要有毅力，靠自己去完成这件事。

可以说这是他的优点。当然，美好的事物只存在于想象之中。有很多女人爱他，很多男人嫉妒他，这点不假。所有人都跟你说他是个英俊的小伙子，只是不太成熟而已。重振家族，这正是他脑袋里一直在想的事，甚至说，这是他唯一的想法。现在，你明白为什么中尉如此费尽心思筹备这场突击了吧，当然，这也是莫里厄将军强烈渴望的事。尽管这只不过是标记在战略地图上的一场小小的突击，但却让总参谋部一直烦恼着。日复一日，这种如鲠在喉的感觉你可想象不到。

可是，普拉代勒中尉没有受到影响，他十分渴望这次进攻，不仅仅是因为头上还有长官，而是再过几周，想要立功出名就太晚了。他已经当了三年中尉，还算不错。可让他心中警钟大响的是，上尉正在遣散打仗多年的老兵。

为了鼓励部署在113号战线上的士兵能够奋力冲向敌人，中尉告诉大家，德国佬刚刚残忍地杀死了他们两位战友，这无疑会让士兵们想要报复德军，以解心头之恨。他真是个天才。

发出战争指令后，他委派了一个副手去指挥第一次突击。他悄悄躲在军队后面，有件小事情要在和大部队重新汇合之前解决掉。之后他就可以毫无阻碍地冲向敌军，大步超过所有人，跑到前线去杀掉德国佬，尽可能多地献上他们的生命去取悦上帝。

进攻的号声一吹响，士兵就向敌人冲了过去，他站在靠右侧的地方，这个位置刚好可以阻碍士兵，让他们走错方向。看到阿尔伯特时，他有点惊讶，心想着："他叫什么名字？"眼前这个满脸忧愁的小伙子，好像快要哭出来了。中尉一下想起了他的名字，马亚尔，对，就是他。中尉停下来，站在右边，心里寻思着，从战壕里出来后，这么一点儿时间，这个笨蛋是怎么跑到这里来的。

普拉代勒看到阿尔伯特停了下来，好像很惊讶，还跪下去推了推格里索利的身体。普拉代勒在突击开始时就瞥了一眼格里索利，因为他必须好好留意他到底在哪里，以便开枪让他消失，越快越好。这也是他一直站在最后指挥战斗的原因。当然，这样做是为了安安静静地解决事情。可现在多了一个蠢货，突然停下来，发现了这一老一小的尸体。

然后，普拉代勒就像愤怒的公牛那样向前冲着。阿尔伯特·马亚尔这时正好站了起来。他看到了中尉，十分震惊。当看到普拉代勒要撞上自己时，他知道完蛋了，本能地想要躲开。可是他对中尉的愤怒要比害怕强烈很多。接着，普拉代勒撞上了他，用肩膀顶了一下他的肋骨，阿尔伯特掉到了弹坑里，整个人滚了下去。其实，这个洞最多两米深。但想要从里面爬出来可不是一件容易的事，得用尽全力。就这样，普拉代勒解决掉了这个大麻烦。

普拉代勒站在边上，看了看洞里的阿尔伯特。他思索着如何处理掉那两具尸体，他立刻想到了办法。这下可以安心了。他想到用手榴弹爆炸的那点时间来解决眼前这个麻烦。他可以等几秒钟再回来。于是，他转过身，后退了几步。

格里索利躺在地上，身体僵硬。有利于中尉的是，马亚尔正翻过身爬向年轻的路易·泰里奥，这让一切变得容易。普拉代勒看了一下四周，确定没人看见他，机会来了：除掉他们！正是因为这样，我们可以知道为了这场战争付出的代价到底有多大。但这不是哲学探讨，战争就是战争，现实是残酷的。普拉代勒中尉拉开手榴弹的插销，将它扔到两具尸体中间。他跑到三十米开外的地方，躲了起来，双手捂住耳朵，接着就看到手榴弹将两具尸体炸得粉碎。

这是一战中两个不起眼的小兵。

两个永远离开这个世界的士兵。

现在，他要解决掉另一个掉到洞里的士兵。普拉代勒准备拉动第二个手榴弹。他很熟悉这种事。两个月前，他将十五名投降的德国佬集中起来，让他们围成圆圈，俘虏们互相用眼神交流着，不知道要发生什么。突然，他扔出一个手榴弹，正掉在圆圈中心，瞬间就爆炸了。在这方面，他是专家。毕竟有着四年“投篮”经验呢。我就不再详细告诉你们，他到底有多厉害了。战俘们知道炮弹会炸飞他们，他们即将踏上去瓦尔哈拉神殿的道路，留下自己的英名。这些蠢货，还想去触摸女武神瓦尔基里。

这是他最后一个手榴弹。用完了这一个，就无法再投向敌军，杀死德国佬了。可对中尉来说，这也是没办法的事。

就在这时，一个炮弹爆炸，泥土飞溅得到处都是。普拉代勒直起身子，发现扬起的泥土已经掩埋住了整个洞。

正好埋住了阿尔伯特。那个笨蛋！

刚好让普拉代勒节约了一个手榴弹。中尉真是幸运啊！

他凶猛地冲向了最前线，带着满腔的怒火，要和德国佬大干一场，送他们下地狱。

# 3

佩里顾大步向前冲锋。子弹打中了腿部，他一下摔倒在地。地上全是泥浆，他痛苦难耐大声地呻吟着，身体扭来扭去，双手紧紧掐住大腿，思忖着小腿是否已经不在了。他拼命抬起腿，疼痛感不断加强，但发现腿没有被炸飞，他整个人松了一口气。膝盖以下的部分，小腿腿骨完全裂开了，流着血，脚也只能轻轻动一动。虽然还可以移动，但痛不欲生的感觉折磨着他。周围一片混乱，子弹嗖嗖地响，榴散弹四下乱飞，佩里顾心里却只想着："我的腿还在。"这消除了他的恐惧——失去一条腿是很糟糕的事。

士兵们偶尔会说一些不合实际的话，比如"矮子佩里顾"。实际上，这个1895年出生的小伙子有一米八三。你想象一下，这算高的了。十四岁的时候他就已经这么高了。只不过相比之下，同样身高的其他人看上去要瘦一些。部队里的战友都叫他"巨人"，有一些故意调侃的意味，这让他偶尔会感到很不舒服。

爱德华·佩里顾是个幸运的小伙子。同一所学校里的其他同学"运气"也很好。靠着前几辈人积累下来的财富，这些有钱人家的孩子从来不需要考虑未来，也不必担心前程。不管一个人富有，还是有才能，我们都可以原谅，但是却无法原谅他的运气，因为这太不公平了。

事实上，运气总是在他这边。当越来越危险，或者事情变得难以控制，甚至是有什么事将要发生时，他总是能马上就觉察到。所以，你常常能看到他不顾一切地冲向敌人，似乎什么也不怕。然而，现在你可以再来看看，爱德华·佩里顾摔倒在烂泥里，一条腿被炸断，这一天刚好是1918年11月2日。运气似乎不见了。不过也不能这么说，至少他的腿还在。看来这得折腾上好几天，一瘸一拐走路是无法避免了。幸运的是，仍有两条腿。

他快速脱下皮带，紧紧地拴住受伤的小腿来止血。这花掉了他所有的力气，他累得躺了下去。不过，疼痛好了那么一丁点儿。这样的姿势并不舒服，但他不得不像这样再待上一小会儿。只是这样一来，就要冒着被炮弹击中的危险，情况也有可能更严重。在战争将要结束的日子里，一种说法不胫而走——每到夜晚，德国人就会从他们的战壕里出来，用短刀刺杀法国兵。

为了放松肌肉，爱德华向后一倒，一头扎进了泥浆里，他感到一阵清新凉爽。现在，身后的一切都是倒着的，就好像平躺在乡村的树下一样，有一种和女人躺在一起的感觉。不过，除了和艺术街区的那些妓女有过短暂的接触外，他身边从来就没有过任何女人。

这时，普拉代勒中尉突然出现在不远处，那滑稽怪异的样子一下打断了他的思绪，让他完全无法回忆起更多往事。就在几分钟前，爱德华被击倒，翻滚了好几圈，最后停下来，简单地包扎了一下腿。他没有让战友停下来帮助自己，所有人都在向前冲，杀向德国佬。普拉代勒中尉就在身后十米的地方站着，一动不动，看上去就像战争已经结束了一样。

爱德华远远地看着那个身影，中尉双手插在皮带上，看着脚下。

那样子就像一个昆虫专家正在观察蚁窝，专心致志地注视着眼前的一切，似乎一点儿也听不见周围的嘈杂声，而且一脸高傲。然后，就好像工作结束了，或者完成了观察，他一下就跑走了，消失得无影无踪。爱德华对此十分纳闷，谁会在突击中停下来静静地看自己的脚下呢？想到这儿，爱德华身上的伤痛感似乎消失不见了。子弹击中小腿，这已经让他无比恐惧了，那个地方一定发生了不寻常的事。本来，自己在战场上跑着，身上一点儿伤也没有，现在却整个人倒在地上，小腿断了，疼得无法移动，什么也做不了。但说到底，作为士兵，这是一件很正常的事。在这样一个死亡遍地的环境里，受点儿伤似乎合情合理。相反，在战火不断的情况下，一个军官停下来盯着脚下看，那就……

佩里顾完全放松下来，倒在地上，大口呼吸着，双手紧紧掐着小腿处用皮带临时做的绷带。几分钟后，他吃力地挺起胸，重新看了看中尉刚才站着的地方。那儿什么也没有。中尉消失了。战争还在继续。士兵们向前冲着，十几米外爆炸不断。爱德华就这样躺着，心里一直想着小腿的伤。他在考虑要不要等救援，或尝试着自己往后方爬。最终，他没有这样做，而是挺胸猫腰，眼睛直直地看着刚才中尉出现的那个地方，就像一只鲤鱼正跃出水面。

他决定过去看看那儿到底发生了什么事。只是爬过去有点儿困难。他用双肘支撑着身体，向后倒退着。右腿没有了知觉，只能靠前臂的力量一步一步往后退，左腿往前蹬地，拖着右腿往后倒退。每退一米都要用很大力气，爱德华不知道自己为什么要这样做。普拉代勒是个让人时常感到不安的人，身边没几个朋友。在中尉眼里，军队制度总是在第一位，真正的危险不是敌人，而是违抗上级的命令。虽然爱德华不用政治眼光去考量这个制度的本质，但他仍然坚持对普拉代勒的看法。

突然，他停下来。在移动了七八米后，就在刚才，一个口径巨大的炮弹爆炸了，这完全惊呆了他。可能因为整个人躺在地上，爆炸声听上去十分大。他就像被扔出去的鱼线一样，身体绷得很紧，肌肉僵硬，像癫痫患者或者是鬼魂附身一样，全身上下都在颤抖，甚至没有知觉的右腿也无法忍受这样的动作。他一直盯着几分钟前普拉代勒出现的地方。这时，一大块泥土被掀起，场面特别震撼，泥土飞到空中，撒得到处都是。这让爱德华有一种很强烈的感觉，似乎那些泥土马上就要掩埋住他了。泥土掉下来的声音听上去十分可怕，低沉的声音仿佛是吃人妖魔在叹息。天空中，炮弹依旧轰轰隆隆，子弹不断嗖嗖作响，烽烟遍地。身旁这堵泼下来的土墙和大环境比起来似乎算不上什么。爱德华呆住了，闭上眼睛，身下的地强烈地震动。他将身体缩成一团，屏住呼吸。慢慢缓过来后，他发现自己还活着，心想，上天仍然眷顾着自己，这完全是一个奇迹。

泥土全部落了下来。和战壕里肥大的老鼠一样，他紧紧贴着地面，重新爬向那个必须要去的地方，也不知道自己哪里来的力气。飞溅的泥土像浪潮一样打过去，掩埋了那块儿地方。就在那儿，一个尖尖的东西从下面伸了出来，看上去就像钢一样坚硬，周围的泥土则十分松散。那东西露出来好几厘米。仔细一看，是一把刺刀的顶端。很明显，泥土下面有一个士兵。

下面埋着一个很普通的小伙子。爱德华以前听说过这个人，但从没有亲眼见过。军队里面，时常会安排一些坑道兵，他们会用铲子或者锄头挖开泥土，找到刚好处于这种险境下的战友，把他们救出来。不过，经常事与愿违，总是晚到一步。到最后，士兵的眼睛睁得很大，脸色也早已发青。就在这时，普拉代勒的样子从爱德华脑子里一闪而过。爱德华并不想一直停留在那个画面上。

快，赶快行动。

他翻过身，忍不住叫出声来。因为和地面的摩擦，小腿伤口又裂开了，疼痛感十分剧烈。爱德华嘶哑的吼叫一直持续着，手指也弯曲了，像这样挖泥土，对里面已经缺氧的人来说似乎太慢了。爱德华明白这一点，心想着下面那个人被埋得到底有多深呢？要是现在有什么东西可以刨开泥土那该有多好啊。佩里顾左右看了看。旁边有几具战士的尸体，除此之外，什么都没有，连一个可以用来挖掘的工具都没有。唯一的方法就是拉出这把刺刀，用它来挖开泥土，但这样会耗费更长时间。他似乎听到了下面那个士兵的呼喊。当然，尽管被掩埋得不是很深，想要让外面的人听到呼喊也几乎是不可能的事。情况十分紧迫。必须马上拉出被埋在下面的人，就算救不活，也得把尸体弄出来。佩里顾双手不断地挖着，用手刨开了刺刀周围的泥土，想着自己是否认识里面那个人，部队里士兵的名字和脸庞一个个出现在脑海。他想要救出这个人，想象他和自己交谈过，是自己喜欢的人。在这种情况下，这种想法有点儿不太合适，但给了他很大动力。在双手不断刨土的同时，佩里顾也四下张望着，想要找寻其他人来帮忙，但周围一个人也没有，手指却越来越痛。左右手分别挖开了十几厘米的泥土，但想要移动刺刀还是没有任何办法，哪怕只移动一毫米。这特别让人泄气。他到底花了多少时间，两分钟还是三分钟？里面的战友可能早已死了吧。因为不断重复挖土，爱德华肩膀一阵酸痛，这样的姿势让他疲惫不堪，他无法坚持很长时间。他心里有一丝犹豫，双手握拳捶打着泥土，体力即将耗尽，喘得也很凶，肱二头肌有些僵硬，已经开始抽筋了。突然，好像有了一点儿动静。瞬间，一切变得容易起来。他一下子就哭了出来。真的哭了。然后，他用双手拉着刺刀尖端，用尽全力把它扯了出来，接着伸出手臂擦了擦脸上的眼泪，继续不断挖掘着，想要把里面的人拉出来。刺刀慢慢移动，爱德华发出胜利的吼叫，眼睛凝视着扯出来的刺刀，但下面什么都没有，真是难以置信。他愤怒地把刺刀插进了泥土，嘴上仍咆哮着。多少时间过去了？小腿的疼痛感越来越明显。最终，他似乎看到了什么，立刻伸出手去摸，感觉像是一块布和一枚纽扣。他疯狂地刨开泥土，像极了猎犬，接着又伸手去摸了一下，那是一件男式法兰绒上装。他不断拨开泥土，手下的东西慢慢显现，但仍然看不清楚。终于，手指碰到了滑滑的头盔，顺着往下一摸，是一个人的头。爱德华猛地大叫："嘿！"哭喊的同时，手上使劲拨开泥土。最后，士兵的头露了出来，他看上去好像睡着了。爱德华认出了他，回想着他到底叫什么名字？他死了？这个想法让爱德华感到难受，看着这个刚好被埋在泥土下面的战友，他愣住了，像眼前的战友一样一语不发，心里想着自己也快要死了，这种死寂的感觉让他觉得十分痛苦……

他一边哭，一边挖开更多的泥土，身体其他部分也慢慢露了出来。肩膀、上半身和腰，全都看得一清二楚。士兵旁边还有一匹死了的马，脑袋正对着士兵的脸。爱德华心想，这未免太奇怪了，他们就这样面对面被埋在了下面。尽管脑子一片空白，眼泪不断流着，但是看到这样的画面，仍然让爱德华难以理解。如果能站起来，或是换一个姿势的话，也许会挖得更快。但是，即便这样躺着，最后仍然成功了。爱德华哭得像牛一样，嘴上不停说着一些傻话："一切都很好，你不要担心。"就好像下面那个人可以听到一样。他特别想要紧紧抱住那个人，告诉他，如果让其他人听到这些煽情的话，那会是多么丢脸。事实上，哭泣的真正原因是因为怕死。佩里顾心里特别清楚，这两年来自己每天都怕得要死。也许有一天，自己会和现在躺在身下的士兵一样，默默死去，而另一个受了伤的士兵会发现他。想到这里，他的眼泪就止不住。战争已经到了尾声。一滴滴眼泪掉落到战友身上，那是他年轻朝气的象征，是生命的绽放。他多么幸运，不懈的努力得到了回报，成功地拉出了埋在土里的士兵，那个人好像还活着。

马亚尔这个姓名一下从脑海中闪过。士兵们就这样称呼他，从没有叫过他的全名。

爱德华有些疑惑。脸朝阿尔伯特靠过去，希望四周的爆炸声停下来，可以让自己好好看看他，以便确认他是否还活着。尽管两人隔得很近，但想要弄明白这件事也不是那么容易。他用手拍打着身边人的脸，马亚尔的头跟着这样的拍打左右晃动着，没有一点儿反应。爱德华十分害怕，心想这个士兵可能并没有完全死掉。

爱德华现在十分想要弄明白纠缠在心里的疑惑，想要知道这个人到底是死是活。他脸上那难受的样子实在太可怜了。你想想，这个时候他多么想要有人安抚他，告诉他不要害怕，轻轻握住他的手不放，让他安心，像父母拍着孩子的肩膀讲道理那样安慰他，或者紧紧抱住他，哭到眼泪干涸。但爱德华周围一个人也没有，你不在，我也不在，没有人能够告诉他应该怎么办。可能，马亚尔没有真正死掉。部队里流传过这样一个故事：有一个士兵，大家都认为他死了，可是后来心脏复苏急救，又活了过来。甚至爱德华以前亲眼看到过，或者是有人曾经给他讲过这个故事，可是没人能够证实这件事情的真实性。

爱德华心里不断地思考着，忍着疼痛，不可思议地靠着另外一条完好的腿站了起来，右腿拖在地上。眼前，烟火缭绕，白色的硝烟中夹杂着他的害怕、疲惫、疼痛和绝望。他顺势向下面猛冲过去。这短短两秒的时间里，他全身上下只靠一条腿支撑着，像一只苍鹭。在瞥了一眼下面后，他快速地深吸一口气。最后，猛地一下倒下去，用全身的力量压在了阿尔伯特的胸部上。

咔嚓一声，这是肋骨断裂的声音。爱德华听到了一丝很微弱的喘息声。身下的泥土动了动，他向后一仰，滑了下去，那动作就和从椅子上掉到地上一样。但是，泥土并没有被掀开，而是阿尔伯特直起身体咳嗽起来，他嘴里呕吐着，像是要把肠子都吐出来一样。眼前的一切让爱德华惊呆了，眼泪又涌了出来。你必须承认，他还真是幸运。阿尔伯特不断地呕吐着，爱德华满脸开心地拍着他的背，边哭边笑着，就这样跪坐在地上，一条腿压在屁股下，流着血。眼前，周围的土地坑坑洼洼的，身旁还有一匹死马的头，以及一个刚从死亡边缘回来的小伙子在不断地呕吐。

战争结束，那是另外一回事。一个美好的画面。但是现在并不是世界末日。阿尔伯特·马亚尔慢慢恢复知觉，因为筋疲力尽，身体倒向了一侧。爱德华直直坐着，一动不动，看上去就像一根笔直的棍子，仰头望着天空，心里埋怨着上帝，想着为什么没有人来帮助他。正是这个时候，有一个巨大的炮弹飞了过来，危险万分，就像是在嘴边点燃炸药包一样。炮弹一下就爆炸了，看起来和打靶用的飞盘一样，飞得很快，让人感到眩晕，最后炸得粉碎。

也许，这就是上帝给他的回应。

# 4

两个士兵最终爬了出来，那可和爬上战壕不一样。

从死亡边缘回来的阿尔伯特吐得很厉害，连肠子都快吐出来了。看到外面的世界仍然战火纷飞，他慢慢恢复了意识，确定自己活了过来。他并没有意识到普拉代勒中尉指挥的这场突击已经基本上结束了。军队就这样轻松地获得了胜利。经过顽强的抵抗和勇猛的进攻，敌人最终投降。这不过只是一场流血的突击战，从一开始到最后，38位士兵死亡，27位受伤，还有两个人不见了踪影，（当然，这并不包括德国佬的死伤人数）或者可以说，这是一场漂亮的战争。

战后的战场上，担架员正寻找着战友的尸体。阿尔伯特嘴上哼着小曲，轻轻地安抚着枕在膝盖上的爱德华·佩里顾。所有救援者都认为，他看上去似乎精神错乱了。阿尔伯特全身都有伤口，胸口肋骨断裂，也许整个碎掉了，幸运的是，肺还能呼吸。他脸上痛苦难耐，不过，这是一个好现象，证明他还活着。尽管如此，可以看得出他的气色并不好。即使很想知道这到底怎么回事，他还是要花一会儿工夫思考自己现在的状态。

在士兵佩里顾用他那独特的方式给阿尔伯特做心肺复苏术之前，他的心脏已经停跳了好几秒钟。自己究竟是靠着怎样的奇迹、毅力和不可思议的运气活过来的呢？正常情况下，这要靠除颤器电击心脏，随着胸部向上一提，肌肉收缩并轻微晃动，心脏恢复跳动，才能保住性命。

在前线医院里，医生仔细地包扎好伤口，宣布成功做完手术，再把病人送到一间特别宽敞的大厅里养伤。那里挤满了生命垂危的伤员，大伤小伤都有，缺胳膊断腿的随处可见。当然，也有一些恢复得好的士兵，打着石膏，缠着绷带，开心地玩着牌。

多亏了113号战役的胜利，在停战前的最后这几周里，战时前线医院的工作强度得到了一定的缓和。似乎这场战争并没有那么严重，医院恢复了正常的工作。四年以来，医院所有人每天都手忙脚乱的，从没有像现在这样轻松自在。现在，护士们可以专心致志地护理伤员受伤的皮肤，处理流血不止的伤口；医生们不用被迫放弃医治被病痛折磨的士兵；外科医生不用再坚持72个小时不眠不休完成手术，不用再弯着腰，忍着抽筋的不适去锯开伤员的股骨、胫骨和肱骨。

爱德华一来，需要立即做两个临时的简易手术。经过医生检查，他的右腿多处骨折，小腿韧带撕裂，跟腱拉伤，伤势极其严重，以后多半只能一瘸一拐走路了。然而，最重要的手术是要刮掉脸上伤口化脓后的异物（前线医院的设备是可以完成这次手术的）。在接种疫苗后，尽可能地让呼吸道畅通，彻底阻止气性坏疽的蔓延，并切除大面积坏死的部分以防感染。接下来，最最重要的工作，是要委托医疗设施齐全的后方医院对其进行住院观察，如果能在手术中活下来，爱德华才会被送去专科治疗。

上级要求立即转移爱德华，这件事很快在医院里传开了，最终，阿尔伯特得到了守护爱德华的命令。幸运的是，上级很有可能在最南边一栋独楼里安排一间独立的房间给爱德华，这样，就不会听到垂死伤员没日没夜的呻吟声。

阿尔伯特在帮助爱德华站起来走路时，总是手忙脚乱，最后把自己累得不行，在这方面，他经验还不足。这个年轻人心里显然有好多话想要表达，但每次都不知道怎么开口。他从来不是一个思维敏捷的人，就连一个小小的意外也应付不了。爱德华忍受着伤口带来的疼痛，一直呻吟着，身体颤抖得特别厉害，必须要绑在床上才能稳住他。阿尔伯特清楚地知道，这里远离其他楼房，并不是为了让伤员舒适安逸地养病，而是为了避免引起其他人时时刻刻的抱怨。看来四年的战争还是不够长，他依然天真着呢。

整整几个小时，阿尔伯特一直停不下来，想要稳住战友。而战友却叫喊着，号啕大哭起来。疯狂的哭喊连续不断。如此长时间的精神折磨快要将这个年轻人逼到了崩溃的边缘。

在等待转移的同时，一位年轻的外科医生同意给爱德华注射吗啡以缓解疼痛，不过，只能把吗啡的剂量控制到最小，然后逐渐减少。爱德华长时间被疼痛折磨着，及时治疗显得尤其迫切，转移到专科护理也十分重要。

在吗啡的作用下，爱德华整个人都昏昏沉沉的。他最初的感觉是混乱的，一会儿冷一会儿热，注意力很难集中，分不清楚声音。最让人难以忍受的是上半身的疼痛，每一次心跳都伴随着阵痛。渐渐地，吗啡作用减退，疼痛感增强，不断挑战着他的意志。他的头如同一个共鸣箱，每一次阵痛袭来的时候，大脑里好像被某样东西接连不断地敲打着，声音浑浊沉闷，如同船靠岸时，船身上的救生圈撞到码头。

小腿的疼痛感也很明显。本来那颗该死的子弹只是打断了右腿，但为了救出阿尔伯特，伤势变得更严重了。不过在药物的作用下，疼痛似乎没那么难以忍受。他大概能够感觉到小腿，它还真实存在着。当然，情况还是比较糟糕。这是一条在第一次世界大战中受伤的腿，但它的功能并没有消失，还能用来走路。他的意识长时间处于迟钝状态，眼神涣散，看不大清楚，思维也是混乱的，各种各样的想法在大脑里来回翻腾，视觉、听觉、触觉以及情感都迷迷糊糊的。

现实与幻想交织在一起，美术作品在大脑里不断闪现，生命仿佛只是出现在他幻想中的美术馆里的一幅幅多姿多彩的作品。那是波提切利画中的美妙之物，或是卡拉瓦乔的名画《被蜥蜴咬伤的男孩》，男孩似乎是在看了一眼殉道者街上推车贩卖果蔬的流动摊贩后，受到了惊吓。爱德华有一种飘起来的感觉。他又想到另一个画面，他父亲衬衫的活动硬领，那玩意儿有着淡淡的粉红色调。

那幅单色画《人类的起源》记录着日常生活的平淡无奇，像是博斯笔下的肖像，勾勒出裸体的美感和士兵的愤怒，他曾经在家族的一个朋友家里偷偷看过。我要告诉你的是，这是战争开始前很久的事了，那时爱德华大概只有十一二岁，还在圣·克洛蒂尔德中学读书。圣·克洛蒂尔德是希尔佩里克和卡雷黛儿的女儿。爱德华认为她是个下贱的女人，她和她的叔叔戈德荻斯勒通奸，在公元493年的时候嫁给了勃艮第国王克洛维，成了他床上的女人，同一时期，兰斯主教勒米还从后面上了她。正是因为这些言论，他被勒令退学三次。所有人都认为这是一种极度肤浅的想法，甚至怀疑在那样一个年纪，他是怎样想象出这些人的样子，又是怎么构思出这么多细节来的。他父亲一言不发，只是认为爱德华眼中的艺术就是不检点的生活，和得了梅毒一样。事实上，在没去圣·克洛蒂尔德中学之前，有些事情的发展就不太顺利，特别是和父亲的关系。爱德华常常在画中表达这些情感。每去一所学校里，他都会在黑板上画所有的老师，每幅画都有一米多高，十分夸张讽刺。时间一长，学院生活的琐事成了他作画的主题。他父亲最终还是接受了这一切。作画的灵感慢慢发展到新的主题上，可以说这是爱德华“神圣的时期”。他画音乐老师朱斯特小姐的时候最为明显。她在画中是挥刀砍下奥勒非头颅的朱迪特，数学老师拉皮尔斯先生是奥勒非。大家都知道这两人搞在一起。头颅掉地的精彩场景象征着两人后来的分手。多亏了爱德华天马行空的想象力，大家才可以在黑板上、墙上和纸上看到许多下流故事，老师们甚至也会先浏览一遍再上报校长。所有人都看到院子里坐着一位不起眼的数学老师做着淫秽下流的动作。爱德华那时只有八岁。这个有关圣经的场景让他有一种被上帝召唤的感觉。和校长的谈话并没有解决实际性的问题。校长挥动着手臂，那画面令人回想起愤怒的朱迪斯，爱德华似乎看到一位年轻女子抓住男子的头发，砍下他的脑袋，然后把它放到盘子上。在他眼里，那个女子更像是莎乐美而不是朱迪斯，同样，施洗者圣约翰的样子在画中取代了奥勒非。在卖弄学问上，爱德华就像一条经过训练的狗，思维十分敏捷。

毫无疑问，在这段灵感大迸发的时期，或者说是爱德华的全盛时期，画作中所有的主题都充满着无限的遐想。每一幅都是巨著，都勾勒出一整套的人物，许多画中都充斥着最原始的性的表象：学校的高层管理对下面的人表现出十分恶劣的态度，以彰显他们那高贵的身份。大家对此都一笑而过，尽管画中那些挑逗的想象无处不在，但是，看过画的每个人都不可避免地要自问一番，怀疑这是不是那些人物真实的样子。那些做事最谨慎，最深思熟虑的人就会去打听这种男女关系。也许有个词可以用来形容他们：怀疑论者。

爱德华总是画一些不太正经的画，对顶撞别人这件事上也特别感兴趣，他老是干一些蠢事，大家都认为这些行为十分恶劣。尤其是编造圣・克洛蒂尔德被兰斯大主教从后面奸污这件事，让学校十分不满。同样，他的父母也很生气。父亲往往要为他犯下的错误买单，以免这些见不得人的事被人知道。这并没有说服学校领导，奸污这个字眼让人十分气愤，学校不肯就此罢休。大家都讨厌爱德华，想要赶走他。当然，这并不包括对画感兴趣的同学和他姐姐玛德莱娜。那些画总能把她逗乐，让她大笑的不仅仅有主教和克洛蒂尔德，还有于贝尔神父那滑稽的头和一些老故事。她在圣·克洛蒂尔德中学女生部读书，对学院的一切了如指掌。玛德莱娜常常说爱德华太有胆量，嘲笑他反复无常、蛮横无理的行为。她特别喜欢弄乱他的头发，尽管爱德华要小好几岁，但他却很高，不得不弯下腰来任由她这样做。玛德莱娜把手指插进他浓密的头发里，胡乱地拨弄着，弄得他的头皮发痒，最后，爱德华笑个不停，只好求饶。不过，可不能让父亲知道这些事。

现在，我们回到爱德华的故事上来。读书期间，一切都很顺利，这得多亏他有钱的父母，但靠钱解决的事并不是那么体面。战争开始前，佩里顾先生就赚了很多钱，像他这样的人，在黑市里做买卖，说到底是战争让他们变得这么有钱。人们不会谈论他母亲家里的财富，这毫无意义，就像你问海水是从什么时候开始变咸一样。母亲在年轻时就因为心脏病死了，留下父亲一个人。因为生意繁忙，他把孩子学业上的一切都交付给那些私立学校、老师和家庭教师。爱德华特别聪明，理解力很强，所有人都认为他比一般人更厉害。这个孩子天生就有作画的天赋，肆无忌惮，让教他的美术大师们无话可说、又气又恨。他这么聪明，还有什么可期待的呢？可能正是这些原因，爱德华才如此叛逆。要知道，不用费心就能解决一切问题让他可以大胆地做任何事。人们常说，你想要它是什么，它就会是什么。更确定的说法是：危险越大，警惕性就越高，就越会去保护自己在乎的一切。因此，虽然佩里顾先生从各种状况下拯救出儿子，但处处透着自私，在他眼中，姓氏比一切都重要，决不可以让家族蒙羞。这种用钱来解决的事也不是那么容易就能办到的。爱德华的叛逆行为一直持续不断，恶作剧成了他最喜欢的事。在无数次收拾烂摊子之后，佩里顾先生早已对儿子的未来没有了想法，爱德华正好利用这个机会进入了艺术世界。一个保护和关爱自己的姐姐，一个十分保守、每一分钟都想要抛弃自己的父亲，一身无可争议的天赋，爱德华几乎拥有一切成功的条件。按道理来说，事情的发展完全不会像现在这样。可实际上，战争结束的那一刻，事情就变成了这个样子，他那血淋淋的断腿就是例子。

除了守夜、给爱德华换洗衣物，阿尔伯特不知道还能干什么。他唯一确定的是，在1918年12月2日这一天，爱德华·佩里顾的生活发生了翻天覆地的变化。

很快，要烦恼的就不是右腿的伤了。

阿尔伯特整天都陪在爱德华身边，照顾他，同时也帮护士打打下手。护士们处理伤口，以防感染，将鸡蛋混合着牛奶或者肉汁，连上一根导管，插进爱德华嘴里。剩下的杂事阿尔伯特一个人就可以完成。一旦没来得及用湿布擦干净流在脸颊上的食物，或者是喂水的时候不小心弄得到处都是，他就会换掉床垫。阿尔伯特紧闭着嘴，转过头去，双手捏住鼻子，眼睛看着别处，心里告诉自己，这个工作必须要细心，因为这完全决定了战友以后的生活。

每天的工作就是重复两件事：徒劳地寻找一种让爱德华舒适的呼吸方法，令他可以不需要上下运动肋骨。还有就是一直陪在他身边，等着战地救护车的到来。

就这样，他一直照看着床上半躺的爱德华·佩里顾，以防他再出现什么危险。但是，普拉代勒中尉的样子一直出现在脑海里，那卑鄙无耻的样子一直在大脑里挥散不去。他每时每刻都在幻想着，一旦再遇到这个人，一定要好好收拾他。现在，阿尔伯特眼前似乎又浮现出先前普拉代勒在战场上向他冲过来的场景，感觉就像一颗炮弹朝自己砸来，马上就要在身上爆炸。然而，想要集中精神去回忆那个画面还是有困难的，大脑似乎仍跟不上节奏。

尽管如此，只要一小会儿，阿尔伯特就会回到现实，心里叨念着：我已经尝试过杀死他了。

这样的表达听上去的确有些奇怪，但合乎情理。总之，世界大战只是一种遍布在整片大陆上的谋杀，只不过这个谋杀是他无法避免的命运。有时候，看着爱德华·佩里顾，阿尔伯特会回忆起那个呼吸困难的时刻，然后全身沸腾起来，愤怒不已。两天后，他准备好了要当一个杀人犯。四年战争已经过去了，现在是时候行动起来了。

一个人的时候，阿尔伯特总是想着塞西尔。她是如此遥远，心里的思念快折磨死他了。如今这些突如其来的事件把自己带进了另外一种生活。没有塞西尔的世界就没有任何乐趣。阿尔伯特每天都活在回忆中，看着照片中的塞西尔，细数着她身上无数的优点，眉毛、鼻子、嘴唇，直到下巴。那迷人的嘴，是多么美妙的存在。某一天会有人将它偷走，或是她自己离开，又或许塞西尔内心深处并不认为自己有多么重要，天哪，这简直会要了阿尔伯特的命。大部分时间里，可怕的伤感都伴随着阿尔伯特。这样的结局太让人难以接受了。于是，他拿出信纸，尝试再写一封信，心里犹豫着是不是要告诉塞西尔这一切，但又担心她是不是只期待着一件事——不再联系，战争一结束就和自己分手。

当然，要是有时间，阿尔伯特也会给母亲写信，但一般来说，信都是先写给塞西尔。想不到要给塞西尔或母亲写什么时，或者不做护士工作，有些闲暇的时候，阿尔伯特脑袋里就会回放之前发生的一切。

比如，和他埋在一起的那匹马的头总是不断地出现在阿尔伯特的脑海里。奇怪的是，随着时间流逝，那颗头不再可怕，甚至那为了保命吸进去的腐臭的空气也不再令人作呕。相比之下，站在洞口边的普拉代勒倒显得十分真实，越是想到那个场景，他脑海里关于马头的记忆就越是模糊，画面的颜色也会慢慢淡去，最后连一点儿轮廓也看不清楚。即便努力集中思想，那画面依然会渐渐褪去，这让阿尔伯特有一种难以理解的失落感和焦虑。

如今，战争结束了，虽然还没有到要为整个事情做总结的时候，但也必须好好盘点损失到底有多严重。士兵们在四年的战争里，没日没夜地在枪林弹雨中穿梭，他们可能再也找不回原来的自己，余下的一生都要承受着肩上那看不见的重量。阿尔伯特也很确定有一些东西再也回不来了，平静的生活已经离自己远去。好几个月来，从最开始在索姆河战役中留下那个伤疤时开始，在担心子弹乱飞的每个深夜里，在抬着担架找寻战场上受伤的士兵的时候，到最后徘徊在死亡边缘，他都能触碰到一种难以形容的恐惧，而这种感觉越来越明显，萦绕在心头，怎么也摆脱不了。同样，还有活埋对内心造成的毁灭性影响。有些东西似乎被埋在了土里，再也回不来了。虽然人从土里出来了，但就像有人恐吓和俘虏了自己思想的一部分，把它们永远地囚禁在了下面。每一寸肌肤，每一个表情动作和每一次眼神，都被烙上这种感受。只要一离开房间，他就极度不安，就连一丁点儿的脚步声也能察觉到。开门前总是先探出头去，小心翼翼地张望。走路时身体靠墙，时常想象后面的人会一下就出现在眼前。仔细地观察和自己谈话的每一个人，而且总思考着可能的退路，以防万一。不管在任何情况下，阿尔伯特都处于戒备状态，眼睛不停地来回探视着四周。房间里的气氛让人透不过气来，只有站在爱德华床边，透过窗户往别处看，压力才能得到缓解。阿尔伯特时刻保持着警惕，所有的一切都是怀疑的对象，这就是他生活的全部。就像一个人发现自己变得多疑，或者是从今往后要忍受这样一种新的怪癖，现在，他不得不面对这种原始的焦虑。他整日愁容满面。

注射吗啡有了一些效果。剂量也在渐渐减少。现在，每隔五六个小时，就可以注射一安瓿的吗啡，这时，如刀割般的疼痛消失不见，房间里再也没有挥散不去的呻吟，再也听不到那可以让人血液凝固的嘶吼。处于半睡半醒的状态时，爱德华看上去整个人都迷迷糊糊的。尽管如此，仍然要把他绑在床上，以免手挠破伤口。

在之前的生活中，阿尔伯特和爱德华不是那种会常常见面的关系。他们只是互相打过照面，眼神有过交汇，寒暄过一两次，或许也曾远远地对着对方笑笑，除此之外，他们没有更多交流。爱德华·佩里顾和许多人一样，是个温和但十分平凡的人。然而现在，阿尔伯特却觉得他好似一个谜，让人琢磨不透。

住进这里的第二天，他看到爱德华的行李包就放在木柜旁边，木柜的门大开着，微微晃动，发出咯吱的声音。无论是谁都可能进来偷走这个包，谁知道呢？于是，阿尔伯特决定把它放到别人看不见的地方藏起来。阿尔伯特无法抵抗翻东西的诱惑，不过当拿着这个装着个人衣物的布包时，他知道自己并不想这么快就去动别人的东西，因为他尊重爱德华。但还有另外一个原因——阿尔伯特的母亲。马亚尔夫人是那些爱乱翻子女东西的母亲中的一个。小时候阿尔伯特就学会了别出心裁地到处藏一些毫无意义的小秘密，比如，一张从《画刊》杂志上剪下来的自行车运动员照片、三篇曾经抄写过的诗歌、一颗在小镇苏比斯的某次游戏中赢得的弹珠。但马亚尔夫人总会把这些都找出来，然后劈头盖脸地责备他。马亚尔夫人把阿尔伯特的每一个小秘密都看作一次背叛。在阿尔伯特最叛逆的那段时间，他曾收到邻居送的一张明信片——《罗什的大树，越南北圻》，这让马亚尔夫人心神不安，她特别激动，嘴上不时细数儿子的不孝和自私，又叨念不久自己就要去见死去的丈夫，只有这样她才能得到安慰。自然，你可以想象得到接下来会发生的事。

这些烦人的回忆在阿尔伯特看到笔记本的那一刻消失得无影无踪。那是一个用橡皮筋绑住的硬壳笔记本，上面到处都有因长期携带而磨损的痕迹，里面有一些用蓝色铅笔画的图画。阿尔伯特双腿盘坐在地上，面前就是咯吱作响的木柜，他脸上是一副傻乎乎的表情，目不转睛地盯着那些素描画，有些是速写，有些是精心勾勒的图画，紧密排列的线条让画的颜色不断加深，就像一场滂沱大雨。画作大概有近百幅，画的都是战斗前线和战壕里的百态，或是军队日常生活的样子，士兵们写着信、点着烟、说着笑话、准备猛攻、吃饭喝酒等等这些场景都能在画中看到。爱德华笔下随意的一条线就勾勒出一位年轻的士兵，他显得极度疲倦，三笔线条画出了他那疲惫不堪的脸和惊恐的眼神，那样子足以让任何人的胃如刀绞般疼痛。这些最细微的线条勾画出所有的重点：害怕、痛苦、期待、失望和疲惫。这是一本记载着悲惨命运的笔记本。

阿尔伯特每翻动一页都感到很难过。因为里面没有一个死了的人，也没有受伤的人，更没有尸体，有的只是活着的人。这似乎更可怕，因为所有这些画面都在向看画的人述说着，这些士兵马上就要死了。

阿尔伯特只是随意地翻检了一下衣服，然后再把它们整理好。

# 5

那位年轻的医生一直坚持用吗啡来帮助患者。但这并不是长久之计，吗啡会对病人造成很大伤害，所以不能一直依赖它，大量使用更是被禁止的。手术后的第二天，医生就开始减少吗啡的剂量。

从昏迷中醒来，爱德华渐渐恢复了意识，再一次痛得难以忍受。阿尔伯特四下打听着关于转移到巴黎医院的消息，但一直没有得到回应。

被询问的年轻医生耸了耸肩膀，表示无能为力，然后压低声音说道："来这儿都有三十六个小时了，他早该被转移去其他地方，我也不知道到底出了什么事。你看，这儿总有些滞留的问题，但是，你要知道，待在这里是不能解决问题的。"

医生脸上挂着一丝焦虑。现在，阿尔伯特快要急死了，一心只关注一个问题：在最短时间内将他的战友转移走。

他四处奔走，向护士姐妹们打听。尽管现在医院不算特别忙，但护士们仍像谷仓里四下逃窜的老鼠一样，每个人都一路小跑着赶去护理伤员。阿尔伯特的尝试没有得到任何答复。这里是军事医院，或者说，这里是一个完全不太可能知道任何事情的地方，没有人真正知道医院的领导到底是谁。

他每小时都回到爱德华床边，等着他再次睡着后再出去，跑遍每间办公室，穿过每一条通向主楼的小径，甚至到市政府去打听。

阿尔伯特回来时，走廊里站着两个一动不动的士兵。他们军服整洁，胡子刮得干干净净，周身被光环环绕着，显得无比自信，看得出他们是把守司令部的警卫。其中一个士兵递给阿尔伯特一份盖过章的文件，另外一个则保持着严肃的表情，手紧握着枪。阿尔伯特认为他那怀疑的眼神十分莫名其妙。

“进去吧。”第一个士兵觉得有点不好意思，立马说道。

他用拇指指了指里面那个房间。

“我们就在外面等着好了，里面的味道……”

阿尔伯特走进房间，将本来要打开的信件一手扔到地上，接着，他向爱德华冲了过去。自从来到这里后，这还是第一次因为痛苦，爱德华勉强睁开眼睛。他的背后垫着两个枕头，大概是一个刚好路过的护士留下的，他的双手被捆住放在床单下。爱德华摇晃着脑袋大声呻吟，喉咙里还发出呼噜呼噜的声音。像这样的情况，可以说他的病情并不没有向着好的方向发展。但是，直到现在，阿尔伯特要面对的也不过只是一具吼叫着、不断抽搐的或是近乎昏厥的身体。和之前的状况相比，现在简直好多了。

在照顾爱德华的这些日子里，阿尔伯特一直是靠着椅子睡觉的，很难弄明白这两人之间日常生活具体是什么样。但是，可以知道的是，一旦阿尔伯特把手伸到床边，即便是被束缚带紧紧拴着，爱德华也会拼了命似的伸手去抓阿尔伯特的手。没有人能够说清楚这样的动作到底是为了什么。所有的害怕和慰藉，所有的乞求和疑问都凝聚在这个动作上。这是一个因为战争而受伤的士兵，他只有23岁，还不清楚自己的状态，每时每刻都在忍受疼痛，却无法说清楚到底什么地方感到难受。

“嘿，伙计，你醒啦！”阿尔伯特这样说道，想要表现出尽可能的欢喜。

突然，身后有个声音响起，吓了他一跳："你得去……"

阿尔伯特立马转过头去。

士兵把刚才掉在地上的文件捡了起来，递给了他。

阿尔伯特一直坐在椅子上等待将军的传唤，时间已经差不多过去了四个小时。对他这样一个默默无名的小兵来说，要等上足够的时间才会被莫里厄将军召见。往往这个时候，人们都会幻想，有战功的士兵准能得到一枚荣誉勋章。

可是，短短一秒钟之内，这样的幻想就破灭了。阿尔伯特看到走廊的尽头出现了普拉代勒中尉那被拉长了的身影。中尉盯着他，手臂前后摆动着走了过来。阿尔伯特感觉到一阵胃痛，恶心一下子袭来，难受得不行。那种感觉来得极快，就和他掉到弹坑里的速度一样。中尉根本就不理他，摆出一副高傲的姿态，转过头去，敲了敲将军办公室的门，在得到回应后，立马就进了门。

刚才发生的事情需要一点儿时间来消化，可是阿尔伯特没有那么多时间去考虑。门再一次开了，他听到有人叫他的名字。他摇摇晃晃地走了进去，这个神圣的地方，充满了香烟和白兰地的味道，似乎是在庆祝胜利。

莫里厄将军年纪特别大，看上去就和那些行将就木的老头儿一样，有儿子和孙子陪在身旁走过生命最后的日子。他的脸就像是霞飞和贝当样子的结合，其中还看得到尼维勒、加利埃尼和鲁登道夫的影子。嘴上的两撇小胡子像海豹的胡须，眼睛里布满了红红的血丝，眼角还有一些眼屎。他可真把自己当成了一个大人物。

阿尔伯特呆住了，一动也不动。他不知道将军现在是精神很集中，还是快要睡着了。将军座位前有一张办公桌，将军伸出手正找着放在桌子上的文件。普拉代勒中尉站在前面，面对着阿尔伯特，双腿张开，双手交叉身后，像是在考察，身体似乎还稍稍晃动了一下。他的眼睛锁定阿尔伯特，特别专注，从头到脚打量着他。阿尔伯特回过神来，调整了一下站姿，身体站直，挺起胸。不过，这个姿势让他腰酸到不行。房间里鸦雀无声。最后，将军抬起了头。阿尔伯特感觉必须把胸膛挺得更高才行。如果继续保持这个姿势，他就会像马戏团里的杂技演员一样，立马翻个跟头过去。正常情况下，将军是不会让人一直保持这个让人难受的姿势的。不过，他只是看了阿尔伯特一眼，清了清嗓子，低头看着桌上的一份文件。

“士兵马亚尔？”他问道。

阿尔伯特应该说“是的，将军！”或者类似的回答。但他迟疑了。对他来说，将军的节奏总是太快。

将军又抬起了头看了看。“我这儿有一份报告。在12月2日的这场突击战里，你居然故意不执行任务。”

阿尔伯特完全没预料到会是这样的对话，虽然也想到过很多场景，但绝不是这样的。

将军接着说：“你跳到一个弹坑里面，逃避作为一名士兵的责任。38个士兵在这场战争中为祖国献出了生命。士兵马亚尔，你应该为此感到羞愧。我特别想要告诉你一句话——你就是个浑蛋！”

阿尔伯特感到十分沉重，泪水在眼睛里打转。一周一周过去，他只希望战争赶快结束，但像现在这样结束，实在让人无法接受。

莫里厄将军一直看着他，眼前这个渺小的士兵太卑鄙可耻了，那怯懦的行为实在令人发指。

“叛国这件事我可管不着，我只负责打仗，懂吗？士兵马亚尔，你会被送到军事法庭，由战争委员会来裁决你的行为。”

阿尔伯特的身体垮了下来，贴在裤子两边的手也开始发抖。这无疑是在宣告死亡的到来。如今，叛国、临阵退缩、受伤逃跑到处可见，所有人都在谈论。除此之外，几乎没有什么更新鲜的事了。士兵们听说过很多被送到战争委员会的故事，特别是在1917年的时候，在那些战乱的日子里，贝当下了命令，让行刑队的士兵直接处决那些犯了法的人，只是他们并不知道到底有多少人被枪决了。可想而知，军事法庭绝不会姑息那些叛国者。当然，没有太多人被枪决，但他们都确确实实被判了罪，而且很快就死了。处决罪人同样包括处决的速度。阿尔伯特的生命或许就只剩下三天了。这真是太好了。

阿尔伯特必须解释，说明这是一个误会。但普拉代勒一直看着他，脸上的表情明确说明这就是事实，不给他任何解释的机会。

这是中尉第二次送自己去死。即使被活埋，运气好也可能被救出来，但要是上了军事法庭，被战争委员会裁决，那就真的……

阿尔伯特的汗水一下就从前额淌了下来，挡住了视线，最后掉到肩胛骨上。害怕的感觉越来越明显，身体抖动得也越来越厉害，阿尔伯特笔直地站在那儿，吓得尿了出来，尿液慢慢浸湿了长裤，然后流了下去，直到裤脚，这一切都被将军和中尉看在眼里。

阿尔伯特想说些什么，可怎么想也想不起来要说什么。将军开始了新一轮的指责，作为一名将军，他很熟悉进攻这回事。

“奥尔奈·普拉代勒中尉很确定看到是你自己跳到了坑里。是吧，普拉代勒？”

“是的，将军，我看得很清楚。事实就是这样的。”

“士兵马亚尔，是这样的吗？”

如果说阿尔伯特一个字都没能说出来，这也不能算是他的错。

他含糊不清地说道：“不是这样的……”

将军皱了皱眉头。

“什么，难道不是这样的吗？一开始你就没有参加这场战争？”

“不是的……”

他应该回答：“不是的，将军。”

但很明显，在那样的状况下，他是不太可能想得到这种尊敬的话的。

“因为你在弹坑里，所以没有参加这场战争，到底是不是这样？”将军握紧拳头捶了一下办公桌，大声呵斥道。

对话到这里已经很难进行下去了，更何况将军又捶了一下桌子。

“士兵马亚尔，是还是不是？”

桌子上的台灯、墨水盒和吸墨纸的垫板弹了起来。普拉代勒仍然目不转睛地盯着阿尔伯特的裤腿，尿液流出来把他脚下磨损严重的地毯都浸湿了。

“是的，但是……”

“当然！我看也是这样。普拉代勒中尉可以做证，普拉代勒，是不是？”

“是的，将军，我确定。”

“但是，士兵马亚尔，你的怯懦还没有得到惩罚。”

将军竖起食指，左右晃动着。

“你胆怯了，甚至逃避死亡！你不想失去任何东西，对吧！”

生命中，总该有说真话的时刻，很确定的是，真话人们不常说。在阿尔伯特·马亚尔的生活中，除了士兵还是士兵，这短短的几秒就是他说真话的时刻。他的真诚都凝聚在三个字上：“不是的。”

这样一句话，这样一种想要解释的勇气，莫里厄将军挥一挥手就否决了，然后低下头，看上去像是在思考着什么。普拉代勒看着愣在原地的阿尔伯特，他眼泪在眼睛里打转，任由泪珠挂在眼角，脸上一副悲伤的样子，泪水摇摇欲坠，可一直掉不下来。阿尔伯特吸了吸鼻子，泪珠晃动了一下，可就是没往下掉。面对着眼前这一切，将军无动于衷。

“当然，你当兵期间的表现也不算坏，我完全无法理解你为什么这么做！”他抬起肩膀表示很无奈。

接着，他似乎要说些有利于阿尔伯特的话，于是读起文件里记录的功绩来。

“迈利战营，嗯，马恩省……”

他侧着身子，手上拿着文件，阿尔伯特只能看到他灰白的头发，稀稀疏疏的，透出头顶皮肤那红红的颜色。

“索姆河战役受伤，嗯，埃纳省战役也受了伤。噢，还有当过担架员呢……”

将军像一只湿透了的鹦鹉一样摇了摇脑袋。

终于，阿尔伯特的眼泪开始止不住往下流，泪珠掉到地上溅开来，他心想，这简直是在和自己开玩笑。

将军居然能厚着脸皮说这些话。

阿尔伯特回想起自己曾在战场上走过的每一寸土地，做过的每一件事，听到的每一个新闻和经历的每一次险境。将军抬起头，朝他看去。

阿尔伯特知道，也十分明白，权贵们的话没什么好让人惊讶的。

“马亚尔，我会好好考虑你的功绩的。”

阿尔伯特又吸了吸鼻子。

普拉代勒强忍着，如果一切顺利，他就真的解决掉阿尔伯特这个妨碍他的证人了。现在军队不枪决犯人，但即便如此，在这场较量中，普拉代勒仍然是胜利者。他低下头，沉住气，什么也没说。

然后将军又说道：“小伙子，在1917年这段时间内，你干得不错！可是现在却……”

他抬起肩膀，表示为此感到惋惜。能感觉到在他内心深处，一切都不是那么重要。对于一个军人来说，相比其他一切，战争结束才最糟糕。莫里厄将军嘴上想说些什么，绞尽脑汁地想着，但是他还是得承认事实——在停战前的那几天，逃跑的事很多，不可能向行刑队一一说清楚理由。如果没有确切的证据，没有人愿意执行枪决。

阿尔伯特危在旦夕，但他不会被枪决。枪决可不是时下的作风。

“谢谢您，将军！”阿尔伯特说道。

莫里厄虽然接受了他的感谢，但是表现得很无所谓。在任何其他时间对他的感谢差不多都算是一种侮辱，但是现在却不一样。

问题就这样解决了。莫里厄有点疲倦，挥了挥手，表示不想再多说什么。你可以想象一下，这是一件多么让人气馁的事情。

谁来处理阿尔伯特呢？鬼知道，他刚才差一点儿就要被送去行刑台，这样的惩罚还不够吗？

“将军，我有个请求。”他说道。

“是吗，你说说看，到底是什么？”

将军感到一丝好奇，这个请求的举动让他感到有点儿高兴。我们请求别人，说明这个人还有能力做些什么。他扬起眉毛，有点儿疑惑，也有点儿激动，期待着。站在阿尔伯特旁边的普拉代勒开始紧张起来，整个人都变僵硬了，好像身体包裹了一层合金。

“将军，我想要恳请你调查一件事。”阿尔伯特又说道。

“是吗，一个调查？该死的，是什么样的调查？”

他这么说是因为他越是喜欢别人的恳求，就越讨厌那些调查工作。这完全是一个军人的写照。

“报告将军，是关于两个士兵的调查。”

“他们怎么了？”

“报告将军，他们死了。”对此，阿尔伯特可是一清二楚。

莫里厄将军皱了皱眉头，他不喜欢莫名其妙的死亡。战争中，士兵应该真正地、壮烈地、毫无顾虑地为国献身。正因为如此，人们才去救治伤员。不过说到底，没人喜欢受伤的士兵。

“等一下，等一下，你先说说，这两人都是谁？”莫里厄颤抖地问道。

“报告将军，是士兵加斯东·格里索利和士兵路易·泰里奥。大家都想知道他们到底是怎么死的。”

这个“大家”有些夸大，一下子就顺口蹦了出来。归根结底，他是有理由的。

莫里厄满脸疑惑地看向普拉代勒。

“报告将军，他们就是在113战役中消失的两个士兵。”中尉回答道。

阿尔伯特感到十分错愕。

他确定他们死在了战场上，自己还曾经用手推过那位年长的士兵，击中他们的两颗子弹也看得十分清楚。

“不是这样的。”

“妈的！你为什么申报这两人失踪了？普拉代勒，到底怎么回事？”

“报告将军，他们就是失踪了。这事千真万确。”

“失踪这件事你他妈的没有欺骗我们吧。”将军破口大骂。

听上去这不是一个问题，而是一个命令。将军十分生气。

“太荒谬了，到底发生了什么？”将军咕哝着。

现在，他需要得到一些肯定的回答。

“普拉代勒，到底发生了什么事？”他要求中尉解释。

“报告将军，我说的是真话。失踪是事实，我没有胡说。”

“好的！”将军看着阿尔伯特说道。

普拉代勒也看了过去。这个蠢货在偷偷发笑，你难道还没发现吗？

阿尔伯特放弃了争辩。现在他想要的就是战争彻彻底底结束，然后自己能很快回到巴黎，最好是完完整整地回去。想到这儿，爱德华的情况又让他担心起来。最后，他向“老顽固”长官敬了一个礼（后脚跟没有相碰，一般来说，应该要像刚做完活儿的工人那样，用食指往空中一划，向工友道别，然后回家。但他并没有这样做，即便是这样，看上去仍然很规矩），眼神尽量避开普拉代勒。一眨眼工夫，他就已经跑到走廊上了，上气不接下气地快速推开了门。

爱德华保持着躺着的状态，阿尔伯特靠了过去，他听到了些声音，醒了过来，然后用手指了指靠床的窗户。房间里有一股难闻的味道，让人感到晕眩。阿尔伯特把窗户微微打开，爱德华看了过去。年轻的伤兵挥着手说着“再开大一点”“不，稍微小一点”“再大一点点”。阿尔伯特就这样来来回回摆弄着窗户。爱德华想要知道自己的状态，不断地说着，嘴里慢吞吞地蹦出一些咕噜咕噜的声音。终于他看到了窗户玻璃里自己的样子。

炮弹爆炸让他失去了整个下颚，鼻子下面除了能看到喉咙和上硬腭外，什么都没有了，牙齿也只剩下上半部分，嘴里面流出黏黏的液体，更深处，好像能看到喉咙，舌头的一部分也不见了，食道四周都是黏液，再看进去，就像一个红色的窟窿。

爱德华·佩里顾只有23岁。

他眼前一黑，昏了过去。

# 6

第二天，大概凌晨4点的时候，阿尔伯特来到房间，解开束缚带，换掉弄脏的床垫。爱德华拼命想要靠近窗户，但一下床，由于右腿完全站不住，整个人瞬间失去平衡摔倒在地上。他靠着强大的意志、顽强的精神重新站了起来，然后，一瘸一拐地竭尽全力走到窗边，眼睛瞪得特别大，伸出手去摸窗玻璃，脸上写满悲伤，痛苦地嘶吼着。阿尔伯特看着整个场面，哭了出来，双手一把拉过他来，抱在怀里，轻抚着他的后颈。面对着爱德华，阿尔伯特心里产生了自己被母亲安慰时的情感。他用大部分时间来和他交谈，打发等待的时间。

“你知道吗，莫里厄将军就是个蠢货！他算什么东西？现在正等着要把我送到战争委员会那儿去！还有普拉代勒这个浑蛋……”他向爱德华讲述着。

阿尔伯特说啊，说啊，一遍又一遍，但是，爱德华的眼睛闭得很紧，根本不可能知道他是否听懂了阿尔伯特的话。吗啡剂量的减少让爱德华长时间保持清醒，阿尔伯特因此没有去询问转院消息的机会，该死的转院，还没到那一天。每当爱德华一开始呻吟，叫喊就停不下来；叫声震耳欲聋，直到护士进来再给他打一针镇静剂。

接下来的一天，希望又一次落空，他不断打听，得知转移的日子遥遥无期，也许根本就没人安排。刚过正午，由于剧痛，爱德华又开始发疯似的叫喊，喉咙里一片鲜红，口腔有些地方开始大面积化脓，空气令人窒息。

阿尔伯特立马出了房门，跑到护士的办公室。房间里一个人也没有。他朝走廊大声喊着："有人在吗？"没人回答。他已经要转身离开，但还是停下脚步，一动不动，犹豫着要不要进去。不，他似乎不敢这样做，不是吗？他转着头，往走廊两边仔细看了看。耳边传来战友的吼叫，他立即迈进了房间。经过这些日子，这里已经不陌生了。他取出右边抽屉里的钥匙，打开了玻璃柜，找到一个注射器，一些消毒酒精和好几安瓿的吗啡。如果拿走了这些东西，下场一定很惨，这是在偷窃军用物品。他似乎看到普拉代勒那可恶的影子飘过来，紧接着，眼前出现了莫里厄将军那张滑稽的脸。"谁能够照顾爱德华呢？"他十分焦虑，心里踌躇。四周根本就没有人。阿尔伯特全身都汗湿了，双手捂着肚子，护着战利品，跑了出去。他也不知道这些东西有没有效果，但看着战友痛苦的样子，心里十分难受。

这是第一次给人注射，十分冒险。一般他都是协助护士，现在要自己来做，就……以前只是换床垫，忍受难闻的、有病毒的空气，现在却要使用注射器……准备注射时，他心想：本来就不是那么容易的事，现在还要防止病人从窗子边上跳下去、清理他的身体、闻着伤口腐烂散发的臭味、再扎针……到底应该往什么地方扎下去呢？

他拉了一把椅子抵住房间大门的把手，以防有人进来看到。一切都算顺利。阿尔伯特计算好了剂量，必须要配合护士下一次使用的剂量。

"你一会儿就能感觉舒服了，一切都会好起来的。"

的确，问题解决了。爱德华身体放松，慢慢睡了过去。即使他睡着，阿尔伯特还是继续和爱德华说话，讲着那完全不可能实现的关于转移的问题。终于，阿尔伯特想到一个方法：去人事部打听。

“知道吗，你不说话的时候，总让我很苦恼，因为我不清楚你是否能理解我说的。”他解释道。

然后，他再一次把爱德华拴在床上，心里十分挣扎不舍，离开了房间。

一出房门，他立马将背贴到墙上，时不时地回头观察身后，一路小跑，似乎是为了节省更多时间。

“现在，就是这一年最美好的时刻！”一个小伙子说着。

这名士兵叫格罗让。人事部的办公室不大，只有一扇很小的窗户，密密麻麻的文件一层又一层堆在一起，架子都快要被压倒了。有两张桌子，其中一张快被成堆的纸张和各种表格、报告材料淹没了。桌子后面的下士格罗让看上去有点手忙脚乱。

他打开了一本很大的名册，尼古丁染黄的食指顺着一列列的名字往后滑动，低声说：

“这里登记的伤员太多了，你不可能找到的。”

“不。”

“不，什么？”

“不，我一定要知道。”

格罗让抬起头，凝视着阿尔伯特。阿尔伯特一下就明白了，自己好像说错了什么。怎样才能挽回？但是，格罗让已经低下头，找了起来。

“该死的，我记得他，那个名字……”

“当然。”阿尔伯特说道。

“啊，是的，我确定，可是名单上怎么找不到呢？真可恶！”

突然，他喊道：“在这儿！”

他一下找到了那个名字。

“爱德华·佩里顾！我就说我知道他！是的，就是他！”

格罗让把名册递给阿尔伯特，晃动着粗粗的食指，指到名单最下面。他一心要证明自己是对的。

“然后呢？”阿尔伯特询问。

“你朋友已经被记录到名单里了。”

他强调了这个词，“记录”，表明这已经是决定了的事。

“我可以告诉你，这已经确定好了！该死，终于找到了，我还记得这件事，还不算糊涂。”

“就这样吗？”

小伙子高兴得闭了一下眼睛，又睁开。

“这里已经记录上了，接着就会给转移文件的。”他用食指敲了敲名单。

“在哪儿可以看到这份转移的文件呢？”

“后勤部门。这由他们决定，交通什么的都归他们管……”

阿尔伯特立马想要跑到后勤部门办公室，要好好问一问。事实上，他已经去过那儿两次了。可是，没有表格，没有文件，也没有找到转移爱德华的材料，他快要发疯了。他一直盯着时间看。下一次办公得再等一会儿，现在必须回去看看爱德华，按照之前医生规定好的，给他一些喝的，多补充一些水。他又改变主意，转过身来。他心想：妈的！如果……

“是你把这个材料给了后勤的人？”

“是的。好像是有个人过来取走的。”格罗让肯定地回答。

“那张写着佩里顾的单子，你知道是谁取走的吗？”

当然，他心里大概已经知道是谁了。

“是一个中尉，我记不得他的名字。”

“是一个高高瘦瘦的人吗？”

“是的，就是他。”

“蓝眼睛的？”

“对，就是。”

“那个杂种……”

“这可不是我说的啊！”

“再做一份这样的材料需要很长时间吗？”

“你是说文件副本吧，如果你需要的话。”

“是的，就是它，要等很久吗？”

格罗让翻了翻东西，拿出墨水盒，抓起一支蘸水钢笔，夹在手中，将它竖起。

“要不了多久。”

爱德华的房间发出一股皮肤腐烂的臭味，必须马上转移他。看来，普拉代勒的诡计快要得逞，可以彻底解决这个威胁了。对阿尔伯特来说，战争委员会裁决的日子不远了，而对爱德华来说，死亡已经到来。要不了几个小时，就会腐烂到脚。普拉代勒不希望爱德华的英雄事迹让人们知道。

阿尔伯特又跑到后勤部，咨询副本的事。

工作人员告诉他：“明天之前，可能性都不大。”

这样的等待似乎太漫长。

那位年轻医生正好离开了医院，还不知道谁来换班。这里有好些外科医生和普通医师，阿尔伯特都不认识，其中一位来到房间里，只待了一小会儿，对他来说，来这里像是浪费时间。

“什么时候才能转移他？”他问。

“仍在处理中，还在办理转移证明。事实上，转移名单上已经登记了名字，但是……”

医生打断他：

“那要等到什么时候？要是都这样，还能办成什么事？”

“他们告诉我是明天。”

医生抬起头，眼睛看着天花板，一副很怀疑的样子。这种情况，医生见多了。他点了点头，表示明白。也许还要再等一会儿吧，这事没那么容易办。他转过身，轻轻拍了拍阿尔伯特的肩膀。

“让房间透透风，这里太臭了。”他边出门边说。

第二天，天刚亮，阿尔伯特就往后勤部办公室走，一路上都特别担心碰到普拉代勒中尉。这个人成功耽搁了转移爱德华的工作，这方面，他无疑是专家。阿尔伯特心里祈求着，期待他不要出现在自己眼前，期待爱德华可以被尽快转移。

“今天可以拿到转移证明了吗？”他问。

办事的小伙子十分友好，很乐意帮忙，对战友也很关心。看得出要是他不在乎，说话表情会完全不一样。

他感到抱歉：“噢！今天可能还是不行，得到明天才可以。”

“那你知道具体时间吗？”

小伙子查了半天，翻了翻各种表格材料。

“不好意思，别人都说我年纪有点大，记性不好。明天正午一过，救护车就来接人。”他回答，眼睛盯着手下翻动的材料。

“确定是明天？”

阿尔伯特想要继续说点什么。虽然得等到明天，但至少得到了肯定答复。他现在想要发泄满身怨气，想要责备他们为什么让自己等这么久，为什么不能早一点理解自己的焦急，为什么如此拖拉。如果换成一个没那么浑蛋的工作人员，爱德华早就被转移走了。

心里的石头终于落下，明天就明天吧。

晚上，爱德华睡不着。阿尔伯特从其他房间拿来好几个枕头，让他坐在床上靠着。整整几个小时，都能听到刺耳的呻吟。

“很痛，是吗？”阿尔伯特问。

爱德华一言不发，什么也不说。

窗户一直保持半开的状态。阿尔伯特像往常一样睡，将两张对着的椅子放在床前，一张用来坐，另一张搭腿。他抽很多烟，以保持清醒，好照看爱德华，烟味还可以掩盖一些空气中弥漫的腐臭。

“你多半闻不到什么味道吧，知道吗，你真是幸运啊……”

该死，要是逗得他笑了怎么办？但他已经没了下巴，也没有想笑的心情吧，阿尔伯特有点苦恼。

“医生……”他大胆地继续说下去。

现在大概是凌晨2、3点，第二天就会有人来转移病人。

“医生说在那里，可以给你安一个假的下巴……”

阿尔伯特不知道说了下颌修补术是否能起作用，不确定在这个时候说是否合宜。

不过爱德华看上去有了点精神。他轻轻摇摇头，发出一点声音，咕噜咕噜的，嘴里还带着一些黏液，做了几个手势。阿尔伯特一直不知道原来他是个左撇子。一想到小本子上的那些画，就不免天真地问，要怎样用左手画出这些画。

这才是一开始就应该进行的话题，让他画画。

“你想要那个本子吗？”

爱德华看了他一眼，是的，想要，可是，并不是拿来作画。

深夜里，这场景有些滑稽。爱德华眼神坚定，半弧形的脸庞肿胀无比，极度激动的表情令人害怕，阿尔伯特有些不知所措。

爱德华坐在床上，一手拿小本子，一手画一些乱七八糟的线条。他十分虚弱，无法写出一个完整的字，可仍然坚持着，拿画笔写个不停。阿尔伯特看到好多字母末端都超出了本子边缘，写字的过程太漫长，他都快睡着了。爱德华拿出不可思议的力气，在纸上写出了一两个字。阿尔伯特想猜出那几个字，费劲看着，一个字母一个字母地读。专注于认字时，很难知道文字要传达的意思，推断字的含义就得花上很长时间。爱德华累得不行，很快就倒在床上，几十分钟后，他又坐起来，重新拿起本子，好像这特别紧急，完全顾不上自己现在的状态。阿尔伯特突然被惊醒，发出几声鼻息，马上离开椅子，点了一根烟，想让自己清醒，重新开始猜谜游戏，一个字接一个字地读着。

到了大概凌晨4点，阿尔伯特问："难道你不想回巴黎去吗？不然，你想去哪儿？"

他又问了几遍。爱德华变得有些激动，用力在本子上画着。一个个字母分开来，字很大，以至于完全认不出来。

"你冷静一下，不要担心，我们会回去的。"阿尔伯特说。

其实他自己也不能确定，心一直悬着，这件事太复杂了。黎明时分，一缕缕阳光照射进来，就在这时，他得到了爱德华不想回家的肯定回答。就这样？爱德华在本子上写下"是的"。

"这很正常，我能理解！当然，一开始谁也不想让别人看到自己可怕的样子，总之就是这样，看起来有点儿丢脸。你看，就说我吧，怎么说呢，索姆河一战，我被子弹击中，那个时候，我知道塞西尔要离开我了，我发誓我说的是真的！不同的是，你的父母还爱着你，他们停止不了对你的爱，你不要怀疑这件事！”阿尔伯特解释。

这些啰里啰唆的话无法让爱德华冷静，反而使他更激动，他大声吼叫，如瀑布咆哮而下，震耳欲聋，他翻过来翻过去，阿尔伯特只好威胁要用束缚带捆住他。爱德华竭力克制，但仍然很激动，满脸通红，甚至有些生气，他猛地从阿尔伯特手中夺回小本子，就和争吵中用手扯掉桌布一样，不一会儿，又重新在纸上写写画画。阿尔伯特又点了一根烟，思考着该怎么说才好。

如果爱德华不想亲朋好友看到他的样子，也许他也爱着一个像塞西尔的女孩。越否认，就越难克制心中情感，阿尔伯特对此特别了解。他慎重地做出论证。

爱德华却只关注在纸上，头上下左右动了动。阿尔伯特意识到他的生命里也许没有塞西尔一样的存在。

但家里还有一个姐姐，姐姐倒是个不错的话题，只是不知道她的名字。实际上，名字也不是那么重要。

但说到姐姐似乎也不太行。

不管爱德华怎么想，都要劝导他，阿尔伯特认为这没什么大不了。

“我理解你。”阿尔伯特又说，“要知道，有了新的下巴，你看起来会和现在不一样。”爱德华烦躁不安，一下又恢复了疼痛的感觉，没了争辩的力气，重新开始疯狂吼叫。阿尔伯特努力控制住他，累得筋疲力尽。他妥协了，不得不再给他注射一次吗啡。过去这几天，爱德华已经注射了很多吗啡，开始出现幻觉。能够幸免于难，是因为他真的很顽强。

上午，在换洗脏衣物和进食的时候（阿尔伯特学着别人教给他的那一套动作，拿出一根橡胶管子，将一端插到爱德华的喉咙里，然后在管子另一端放上一个漏斗，将稀释好的食物慢慢倒进去，让胃能够吸收），爱德华还是一样地躁动，动来动去，阿尔伯特不知怎么办才好。年轻人抓起小本子，又乱画起来，用笔敲了敲那一页。和前一天一样，那些字还是难以辨认。阿尔伯特想知道他写的是什么，可怎么也辨认不出，他眉头紧锁，思考纸上的字母是“E”还是“B”。最后他忍不住了，加重语气说：

“听着，伙计，我受不了了！我完全不明白为什么你不想回自己的家，无论如何，这不关我的事。真是烦死人了，我什么都做不了，真的！”

然而，爱德华一把抓住阿尔伯特，用力捏住他的胳膊。

“噢，你弄痛我了！”阿尔伯特喊。

爱德华的指甲扎进阿尔伯特的肉里，阿尔伯特剧痛无比。爱德华松开了双手，接着又立马抓住阿尔伯特的肩膀，一下抱住他，放声大哭。阿尔伯特对这哭声再熟悉不过了。有一天，在一个马戏团里，他看到几只小猴子穿着海军服，骑着自行车，嘴上哼哼呜呜地呻吟，那场景一下就让他哭了出来，看到那种极度的悲伤，着实令人心碎。现在爱德华的遭遇就和那一模一样，做还是不做假体手术，都无法挽回曾经的一切……

阿尔伯特说了几句简单的安慰话：“别哭了，伙计。”他只能这样，说些愚蠢的话。爱德华怎么也无法抑制自己的悲痛。

“我现在知道了，你再也不想回家了。”阿尔伯特说。

他能感觉倒在自己肩膀上的爱德华正摇着头，不，不想回去，他不断重复，不，不，他不想回去。

阿尔伯特抱着他，思量着，战争期间，和所有人一样，爱德华想活下来，现在战争结束了，他还活着，却只想消失。活着的人想着死，简直一团糟。

事实上，阿尔伯特也明白爱德华没那个力气自杀，想到这儿他松了一口气。如果他第一天就从窗户跳下去，一切都能解决，伤痛、眼泪、时间、无休止的等待，所有一切都会在军事医院那个院子结束。但这个机会过去了，他再也没有勇气这样做，只能活下去。

这是阿尔伯特的错，一开始就是他的错。所有一切。他不堪忍受，看着爱德华也一样，他放声哭起来。多么孤独啊！现在，爱德华的生活里，只剩下阿尔伯特一个人，只他一个可以依靠。这个年轻人把生命托付给阿尔伯特，因为他再也不能独自一人承担解决任何事情了。

阿尔伯特感到痛苦，情绪激动。

“好了，我会解决这件事的……”他嘟嘟哝哝。

想也没想就说了出来。爱德华抬了一下头，好像被电了一下。眼前的这张脸不太完整，鼻子、嘴巴、脸颊都很模糊，只有那激动的眼神，似乎要把你看穿。阿尔伯特看入了迷，无比难过。

“我会想想办法的，我会解决这件事的。”他重复道。

爱德华紧紧握着阿尔伯特的手，闭上眼，一头倒在他肩膀上，脖子紧贴着他的耳朵。爱德华就这样安静地靠着，嘴里发出呜呜的呻吟声，喉咙里仍然有很多带血的大水泡。

我会想想办法的。

“说太多”是阿尔伯特生活中常有的事。他有多少次因为热情过头而陷入麻烦呢？这不难知道：多少次后悔自己欠考虑，就有多少次这样的事。乐于助人不时会给阿尔伯特带来不便。但平时的承诺都是些小事，如今却是另一回事，关系到一个人的生命。

阿尔伯特看着爱德华，轻抚着他的手，想要安慰他。

他难受的是怎么也想不起佩里顾原来的样子。这个小伙子脸上总带着微笑，爱开玩笑，时常在画画。现在，只能看到一个大概的轮廓和背影，那还是113号战役开始前的样子，而脸，却怎么也想不起来。当佩里顾转过头来面向自己时，还是一样，脑海里出现的就是现在看到的样子：流着血，大张着嘴。阿尔伯特十分难过。

阿尔伯特的眼睛慢慢滑向平放在床单上的小本子。刚才那个难以辨认的词，一下出现在眼前：

父亲。

他陷入沉思。父亲早已不在人世，只留下那张顶部泛黄的相片。他时常埋怨父亲死得太早，要想象一个活着的父亲，是件极其复杂的事。阿尔伯特不想知道爱德华请求的事，但为时已晚，他已经答应帮爱德华"解决麻烦"了。关于这件事，阿尔伯特不知道可以说些什么。在照看熟睡战友的那一点儿时间里，他思考起来。

爱德华想要消失，好吧，但是一个活着的士兵怎么从人前消失不见呢？阿尔伯特不是中尉，完全不懂怎么做，如何让人消失，他的点子不太多。难道要编造出一个新身份？

阿尔伯特做事总是慢吞吞，但有责任感也很理智，他想，如果爱德华想要消失，那就给他一个死了的士兵身份，来代替他。

这是唯一的办法。

在人事部，下士格罗让的办公室里就有记载着死亡士兵的名册。

阿尔伯特试着去想象这样的行为带来的后果。他刚刚才勉强逃过军事法庭的处罚（他也假设自己会被抓住），现在又要准备作假，牺牲活人，复活死人。

然而，这一次不一样，被逮到就直接送去枪毙。不过，管不了那么多。

爱德华精力耗尽，倒了下去，睡着了。阿尔伯特看了一眼挂在墙上的时钟，起身，打开木柜的门。

他伸手进去，从爱德华的包里拿出了他的军官证。

现在已经临近正午，还有四分钟，三分钟，两分钟……阿尔伯特冲出房间，又一次沿着走廊的墙向前走，敲了敲办公室的门，没等任何回应就推门走进去。在格罗让那张堆满文件的桌子上方，时钟滴滴答答走着：还有一分钟到12点。

“你好！”阿尔伯特说。

他试着表现出高兴的样子。在正午这个点儿上，这种策略不太可能应付得了饿着肚子的人。格罗让低声抱怨：“这次他又想干什么，还是在这个点儿来？”阿尔伯特说了声谢谢，格罗让让他坐下。格罗让抬起屁股，准备合上登记簿。“谢谢”这个词，自战争开始以来还不常听到，他不知道怎么回答。

“哦，没事……”

阿尔伯特补充道：

“你说的副本……真的很感谢，今天下午他们就会转移我的朋友。”

格罗让回过神，抬起头，在沾有墨水污渍的长裤上来回擦了擦手。毕竟已经正午了，对这样的感谢，他高兴不起来。阿尔伯特继续“进攻”：

“我还要找两个战友……”

“哦。”

格罗让已经开始穿外套。

“我不知道他们现在怎样了，一会儿，有人告诉我他们不见了。

一会儿，有人又说他们受伤，转移走了……”

“那我就更不知道了！”

格罗让走向门口，连再见也没对阿尔伯特说一句，直接离开。

“也许在登记簿里……”阿尔伯特不好意思地说。

这时，格罗让已经将门大大地打开了。

“吃完饭你再来吧，到时我们一起找找看。”他说。

阿尔伯特睁大双眼，就好像刚刚有了一个什么好主意。

“如果你愿意的话，我可以在你吃饭的时候找找看。”

“不行，我有命令在身，不可以这样！”

他将阿尔伯特推到门外，用钥匙锁上门。阿尔伯特吃了个闭门羹，道了谢谢和再见，走到走廊上。一小时后爱德华就要被转移走了，阿尔伯特双手交叉，一遍又一遍重复:“妈的，妈的，妈的！”他被自己的无能彻底打败了。

他心里十分愧疚，走了好几米远，又转过头，看到格罗让还在走廊上走着，慢慢远去。

阿尔伯特跑向院子，一个念头在心中萌芽。格罗让站在远处某间办公室门口，像在等人。阿尔伯特一边思考一边往回走，脚步迈得十分坚决，心想着得走快点儿才行。走到大楼门口，他呆住了，是普拉代勒中尉，幸运的是，中尉头也不回地就走开了。阿尔伯特回过神来，听到一些脚步声，三三两两的士兵有说有笑地和自己擦身而过，走向食堂。阿尔伯特在格罗让办公室门前停下来，伸手拿下放在门框上方的钥匙，紧紧捏着，一股脑插进门闩，轻轻一转门就开了，他大步走进去，快速关上门。像在弹坑里一样，他的背是紧贴着门的。房间里放着一叠叠登记簿，有好几吨重，从地上堆到了天花板。

在银行工作的时候，他得归档很多文件，就像现在看到的这样，文件上贴上许许多多标签，还要用那种必须不断蘸墨水的蓝色钢笔，用手写的方式标记好各种名称，以便存档。虽然很熟悉这种环境，他还是要花上大约二十五分钟时间来找到需要的文件。这超出了想象，他很着急，不断回头看，就好像门随时可能会自己打开一样。他对自己说，这是没有办法的办法。

整理好三份完整的材料后，已经12点半了。每一份材料里，姓名资料一个连着一个，每一个都不一样，有官方记录的，也有老旧的资料，像这样很快就死掉，却只留下一个名字，真是太不可思议了。但是，仍然需要二十分钟来寻找合适的身份，阿尔伯特开始有些犹豫，这就是他的性格。就好像选择这件事情很重要一样……他思忖着，就选最开始找到的那份吧！他看了看时钟和大门，这两样东西似乎变得越来越大，几乎快要占满整个房间。他想着爱德华还一个人被绑在床上……

现在时间是12点42分。

他眼睛一直盯着登记簿看，找寻着记录册上那些死在医院，未被告知家人的士兵。名单记录的死亡到10月30日为止。

维克多·布利维特，生于1891年2月12日，死于1918年10月24日。无人通报，父母所在地：第戎。

必须顾虑到各个方面，考虑清楚所有事，这样的想法涌进了他的脑海。阿尔伯特很清楚，战友将生命交付于自己，自己就得全权负责他的一切，出不得一丁点儿差错。每件事都不能马虎，必须做到最好。否则，给了爱德华一个死人的身份，这个人又活过来的话，那就不得了了。也许这人的父母正在期待自己儿子的消息。人们总会打听清楚，打个电话并不是难事。阿尔伯特摇了摇脑袋，幻想着自己和爱德华可能会面临的后果：盗取身份和做伪证（毫无疑问，他没有任何办法向检察官解释）。

不一会儿，他发起抖来。在战争前，这种情况就很常见，只要一害怕，他就不停哆嗦。他看着时钟，时间过得很快，手下的资料被捏得皱皱巴巴的。他又翻过好几页。

阿尔弗雷德·迪博，生于1890年9月24日，死于1918年10月25日，两个孩子，家住圣普尔坎。

天，怎么才能找到一个合适的？事实上，他并没有承诺过什么，只是说“我想想办法”，这不算诺言，只是一种说话的方式。唉……阿尔伯特这样想着，又翻了几页。

路易·埃夫拉尔，生于1892年6月13日，死于1918年10月24日。无人通报，父母所在地：图卢兹。

看吧，他就是这样，永远不考虑清楚后果，一味干着蠢事，就算是热心肠，结果呢……在这方面，他母亲可说对了。

康斯坦·克茹，生于1891年1月11日，死于1918年10月26日，已婚，家住地址：莫尔南。

阿尔伯特向上看，时钟仍然不断走着，没给他留更多时间，也没有其他选择，已经过去一个小时了。两颗硕大的汗珠滴到名单上，他想要找到吸水纸，转头看了一眼大门，什么也没发现，便继续专注到名单上。再不快点儿，门就要被打开了，又要怎样解释？

突然，一个名字扑入眼帘。

欧仁·拉里维埃，生于1893年11月1日，死于其生日的前一天，1918年10月30日。欧仁差不多有25岁。须通告：公共救济事业局。

对阿尔伯特来说，这是个奇迹。没有父母，只用告知部门，可以说，没人关心这人是死是活。

阿尔伯特很快就找到装有军官证的文件袋，归档的文件不算乱，但也得花上几分钟才能找到拉里维埃的证件。现在已经下午1点05分了，格罗让肯定吃得正欢，肚子一定都鼓了起来。现在不能乱了阵脚，他是不会在1点半之前离开食堂的。尽管如此，还是得加快速度。

文件袋里，阿尔伯特找到了拉里维埃的证件，只剩下一半，另一半还留在他身上。或许已经被钉到十字架上去了。这都不重要。从照片上看，欧仁·拉里维埃是个年轻小伙子，相貌普通，要是不看下巴的话，没人能认出他的样子。阿尔伯特立马把证件装进兜里，还顺手拿走了两个其他人的，放到另一个口袋。遗漏一个证件，可以说是一次失误，可是弄错很多的话，那就太糟糕了。还好这和军事惩罚无关，不会坏到哪儿去。他翻开第二个登记簿，打开墨水盒，抽出一支蘸水羽毛笔，深吸一口气，以稳定紧张的情绪，然后写下：爱德华·佩里顾（他看了一眼出生日期，又加入了军人编号）死于1918年11月2日。把写有爱德华的表格和记载着死亡名单的登记表放在一起，再把记载着身份证明和编号的另一半证件扔了进去。一两周后，他的父母就会被通知，他们的儿子光荣牺牲，到处都会贴满这样的消息。只需要加一个已死亡的名字上去，这特别简单，还很方便。即使在战争那么混乱的情况下，政府也会去传达，只是早与晚的问题。

现在时间是1点15分。

剩下的事花不了太长时间。阿尔伯特看过格罗让工作，知道什么地方可以找到那些转移材料。他反复确认后得知，爱德华的转移证明在那些正在处理的文件最后面。阿尔伯特在一堆文件最下面找到了那份原始文件。没人会去检查编号，就算有人发现这份证明不见了，这场战争也早就结束了，说不定下一场战争都开始了。他很快就弄好了一份写有转移欧仁·拉里维埃的证明，盖好最后一个章才发现，自己全身都湿透了。

他快速整理好文件，走之前看了看房间，确定没有落下任何东西，阿尔伯特耳朵紧紧贴在门上偷听着外面的动静，除了很远处传来的声音，什么也听不到。他插上插销，把钥匙重新放在门框上，沿着墙跑开了。

爱德华·佩里顾死了，为国捐躯。

而欧仁·拉里维埃重获新生，从此开始漫长人生，回味死而复生的苦痛。

爱德华呼吸困难，在床上翻来覆去，由于脚踝和手腕处都没有被拴住，一下就从床沿的一头滚到了另一头。阿尔伯特按住他的肩膀和手臂，一直和他说话，告诉他新状况："你现在叫欧仁，希望这个名字能让你满意，因为只能找这个完全适合你的身份。"但是要让他笑，他……这让阿尔伯特有些好奇，要是等一下想要逗他笑，又要怎么做呢？

车终于到了。

阿尔伯特看到一辆带篷军用货车在院子里停下，尾部排着黑色废气。没时间把爱德华固定在床上了，阿尔伯特径直走向大门，急急忙忙冲下楼梯，对着不远的护士呼喊着，而那个男护士手上拿着一张纸，到处打听着。

“是来转移伤员的吗？”阿尔伯特问。

小伙子看上去松了一口气，开车的司机也走下来和他俩会和。他们跟在阿尔伯特身后，重重踏步往楼上走，手上拿着一副担架，木质手柄往里一卷就可以合在一起。

“先告诉你们，房间里面味道不太好。”阿尔伯特说。那位壮一些的担架员抬了抬肩膀，说道：“我们早已经习惯了。”他打开了门。

“确实。”他说。

即便对阿尔伯特来说，只离开一小会儿再回到这儿，腐烂的味道依然让人喘不过气。

担架员把担架放在地上。壮一点的那位指挥着，随手把转移表放在床头，围着床绕了一圈。情况有点紧急。其中一位抓住爱德华的脚，另一位抓住手，齐声喊：“一，二，三……”

“一”，用力。

“二”，向上抬起爱德华。

“三”，最后，两名护士把伤员放到担架上。阿尔伯特拿起床头的副本，换成了事先准备好的写着拉里维埃的那份。

“你们有吗啡可以给他注射一下吗？”

“别担心，我们会给他的。”瘦的那位说。

“给你，这是他的军官证。我单独给你，是以防有人弄丢他的材料，你明白吧。”阿尔伯特说道。

“别担心。”小伙子接过证件。

他们抬着爱德华走到楼梯下面，出了大楼，到了院子。爱德华轻微地晃动着脑袋，两眼放空。阿尔伯特爬上车，弯下腰对他说：“加油，欧仁，不要放弃，一切都会好起来的。”阿尔伯特有一种想哭的心情。

身后的担架员喊道：“兄弟，我们必须走了！”

“好的，好的。”阿尔伯特回答。

他紧紧握着爱德华的手，目不转睛地看着眼前这个人，心想着自己准会想念他的，眼眶一下就湿了。

阿尔伯特给了他一个大大的拥抱。

“好了，再见了！”

他跳下车，在车门就要关上的那一刻大喊：

“我会去看你的！”

阿尔伯特抬起头，拿出手帕。二楼窗户大开着，普拉代勒中尉站在窗前看到了这一幕，默默拿出口袋里的烟盒。

这会儿，车子已经开动了。

车子离开医院的院子，排出一股黑烟，像工厂排放的废气一样一直在空中蔓延，最后慢慢消失在车尾。阿尔伯特转过头面向大楼。二楼窗户又关上了，普拉代勒消失在窗前。

一阵风吹来，打散了那股黑烟。现在，院子里什么也没有，阿尔伯特心里也空荡荡的，十分失落，他吸了一下鼻子，用手摸着口袋里的手帕。

“该死！”

他忘了把画册还给爱德华了。

接下来的几天，一个新烦恼出现了，阿尔伯特无法平静。如果自己死了，塞西尔会不会收到官方的通知？难道只有一张宣告死亡的纸，除此之外，就什么也没有了吗？也许不会有人向母亲通告这事？不管这张纸上写了什么，她会在告诉别人之前，坐在客厅里一个人独自哭泣，哭得眼泪把纸都弄湿吗？

通报这个问题折磨着他。就在一直思考这个问题时，他在包的深处发现了之前替换爱德华身份时随手拿走的一个军官证。

军官证上面写着路易·埃夫拉尔的名字，还有生日：1892年6月13日。

阿尔伯特早已记不起这个士兵死亡的日期，应该是战争的最后几天，但具体是哪天？不过他还记得，士兵的父母住在图卢兹。这个小伙子一定操着地方口音。他心想。几周后，几个月后，没人知道他去了哪儿，证件也丢失，他就会被确认是失踪，从此，这个世界不再有路易·埃夫拉尔这个人。要是他父母也过世了，谁还会记得路易·埃夫拉尔呢？死了的、消失不见的人，难道他们的数量还不够多，还需要阿尔伯特重新编造新的身份来代替他们吗？所有这些可怜的父母们注定要在绝望中哭泣……

你想象一下，欧仁·拉里维埃和路易·埃夫拉尔，中间再加上爱德华·佩里顾，全部丢给一个像阿尔伯特·马亚尔这样的士兵，你就会陷入彻底的悲伤。

阿尔伯特对爱德华·佩里顾的家庭一点也不了解，文件上仅仅写着，他父母的家住在一个雅致的小区，就没有任何具体信息了。对父母来说，就算是再美的小区，都无法改变儿子死了的事实。活着的士兵常常会先给死亡战友的家属写信，因为军队不会那么急着去通知家属，而且，总是有各种耽搁。

阿尔伯特知道必须要想好怎样写这封信，怎样说明白这件事，却怎么也想不出来，因为这是说谎。

要怎样向那些沉浸在儿子战死痛苦中的父母开口，又不告诉他们儿子活着的事实呢？一边是必须要说的谎言，一边是良心的谴责，简直进退两难。好几周的时间，阿尔伯特都为这件事烦心。

翻着那些画的时候，他才下定决心。画册一直都放在床头，没事他就拿来看看。这些画成了生活的一部分，只是并不属于他，必须还给爱德华。他小心翼翼撕下最后几页，就是几天前两人聊天时爱德华写得乱七八糟的那几页。

他知道自己可能写不好这封信。但无论如何，一天清晨，他动笔写了起来：

女士，先生：

我叫阿尔伯特·马亚尔，是你们儿子爱德华的一位战友，我特别抱歉地通知你们，爱德华在去年11月2日的战争中牺牲了。政府会寄给你们官方的悼文，但是我想要告诉你们，他是个英雄，是为保卫国家而牺牲的。

爱德华在离开之前留下了一个画画的小本子，让我把它交给你们，我一并寄给你们。

请不要难过，他最后走得很安详，安葬在一个别致的墓地，那儿还有其他的战友做伴。我向你们保证，他在那里能得到很好的照顾。

我……

# 7

欧仁，我亲爱的战友……

谁也不知道会不会有审查，也许信件会被拆开、阅读和查看。阿尔伯特有些犹豫，但还是十分谨慎地称呼着这个新名字。另外，爱德华也习惯了被叫这个名字。回想这件事，仍然令人觉得奇怪。即便没有一直想着这些事情，他还是会情不自禁地回忆往事。

他认识两个叫欧仁的小伙子。第一个是学校的同学，一个瘦瘦的男孩，脸上长有雀斑。我们不太清楚这个人。但是，对另一个，爱德华却挂在心上。他俩是爱德华偷偷躲着父母画画期间遇到的，那段时间，他们总是待在一起。爱德华用尽各种各样的方法躲着父母。幸运的是，姐姐玛德莱娜会帮助他，总是给他找各种理由开脱，至少能帮他躲开一些麻烦。欧仁和爱德华关系特别亲近，还一起备考艺术学校。欧仁没有被录取，因为天赋不够。之后他们就失去了联系，而到1916年的时候爱德华也“死”了。

欧仁，我亲爱的战友：

知道吗，我很想知道你的近况。但是，这四个月以来，没有一张画，甚至一个字、一句话也没有。当然，我知道你不喜欢写。但是……

画画更简单，因为不用一个字一个字地写。这只取决于他，他甚至什么都可以不用写。但是，阿尔伯特这个人就是这样较真，想什么就要做什么。爱德华读着这封信，没想责备阿尔伯特，只是心里抱怨了一下。总之，在那儿他救了自己的命。爱德华知道阿尔伯特是心甘情愿陪在身边照顾自己的，但是怎么说呢，有些感受不是那么容易就说得清楚的，这种不公平……这不是任何一个人的错，是世上这一切的问题。但是他需要弄清楚现在的情况，如果没有遇到要被活埋的阿尔伯特·马亚尔，他就能完完整整回到自己家。当这个念头涌上来，他克制不住自己，哭了出来。无论如何，在这里，大家都哭过，这栋楼就是眼泪汇集地。

有时，当疼痛、恐慌、悲伤停止，他开始反复思考阿尔伯特·马亚尔屈服于普拉代勒中尉的样子。爱德华不知道将军办公室发生的故事，也不知道阿尔伯特差一点就要被送去战争委员会。这事发生在转移的前一天，因为服了镇痛药，他的头昏昏沉沉的，记得的事都是模糊的，脑子里黑黑一片。普拉代勒的样子倒是特别清楚：他一动不动，四周炮弹呼啸而过，眼睛盯着脚下，然后跑开；接着，一堵泥墙倒下来……他不知道为什么，但是很清楚普拉代勒在那儿一定对阿尔伯特做了点什么。不管是谁都会立刻被激怒的。但越是回想当时英勇就越觉心力交瘁。脑海里记忆重现，所有画面远远平铺开来，看着这些事发生，没有一个地方可以发泄愤怒，也找不到希望。

爱德华极度失落。

……我告诉你，要完全打听清楚你的生活并不容易。

甚至，我也不知道你是不是饿了想吃东西，或者医生有没有和你说过什么，如同我期望的那样，不知道他们有没有像我之前听到的那样给你做好移植手术，另外，你知道我也告诉过你这件事。

我们过一会儿再来说手术的故事。阿尔伯特知道的太少，很多情况他都不太清楚，只是想当然推断。这几周，医院都忙着去防止病人伤口感染，然后给他们"上石膏"，莫代医生常说这个外科手术用词，他就职于坐落在特吕代纳大街的洛林医院，身负行政主管一职。他身材高大魁梧，一头红棕色头发，看上去特别有精神。他给爱德华做过六次手术。

"你和我，我们都是受害者！"

每一次手术，他都特别仔细地向爱德华解释，手术的各种原因和危险，还为手术"重新制定一整套策略"。他有坚定不移的信念，站在最前线指挥病人的截肢手术，日复一日，夜复一夜，有时候甚至要到战壕水沟里去完成手术。

爱德华已经很长时间没有在镜子里看到自己的样子了。当然，护士、医生都围在爱德华身边，处理着他脸上那个流着血的大伤口，忍受着缺失嘴部的可怕样子，那儿只有小舌、喉咙、气管，前面也只剩下一排还没损坏的牙齿。所有人都围在四周照顾着爱德华，这让他十分宽慰。每个人都说着十分乐观的话，然而，第一次，当他们弄明白要面对什么的时候，无尽的绝望使他们的快乐消失得无影无踪。

比如，一旦谈到未来，特别是伤员的精神状态。在让爱德华看到自己样子之前的好几周里，莫代都说着一些医生的陈词滥调：

"这样跟你说好了，今天你遭遇了困难，不代表你没有明天。"

他强调“没有”，这个大大的“没有”。因为感觉这些话对爱德华起不了太大作用，他更加努力地说着。当然，战争造成的死亡超出了想象，但人们总要看到好的一面，正是这场战争，让上颌外科手术有了很大的发展空间。

“巨大的进步，是吧！”

医生给爱德华讲了好多关于牙齿的机械疗法，展示了许多石膏做成的装备着钢制咬合的骨架模型，还有各式各样的整形科技装置，包括那些最后一代老得就要被淘汰的模具。事实上，莫代是个战略家，懂得怎样说服别人。现在，他正在组织一队人讨论，以便更好地确定和完善对爱德华的治疗方法。

“我们采用迪富芒泰尔面部皮肤软组织缺损修复法。”

他接着说：“我会取一些位于你额部的皮瓣，再接合到脸部下颌处。”

莫代向爱德华讲着一些成功案例，都是些老生常谈。爱德华想，自己这张被炸烂的脸正是某个军人造成的，现在却要把自己交给另一个军人，还得在脸上装一个畸形的装置。

爱德华的回答十分简短。

“不。”他在用来交流的本子上写了大大的一个字。

爱德华本能地抵抗着，一副好奇的眼神盯着莫代看，他并不太喜欢这个手术。莫代正展示着弥补术的过程。硬质胶体、软金属、铝制材料，所有的这些东西都会被安装上去，从而便能拥有一张新的脸。爱德华不期盼脸有什么改变，抓起他的大本子，又写了一遍：

“不。”

“什么，不？为什么不？”外科医生询问。

“什么都不要，我就这样。”

莫代闭上眼睛，一副明白了的表情。最初那几个月，他总是遇到这态度，被拒绝，他知道这是一种战后创伤性抑郁，想着也许时间一长会有所改变。对于毁容，早晚我们都会变得理性，毕竟还要生活下去。

但是四个月过去了，上千次的劝说，要是别人的话，早就毫无例外地接受医生建议，而不是让自己的病情恶化，而士兵拉里维埃仍然把力气用在拒绝上："我就这样。"

他这样说，眼神坚决而呆滞。

医生只好通知精神科专家。

这么说吧，从你的那些画中，我想我应该看得出你的想法。我想你现在的房间应该比之前那间要大很多，是吗？你还记得我们在院子里看到的大树吗？当然，这并不是说你在那儿有多幸福，而是在这儿，我不知道能为你做点什么。我感觉自己特别没用。

还要感谢你画的修女玛丽·卡米耶的画像。

直到现在，你都设法向我展示她的背影和正面的样子，我知道你为什么要一直留着她的画像，你这个坏东西，喜欢她是吧！我也得承认，如果我失去了亲爱的塞西尔的话……

实际上，这栋大楼里，没有任何修女，只有文职人员和一些特别和蔼可亲的女人，以及她们同情的眼神。但是，必须要对阿尔伯特讲述一些什么，因为他每周都要寄两封信来。最开始，爱德华都会胡乱地在纸上写写画画，可他手抖得特别厉害，眼睛也看得不太清楚。更不要说一次接着一次手术，每次都难受得要死。在一张完整的草图里，阿尔伯特自认为看到一个“年轻的修女”。看吧，在爱德华眼里，一位修女是很重要的事，他把她叫作玛丽·卡米耶。通过信件里的文字，他虚构了一个阿尔伯特的形象，想要给这个虚构形象一种他喜欢的脸的样子。

尽管他们被相同的一件事情联系在一起，都曾各自为了某种原因冒险过，但是两个人以前并不认识对方，他们的关系复杂，因为愧疚、责任、愤怒、厌恶和战友情谊混在一起，十分晦涩。爱德华有一种说不清楚的怨恨，但是在阿尔伯特帮助自己替换身份，避免遣送回家之后这感觉大大减少了。现在，他不再是爱德华·佩里顾，未来自己变成什么样子也完全不清楚。但是，不管以后怎么办他也不想面对自己的父亲。

> 说到塞西尔，我收到过她的一封信。她也认为战争结束的过程实在是太漫长了。我挑了一个合适的时间回去，但是听她的口气，似乎对这一切都已经厌倦了。最初，她常常去看我的妈妈，现在却少很多了。我不能抱怨她去的次数越来越少，告诉你吧，我妈妈这个女人可是个大麻烦。
>
> 我还得好好感谢你画的马头。让你感到厌烦了吧……它看起来十分真实，眼球都要凸出来了，和你之前痛苦的时候一样，嘴巴一直大张着。你知道，这么说很愚蠢，但是我时常在想，要怎样称呼这个畜生。就好像我一定要给它想个名字一样。

爱德华画了多少马头寄给阿尔伯特呢？马头太窄了，这一侧画多了，不，是另一侧画多了，眼睛画得不太对……哎，不，完全不对。

还有另外一张，爱德华放弃继续画下去，但是能让阿尔伯特重新见到那个救过他命的马头，这显然很重要，而且他还可以珍藏这张画。这种作画的渴望掩饰了一个痛苦、严重的问题——他无法说话。他专心致志，画了十几张草图，尝试了一些看起来不太像样的东西，画中带着歉意和感谢，以回复阿尔伯特一封又一封的信件。当回想起达·芬奇画的马头，他打算放弃，他认为那是一幅他曾经用来临摹骑士塑像的红粉笔画。收到画的阿尔伯特十分高兴。

读着信，爱德华最终明白了一切，既已画了马头给战友，他放下笔，决定不再这样继续，不用再画别的了。

> 这儿，时间不停地走着。你知道吗？去年11月就确定停战了，可是现在都已经2月了，军队还没有开始复员。士兵不再服役有好几周了……我们听说了各种各样的情况，得分辨哪些是真的。这里和前线一样，谣言总是比真实新闻传得更快。据说巴黎人马上就会跟着《小报》一起到兰斯的战场上。总之，这种条件下，情况越来越坏。我可以肯定大家都很好奇枪林弹雨还能变得多坏，至少这样我们还感觉到自己有用，我们要取得战争的胜利。向你抱怨我的那些小伤痛，我感到十分惭愧，我可怜的欧仁，你一定会说我不知道自己有多么幸运，只知道在这儿怨天怨地。你说得很对，人是自私的。
>
> 看吧，我的话总是乱七八糟的（理不清自己的思路，我上学时就这样），我想我也弄不清楚自己究竟想说什么。

爱德华向莫代医生表示不做任何形式的整形手术，而是要尽快回到正常生活中。

“现在这个样子？”

医生有些不太高兴，右手拿着爱德华写的字，左手按住爱德华的肩膀，把他拉到镜子前。

爱德华目不转睛地看着镜子，肿胀的脸庞，嘴里有黏稠的液体，这是一张不完整的脸，特别古怪。肌肉皱在一块儿，就像一屁股坐在乳白色的坐垫上，形成了一些浅浅的沟壑，脸中间的部分，肌肉组织来回伸缩扭动，使得一部分肌肉皱到一起。脸上的洞就像一个火山口，比之前那个弹坑要更深，依然是红的。就像一个马戏团的杂技演员吃掉了自己的整个脸颊和下颌，却没办法再弄回来。

“是的，就这个样子。”爱德华确定地说。

# 8

一阵持续不断的掌声响起，成千上万的士兵在巨大的嘈杂中走过，又走回来，停下来，挤到一块儿。复员转业中心被挤得炸开了花，必须大量疏通，得先弄出去上百个人，但是没有人知道怎么办，一队又一队的人来到这里，各个部队都来了。士兵们背着装备，因为得不到一点儿消息，每个人脸上都写着不高兴。不一会儿，人潮就激动起来，有人吼了一声，几乎是威胁上级立马解决他们的问题。下级军官应付不了这局面，大步穿过人群，焦急地说：“我不比你们知道得多，你们想要我说什么！”就在这时，大厅传来一阵哨声，所有人都回头看，愤怒的情绪被引到另一头，只见尽头一个小伙子大骂：“文件，妈的，什么文件？”接着，另一个声音传来：“哦，是这个军官证吗？”每个人都本能地摸了一下胸前或者屁股后面的口袋。大家互相交谈：“我们到这儿已经四个小时了，真他妈受够了！”“你就别再抱怨了，我来这儿都三天了！”一个人问：“你这半筒靴，在哪儿找到的？看上去很挤脚啊。”一个血液沸腾的小伙子说：“那我们怎么办呢？”他只是个普通士兵，却用对下属说话的方式向上尉大吼，整个人十分愤怒，不停地问：“你说说看啊，到底怎么办？”长官看着自己的表单，勾着一些名字。那个士兵愤怒得不行，鞋跟来回摩擦，低声抱怨着，很难理解他在说什么，除了一个词“浑蛋……”。上尉表现出不理解的神情，满脸通红，抖着手。但是，现场人实在是太多了，他的话在人群中传动，又像破了的水泡一样消失不见。有两个人已经吵了起来，挥拳互推肩膀。第一个人大叫道：“喂，这是我的军衣！”另一个说：“妈的，你别太过分啊！”他一下放手，转身离开，过不一会儿，他又会返回来偷其他人的；每天这里都会有人偷东西，所以必须为此设立一个专门的办公室，一个可以申诉的地方。你或许会想，这不太可能吧！不过，这正是那些排队打汤的人所想的事，汤是温的，从战争一开始就是这样。没人理解为什么咖啡是热的，汤却是冷的。战争之初即是如此。其他时间，比如不排队的时候，士兵们便到处打听消息（一个小伙子说道：“我看到了一份文件上标明了去马孔的火车！已经确定了，除非火车不在那儿，你到底想知道什么！”）。

昨天，一列开往巴黎的火车终于出发，总共有47节车厢，载客量1500人，最后挤满超过2000名士兵。虽然拥挤得像沙丁鱼罐头，但每个人都很高兴。火车玻璃碎了很多，几个下级军官走到站台上去解释“损坏公物”的问题，一些人必须得下车。火车本应10点出发，但整整晚了一个小时，最终火车还是开动了，士兵们离开的，没有上得了车的，都大声地叫着。一望无际的田野上一缕烟云飘过，大家又回到队伍里，寻找熟悉的脸孔，到处打探消息，问同样的问题，想知道哪一支队伍要复员转业，按照怎样的顺序。天哪，这里没有负责的人吗？当然有，但是他能管什么用呢？没人知道，所有人都在等待。普通士兵就地而睡，只盖一件大衣，在战壕里，位置可能要更大一些。不是做比较，只是在这里，没有老鼠出没，即便有些虱子，也只在士兵身上爬来爬去。一个满脸皱纹、岁数偏大的士兵正发牢骚：“在这房间里，我们甚至都不能往家里写信。”有种听天由命的感觉。士兵认为应该还有另外一辆火车会来。确实来了一辆，本该将正在等待的320名士兵带走，最后只带走了200人，完全不知怎样安排剩下的人。

有个神父想要穿过身旁成群结队走过的士兵，却被挤得东倒西歪，咖啡洒到地上，只剩下半杯，一个小个子士兵给他使了个眼色，捧腹大笑说："喂，上帝对你不太怜悯。"神父没搭理，手托着下巴，努力想找一个位子坐下。大家焦急地等着，每个人都疯狂抢着位子，像打仗一样。神父在找可以坐的地方，因为每个人都紧紧挤到一起，如果是军官，那就让他见鬼去吧，但是，如果是神父的话……

拥挤的人群让阿尔伯特一阵焦虑，一天24小时没一刻不紧张。一个又一个人推来推去，士兵们只能稍稍放松一下。四下的嘈杂喧闹让他心神不安，好一会儿才能缓过神，被惊吓的感觉一直持续，得花上大半精力去应付。就像是，舱门合上的那一刻，身边的人群声突然消失，取而代之的是一些回声，犹如在土下面听到的炮弹爆炸声，浑浊沉闷。

更不用说他常常能在大厅最里面碰到已经是上尉的普拉代勒，他双脚分开站在那儿，双手背在身后，这是他最喜欢的姿势。他观察眼前这可怜的场景，一副严肃的样子，其他人十分不快，但没人说什么。阿尔伯特一边想着他，一边盯着周围人群，极端不安。他不想和爱德华提起普拉代勒上尉，但是又能感觉到上尉无处不在，像一种坏情绪，在附近飘荡，随时准备向自己袭来。

对此，你说得很对，人还是自私的。我的信写得断断续续的……

"阿尔伯特！"

你看吧，这是因为我们脑子里总是想得过于错综复杂。当人们……

"阿尔伯特，噢，他妈的！"

下士长抓住阿尔伯特的肩膀，十分生气，手指着指示牌，嘴里狠狠地骂着脏话。阿尔伯特仓促地折好散乱的纸，匆忙地拿起整理得乱七八糟的衣物，把文件递给他，身旁的士兵一个接一个踮起脚给他让出一些位置。

"你看起来不太像照片上的人……"

宪兵有四十岁（啤酒肚，有些胖，谁知道他是怎样在这四年里吃成这样子的），他看了看手上的文件，点了点头，有些怀疑。这人很有责任感，但这种责任感是季节性的。比如，自从停战以来，这种罕见的行为比以前更常见。另外，他刁难阿尔伯特，是因为看出阿尔伯特头脑简单，吵不起来，一心只想回家，只想睡觉。

"阿尔伯特·马亚尔……"宪兵认真看了一遍军官证，重复道。

宪兵差一点就要把文件看穿了。明显，他有些怀疑，观察了好几遍阿尔伯特的脸后得出一个结论："你不像照片里的人。"可是，照片得追溯到四年前，已经用旧了，有些模糊。阿尔伯特心想：正好，对于一个像我这样的士兵，黯淡无光，没有精神，是不会有太大问题的。然而，工作人员不这么看，现在这种情况下，骗子尤其多。他点了点头，一遍又一遍地看着文件和阿尔伯特的头。

"这是以前的照片。"阿尔伯特大胆说。

有多少士兵的脸看起来可疑，就有多少"老照片"的说法用来糊弄人，以便显得可靠。不管怎样，“老照片”都是一个很不错的主意。

“是的。”他重复着，“阿尔伯特·马亚尔。好的，可是现在这里有两个马亚尔。”

“你的登记表里面有两个叫阿尔伯特的人吗？”

“不是的。我想，A·马亚尔，A这个字母代表的是阿尔伯特。”

宪兵非常自豪自己这种钻牛角尖的行为。

“是的，但也可以是阿尔弗雷德，或者安德烈，或者阿尔希德啊。”阿尔伯特说。

宪兵抬起头，像一只肥猫，眯着眼睛看他。

“那为什么不能是阿尔伯特呢？”

像这样一个可靠的假设，阿尔伯特还真不知道怎样反驳。

“那另一个马亚尔，他在哪儿呢？”他询问。

“哦，这个嘛，他昨天就离开了。”

“你都没问他的名字就让他走了吗？”

宪兵闭上眼睛，解释这个问题可不那么容易。

“这里记下了他的名字，但是现在没有那份材料了，因为昨天已经送到巴黎去了。那些已经离开的人，我这儿只有这个记录（他指了指姓氏那一栏），那里写着‘A·马亚尔’。”

“如果找不到文件，是不是说我得继续独自一人留在这儿打仗？”

“管事的可不是我，我上面还有长官，如果放你走了，我会挨骂的，你懂吧……如果登记了一个错的名字，谁来解决这个错误呢？只能是我！你想象不到这里有多少不劳而获的人！这会儿，你说你丢了材料，简直不可思议，如果为所有那些丢了退伍金材料的人考虑赔偿的事，似乎……”宪兵继续说。

“这事很严重吗？”阿尔伯特询问。

宪兵皱了皱眉头，就好像突然明白自己面前站了一个苏维埃布尔什维克党的人一样。

“从贴上这张照片以后，我就在索姆河战役中受了伤。可能就是这个原因，照片上的人才不像我……”阿尔伯特解释道，试图缓解当前的尴尬。

宪兵极力要发挥他的精明远见，一遍又一遍对着照片和真人反复对照，他的动作越来越快，最后宣布：“这有可能。”可是他觉得数目对不上。身后，士兵开始不耐烦起来，能听到一些抱怨声，虽然大家还有些胆怯，但是他们马上就要哄闹起来了……

“嘿，有问题吗？”

话中传来一阵令人不安的波频，阿尔伯特在原地不敢动弹，只感到一股恶意袭来。可视范围内，最开始只能看到一根军用皮带，慢慢地，他察觉到自己开始颤抖，心想着，这个时候可不能尿裤子。

“啊，这个……”宪兵递过军官证。

阿尔伯特抬起头，看到奥尔奈·普拉代勒上尉那犀利坚定的眼神，他脸上一下出现了一种痛苦和紧张的表情。上尉皮肤的颜色仍然很深，身上到处是浓密的毛发，有些可怕。普拉代勒拿过证件，一直看着阿尔伯特。

“这里有两个A·马亚尔，这个照片有点让我搞不明白到底他是不是……”宪兵继续说。

普拉代勒没有多看证件。阿尔伯特低头看向自己的鞋，太过激动，他忍受不了普拉代勒的眼神，也许再过五分钟就要哭鼻子了。

“这个人，我认识……我对他很熟悉。”普拉代勒脱口而出。

“是吗，真的啊？”宪兵疑惑地说。

“是的，他就是阿尔伯特·马亚尔……”

普拉代勒说话的方式实在慢得要死，就好像把重音都放在每一个音节上。

“在这点上，不需要怀疑。”

上尉的到来让所有人瞬间安静。士兵们一声不吭，像是为什么东西消失而感到惊讶。普拉代勒身上散发出来的某些东西，就和探长沙威一样，让你不寒而栗。就连到了地狱，也得安排守卫看着这个人。

在这之前，我有些犹豫要不要告诉你，无论如何，我都要把发生在公共救济事业局的一些事情告诉你。这话我得说上万遍：你知道吗，普拉代勒居然被晋升为了上尉！战争中，一个士兵还不如一个该死的浑蛋。在这儿，他是复员转业中心的领导，我再一次撞上了枪口……你想象不到当和他再一次眼神交汇时，我脑子里都在想什么。

“我们认识吧，士兵阿尔伯特·马亚尔？”

阿尔伯特抬起头，看着上尉。

“是的，亲爱的中……上尉。我们认识……”

宪兵没再多说什么，只专注地看他手上的印章和登记表。现场充满一种因为情感波动而引起的不安气氛。

“尤其是你的英勇行为，士兵阿尔伯特·马亚尔。”普拉代勒似笑非笑，不屑地讲道。

他不紧不慢，从脚到头仔细打量阿尔伯特，最后看着他的脸。阿尔伯特感到两膝发软，像站在流动的沙里，这是身体本能的反应，他有些害怕：

“这是战争……给我带来的好处。”他结结巴巴。

他俩周围鸦雀无声。普拉代勒歪着头思考。

“每个人……在这儿都展现出他自己的本性。”阿尔伯特支支吾吾地补充。

普拉代勒嘴角浮现一丝微笑。某种情况下，那两片嘴唇仅仅是一条被拉伸的直线，就像机械运动。阿尔伯特感到不自在：普拉代勒上尉一声不吭，处之泰然地看着他，一动不动盯着他。“这不是痛苦的事。”他想，吞了吞口水，低下头。

> 在我的梦里，我已经杀了他好多次，常常是用刺刀刺穿了他的心脏。有时候，你也在那儿，我们一起动手，而你要知道，他每每下场都很惨；有时候，我又梦到自己被送到了战争委员会，长官下了死亡命令，可是我很勇敢，坚决不戴上眼罩，而是亲眼看着自己最后被行刑大队处决。我会说“下手吧”，因为执行的那个人常常微笑，我对他有种好感……就算是醒来我也觉得杀死了普拉代勒。但是，那个浑蛋的名字一出现在脑海的时候，我就会想到你，我亲爱的战友。实在是不该跟你说这件事情，我知道……

宪兵清了清嗓子。

“好的，上尉，既然你确定你认识他……”

周围的士兵再一次吵闹起来，开始只是零星几个声音，后来整个大厅人声鼎沸。

最后，阿尔伯特闭上眼，普拉代勒走开了，宪兵也已经专注到自己的登记簿上去了。

一早，来到这里的人大声吼叫，吵闹从未间断。复员转业中心大厅回荡着叫骂声。快到傍晚时，由于失望和一天的疲惫，大家渐渐安静下来，吵闹声变得很小。办公窗口也关闭了，到了晚饭时间，高级军官一个接一个离开，普通士兵累得筋疲力尽，像往常一样坐在包上，对着他们手上温热的咖啡叹气。大厅里那些用来办公的桌子，一张张被撤走。第二天，这里又恢复原样。

火车也不会来接人了。

至少今天不可能。

明天也许有机会。

另外，从战争以来，我们能做的事就是等待。总之，和战壕里的情况有那么一些相似。在这儿，我们也有一个敌人，虽然看不见他，但是他却重重压在我们身上。因为他，我们没有自由。敌人、战争、政府、军队，所有这些都一样，没人能知道他们要干什么，也没人能够阻止这一切。

一会儿，天黑下来。吃过饭的士兵开始坐下休息，点烟，胡思乱想。一天下来，为一件小事与魔鬼搏斗后，疲惫倍增。不过士兵们都有毅力，且非常能忍。一切都安静下来，他们互相分享被子，只要还剩有面包，都慷慨给予对方。所有人都脱下靴子，可能因为灯光暗了，每个人的脸看起来像凹陷下去一样，特别老，常年行军以及没完没了的战役让他们精神不振。大家都说战争永远不会结束。有人会玩上一局牌，赢了的人可以得到那些无法用来交换的小码军鞋。大家有说有笑，讲着各式各样的笑话，当然，有人仍愁眉不展。

……我可怜的欧仁，怎么才能结束一场战争。这个宽敞的宿舍里，挤满疲惫的士兵，大家都十分绝望，不知道什么时候才能回家。没人能告诉你怎么办，不说哪怕一个字，只能握着对方的手相互鼓励。报纸报道胜利的消息，房间里挤满人，没有一点空余地方。一篇名为《来自祖国深深的感谢》的文章（我在《晨报》中看到的，跟你说，我可是一字不落读完了）成了麻烦事，报道中说士兵只能拿到少得可怜的退伍金，每个人只有五十二法郎，我们连衣物、热汤和咖啡都没有，政府还在为这点钱斤斤计较，把我们当成小偷对待。

“当我们回去时，我住的城市一定会有场该死的庆祝活动。”一个小伙子点起一根烟说。

没有人回应，每个人都对此有些怀疑。

“你来自哪儿？”有人问。

“圣维格埃苏拉热。”

“啊……”

没人知道这是哪里，但听起来一定是个美丽的地方。

今天，我就写到这儿了。我无比思念你，亲爱的战友，恨不得立马见到你，一回到巴黎我就会去看你，当然得在见了我的塞西尔后，我想你能理解我吧。你要照顾好自己，要是可以的话，请给我写信，就算只是画几幅画也可以，这样就已经很好了，我会全部保存着的，谁知道呢，呵呵。当你成为大艺术家，我想说，那种特别出名的，说不定你的画还能让我成为有钱人呢！

此致

敬礼

阿尔伯特

漫长黑夜过后，早晨的阳光照进房间，士兵们伸着懒腰。新的一天开始了，下级军官已经将一张张公告用力贴到板子上，每个人都急急忙忙做事。周五的火车已经确定下来，两天后会到这里，一共有两班开往巴黎的火车。大家都急切地想在纸上找到自己或战友的名字，阿尔伯特却不慌不忙，身旁的士兵伸出手肘，想要挤到前面去，他只好左右挪动以稳住自己，人群并没有把他挤开。他的手指游走在纸上，最终，右边第三列第二排，他看到自己的名字，阿尔伯特·马亚尔，心里念叨着：是我，晚上的火车。

出发时间：星期五晚上10点。

到了去火车站办理托运的时候了，必须早些出发才行。他很想给塞西尔写封信，但在这么一点儿时间里，也不知道能说什么。现在假消息太多了。

阿尔伯特和其他士兵一样心情舒坦。即便有消息被公开，甚至这个消息是虚假的，它也是有用的。

阿尔伯特把行李交给了一个负责运送包裹的巴黎人，以便好好享受这短暂的放松时刻。晚上，雨已停了，看着天上云雾，大家都断定天气正在变好。早晨，尽管有很多担心，但大家都有说有笑，毕竟自己还活着。军队用护栏划了一大块场地，和外界隔离。每天都有十来个士兵站在护栏边上，排成一排，和人友好交谈，那些人有的是想来打听消息的乡下人，有的是想摸枪支的姑娘，还有些游客，可没人知道他们是从哪儿冒出来的，是怎么来这里的，反正就是一些好奇的人罢了。这样的空间里，里面的士兵通过栅栏和外面的真实世界进行交流，着实滑稽可笑。阿尔伯特只剩下一些烟，这东西他可离不开。幸好不少士兵还十分疲倦，在最终决定起床前，都会在军大衣里磨蹭半天，这时候人少，是最容易拿到热饮的。他走向护栏，站在那里抽烟，小口抿着咖啡。头上方，朵朵白云快速飘过。他走到营地入口，和几个小伙子交谈起来。但是可以听出来，他不是要打听消息，而是泰然自若地等着叫到自己的名字，不再焦急，因为他会安然无恙地回到家。塞西尔寄来的最后一封信写着一个电话号码，有了这个，只要一知道回程的日子就可以立马给她留信息。自从知道这个电话号码，阿尔伯特就想立马打给塞西尔，告诉她自己等得是如此焦急，不想和她分手，或者谈谈其他一些事。但这里只有一个商店，老板叫莫莱翁，这是一家卖五金制品的小店，位于阿芒迪耶大街的转角处。现在最重要的是得快点找到一个电话可以和她通话，他要快回去，直接回家，不在任何地方停留。

护栏边上的人多了起来。阿尔伯特一边四处闲逛，一边抽出第二支烟。市里的人也来这里，和士兵说起话，脸上愁眉苦脸。有些女人也来这里，想找自己的儿子或者丈夫，拿着他们的照片挥来挥去，可谁都知道，这是大海捞针。陪家人来到这里的父亲们，都站在后面。一眼看过去，女人们东奔西跑，到处打听，做着无声的搏斗，每天醒来都带着最后一丁点要被磨掉的希望。男人们总是很快就放弃。一些激动的士兵含含糊糊回答，因为所有的照片都差不多一样，他们只能摇头。

有人用拳头捶了一下阿尔伯特的肩膀，他转过身，突然一种恶心感涌上心头，整个人特别警备。

“嘿！士兵阿尔伯特，我正到处找你呢，原来你在这儿！”

普拉代勒伸出手拉着阿尔伯特的手臂，强迫他跟他走。

“跟我来！”

虽然阿尔伯特不再需要遵守普拉代勒的命令，但是上级的命令仍然十分可怕，最后，他紧紧捏着上衣口袋，急忙跟上去。

两人沿着护栏向前走。

这里有个年纪不大的女人，大概二十七八岁，阿尔伯特认为她不算很漂亮，但还是有些迷人。事实上，他也不太确定。她穿着一件貂皮大衣，对此阿尔伯特不是很清楚。有一次，塞西尔在高档商店的玻璃橱窗前指着这样的衣服给他看，那些衣服贵得离谱，想要进去买一件似乎有些强人所难。年轻的女人戴着一副防寒的五颜六色的手套，头上顶着一顶无边的钟形女帽，帽子前端成喇叭状向下耷拉着，风格十分简单，但一眼就能看出这不是穷人的打扮。她有一张开朗的脸孔，长而浓密的睫毛下，一双深邃明亮的大眼睛闪着光芒，几乎看不见皱纹，她还有一张可爱的樱桃小嘴。不，她不算太美，但很懂得打扮，有种独特的女性气质。

她有些激动，戴着手套的手里拿着一页纸，缓缓向阿尔伯特展开。

为表男士风度，他接过来，装出一副想要看的神情，这不太难，他很清楚要怎样应付这样的事。这是一张表格，他一下就看到纸上的好几个大字：“为国捐躯”“最终名单：战场上受伤的士兵……”“就近埋葬”。

“这位小姐想了解你一位死在战争中的战友。”上尉冷漠地说。

年轻女子又展开第二张纸，他差一点没拿住，而她小声说：“啊！”

这就是之前写给爱德华家里的信件。

女士，先生：

我叫阿尔伯特·马亚尔，是你们儿子爱德华的一位战友，我特别抱歉地通知你们，爱德华牺牲了……

他把那张纸还给年轻女子，她的手冰冷，但很柔滑，而且有力。

“我叫玛德莱娜·佩里顾，爱德华的姐姐。”

阿尔伯特点了下头。爱德华和她长得很像，特别是眼睛。可是，两个人都不知道怎样进行接下来的对话。

“我很抱歉。”阿尔伯特说。

“这位小姐来这里，莫里厄将军专门叮嘱我……（他看向她），将军是您父亲的一个好朋友，是吧？”

玛德莱娜点头示意，但对阿尔伯特来说，莫里厄这个名字让他一下就感到胃痛，心想这件事到底怎样才能结束，他惶恐不安，本能地害怕，努力憋住不让自己尿裤子。普拉代勒、莫里厄等等，一切还不会那么快就结束。

“事实上，佩里顾小姐想在可怜弟弟的墓前默哀，然而她不知道他被埋在哪里。”上尉继续说。

奥尔奈·普拉代勒上尉重重地拍了拍阿尔伯特的肩膀，强迫他看着自己。看起来两人之间有很深的情谊，玛德莱娜认为上尉非常有人情味。现在，这个卑鄙小人正盯着阿尔伯特，脸上带着一股恐吓的目光，偷偷地阴笑着。阿尔伯特心里默默地想着，莫里厄和佩里顾，“你父亲的一位好友”……上尉注意到了这层关系，现在他明显占着上风，他十分清楚真实发生的故事，想要告诉她也很容易。显然，阿尔伯特在爱德华·佩里顾死亡这件事情上说了谎话，看看上尉现在的样子，就知道在占上风的时候他的拳头握得多紧。

佩里顾小姐张大双眼，充满希望地看着阿尔伯特。她眉头紧锁，想说些什么，阿尔伯特晃了一下脑袋，什么也说不出来。

“离这儿很远吗？”她问。

那声音中带着美妙的旋律，阿尔伯特还是什么都没说。

“小姐在问你，埋葬他弟弟爱德华的墓地是不是很远！”普拉代勒上尉忍着怒火说。

玛德莱娜目光扫到上尉这边，心想，你的士兵是白痴吗？他知道我们在问什么吗？她急得把手上的信捏得皱起来，看了一眼上尉，又看看阿尔伯特，来来回回好几次。

“有些远……”阿尔伯特大胆地说。

玛德莱娜稍微平静一些了，有些远就是不太远。无论如何，我也要记住这个地方。她松了一口气，心想，还好有人知道那个地方。她心情仍然急切，所以没笑出来，显然还不到那个时候，现在她只是表现出一副平静的样子。

“您可以告诉我怎么去吗？”

“啊，这个……您知道，在乡下地方找路不太容易……”阿尔伯特有些慌张地说。

“您可以带我们去吧？”

“现在吗？这个……”阿尔伯特焦急起来。

“哦，不！当然不是现在！”

玛德莱娜·佩里顾脱口而出，然后立马看了看阿尔伯特。她咬着嘴唇，控制自己的情绪，希望普拉代勒上尉能帮忙说点什么。

现在，出现一件好笑的事：所有人都知道了他到底想要怎样。

这是一句简单有力的话，完全改变了事情的本质。普拉代勒反应十分敏捷，用他那种特别的口气说：

“听不懂吗，佩里顾小姐想去她弟弟的墓地祭拜他……”

他每个音节都说得十分清楚，好像每一个字都有特别的意思一样。

祭拜，啊，出发。为什么不马上就去呢？

为什么还要等呢？

因为要做她想做的事情，得花上一点儿时间，特别是，必须慎重考虑到各个方面。

很多家庭都在请求军队送回埋在前线的士兵的遗体，希望政府能还回他们的孩子，但几个月过去了，什么也没有。在前线，到处埋着士兵的尸体，国家北部和东部布满了临时修建的简易墓地，每天都要死很多人，根本来不及专门挖坑好好安葬他们，再加上尸体腐烂的速度非常快，不一会儿老鼠就会窜来窜去。从战争结束那一刻开始，所有家庭都在乞求，政府却只是不停拒绝。这对于阿尔伯特来说却十分合理。如果政府允许可以私自挖开那些死亡士兵的坟墓，那么不到几天的时间，成千上万的家庭就会拿起锄头和铁铲，穿过大半个国家去找寻他们的儿子，你可以好好想想看，这些人抬着木棺，进入各个火车站，每节车厢都装满运送士兵的棺材，而安排巴黎和奥尔良的火车运输又得花上一整周时间，这似乎不太可能。因此，从一开始政府就不同意，那些完全不接受的家庭也许有那么一点儿可能的机会。战争已经结束，人们对此不理解，大家仍然坚持找回自己的孩子。但是，政府连复员转业的问题都解决不了，更别说组织人员挖掘两万、三万或者四万具尸体，还不包括那些根本就没有被官方记录的士兵。想想便可以知道，这是一项繁重的工作。

因此，每个人都在悲伤中暗自哭泣，父母们穿越整个国家，去不知名的地方祭奠他们的儿子，久久不肯离开。

对此，他们只能听天由命。

一些不接受事实的家庭和一些态度强硬的人没那么容易被政府不称职的行为诓骗。爱德华的家庭就是这样。佩里顾小姐来这里不是为了祭奠他的弟弟，而是来寻找并带走弟弟的遗体。

人们听到过很多类似的事。在这里，总能看到许多见不得光的买卖，专门有人为这些人服务，他们只需要一辆搬运卡车、一把铁锹、一把锄头和一颗勇敢的心就可以了。一到晚上，找到尸体掩埋的地方就可以挖了。

“那到底什么时候可以，士兵马亚尔，你知不知道佩里顾小姐想去祭奠他的弟弟？”普拉代勒上尉又一次说。

“如果可以的话，明天您看行吗？”阿尔伯特哽咽着说道。

“好的，明天很好。我有车，您看，到那儿需要多长时间？”年轻的女人问道。

“这个很难说，一两个小时吧……也有可能更久……您想几点出发？”阿尔伯特问道。

玛德莱娜沉思着，看到上尉和阿尔伯特什么也没说，她说：

“我下午6点来找你们，行吗？”

阿尔伯特能怎么说？

“您想晚上去吗？”他脱口而出。说出来真是一身轻松。

玛德莱娜闭上眼睛，阿尔伯特感到十分抱歉。事实上，她也没有因为这个问题感到不舒服，只是心里盘算着该怎么做。她年纪不大，却是个十分现实的人。从身上的貂皮大衣、小圆帽和洁白漂亮的牙齿就不难发现她是个有钱人，因此每一个细节都要考虑到，现在不过是在盘算这个士兵会收多少钱。

阿尔伯特感到有些不高兴，因为这样就收钱……在等她还没开口之前，他说：

“好的，那就明天见吧。”

他转过身，径直走向营房。

# 9

我很抱歉再一次向你提起这件事……无论如何我得知道，你是真的确定这样做吗？有时候，我们会因为愤怒、失望或难过做出一些决定，都是因为我们失去了理性，让感性占了上风。你知道我想告诉你什么吧！我不知道现在到底怎样做才好，但总会找到办法的。你要知道，不管走多远，人们总要找到回头路。我不想改变你的想法，但我希望你想想你的父母，我确定在他们心中你还是以前那个儿子，即使变成现在这样，他们的爱仍然不会变。你爸爸是个十分勇敢、意志坚定的人，你想象一下，要是知道你还活着，他脸上那灿烂的笑容。当然，我这么说不是要左右你的想法。不管怎么说，希望你能明白，我认为这些都是很重要的事。你给我画过你姐姐玛德莱娜的画像，她是个美丽可爱的女子，她怎么能够接受你不在人世这件事，今天……

写这么多也起不了任何作用，甚至连这些信什么时候送到都还不知道，也许要两到四周后才能收到。总之，大局已定。阿尔伯特这些话都是为了爱德华好。他并不后悔帮助爱德华换身份，但是，要是当初没有坚持换身份，他就不用去猜测这样悲惨的结果。他席地而卧，在大衣下滚过来滚过去。

几乎整个夜晚，他都没有睡好，一直翻来覆去地想，十分担心和不安。

梦中，一具尸体被挖了出来，玛德莱娜·佩里顾立马就发现这不是她弟弟，这个人看起来不是比爱德华高一些就是矮一些，而且一下就能辨认出那张脸，要么是一个年老的士兵，要么就是一个身旁摆着死马头的士兵。年轻的女人抓住他的肩膀，问："你把我弟弟怎么了？"奥尔奈·普拉代勒上尉还在一旁添油加醋着，毫无疑问，他蓝色的眼睛十分明亮，像一把火炬照亮了阿尔伯特的脸。他的声音也如同莫里厄将军，愤怒地呵斥："士兵阿尔伯特，你说说，你到底把他弟弟怎么了？"

这个噩梦让阿尔伯特在黎明时分就醒过来。

这会儿，营地其他人都还睡着，刚才梦里发生的一切在脑子里不断涌现，大厅里，四下一片漆黑，只听得见战友沉重的呼吸声和雨滴打在房顶的声音，一分钟一分钟地过去，越来越黑，越来越让人难受，越来越可怕。

到今天为止所做的一切，他从不后悔，但很难再继续下去。他脑中不断出现年轻女人因为他的谎言而发怒的场景。他自问："自己这样做，还有没有人性？还有办法可以挽救这一切吗？可是，做与不做都一样严重。"最后，他心想，我不能因为良心不安或懦弱就挖出另外一具尸体，掩盖撒过的谎！但如果不这样做，不揭开所有秘密，有可能会被控告。他不知道这有多么危险，至少知道这件事很严重，在各个方面都令人害怕。

到了白天，他还是没能决定怎样解决这个问题，陷入两难的境地。

身旁传来几声脚步声，这才让他回到现实中来，由于被惊吓到，他匆忙坐了下去。现在，整个营房吵闹起来，阿尔伯特看了下四周，突然发现普拉代勒上尉的脸朝自己袭过来，样子十分严肃，眼神尖锐，就好像天塌下来一样，最后离自己只剩下几厘米的距离。这让他感到很无助，无法平复自己的心情。

上尉一直盯着阿尔伯特看，脸上带着失望的表情，叹了一口气，顺手还扇了一耳光。阿尔伯特本能地用手保护了一下脸。普拉代勒笑了起来，笑得很大声，还说了些毫无意义的话。

“士兵马亚尔，我要揭穿你的谎言。你的战友爱德华·佩里顾真的死了？你知道吗，这还真是令人感到惊讶啊！因为上一次我看到他……”

他皱了一下眉头，回忆起曾经发生的事。

“我确定，他刚被送走，离开战地医院时还活蹦乱跳，好吧，可能还很难受……老实说，我发现他脸色不太好，难道他想用牙齿阻止炮弹吗，这未免太草率了吧，他应该向我问一些好建议……但是，士兵马亚尔，不妨告诉你，反正他也要死了，我想就算了吧。毫无疑问，他死了以后，你不是还写了一封私人信件，通知了他的家人？士兵马亚尔，我想问问，你信的风格是怎样的，是不是用词优美，就和老古董一样细致精巧呢？”

当在说马亚尔这个名字的时候，他把尾音故意加重，听上去令人特别生气，像是在藐视和嘲弄，“马亚尔”听起来就像是“妈的狗屎”或者类似的发音。

上尉小声地嘀咕着，脸色通红，就快要爆发愤怒：

“我不知道现在士兵佩里顾怎么样了，也不想知道，但莫里厄将军让我来负责这件事，帮助他的家庭，所以，不可避免地，我想……”

听上去就像个问句。到现在，阿尔伯特仍然一句话也插不上嘴，显然，普拉代勒上尉没有想让他开口。

“士兵阿尔伯特，我这儿有两个解决方案：要么说真话，要么继续完成谎言。如果告诉大家事实，那你下场可不会好：盗取身份，我不知道你做得好不好，但是进牢房肯定跑不掉，这点我可以向你保证，最少也要关上十四年。另外，一旦你向委员会讲明113战役发生的一切……不管怎么说，对你对我这都不是一个好点子。所以，剩下的就是：我们找一具士兵的尸体，把他交出去，然后就完事了，你看着办吧。”

阿尔伯特有些跟不上，还在消化上尉一开始说的那些话。

“我不知道……”他说。

这种情况下，马亚尔夫人一定会说：“看吧，这就是阿尔伯特，典型的阿尔伯特！做决定本应像其他人那样果断，而他呢，总是说什么我不知道……这需要……也许可以吧……我要想想……阿尔伯特，快啊！你快下决定啊，你到底有没有信心，等等之类的。”

在这点上，普拉代勒上尉和马亚尔夫人想的一样，但他的话比她来得更加干净利落：

“我来告诉你应该怎么做。你给我动起来，今天晚上，就带佩里顾小姐去找一具完好的‘爱德华’的尸体，知道吗？白天你就得先准备好，安静地干好这件事，不要让人发现，我想你得快一点做决定。如果你想进监狱，那我们就鱼死网破……”

阿尔伯特向战友们打听情况，有人告诉他乡下有许多公墓。他心里确定了一遍又一遍：埋葬士兵的最大的地方是在皮耶尔瓦勒，离这里有6公里，那是最好的选择。他起身，徒步向那里出发。

森林边缘有十来个乡村墓地。刚开始，人们还试着将尸体排在一起，可后来战争越来越激烈，尸体一具一具不停出现，按照先后顺序被丢到这里。公墓里横七竖八，有些立了十字架，有些没有，还有些十字架东倒西歪，有的墓碑上写了名字，有的只能看到木头上刻着几个字“无名士兵”，还有十来个没有名字。还有的墓碑是将瓶子倒着插在土里，瓶子里面塞了一张小纸条，写着士兵的名字，以便有人想要知道这下面埋的是谁。

阿尔伯特在皮耶尔瓦勒的公墓里走了好几个小时，找寻一具合适的尸体，他犹豫不决，最后理性还是战胜了感性。他心想，一切都会好的，但得快一点做决定，不然回到复员转业中心就晚了。当转过头的时候，他看到一块木头十字架上写着“这儿”。

他拔出钉在护栏木条上的几颗小钉子，找到一块石头，固定了只剩下一半的爱德华的身份证件，用来确定方位，接着后退了几步，看了看整体的样子，就像一位为新人拍结婚照的摄影师。

接着，他离开。害怕和道德感带给他痛苦，哪怕是因为一个再好的动机，也不能为此去撒谎，这不是他的本性。他想着这个年轻女人，想着爱德华和这个不知名的士兵，想着冒险用他的尸体来代替爱德华，现在，永远也不会有人发现，一个没有身份的士兵就这样彻彻底底消失了。

随着远离墓地，越是靠近中心的地方，他能感觉到的危险就越大。那些担心害怕接踵而来，就像多米诺骨牌倒塌时，前一个推倒后一个，最后全部倒下去。阿尔伯特心里反复默念：一切都会好起来。当然，如果这只是自我安慰的话。爱德华的姐姐需要一个坟墓，那就给她一个，是不是他弟弟的，这不重要，他满脑子都是这样的想法。但是，要挖出来，事情就变得更加复杂。要是她去墓坑里面找尸体，发现不一样，可就糟了。没有身份还能说得过去，因为一个死了的士兵就是一个死了的士兵，但是，当把尸体挖出来，她总得去找些什么吧？个人物件？特别记号？或者更简单的是，看看身高对不对？

既然都决定好了，那么就“这儿”吧，这件事已经板上钉钉，没有后退余地，是好是坏，就看今晚了。阿尔伯特并没有很长时间都沉浸在这样的想法里，最后，他带着满身疲惫回到中心。

为了搭上去巴黎的火车，他必须尽快返回，一定要在晚上10点之前就回来，没有任何理由错过这趟火车（当然，这辆火车会到来的）。在这里，四处都是沸腾的人群，收拾行李的士兵激动得就和跳蚤一样，他们大声交谈，时而唱着歌，时而吼叫，互相拍打着对方的背。有军衔的下级军官们看上去对此有些烦躁不安，心想着：“要是本来应该到的火车没有来，这些人会怎么闹；或者要是本来该来的三辆火车只来了一辆，那又该怎么办呢？”

阿尔伯特走出临时营房，跨过门槛时抬头看天，夜晚还能更黑一些吗？

普拉代勒上尉人很潇洒，就像一只高卢雄鸡，身上总是穿一件熨得整整齐齐的军衣，脚下的皮鞋总是打了蜡，衣服上别着的勋章也闪闪发亮。他几个大步，就走了十米远，阿尔伯特站在原地一动不动。

“嗨，老兄，你来啦？”

距离上一次对话已经过了十八个小时，在货车后面，一辆长长的轿车缓慢地开过来，机车闸门发出沉闷的声音，排气管尾部缓缓排出些烟，烟慢慢飘走。这辆轿车一个轮胎的价钱，就足够阿尔伯特花上一年，他感到自己穷得什么也没有，一脸的苦闷。

上尉没有停下来，而是走过卡车，快速来到轿车旁，只听见车门发出咯吱咯吱的响声。年轻女子坐在车上，没有下车。

首先映入阿尔伯特眼帘的是货车司机满脸的胡茬，他坐在崭新的货车里，一身汗味。这是贝里埃公司生产的一辆CBA型货车，价值三万法郎。司机的小算盘打得很精细，这种事经验丰富，他相信自己的判断。车窗缓缓摇下来，里面的人从脚到头打量阿尔伯特，接着，他打开车门，顺势跳下来，一把就握住了阿尔伯特的肩膀，手劲儿还很大。

“你既然来了，那就是上了这条船，你明白吧？”

阿尔伯特点点头。司机转身面向轿车，轿车尾部仍然排着白色的、轻柔的废气。天哪！经过这些年的不幸，这股飘散的烟云显得十分残忍。

“跟我说说……你收他们多少钱？”司机喃喃而语。

阿尔伯特感到这个人说话的方式太没人情味了，只关心价钱，他说：

“三百法郎。”

“什么，这太可笑了吧！”

司机还是挺高兴的，话语中带着一丝故意挑刺的意味。他是一个心胸狭隘的人，成功让他十分满足，同样，要是别人失败或者受挫的话，也能让他高兴。他转过上半身看着轿车。

“你难道不知道，那里面穿着毛皮大衣的都是些养尊处优、生活奢侈的人吗？随随便便就可以喊到四百，甚至五百！”

就好像他自己要准备去喊价一样。司机有些谨慎，放开了阿尔伯特的肩膀。

“好，来吧，别扭扭伲伲了。”

年轻女人仍然坐在车里，阿尔伯特转向轿车，心想：到底应该怎样做，要打招呼感谢她吗？可是他什么也没说，只是表现得好像见到比自己身份高很多的人一样，小心翼翼上了车。

车开向公墓。轿车缓缓发动，从一辆又一辆军队卡车旁边开过，渐渐地，身后的画面越来越模糊，宪兵打听消息的画面消失不见了。

夜已经完全黑了下来。

卡车发出黄色的光，照亮马路，然而在车里，连脚也看不到。阿尔伯特的手肘靠着车窗边缘，透过车窗仔细地观察着外面的马路，说：“右边”“走这条路”。他担心会迷路。越是接近墓地，他越是感到害怕。所以，他做出了决定。一旦有什么不对劲，那我就只能撒腿跑到森林里去，司机总不会来追我吧！他一定会开回巴黎去，那儿还有其他人等着他帮忙呢！

倒是普拉代勒上尉这个疯子，从之前的事中看得出，他有那个本事，追到天涯海角也要解决掉阿尔伯特。该怎么办？阿尔伯特一边思忖，一边试图不要让自己显得太害怕。

卡车爬上最后一个坡。

公墓渐渐出现在马路尽头，司机花了一些力气才将车停到一处下坡的地方，想要再次出发，即使不需要转动手柄，在这样一个斜坡上，还是得松开刹车装置以便发动车辆。

车停下那一刻，发动机没了响声，周围静得出奇，就像在你身上盖上一件大衣，什么也听不见。司机正朝墓地进门的方向观察着，提防有守卫进来，上尉突然出现在车门前面。现在只要挖开土，把木棺抬到卡车里安置好，任务就可以完成了。

佩里顾小姐的轿车就像一只野兽，暗暗隐藏在黑暗里，等待着进攻猎物。接着，她打开车门走了出来，这是个身材矮小的女人，但年轻漂亮，阿尔伯特感觉她比昨天还要更年轻一些。上尉匆忙向前伸出手，想拦住她，可还没来得及说一个字，她就果断往前走了。在这里，她显得有些格格不入，整整一个小时，三个男人一直闭着嘴，什么也没说。她稍微动了一下头，表示可以开始了。

于是，大伙儿动起手来。

司机拿着两个铁锹，阿尔伯特从车里拖出一张很大的篷布，展开铺到地上，有了这张布，一会儿就可以很容易地把土填回坑里。黑夜中有些许亮光，左右两旁都能看到十来个凸起的坟墓，就像是走在田地里，脚下踩着许多被大得可怕的鼹鼠翻起来的泥土堆。上尉大步流星向前迈着步子，跨过一个又一个士兵的坟墓，他显得无比傲慢，身后是阿尔伯特和司机，年轻女人跟在后面迈着小步跑。玛德莱娜这个名字，阿尔伯特很喜欢，他奶奶就叫玛德莱娜。

“挖哪儿？”

时间过去了很久，他们走过一条又一条小路，上尉有些不耐烦，转过身来，低声问着阿尔伯特，声音里带着一些愤怒，因为他想快一点结束这件事。阿尔伯特四处找寻着，只能耸耸肩，表示仍然没有发现之前做好标记的地方，他努力地回忆着，不，不是这里。

“不是这里。”他说。

“你确定吗？”司机疑惑地问。

“是的，我确定，不是这里。”阿尔伯特回答。大家讲话声都很低，像是在参加一场庆典，生怕被人听见。

“喂，老兄，你快点行不行！”上尉发火了。终于，他找到了那个地方。

在木头十字架上，有一个很小的牌子，写着“爱德华·佩里顾”。

三个男人站在一旁，佩里顾小姐走上去，悄悄哭了起来。司机放下铁锹，走开，仔细观察四周，以防有人发现。夜越来越黑，只能勉强察觉到一点动静，比如这位年轻姑娘脆弱的样子。她身后，大家都恭敬地低着头，而上尉却看向四周，一脸担心，这里的情况似乎让人不太舒服。阿尔伯特主动走上前，伸出双手，十分温柔地放在玛德莱娜·佩里顾的肩膀上，她转过身看着阿尔伯特，心里似乎明白了什么，后退了一两步。上尉递了一把铁锹给阿尔伯特，一两秒之内，年轻女子就默默走开了。大家挖了起来。

泥土很沉，一铲一铲挖得很慢。时间不等人，正前方，尸体埋得不算很深，还有些部分露了出来，一到明天，老鼠们就会发现这里，他们不能挖得太远。阿尔伯特紧张害怕到了极点，总是停下来听四周的动静，他发现佩里顾小姐一个人待在一棵树旁，一动不动。她也很紧张，拿出一根烟，焦虑地抽了起来。这让阿尔伯特有些惊讶，因为那场景和他自己抽烟时一模一样。普拉代勒也看了一眼，埋怨道：“快点儿吧，我们不能在这里久待。”大伙儿又忙了起来。

为了避免碰到泥土下的尸体，大家都小心翼翼，因此花了很长时间。一铲一铲的泥土被掀起，在篷布上堆了起来。阿尔伯特犹豫着：佩里顾一家要怎样处理这具尸体？把他埋到自家大院里？像现在一样，在深更半夜悄悄埋起来？一想到这儿，他就停了下来。

“太好了！”上尉俯着身子吹了一声口哨，小声说。

他并不想让年轻女子听到这句话。泥土下有些东西渐渐露了出来，但很难辨认清楚是什么。越是现在，就越是要注意，以防损坏尸体。

阿尔伯特每铲一次土都十分仔细，普拉代勒有些不耐烦。

“快点儿！别犹豫，没什么问题的，快点儿！”他小声说道。

突然，铁铲掀开用来包裹尸体的大衣，一股难闻的气味飘出，让人感到恶心，上尉毫不犹豫地转过身。

阿尔伯特也一样，向后退了几步。但战争期间，他早已闻过尸体腐烂的味道，特别是在他当担架员时，更不要说还和爱德华一起，在战地医院那间房子里待过一段时间！一回想起那些日子，阿尔伯特就……他抬起头，看到了年轻的女人，她远远站在一边，拿着手帕捂住鼻子。阿尔伯特十分疑惑，她到底爱不爱她的弟弟！

普拉代勒用力推开他，从坑里爬了出去。佩里顾小姐就站在一步开外，他伸手揽过她的肩膀，不让她面对尸体。阿尔伯特一个人待在坑里，那里面弥漫着尸体腐烂的臭味。年轻的女人已经泣不成声，不想靠近，摇着头，看起来无法接受这一切。阿尔伯特也有些忍受不住，身体抽搐了几下。坑正上方是普拉代勒的身影。这样的场景对阿尔伯特来说再熟悉不过了，即使这个坑不太深，里面的空气似乎突然凝结，让人胆战心寒，他害怕得汗水直流。从坑里往上看去，上尉就站在坑边，曾经那些不好的回忆直冲脑门：泥土又一次扑来，他全身开始发抖，最后整个人都被掩埋在下面。可一想到战友爱德华，他强忍着再一次俯身挖起来。

你想想就可以知道，这些事是怎样让人心碎。他用铁锹小心翼翼翻动泥土，因为土壤黏黏糊糊的，很难风化分解掉，而尸体被严实地包裹在军大衣里，极大减缓了腐烂的速度。布料紧密地和湿润的泥土块贴在一起，尸体的胸肋露了出来，肋骨处几处腐烂的皮肤有些发黄，还带些灰黑的血块，那上面爬满各种各样的虫，有好些还正在啃食尸体。

坑外传来一声尖叫，阿尔伯特抬头看过去，年轻女人已泣不成声，上尉一边拍着肩膀安慰着她，一边对着阿尔伯特呵斥："快一点儿，你慢悠悠地干什么？"

阿尔伯特扔掉铁锹，爬出坑，准备跑得远远的，想着这个可怜的士兵，年纪轻轻就死了，他的心就像被刀割一般，痛得难受。现在，司机已经和另外一群可怜人谈起了价钱，而上尉正忙着把尸体弄到木棺里面，因为要快一点完成，他完全不在意手下拖动的是谁的尸体……不过唯一相同的是，那个被绑在医院里，半张脸不见了的爱德华和这具尸体都散发出同样难闻的气味。一想到这件事就让人无比难过，同样的士兵，同样的命运。

看到阿尔伯特走过来，司机长叹一口气。转瞬间，他掀开盖在卡车上的篷布，拿起一把铁质挂钩，钩住放置在车最里面的木棺，用尽全力往自己这一头拉。不一会儿，两人就抬着木棺走在了墓地的小路上，司机在前，阿尔伯特在后。

司机走得太快，阿尔伯特像平时那样有些跟不上脚步，最后喘得上气不接下气，只能小跑跟在后面，似乎每一步都要松手或者直接摔倒在地。最后，他们好不容易才走到之前挖好的坑旁边，这里味道极其难闻。

这是一个做工精致的橡木棺材，上面有好几个镀金的把手，棺材盖上还镶着一个用铁锻造的包金的十字架。这和墓地有些格格不入，因为这里是用来放棺材的，不是一个要装饰得奢华的场所。战争期间，这样的场景不常见，只有那些富人才拥有一个死后可以躺着的床，而那些年纪轻轻就死了的人只能睡在一张草席上，谁也不知道他们是谁。这样的想法一直纠缠着阿尔伯特，他想不通为什么会这样，然而，身旁的每个人似乎很轻松就接受了这个事实。

棺材盖被抬起，放到一边。

司机迈出一大步，跨到躺着尸体的坑里，他弯下腰，伸出手去抓住包裹尸体大衣的一头，然后递了个眼神给阿尔伯特，像是要臭骂他一顿，谁知道呢？阿尔伯特立马上前，跳到坑里，他满脑子都是焦虑，整个人看起来惊慌错乱，因为司机大声说：

“你到底行不行啊？”

两人一起弯下腰，闻到了尸体散发出的腐烂味，他们抓住大衣两头，发出沉闷的叹息声。一次又一次的尝试，最后向上一抬就把尸体弄了上去，扔到坑边上。尸体落地那一刻，咚的一声，听上去十分凄惨。其实，尸体不太重，但是，要弄出去就只能用扔的。剩下的就简单了。

司机先爬出坑，阿尔伯特跟着爬了上去。随后，一人一头抬起尸体，摇摇晃晃放到木棺里。这一次，几乎没什么声音，放下尸体那一刻，司机立马关上了棺材盖。坑里面好像还有几根骨头，应该是搬动尸体的时候掉下去的，但他们也顾不上那么多了。不管怎样，上尉和司机都认为，对这么一具尸体来说，自己已经仁至义尽。这时，阿尔伯特看到佩里顾小姐已经坐到车里去了，她刚才所经历的一切都太痛苦，还能期待她做点什么呢？特别是看着自己弟弟的身体上爬满了蛆。

没有人能一直待在这里，回去的路上，一定会哭成泪人。眼下，司机拿出两根长布带，套住木棺，封好盖子，以防气味扩散到整个车厢，接着汽车掉头，准备向反方向开走。阿尔伯特独自一人站在后面，另外两人站在前面。此时，上尉点燃一根烟，泰然地抽了起来。阿尔伯特累得半死，特别是腰，十分酸痛。

抬着棺材上车时，司机和上尉在前面抬起木棺，阿尔伯特在后，显然，后面的位置永远为他而留，这是他应该待着的地方。然后，大家向上一抬，嘭的一声放了上去，木棺底部刮着卡车后车厢的铁板，咯咯作响。卡车后面，小轿车也发动了起来。

年轻女人下了车，缓缓向阿尔伯特走了过去。

“先生，谢谢你。”她说道。

阿尔伯特正想着要回一些什么话，佩里顾小姐抓住他，从肩膀滑向手腕，直到摊开他的手掌，放了好几张钱在上面，然后再扣回他的手指。对阿尔伯特来说，她的这样一个简单动作……

还没缓过神来，她就回到了车里。

司机绑好木棺，拉紧绷带，绑到卡车侧栏。这样，木棺就不会动来动去。接着，上尉对着阿尔伯特示意了一下，用手指了指墓地，那个大坑需要快点填平，如果让它留在那儿，宪兵就会来调查，就好像是必须的一样。

阿尔伯特拿起铁锹跑过去，但还是有些犹豫，于是转过了身。

现在，只剩他一个人了。

大约三十来米远的地方，马路一旁传来小轿车发动机的声音，车渐渐开远。接着，停在下坡的卡车也开动了。

# 10

亨利·奥尔奈·普拉代勒坐在一张大大的皮质扶手椅上，漫不经心地抬起右腿跨过椅子扶手，在柔和的灯光下，他慢慢地端起一大杯有些年头的白兰地，喝了起来。房间里，大家互相交谈着，而上尉对此却漠不关心，一脸高深莫测的表情，他自认为是个“学者”，也许是因为听上去亲切，他非常喜欢这样的装腔作势。他很固执，总是认为事情如自己所想，遇到不同意见，甚至会变得粗鲁，在那些不容易发脾气的人面前，他总是很得意，随意大声骂脏话。

正因为如此，他失去了五百万法郎。

要是有这么多的钱，他就可以沉迷奢侈的生活，即便做了坏事，也不用受到处罚。

普拉代勒每周都要去赛马俱乐部三次，这里不是一个让他开心的地方（和期望相比，失望更大），但是这里象征着社会地位，他崇拜这样的生活。这里的玻璃窗、帷幔、地毯、镀金装饰、虚假的个人尊严和每年都在不断增长的入会赞助，都让他获得了一种极大的满足感，同时还带来了无数巴结更高权贵的机会。他四个月前就加入了这个俱乐部，这事差一点没有成，赛马会的重要人物不太喜欢他。但是，多年战争破坏之后，如果拒绝这些新兴的富人，俱乐部就会变成一个没有希望的地方。普拉代勒因此有了靠山，虽然比较艰难，但是最终还是绕过了那些麻烦，这还多亏了岳父这层关系，这是天大的好机会，不容失去。另外，莫里厄将军的孙子费迪南也是他的好朋友，这个年轻人社会地位早已没落，大不如前，不过曾经搭建好的关系网都还在。断掉一根链子而失去整个关系网，这是不可能的事。你可以想想看，要是没有了关系，很多时候你什么也办不成……至少作为贵族的后代，奥尔奈·普拉代勒还能拥有一些名声，再加上他那贪婪的心，就更不用说了。俱乐部接受了他。但现任主席德·拉罗什富科先生认为，普拉代勒现在对俱乐部没什么好处。在他眼里，这个年轻人不仅不安分，还高傲自大，总是说一些类似"胜者为王"的话，令人讨厌。他虽然庸俗，但在别人眼里却是一个英雄，在一个贵族社会里，英雄和漂亮女人一样重要，人们需要有这样的人存在。在那个时代里，基本上没有像他这样年轻、身体健全的人，他已经算非常好了。

直到现在，奥尔奈·普拉代勒仍然在吹嘘自己在第一次世界大战中的英雄事迹。一退伍，他就开始整理军队的装备，然后再转卖出去，比如一些法国或者美国牌子的汽车、发动机、数千吨的木材、名画、军用篷布、工具、废铜烂铁、小零件，都是政府军队不再使用或者需要处理掉的。普拉代勒买了一整批的军用装备，再转卖给铁路公司、国家运输部门、农产品公司，因为储存这些货物的地方保安管理有严重的漏洞，他从中赚了不少利润。给点小费和酒钱，你立刻就可以用买一台卡车的钱得到三台卡车，或者用两吨货物的钱换来五吨货物。

莫里厄将军的关照和国家英雄的身份让奥尔奈·普拉代勒得到了很多好处，而且他还在国家退伍军人联盟里工作，施展他的才能，帮助政府解决工人罢工的问题，所有这些都让他得到了许多额外支持。他已经签订了许多重要的合同，转手卖掉了大量军用设备，买进了上万法郎的债券，要是再卖掉这些债券，他不仅可以收回本金，还能获得几千法郎利息。

“你好，老兄！”

普拉代勒看见莱昂·雅尔丹-博勒走了进来，这个年轻人是个贵族，个子不高，比一般人要矮个十厘米左右，多少让人觉得好笑。他认出了普拉代勒，向他走了过去。

“你好，亨利。”他挺起腰板问候道，自以为这样看起来很高大。

对于雅尔丹-博勒来说，直接称呼奥尔奈·普拉代勒的名字，有一种出卖人的满足感，他也的确出卖过别人。他装模作样地学着别人说话的腔调，以便自己能和他们一样。亨利懒洋洋地伸出了手，完全不在意对方，然后用低沉的声音问道：

“你最近好吗？”

“没什么特别的，没有。”雅尔丹-博勒回答道。

普拉代勒有些心烦，抬了抬额头，他十分擅长抓住小人物的心理。

“我知道，我知道……”雅尔丹-博勒辩解道。

普拉代勒已经相当不耐烦了。

几个月前，政府决定授权一些私人公司到前线去进行掩埋士兵尸体的工作。这项任务的目的是整合建设大型军事墓地。内阁政府主张“修建尽可能少但容纳量大的公墓”。士兵的尸体随处可见，在好几公里内的土地上，搭建起了很多临时墓地，甚至在前线好几百米的地方也埋着人。这些土地早就应该用于农业耕作。差不多从战争一开始时，人们就请求政府建设专属墓地，以便让他们能够祭奠死去的儿子。政府希望一次完成大型公墓的修建，将为国捐躯的英雄们安葬在一起，让他们得以安息，安抚失去亲人的家庭。这样做还有另一个原因：避免国家财政上更大的开支。先不考虑卫生安全的问题，运输这一块儿就要花掉大量的钱，这实在是个令人头痛的问题，要是战败的德国不赔钱的话，国库就什么也没有了。

收集整合士兵尸体是一项巨大的道德和爱国事业，如政府所期望的，这个工作带来了一系列赚钱的机会。大部分的士兵都没有遮盖物，尸体被直接掩埋在土里，要不然就只是简单地盖了一件大衣。因此，木棺生意十分红火，总计好几十万的生产。人们小心地用铁锹挖出数十万士兵的尸体，放进木棺，用大卡车托运到各个火车站，接着送往目的地，然后重新安葬……

如果普拉代勒得到了这个生意，他的中国工人就开始挖掘尸体，一具只要几分钱，他再用车运送成千上万已经开始腐烂的尸体。他雇用的塞内加尔工人将修建整齐划一的墓地，每一处都会有一个昂贵漂亮的十字架。因此，用上上下下赚来的钱，三个月内就可以重建萨勒维耶的房子了。不过装修房子仍然是一个该死的深渊。现在一具尸体卖八十法郎，成本花掉二十五法郎左右，普拉代勒希望能够净赚二百五十万。

如果内阁批准，双方达成协议，再加上一些回扣，那么就能赚到差不多五百万。

在那个时代，大家都做着这样的生意。一开始，战争就带来了好多好处，战后也是一样。

雅尔丹-博勒的父亲是国会议员，普拉代勒早就打听好了的。一转业复员，他就建立了普拉代勒公司。雅尔丹-博勒和莫里厄将军的孙子每人入股了五万法郎，还提供了宝贵的关系网。普拉代勒个人投了四十万资金，成了公司的大老板，每次收益都可以分到百分之八十。

公开市场的招标委员会最近召开了投标大会，讨论过程持续了十四个小时，由于私下的介入，加上贿赂官员的十五万法郎，普拉代勒最终获得了招标。三个委员中有两人完全被收买，最终三人排除不同意见，达成一致，他们认为普拉代勒公司出的价钱最为合理，提供给殡葬服务商店出售的木棺式样最合适，既极大地维护了法国士兵的尊严，又完全保障了国家的财政收入。借助于此，普拉代勒能得到许多的国家债券，如果顺利的话会有十来个左右，也许会更多。

“议会有什么消息吗？”

雅尔丹-博勒长长的脸上露出了一个大大的笑容。

“事情进行得一帆风顺！”

“是的，我知道。”普拉代勒有些不耐烦，可是他的问题是：什么时候？

他不仅仅只是对招标委员会的磋商感到担心。虽然户籍安排、遗产继承和相关军队的安葬补贴都已经被批准下来了，而且为了以防突发情况，他也估算到了可能会出现的问题，与各方也达成了一致，但是，现在竞争压力很大，整个行业的垄断现象十分明显，对于普拉代勒公司来说，基本上能赚到他们期望的钱，一具尸体一百五十法郎……

在这个最紧张的竞争环境下，普拉代勒装出上流社会的人满不在乎的表情，但是事实上，他紧张得要命。雅尔丹-博勒有些尴尬，不知道怎样回答他的问题，笑脸一下就僵住了。

“我不知道。”

他面露难色，脸上没了血色。普拉代勒移开了眼神，想要打发他走。雅尔丹-博勒十分尴尬，装作认出了俱乐部里的另一个人，可怜兮兮地转过身，匆忙走向大厅的另一头。普拉代勒看着他走远，发现了他鞋里面的增高鞋垫。他自惭形秽，急躁不冷静，十分不聪明，真可悲！显然，普拉代勒找他办事另有原因。他看中的是雅尔丹-博勒身上两个宝贵的优点：一个当议员的父亲和一个身无分文但美丽迷人的未婚妻（否则，谁会嫁给一个和自己一样高的人）。雅尔丹-博勒迷上了这女人棕色的秀发，浅黑色的肤色和樱桃小嘴，几个月后他们就会成为夫妻。第一次见面的时候，普拉代勒就察觉到这个女人忍辱负重，毫无怨言。即便她的美丽被糟蹋了，这也是一个合算的联姻。女人这样的付出无非是为了得到一些回报，她在雅尔丹-博勒家的客厅里趾高气扬的样子就说明了一切。普拉代勒敢打赌他猜得没错，她的目的和她那美丽的头发一样惹眼，甚至连结婚仪式她也不会有太大的期待。

普拉代勒转头看着手上的白兰地，心里无数次地考虑要怎样处理自己的生意。

想要完成木棺的生产量，他必须把生意转包给一些专门的公司，虽然国家明令禁止和这些公司签订合同。但是如果一切顺利的话，没有人会仔细去检查，为了利益，所有人都会睁一只眼闭一只眼。每个人的意见都是一致的，他们所关心的只有怎样在规定时间内完成国家对墓地规格的要求，建成少数几个大型的公墓，以便让每一个人都记住这场战争带来的不好的回忆。

只要没有人追究责任，普拉代勒就能够休闲地喝着白兰地，在赛马俱乐部的客厅里肆无忌惮地打着嗝。

他一直在烦恼这件事，以至于没看见岳父走进来。他察觉到一阵死寂，突如其来的冷静让人不寒而栗，就像是神父走进大教堂的那一刹那带来的震惊感，于是，他明白自己干了一件蠢事。可是，当反应过来的时候，一切都已经晚了。在长辈出现的时候，表现出这种懒散的状态，是一种不尊重长者的行为，是不可原谅的。但要是立马就改变态度，无疑在宣告自己就是个懦夫，总之怎么做都不对。他身体里就像住了两个普拉代勒，现在，他们正互相打着架。最后，他还是选择了那个给自己带来麻烦的普拉代勒。他屁股向后一挪，顺手还拍了拍肩膀，仿佛身上有灰尘，这个举动看起来仍然有些漫不经心。接着，他放下搭在扶手上的右脚，挺直腰板坐在椅子上，想表现出端正的样子，心里却默默地在复仇的小本子上记下了这件事。

佩里顾先生经常到赛马俱乐部来，每一次走进大厅的时候都迈着缓慢的步伐，显得很稳重。这一次，他装作没看见女婿那滑稽的“表演”，让他欠个人情，说不定将来用得着。他穿过一张又一张桌子，脸上一副高傲的表情，和每一个人都握了手，像是在接见自己的臣子。他介绍自己的名字，生怕别人不知道他总督大人的身份：“你好，巴郎热，我亲爱的朋友！”“你也在这儿啊，弗拉皮耶！”“晚上好，戈达尔！”，他拼命地展现着自己的幽默感：“这不是帕拉梅德吗！我没认错吧？”当走到亨利身边的时候，他只是微微地眨了一下眼睛，那样子像极了斯芬克斯。接着他继续向前走，穿过大厅，走到壁炉边上停了下来，然后大大地张开双手，脸上显出无比的满足感。

他转过身来，盯着女婿的背看。这明显是故意摆出监视某人的姿势，从后面被别人这样看是很不舒服的。看着这两人现在的样子和神情，很容易猜到他们正在暗中较着劲，心底打着各自的算盘。

他们相互嫌弃，但隐藏得很好，不轻易暴露。长久以来，这种厌恶越积越深。佩里顾立马发现普拉代勒是个无耻之徒，但是他无法阻止玛德莱娜对上尉的迷恋。对此，没有人说什么，但是只用花一秒时间去观察亨利和玛德莱娜在一起的样子，便可以知道，他逗女孩子开心的手段十分高明，而她完全招架不住，这个男人让她爱得死去活来。

佩里顾先生用他自己的方式宠爱着女儿，他默默将这种爱放在心底，希望玛德莱娜拥有幸福。不过在他眼里，幸福应该是建立在没有疯狂迷恋亨利·奥尔奈·普拉代勒的基础上的。因为家里有钱，玛德莱娜常常成为那些登徒浪子下手的对象，尽管只是长得可爱，但是仍然有很多男人向她献殷勤。她的脑子很灵光，像已故的母亲一样，有时爱闹闹小脾气，但她不是那种容易得手的人，不会那么轻易地向诱惑低头。在战争开始之前，就有好多野心勃勃的人，这些人并不是看上了她的脸蛋，而是觊觎她的财产，只不过很快就被识破了而已。她成功地婉拒了他们，为这些人挽留了面子。无数次的求婚让她对自己很有自信，也许有些过头了。战争刚打响的时候，她才二十五岁，而知道自己弟弟死的时候，已经三十岁了，这件事对她打击很大，在长久的悲伤过后，她的容颜开始衰老，这也许可以解释她现在不计较的原因。3月的时候，她遇到了亨利·奥尔奈·普拉代勒，7月就嫁给了他。

人们不知道亨利为了证明自己表现得多么不可思议，他做得很好……也许男人就是这样的，对女人了如指掌。她看着这个男人的轮廓：卷曲的头发、明亮的眼睛、宽阔的肩膀、古铜色的皮肤，天哪，不难理解玛德莱娜·佩里顾在没得到他之前的心情以及得到后的喜悦。

佩里顾先生没有过多地反对这件事，在和玛德莱娜较量中，最后还是败了下来，但是他提出了一个小小的要求。在资本家眼里，我们叫作婚姻合同。玛德莱娜见父亲妥协，也不再多指责。英俊帅气的女婿倒是给了准岳父脸色看，弄来了一份家族律师公证的计划书。两个男人相互看着对方，一言不发，谨慎到了极点。玛德莱娜现在成了家里唯一的继承人，和亨利结婚以后，财产得归两个人共同所有。她明白父亲的担忧，这份合同就是一个很好的例子。拥有同一份财产，小心谨慎也就成了夫妻之间的第二个特点，她向她的丈夫笑着解释，告诉他什么都不会改变，而普拉代勒认为这改变了一切。

首先，他感觉到被欺骗，自己的努力最后换来不好的结果。其次，从许多已婚朋友那里得知，婚姻解决了他们所有的麻烦。不过有时候，婚姻也不是那么容易的一件事，需要细心的经营。一旦开始了这件事，就需要很多的钱，只有这样，人们才会允许自己去做接下来的事。可婚姻并没有解决他的问题。虽然在声誉名望这点上，给他带来了好处，毕竟娶的是一个贵族妻子，但生活开销很大，他快成穷光蛋了（小金库里有差不多十万法郎很快就消失不见了，不久还得在家族房子的整修上花费一大笔钱，他的世界就快崩塌，但是还有好多事要用到钱，这个无底洞怎么也填不满）。

亨利还没有发财，因此，离失败还很远。这场婚姻为113战役中发生的所有事情以及它所带来的悲伤画上了一个句号。这场战争时常会重现在他的脑海里（就好像人们以为忘记了曾经发生的事情一样），但他不用再冒任何风险了，虽然自己手上只有一份委托书，但他已经变成了有钱人，身后还有一个有权有势的家族为他撑腰，娶玛德莱娜·佩里顾更大地巩固了他的身份地位。

再者，他终于获得了一个巨大的好处：家族人脉。（马塞尔·佩里顾成了自己的岳父，那就等于说认识了岳父的好朋友德夏内尔，而普安卡雷是德夏内尔的朋友，都德又是普安卡雷的好朋友，这样下去，就会认识更多的人。）这个投资带来的第一笔“收入”让他尤其兴奋。几个月后，他就可以当着准岳父的面玩弄他的女儿，彻彻底底地得到她，再过三个月，如果一切如愿的话，就能够在赛马俱乐部里认识更多有权势的人，和他们一起抽着烟，享受着权力带来的快乐。

佩里顾先生从别人那里得知了他的女婿变得越来越有钱，大家都在谈论这个男人，在短短几个月里，他就带领着三家公司，一共赚得快一百万法郎的纯收入。以这种方式，在这个时代，他得到了应有的回报，但是佩里顾先生从本质上就不相信他的成功，他认为这样的成功是投机所得的，根本就靠不住。

当下，有好多人巴结权贵，他的顾客：没有一种无臣仆的尊荣。

亨利有很多机会和他的岳父一起工作，从中也学到不少，因此还很钦佩他。老顽固无疑懂得不少，是一个果敢的人！他选择慷慨地给予别人意见、委托和推荐，周围的人都听他的建议，习惯地把它们当作一种命令，把他反对的当作禁令。举个例子，如果你因为自身的欠缺被拒绝，他也不会和你闹翻，而是会给予你一些帮助。

这会儿，拉布尔丹满头大汗地走进吸烟室，手上拿着一张特别大的手帕。亨利忍着想要叹气的心情，一口就喝干了杯中的白兰地。然后，他站了起来，抓住拉布尔丹的肩膀，将他拉到旁边的沙龙。拉布尔丹跟在普拉代勒身边，他的腿粗而短，步伐很快，就好像他的汗还流得不够一样，一定要出一身大汗才痛快……

他的很多行为都令人发笑，他个性中愚钝的特点总是带着一种特别顽强的韧性，固执地相信自己所相信的事，他是个死脑筋或者说完全没有任何想象力的蠢货。可笑的是，有些人却认为这种愚蠢的行为是务实。拉布尔丹是个平庸的人，总是大家嘲弄的对象，无论到哪里，他都会表现出动物一样的忠心，你可以要求他做任何事。他就是这样的一个人，除了不聪明，还是有很多好处的。通过脸，可以看出他的所有特点：敦厚、胃口大、胆小和微不足道。他特别好色，下流话总是挂在嘴边，看女人的眼神也十分猥琐，特别是对年轻的女仆，一旦她们转过身去，他就会偷偷地乱摸她们的屁股。另外，他以前特别爱去妓院，每周要去三次。我用“以前”这个词，主要是因为现在他已经是市长，名声渐渐地传遍各个市区，被越来越多的人认识，许多人还向他乞求帮助，因此工作量难免成倍增加，所以，他不得不腾出一两次去妓院的时间来处理签字盖章、批准文件的工作。拉布尔丹的生活显然很幸福：大腹便便，欲求不满，嚣张跋扈。他当选市长全靠了一小撮有权势的人的支持，而这些人无疑都受雇于佩里顾先生。

“招标委员会最后决定由你来负责。”他这样跟普拉代勒说。

拉布尔丹所追求的就是成为各种委员会、评议会的一员，他总是留心着任何可以体现自己重要性的机会和场所。例如，他毫不怀疑这一次普拉代勒的中标是靠了佩里顾先生的帮助才获得的。他小心翼翼地在文件中登记新的招标任命，每一个字都写得大大的，认真地完成上级下达的命令。在得知这个任命后，普拉代勒向拉布尔丹询问文件证明。

“你现在没有骗我吧……以后，你不会说你们要的是乐蓬马歇的玻璃制棺材吧？”他问道。

对于拉布尔丹来说，这是一切噩梦的开始。由于害怕无法履行好工作，一到深夜就开始回想每一个任务，然而，越是不停思考，越就会弄混搞错，这一次的招标任命已经变成了对他的一种折磨，现在他只要一听到委员会就紧张害怕。

招标会讨论的过程中，他忙得不可开交，筋疲力尽。因为要不断地思考和发言，所以到最后一点儿力气也没有了。可他特别高兴，因为完成了任务。坐在回家的出租车里，他反反复复地想着那些“真诚”的话，其中有一句话他从不离口：“我亲爱的朋友，不是我吹牛，我得说我……”

“贡比涅有多少？”普拉代勒立马打断了他。

普拉代勒二话没说就关上了大厅的门，就在大门快要合上的那一刻，年轻的拉布尔丹透过门缝向外面看了一眼。他倒是考虑了很多其他的事，可这个问题就和往常一样，一问三不知。

“呃……”

“多少？”普拉代勒大发雷霆。拉布尔丹完全不知道应该怎么回答这个问题，贡比涅……他有些手忙脚乱，立马放下手帕，从包里掏出对折了两次的纸，纸上面有最后商议的结果。

“贡……比涅……我看看……”他结结巴巴地说道。

普拉代勒早已等不及了，一把从他手上抢过文件，转身走了几步，紧张地看向具体的数目——贡比涅的木棺一万八，拉昂军区五千，科尔马地区六千出头，南锡和吕内维尔军区共计八千……除此之外，凡尔登、亚眠、埃皮纳勒、兰斯等城市的配额正在确定当中。这大大超出了普拉代勒期望的数量，他抑制不住内心的喜悦，这一切都被拉布尔丹看在眼里。

“明天早上，我们还要再一次聚集起来讨论。还有星期六！”市长说。

他认为这会儿应该要总结一下，最终说道：

“你看，我亲爱的朋友……”

但是，正在这个时候，门猛地一下开了，有人叫了一声“亨利！”，声音越来越大，大厅突然一下就沸腾了起来。

普拉代勒走了进去，在大厅的另一头，壁炉边上有些骚动，人们围成一团，还有些人从四面八方跑过去，就连在台球室和吸烟室的人也赶了过去……

普拉代勒听到有人在呼喊，他眉头紧锁着，惊慌失措，立马加快脚步跑了过去。

他的岳父正坐在地上，背靠着壁炉，双腿直直地平放在前面，眼睛闭着，一脸的蜡黄，右手紧紧地抓住背心靠近胸部上端的地方，那动作就像是自己想要拿掉或者不让别人拿掉器官一样。一个声音大叫道：“快点！快去拿些盐来！”俱乐部主人十分焦急，呼喊着让大家动起来。

一位医生从图书馆大步跑了过来，冷静地问道："怎么回事？"于是，大家让出一些位置。布朗什靠近佩里顾，以便更好地观察，一边探脉搏一边说道：

"怎么了，佩里顾，告诉我，你哪里不舒服？"

然后，他转过头，向普拉代勒说道：

"老弟，马上叫一部车过来，情况紧急！"

于是，普拉代勒快速地跑了出去。

老天，真是美好的一天！

这一天，他成了百万富翁，而岳父成了死神收割的对象。

同样难得的运气，真是难以置信。

# 11

阿尔伯特的大脑一片空白，无法表达想法，无法想象事情会发展到什么地步。他越是想理清思绪，越是得不出任何结论。他大步向前走着，手伸到衣服兜里，机械地来回摩擦着刀刃。时间一分一秒地过去，地铁一站又一站地开过，马路一条又一条地远去，过了好久，连一点儿有用的想法也没有。他不相信自己做过的那些事，可他都做了，而且随时准备就绪。

吗啡这事儿……从一开始，这就是一件既难理解又难以解决的事。爱德华已经依赖上了吗啡，没有它就活不下去。直到现在，阿尔伯特为了他不知道做了多少事。但是，这一次他没法再拿出钱来，因为已经没有钱了。不仅如此，由于疼痛持续的时间特别长，战友还不断恳求他想办法止疼。阿尔伯特也在筋疲力尽的状态下，反复思考着——他从厨房拿出一把刀，想着能拿到什么就拿什么，然后下了楼，整个人就像被设定好的一样，进地铁站，跳上地铁，在巴士底狱下了车，走出车站，然后便走进了位于塞代纳大街旁边的希腊区。为了爱德华，一定要找到吗啡，就算是杀人也要拿到。

他看到了一个三十来岁的希腊人，长得很胖，笨拙地向前走着，每一步都喘个不停。尽管已经入冬，11月的温度并不高，可他还是满头大汗。这个时候，阿尔伯特突然有了一个想法。男人顶着圆圆的大肚子，胸部很大，随着走路的步伐上下左右地晃动，羊毛套衫里露出粗粗的脖子，往上看，脸颊上的肥肉松弛下垂，阿尔伯特有些慌张，想着身上的这把刀可对付不了这么一个大汉，得至少十四厘米长的刀才行，或者二十厘米。情况不妙，阿尔伯特情绪低落，十分沮丧。用他母亲的话说就是："你总是这样，没办法安排自己的生活！我可怜的孩子，为什么你对未来没有预见……"这个时候，她一定会抬起头，看着天花板，严肃地念叨，要不然就是在新任丈夫面前抱怨自己的儿子。（这只是一种说法，事实上，他们没有结婚，但是马亚尔夫人把这当成是正常状态来看。）阿尔伯特的继父是莎玛丽丹百货公司的部门经理，他只是帮一下忙，但是也有同样的抱怨。面对他们，即便阿尔伯特付出了努力，他也很难去抵抗，因为他每一天都给了他们更多的理由。

似乎所有人都联合起来反对他，那是一段非常艰苦的日子。

见面定在了圣萨宾大街转角处一个公共小便池旁，阿尔伯特对要发生的事一点儿想法也没有。他在一家咖啡馆和希腊人通了电话，装作熟人一样的口气，希腊人什么也没问，就连二十个法语字都没有说。他的全名叫作安东纳普洛斯，所有人都叫他普洛斯，甚至是他自己。

"普洛斯。"他对着电话说道。

对于像他这样肥胖的人来说，他移动的速度惊人，每一步之间都没有停歇，非常快。相比之下，刀太短，这个人的速度太快……阿尔伯特的计划实在不值一提。在看了一眼四周后，希腊人抓住他的肩膀，一把拽进了小便池。小便池抽水速度很快，狭小的空间也令人窒息，但是这样的气氛完全没有吓住普洛斯。这里臭味熏人，几乎就和等候大厅一样。对于阿尔伯特来说，这种不透气的地方，简直就是双倍的折磨。

“带钱来了吗？”希腊人问道。

他想看到钱，眼睛盯了盯阿尔伯特的口袋，他并不知道口袋里有一把完全构不成威胁的刀。这会儿，在这个厕所里，两人紧紧地挨着。阿尔伯特慢慢地转过身，微微拉开另一边的口袋，毫不犹豫地露出了好几张二十法郎的钞票。普洛斯点头回答道：

“这点钱只够买五安瓿。”他说道。

这是电话里已经谈好了的价钱，希腊人准备转身离开。

“等一下！”阿尔伯特立马上前抓住他的袖子，嚷道。

普洛斯停了下来，脸上一副不安的表情，看着阿尔伯特。

“这太少了，你得多给我一点儿……”阿尔伯特低声说道。

他一边动着手一边说着，样子十分夸张（在和外国人交谈的时候，他表现得就好像对方是聋了一样）。普洛斯皱紧了眉头。

“十二安瓿！”阿尔伯特说道。

他拿出了一沓钞票，但是他又不能够如此挥霍，因为这些钱是接下来三周的生活费。看着这些钱，普洛斯的眼睛都发亮了，他伸出手，再点了点头。

“十二安瓿，不可能!”

接着，他走出了厕所。

“不行，等一下！”阿尔伯特叫住他。

时间一分钟一分钟地过去，小便池的恶臭以及想快点离开这个狭小空间的心情不断加剧，让人更加焦虑，他说出了自认为很有说服力的话，唯一的计策就是找到一个方法可以跟着这个希腊人。

普洛斯摇头表示不行。

“好吧。”阿尔伯特果断地走到他面前说道。

希腊人抓住他的袖子，犹豫了一秒钟，因为阿尔伯特看起来十分可怜。这就是他的计策，也只能努力到这份上了。他其实不需要表现得这么可怜。十八个月过去了，他身上还穿着退伍时的军装。作为退伍的补偿，士兵可以在一件衣服和五十二法郎之前进行选择，最终，他选择了那件衣服，因为至少还能防寒。政府其实是匆忙地将法国兵的旧大衣翻新，再分发给这些可怜的士兵。就是到了晚上也一样，要是下了雨沾了水，衣服一样会掉色，衣服上褪色的痕迹就是他们悲伤延伸的轨迹！阿尔伯特最后改变了主意，他想得到五十二法郎，但是已经晚了，没法再挽回，他早应该想好的。

他现在都还保存着一双磨损严重、一半不见了的高帮皮鞋以及两床军用被子。战争留下来的所有痕迹，不仅仅能在那些褪色的衣服上看到，还能在那张沮丧又疲倦的脸里读出，这太熟悉不过了，每个退伍的士兵都是这样，脸上无不流露出委顿和屈从的表情。

希腊人看着这副疲惫的脸，有些犹豫不决。

“好了，你快点儿行吗？”他小心地说道。

这个时候，阿尔伯特不知该怎么办，对于该怎样解决这个问题，他一点儿想法也没有。

于是，他们就这样走到了塞代纳的大街上，一直往前，最后到了萨拉涅尔街区。一到这里，普洛斯便指了指人行道，再一次说道：

“你等着！”

阿尔伯特打探着四周，眼下一片冷清。时间过去，现在已经晚上7点了，只能看见一百多米外的咖啡馆，那里闪着灯光。

“就在这里站着别动！”

现在不能再改变想法了。

希腊人很坚决，还没等对方说话就走开了，他不断地转过头，确定客户还乖乖地待在原地。阿尔伯特只能眼睁睁看着对方走远，但是当希腊人一转向右边的街道时，他立马就跟了上去，速度很快，眼睛还一直盯着普洛斯消失的地方，最后来到了一栋烂房子前，一股浓烈的厨房油烟味从大楼飘了出来。阿尔伯特推开门进去，站在走廊里，能听到阁楼里传来脚步声，他走了进去。方形的玻璃窗很脏，路边的灯光只能透进来一点，透过玻璃，他看到希腊人蹲在里面，伸出左臂，在墙里专门挖出来的一个狭小空间里胡乱地翻着，前面还有一扇木头门挡着，以防有人发现里面的货物。阿尔伯特一秒也没停下来，穿过地下室，推开了房间的门，走了进去，对着希腊人的头猛地一击，这一击像是锣响的声音，接着，普洛斯倒在了地上，阿尔伯特想着刚才干的事情，吓得一身冷汗，有一种想要逃跑的冲动。

他努力地恢复镇定。希腊人不会死了吧？

阿尔伯特弯下腰，靠近躺在地上的身体，听了听。普洛斯还有呼吸，只是比较微弱，很难知道出手到底严不严重，但是看得见头顶处渗出一些血来。阿尔伯特心胆俱裂，吓得神魂不定，他捏紧拳头，反复地说道："冷静，冷静……"然后俯身，伸出手从小隔间里掏出了一个鞋盒。他惊喜地发现里面分别装有20和30毫克的安瓿瓶。这么长时间以来，阿尔伯特对于吗啡安瓿瓶的剂量早已熟悉。

于是，他合上盖子，站起身来，这时，他突然看到普洛斯的手臂弯成一个弧形……这个人很警觉，身上总是带着一些武器防身。现在，他手上正拿着一把锋利的弹簧折刀，刀头划到了阿尔伯特的左手，瞬间伤口就有被压迫的刺痛感，还带着一点发热流血的感觉。他身体转了一圈，抬起小腿，接着脚后跟一下就踢到了希腊人的太阳穴上，他的头弹起来正好撞上了墙，发出了哐的一声。普洛斯仍然捏着折刀，阿尔伯特放下鞋盒，用皮鞋狠狠地踩了好几下他的手，接着再拿起盒子，双手推开木门，用力地来回撞普洛斯的头，这才停了下来。他紧张害怕，气喘吁吁，手上的伤口很深，大量的血流了下来，染红了衣服，到处都是血印。要知道，在任何时候，血都是会让人感到害怕的。现在，疼痛感倍增，他必须快点处理好伤口。他胡乱地在地下室里找着，找到一块沾满灰尘的布紧紧地缠在流血的左手上，裹了好几圈。最后，他弯下腰靠近希腊人的身体，那害怕的样子就像是靠近了一只正在睡觉的野兽一样，希腊人呼吸沉重，但很有规律地喘着气，他太顽强了。于是，阿尔伯特抱起盒子跑出了大楼。

带着这样的伤口，是进不了地铁和电车的。他不能让检查人员发现随手缠着的绷带以及衣服上的血渍，最后，他出了地铁，在巴士底狱的路上拦了一辆出租车，跳了上去。

司机和阿尔伯特的年纪差不多，一边开车一边观察着他，眼睛里闪烁着疑惑的目光，十分纳闷：车上这位客人毫无血色，身体缩到座位里，抱着双臂贴着肚子，不断地在发抖。在这么一个封闭的空间里，阿尔伯特紧张的情绪越来越难以控制，于是，他要求司机立马摇下车窗。司机以为客人兴许是要呕吐，害怕弄脏自己的出租车，于是问道：

“你不会是生病了吧？”

“不，没有。”阿尔伯特十分紧张，用仅剩的一点力气回答道。

“因为……要是你生病了，我，我就得放你下车了！”

“不，不，我只是有点儿累。”阿尔伯特肯定地说道。

尽管如此，司机心里还是十分疑惑。

“你确定你有钱吗？”

阿尔伯特立马就从口袋里掏出了二十法郎，展示给司机看，司机这下才安心，但是这只持续了一小会儿。他熟悉这样的状况，他有经验，他常年开出租车。之后他就有了商人心眼，可还是不具备卑鄙的个性。

“呃，不好意思！”

“我这样问是因为我遇到过像你这样的客人，他们总是……”

“你什么意思，像我一样的客人？”阿尔伯特问道。

“这个，我是想说退伍的军人，你可千万不要误会了……”

“你不是退伍的军人吗？”

“我啊，我不是，我留在这里抗击敌人，因为我有哮喘，腿也比其他人短好多。”

“还是有不少的人参加了战争，很多活着回来的士兵的腿明显比其他人短了好多。”

听到这话，司机有些不舒服。那些复员转业的军人带着一条腿回到现实生活里，同时，他们也将战争带了回来，所有人都要从他们口中听好几遍战争的教训，长久以来，人们已经开始厌烦这些所谓的英雄，真正的英雄早就死在了战场上。是的，那些人才确确实实是英雄！另外，当一个人向你讲述过多的发生在战壕里的真实故事，那你就得小心了，也许大部分人都是坐在办公室里“打仗”的。

“你是说，我们没有做好我们应该做的事吗？”他问道。

他总是在心里寻思着：那些退伍的军人又知道什么呢，他们了解我们的生活吗？战争后，剩下的不过是已经被剥夺了的生活，留下来的只有贫困。阿尔伯特也听过别人问这些问题，所有那些话，他都记在心里，比如煤和面包的价钱，这都是能轻而易举就知道的事。退伍后，他就发现，想要生活安宁，最好把战争中作为胜者的功绩放进抽屉里。

最后，出租车停到了西马尔大街的拐角处，司机收了十二法郎，阿尔伯特还付了一些小费，然后下了车。

这里是一个俄罗斯人的小区，但小区的医生是个法国人，名叫马蒂诺。

爱德华在6月的某一天发病了，阿尔伯特去找了这位医生。我们不知道住在医院的时候爱德华是怎样得到吗啡的，但是他强忍着，最后活了下来。阿尔伯特努力地向他解释：我的祖宗啊，当初不那样做，就不会是现在这样。你不像现在这样子的话，一切都会好的，你必须得接受治疗。爱德华根本就听不进去，对于装假体的手术，他仍然固执地拒绝。阿尔伯特对此不明白，他说："我认识一个截了肢的人，战争期间被送到马恩河畔夏龙的二月军事医院，听说在那里做了假体手术，他现在成了新区圣马丁大街上一家卖彩票的小店老板。就算是变得不好看，你好歹还是有人的样子。"但是，爱德华仍然听不进去，回答：不、不，还是不……他一边把纸牌一一摆在厨房的桌子上，一边拿出一根烟，用一个鼻孔吸着，大开的嘴里不停地呼出糟糕的气味……食物从嘴上的漏斗形装置倒下，慢慢流进喉咙，也不知道阿尔伯特从哪个地方找来这个旧的食物研磨器，（做假体手术那个人最终还是死了，还真是倒霉！）这稍微解决了一些生活上的不便，但是无论如何，一切都还是特别的麻烦。

6月初，爱德华离开了洛林医院，几天后，他表现出令人不安的焦虑，从头到脚打着哆嗦，时常全身湿透，还会把吃的东西都吐出来……阿尔伯特束手无策。他对吗啡的依赖越来越强，一开始，这样的折磨十分的可怕，必须要用绳子把他拴在床上，这和去年11月在医院里的情况一样，这正是战争结束带来的痛苦。不仅如此，还要锁住门，以防房东闯进来杀了他。这样做不仅是要缓和爱德华的痛苦，还有房东的。

爱德华看上去特别可怕，枯瘦如柴的身体里像是住了一个魔鬼。

马蒂诺医生就住在附近，因此答应爱德华去家里为他打针。他是一个冷酷的人，脸上没有什么表情，一副很有经验的样子，他说1916年在战壕里一共做过一百一十三次截肢手术。因此，听到这些话，爱德华稍微恢复了一点平静。正是因为他的介绍，阿尔伯特才认识了给他提供吗啡的巴西勒。这个人准是盗窃了药店、医院或诊所的药品，任何药他都知道，你想要什么就可以给你什么。认识不到一段时间，阿尔伯特就遇到一件好事，巴西勒向他提供了一整套的安瓿瓶，这可以解决当前的麻烦，而且还是低价处理，就和清仓大甩卖一样，不过，这和真实的大甩卖还是有些差别的。

每一天，每过几小时，阿尔伯特就会小心谨慎地在纸上注明当次的注射剂量和总数，这样一来，就能很好地控制和了解爱德华的状况。同时还要劝爱德华做手术，虽然没有多大的作用，但是他仍然坚持着。但至少那一刻，爱德华很平静，变得没那么糟糕了。阿尔伯特给他笔和纸，虽然不能够再次握笔画画，但至少哭的次数变得越来越少。他总是安静地躺在长沙发上，一言不发，张口呆望着眼前的一切。就这样，到了9月底，吗啡所剩无几，爱德华却变得越来越依赖药物了。6月的时候，每天都要注射60毫克，三个月过去了，剂量涨到了90毫克。爱德华总是独处，一语不发，阿尔伯特完全不知道结局会是什么。钱用得很快，如流水一样，先是吗啡，接着房租、食物、煤和衣服，这一切太难了，所有的东西都太贵了，更不要说花钱的速度。阿尔伯特把能拿去当铺当的东西都翻了出来，甚至还把身体献给了一家机械钟表行的女老板——莫内斯捷太太，有时候还会去那里帮忙做一下包装的活儿，作为交换，莫内斯捷太太会多给一些钱。（这是阿尔伯特说的。在这段故事中，他甘愿牺牲肉体，事实上，他也没有不满意的，想想便能知道，快六个月的时间里，身边一个女人都没有……莫内斯捷太太的胸部特别大，他不知道怎么应付，而她却毫不吝啬地给自己的老公戴绿帽子，她认为丈夫就是跟在自己身后的一头猪，而且总爱说蠢话，比如没有得到英勇十字勋章的士兵都是贪生怕死的人之类的话。）

吗啡的花费仍然是最大的，什么都需要钱，开销太大。生活费完全取决于药的价格。阿尔伯特总是在抱怨政府为了解决通货膨胀，抬高价格，现在一件“国家标准西服”只卖一百一十法郎，但是一瓶五法郎“国家标准吗啡”却没有降价。一个“国家标准面包”、一袋“国家标准煤炭”、一双“国家标准胶鞋”的价格都是规定好了的，就连“国家标准工作”也有固定工资，阿尔伯特想不明白，像这样一种市场规定，难道就不是布尔什维克的共产主义吗?

银行不愿意再收留他，议员们讨论出国家应该“报答亲爱的法国士兵，向他们支付一笔钱，用来表示祖国的感激之情”，之后过了很久，阿尔伯特收到了一封解释信，被告知以国家现在的经济能力，政府是无法偿还债务的，因此，政府解雇了很多的人，在这场可怕的战争期间，四十二个月的时间内，已经遣返了很多部门，那些人只能回到家里……

对于阿尔伯特来说，找钱成了现在唯一的工作。

可情况变得特别复杂。药剂师逮住了巴西勒并和他搏斗，整个上臂都是血，最终搜出了满满一口袋的药品。

朝夕之间没了供货商，阿尔伯特只能去一些乱七八糟的酒吧，到处打听可以拿到药的地方。要找到吗啡可不是那么容易的事，供货商们都很隐蔽。随着巴黎成为商业往来的十字路口，虽然生活支出增加，但在这里，可以找到所有的东西。阿尔伯特找到了希腊人。

马蒂诺医生给伤口消了毒，然后再缝合上。阿尔伯特觉得很疼，只能咬紧牙关忍住。

“这把刀很锋利。”医生简单地解释道。

刚到诊所门口的时候，医生一见是阿尔伯特，二话没说就开了门。马蒂诺医生的诊所在四楼，公寓里几乎什么也没有，常年挂着一个帘子，他就在帘子里面给病人看病。一箱箱的盒子摆放在地上，盒子大开，里面装满了各种各样的书。房间角落有一张扶手椅，进门的过道连着等候室，两张破烂的椅子正对着内屋。有了这间小房间，医生就有了看病治疗的权利。房间最里面放着一张医用床，还有一些外科手术器材。阿尔伯特付了很少的钱，比打车的费用还少。

离开的时候，他莫名想到了塞西尔。

于是，他决定坐车回家，得加快点速度才行。塞西尔，以前的生活，以前的思想……他感觉到自己是多么的愚蠢，居然爱着这个……那种思念是多么荒唐可笑。但是，像这样走在大街上，胳膊夹着鞋盒，左手缠着绷带，脑袋里回忆着往事，他有一种自己什么也不是的感觉，就像一个失去国籍的人。过了今晚，就会变成一个小流氓，甚至还有可能会去杀人。对于怎样赶走这团游走在脑袋里的漩涡，他一点办法也没有，除非奇迹再一次出现。因为自从退伍以来，他有过一两次幸运的时刻，然而，最后幸运还是变成了噩梦。好吧，既然阿尔伯特想着塞西尔，那就……最难的来了，偏偏是准继父在这个“幸运的时刻”充当了信使，阿尔伯特心想着：他一定失望透顶，就这么一点小事还要他来帮忙。自从银行拒绝了阿尔伯特的复职，他便寻找各种工作，尝试了所有的办法，就连去乡下灭鼠的工作也不放过。杀死一只老鼠可以得到二十五生丁，母亲说，他无论如何也无法靠这件事发财，而唯一做成功的事就是被别人牢牢吃住，像他这样笨手笨脚的人，这事一点也不奇怪。母亲的话是有原因的，他回到巴黎已经三个月了，可是一分钱也没有，穷得跟邻居若布一样，像这样一个没有本事的人，还能拿出什么给他的塞西尔？马亚尔夫人十分理解她的心情。这是事实，像塞西尔这样一个漂亮可爱的女孩，阿尔伯特能给她什么样的未来，同样，马亚尔夫人也不奢望自己能有多么好的晚年。三个月里，他东逛西逛，打着零工，期待着收到大家常挂在嘴边的退伍金，可政府没有能力支付这么一大笔钱。好在这个时候出现了一个“奇迹”：继父介绍了一个工作，在巴黎莎玛丽丹百货公司当电梯员。

百货公司的管理部门希望招聘退伍军人，最好是得过很多勋章的军人，这可以给公司增光，也可以说是为了“讨好顾客”。就这样，公司选择了阿尔伯特。

每天，他都操作着一部精致的电梯，电梯的玻璃是透明的，能清楚地看到外面。每到一层，他就会向顾客播报楼层号码。虽然他很厌烦这个工作，他也从不向人述说他的苦恼（除了在信中告诉战友爱德华），其实也没什么可说的。6月的一个下午，当电梯门打开的那一刹那，塞西尔出现在了眼前，身边还跟着一个宽肩膀的男人。那一刻，他似乎明白了什么。在收到塞西尔最后那封信以后，两人就失去了联系，只留下了一句简单的回答：好的。

他们走进了电梯，那一瞬间让他很是为难，于是，他装出不认识的神情，全神贯注地盯着电梯楼层数字。塞西尔和她的朋友要到最顶楼，由于电梯每到一层都要停，整个上升的过程十分漫长，一层一层地播报，阿尔伯特的嗓子都喊哑了，喉咙有些难受。他不由自主地呼吸着塞西尔新的香水味，优雅而别致，带着金钱的味道。年轻的男人闻起来也很有钱，阿尔伯特对此十分惊讶，他看上去年纪比她还要小。

让阿尔伯特感到丢脸的不是像这样的相遇，而是穿着军装所带来的震惊，这一刻，他只是一个没什么了不起的士兵。看哪，他军装两侧还有绒球状的垫肩。

塞西尔认为阿尔伯特现在这个样子很丢脸，于是低下了头，双手合着，看着脚下。而身旁宽肩膀的年轻男人却一个劲地称赞电梯，这个现代技术的奇观让他惊叹不已。

对于阿尔伯特来说，除了被活埋在弹坑里，就从未有过这样漫长的时间，电梯里发生的事情就和弹坑里的情形惊人的相似，那种感觉难以言表。

塞西尔和她的朋友在女士内衣的那层楼下了电梯，她甚至看也没看阿尔伯特一眼。阿尔伯特将电梯重新开到底楼，脱下制服，没有领一分钱就走出了百货公司大厦。一周的工作，一分钱也没去要。

几天后，在受不了曾经的爱人变成仆人的状况下，或许还带着怜悯的心情，塞西尔退还了订婚戒指，只不过是通过邮局寄出去的。他想再送回戒指，不想祈求施舍，他看上去很穷酸，甚至从他那身仆人的制服中也能看出来。但是现在是困难时期，一包卡波尔香烟卖到一法郎五十分，煤炭已经涨到一个离奇的价格了，钱必须省着用。于是，他去了当铺，当了戒指，换了钱。停战以来，人们常常把巴黎市立信用当铺挂在嘴边，因为这个名字听上去就是在为人民服务，似乎这里更可靠。

一有不要的东西，他就拿到那里当掉。

这段时间很快就过去了，除了到街上做广告，阿尔伯特找不到更好的工作，他在身上挂了一个广告牌，一前一后，那样子蠢极了。广告牌上吹嘘着莎玛丽丹百货公司物美价廉的商品，还有德迪翁·布东公司生产的质量上乘的自行车。在百货公司的嘉年华期间，塞西尔总是让他魂牵梦绕，虽然制服让他为难，但是要为金巴利公司做宣传，全副武装地走在街上，那种厌恶的心情更是难以言表。

羞耻这玩意儿，他一把就扔进了塞纳河里。

# 12

佩里顾先生再一次缓缓地睁开眼睛，这一刻，所有人都手忙脚乱，只有他安静地躺着。眼前的人群……赛马俱乐部里，人声鼎沸，他心想，在公众面前晕倒，还不够丢脸吗……

接着，他看到了女儿玛德莱娜、女婿普拉代勒，然后是女管家，她正焦急地忙个不停。大厅的电话响个不停，接着布朗什医生急匆匆地跑来，累得满头大汗，拿出药丸，带着神父的口吻，千叮咛万嘱咐身边的人。医生也找不到具体的原因，他说可能是心脏的问题，也可能是劳累过度，压力过大或者是巴黎的空气。总之，他胡乱地说着，作为医生，他应付病人的本事还是很厉害的。

佩里顾有一栋特别大的府邸，这栋楼正对着蒙素公园。在女儿婚后不久，佩里顾先生就将最大的房间让给了女儿。玛德莱娜重新装修布置了整个三楼，那里是他和丈夫新婚的房间。佩里顾先生住在最顶楼的一整套公寓里，公寓一共有六间房。实际上，他只给自己留下了一间大卧室——这个房间也用作办公和阅读室，除此之外还有一间浴室，虽然很小，但是对于一个鳏夫来说，基本生活就已经足够了。可以说，这里就是他生活的所有空间，自从妻子过世后，除了在底楼一间古旧优雅的饭厅吃饭，他几乎就再也没进过其他房间。要是有招待，他都会带去伏瓦生小店。起居室的凹室里，一张深绿色的天鹅绒帷幔隔出了一些空间，这里放着一张床。女人们从来没有进过这个房间，这里是他私人的空间，他都会带她们去其他地方。

从赛马俱乐部回到家，玛德莱娜就一直陪在身边，耐心地照顾着，她握住他的手，这让他有些受不了。

“我又没死，你守什么夜呢？”他说道。

玛德莱娜尴尬地笑了笑，这样一个四眼相对的、你看我我看你的画面着实有些奇怪，佩里顾怎么也不会觉得她有多漂亮，而玛德莱娜也觉得他很老。

“那我走了。”她站起来说道。

玛德莱娜指了指紧急呼叫所用的绳子，他点头示意了一下。接着，她又检查了桌子上的水壶、水杯、手帕和药片。

“关一下灯，谢谢！”他说道。

其实，女儿这么快离开房间，他心里有些生气。

现在，他觉得轻松很多了。但是，一想着俱乐部里发生的事，一种突如其来的感觉就让他有些喘不过气来，像一阵波浪打过来，从肚子处往上侵袭，淹没过胸部，直到肩膀，最后到头。心脏停止了跳动，他没了呼吸，佩里顾伸出手，想拉绳子，但是立马放弃了，因为一个声音在脑海里响起：我还不会死，我的时间还没到。

房间里，只能看得见一丝幽暗的光线，他看着藏书的书架、墙上的画和地毯的图案，像是第一次看到这些东西。他看得很仔细，每一个细节都注意到，突然，他感觉到自己比所有的东西都还要老旧，而眼前的这一切尤其崭新。那种强烈的感觉就像是一把大虎钳猛地夹住喉咙，让他透不过气来，眼泪在眼睛里不停地打转。最后，他哭了起来，没有大声叫喊，而是陷入悲伤，任由眼泪淌过脸庞，即使流了一床，也不需要有一丝羞愧，因为眼泪是慰藉悲伤的良药。他拉起床单一角，擦了擦脸上的泪水，努力恢复平静的心情。可是，这并不能起到多大的作用，眼泪还是止不住地往下流，痛苦蔓延到全身，他无法想象自己已经开始渐渐衰老。然后，他坐了起来，背靠着枕头，拿起桌子上的手帕，把头尽量埋到床单里，擤了擤鼻涕。他不希望有人听到，不希望有人为此担心，更不希望有人闯进来。为什么要别人看到自己哭呢？不行，这样不行。他不喜欢这样，在这个年纪，如果还鼻涕一把眼泪一把的，是多么可耻，他宁可一个人忍受也不需要别人安慰。

渐渐地，他恢复了平静，脖子上那把虎钳似乎也松了下来。他停止了抽泣，眼泪也不再打转，虽然哭得筋疲力尽，但是还很清醒，倦意还没来。平时他的睡眠是很好的。生活中，就算是遭遇最困难的时刻，比如妻子过世，可能会吃不下饭，但是每一次都睡得很沉，总是这样。他爱着自己的妻子，她是一个令人钦佩的女人，总能在她身上发现各种优点，早早去世真是太不公平了！老实说，像他这样年纪的男人，睡不着显得太不正常了，甚至说会让人有些不安。佩里顾不相信布朗什，认为他就是一个庸医，自己不是心脏出了问题，而且因为焦虑，身体里有些东西无法释怀，压得喘不过气来，因此才晕过去的。现在，他满脑子想的都是日常工作，比如下午与客户的约会。白天的繁忙工作让人难受，一大早就已经忍不住想要吐了。这种恶心的感觉并不是因为和证券交易经纪人无休止的交谈，就算生气吵架也没什么大不了，这都是正常的。是工作和经纪人本身让他不舒服，三十年来，他已经换掉了十来个经纪人了。每个月的最后一个星期五，在财政汇报大会以及各大银行家和经纪人的聚会上，每个人都和士兵立正迎接长官一样，在佩里顾面前都表现得毕恭毕敬。

长久以来，这种感受令人感到厌烦。

他回想起曾经无数次忍受这件事，眼泪又流了下来，牙齿紧紧咬住床单，发出沉闷的叫声，脸上充满愤怒和绝望的表情，仿佛内脏都搅在了一起。因为强烈的情感波动，他说不出话来，大脑里的思绪就像一团糨糊，只能这样折磨着自己。

他的眼泪是为死去的儿子流的。

爱德华不在人世，这会儿，他知道爱德华已经死了。可怜的孩子，唯一的儿子就这样死了。

佩里顾甚至想起儿子出生的时候，但是就像一阵风吹过，吹散画面，内心所有的痛苦在这一天全部爆发了出来。

实际上，死亡的日子要追溯到去年。

他内心深处的痛苦越来越大，大得没有边际，第一次，爱德华对佩里顾来说是那么重要。他突然隐隐地感受到对儿子的思念是多么强烈，那种情感不由自主地流露出来。他深爱着儿子，只有意识到再也见不到他的时候，才开始试着去理解儿子以前的行为。

不，也许不是这样，他不承认，那不过只是眼泪、夹住胸口的虎钳、抵住喉咙的剑带来的痛苦而已。

更让他感到愧疚的是他居然将儿子的死当作一种解脱。

这一夜，他无法入眠，满脑子都是儿子爱德华，埋藏在心底最深处的那些回忆跑了出来，画面里自己和爱德华似乎冰释前嫌。能再一次看到儿子，这让他感到欣慰，脸上挂满了笑容。大脑里的思绪转动得很快，回忆着所有的事情。（一团乱七八糟的画面出现在脑海，一个小天使出现在自己面前，长着路西法的耳朵，不过他就只想了这么多，眼前这个小天使只有八岁。）他不知道现在眼前这个爱德华是不是和以前那个在学校闹事的孩子一样，他的那些画，天哪，那些该死的画，如此令人感到耻辱的场景一一重现，他简直是个天才。

佩里顾先生什么也没有留下，就连儿子玩过的一个玩具、一张素描、一幅油画和水彩画也没有。或许，玛德莱娜有。不，他不敢去问她要。

每到夜晚，记忆和懊悔就会跑出来，房间里到处都是爱德华的影子，有时是个小孩，有时是个少年，有时是成人，他总是笑着，那微笑多么美妙，有时候，是他无休止的折腾和吵闹……和他在一起，佩里顾先生总是不太高兴，每一次都被折磨得受不了。很多地方，他和妻子一样。妻子很有钱（她出生的时候家里就经营着一家棉纺厂），佩里顾继承了祖辈的文化修养，在他眼里，有一些事情被认为是不幸的，比如，成为艺术家。但是，说到底，佩里顾先生早已习惯儿子对艺术独特的诠释，总有一些人从生活中挖掘出一些现象，然后在画里面过度地表达出他们的想法，比如，市长和政府常常成为艺术家天马行空的对象。不过，佩里顾先生无法原谅的是儿子曾经干过的蠢事，爱德华的嗓音很尖，身体瘦弱，让人操心，行为举止实在是……面对他很不容易，更不要说他一点阳刚之气都没有。甚至是在内心深处，佩里顾先生都不敢对此提起半个字。当他从别人嘴里听到儿子的丑事，在朋友面前蒙羞时，他不是一个坏人，而是一个受到打击的、当众出丑的父亲，儿子就是一个耻辱的存在。他从不向任何人坦白后悔生下女儿，他不过只是一个希望有儿子传宗接代的父亲罢了。父亲与儿子之间存在着无法言说的代沟，后者往往继承了前者的所有，父亲建立好了一切，再转交给儿子，儿子得到后再发扬光大，这就是生活，从古至今都是如此。

玛德莱娜是个讨人喜欢的孩子，佩里顾先生很快就喜欢上了她，只不过有些情感不容易流露出来而已。这个时候，儿子还没有出生，一些不舒服又折磨人的事件接连发生，时间一长，他就变得易怒起来，然后，爱德华来到了这个世上，最终，他的愿望得以实现。妻子生下儿子后不久便过世了，他看到了一个新的开始。最初那几年，他认为这不过是对儿子教育的投资。抚养儿子花费了怎样的毅力，承担了多大的责任啊！到最后失望便油然而生了。他无疑经受住了这一切的烦恼，不过，爱德华那时已经八岁了，这样的情况让人泄气。佩里顾先生还很年轻，本可以重新开始新的生活，却拒绝了自己该有的爱情。他拒绝向失败低头，把自己封闭起来，沉浸在伤痛中，充满着悔恨。

儿子已经不在人世（他并不清楚儿子怎么死的，也没有去过问），责备、难听的语言、最后的警告、关闭的大门、拒绝的表情和手势在脑海里重现，佩里顾先生把自己彻底封闭起来，不谈论儿子，只留下他一个人默默地死在战场上。

他被告知儿子死亡的时候，一个字也没说，独自回忆往事。对此，玛德莱娜感到很沮丧。他会抓住她的肩膀，说着各种话。“尊严啊，玛德莱娜，我是有尊严的！”他不能向她述说，也不知道能说些什么，像这样的生离死别带来的不过只是一个没有答案的问题：像我这样的人，怎样容忍那样的一个儿子？现在，一切都结束了，爱德华的路已经走完，画上了句点。这也许是公平的，世界自然有它公平的道理。年轻妻子的过世，这是一种不公平，但是，对于儿子也英年早逝的事实，他却没有同样的想法。

他又一次哭了出来。

他心里想着：我的眼泪是干的，我真是个无情的人。他希望自己也消失不见，人生第一次在意别人甚于自己。

直到早晨，他也没有合上眼，疲惫不堪，脸上悲痛的表情出卖了他，但是，他始终没有把心底的话说出来，弄得玛德莱娜一头雾水，十分担心害怕。她弯腰靠近他脸的上方，他顺势亲吻了她的额头，心中的想法却无法用言语表达。

“我要起来了。”他说道。

玛德莱娜想要他继续待在床上休息，但是，看着眼前沮丧的父亲，一脸坚定的表情，她开不了口，默默地离开了房间。

一个小时后，佩里顾先生剃了胡子，穿好衣服，然后出了公寓。他什么也没有吃，玛德莱娜发现桌上的药仍然摆在那儿，面色苍白的父亲拖着虚弱的身子，垂着肩膀就走出了房间。他身上只披了一件大衣，坐在大厅的一张椅子上，要是不需要待很长时间的话，客人都会把衣帽放在那儿，因此，仆人们都惊得发呆。接着，他抬起手，向玛德莱娜示意一下。

“把车开过来，我们出去。”

这是一句再简单不过的话……玛德莱娜叫了仆人，自己跑回房间打扮。不一会儿，她就走了出来，穿一件十分合身的黑色呢绒袖衫，外面披了一件大衣，头上还戴着一顶黑色的钟形女帽。看到女儿，佩里顾先生心想，她一定爱我，她能理解我的心情。

“走吧！”他说道。

车开到人行道前的时候，他告诉司机想自己开，让司机回去。一般情况下，他很少自己开车，除非想要一个人静一静。

妻子去世后，他亲自开车去过公墓。

玛德莱娜找回弟弟的尸体，安葬在家族陵墓里以后，佩里顾先生甚至也没动一下。一直以来，都是玛德莱娜在处理她弟弟的后事，而他对此置之不理。儿子为国捐躯，和一群爱国人士安葬在一起，这就是世上万物的秩序。但是玛德莱娜却不希望这样，想把他带回来。佩里顾先生总是坚定地认为，以他的地位来说，任由女儿去干这样一件明文禁止的事是难以想象的，这不是一个好的征兆，他心里有很多话想说。玛德莱娜可不在乎，她坚持找回爱德华的遗体。如果出了问题，都是她一个人承担，父亲就只会说不了解情况。但两天后，在一个信封里，她发现了需要的钱和给莫里厄将军的一句嘱咐。

夜里，他们从银行取了些钱，打点了守卫、装殓师、卡车司机、开棺的工人，以及那两个放棺材和合盖子的人。玛德莱娜哀悼了一会儿，随后就有人拉着她的手肘不放，因为大半夜的，不是该哀悼的时候。爱德华已经送回来了，长眠于此，她随时可以来，但当下最好不要引起别人的注意。

佩里顾先生对此什么也不知道，也没有提任何问题。坐在开往公墓的车里，旁边是安静得一句话也没有的女儿，他想起前一天夜里自己努力去回忆的一切。以前，他什么也不想知道，今天，却表现出渴望的神情，想了解所有的细节……一想到儿子，就有想哭的冲动。幸好，尊严很快就又凌驾于冲动之上。

他心想：为了将爱德华安葬到家族陵墓，只能把他先挖出来。一想到这儿，胸口就一阵疼痛。他试图想象爱德华平躺着，没有一丝呼吸，但是那种死亡却和正常的不一样，没有穿戴整齐，没有领结和油亮的皮鞋，棺材周围也没有蜡烛。这实在是太愚蠢了，他摇着头，十分不开心，不一会儿又回到了现实中。过了这么几个月，尸体会变成什么样？我们要怎样做才好？一个熟悉的想法涌上心头，那是一个让他惊讶的问题，但他永远也问不出口：为什么儿子先死，自己从来不感到奇怪？这不是大自然应有的秩序。佩里顾先生已经五十七岁了，富有且受人尊敬，从来没有打过仗，即便如此，每一次他都是胜者，连婚姻也一样，而现在这样活着让他感到很耻辱。

玛德莱娜所期望的正是两人这样独处的一个时刻。她透过车窗望着大街，握住他的手，就好像什么都明白似的。佩里顾心里默念道：

“她理解我。”这让他感觉很好。

至少他还有一个女婿。玛德莱娜到乡下去找死去的弟弟（到底是怎么死的，佩里顾先生完全不知情……）然后和这个普拉代勒一起回到巴黎，接下来的那个夏天，他们就结了婚。这已成定局，没办法改变了，这种交换看起来有些奇怪。儿子死后，他把这样一个人的到来当作等价交换，接收他作为自己的女婿。这种感觉难以言表，就好像女婿要为儿子的死亡负责，这种行为十分愚蠢，但是现实又打败了他：一个人的出现代替另一个人的消失，这是一种因果关系。世界需要平衡，因此自然而然就会产生这样一种机械的方式。

玛德莱娜试图向父亲讲述认识奥尔奈·普拉代勒上尉的过程，说明他对自己有多么的关切和温柔，佩里顾先生对此完全不闻不问。为什么女儿要嫁给这个人，而不是其他人呢？他不明白。他不了解儿子的生活、死因，不仅如此，女儿的生活也一概不知，婚姻大事也没有管。从人的角度出发，他茫然无知。公墓的守卫是一个失去右手的人，和他眼神交汇的那一刻，佩里顾先生想道：他失去了手，我却失去了心。

扫墓的人早已来到这里，公墓里发出嗡嗡的声音，摊贩在空地里来回走动，尽情享受着各种赚钱的机会，佩里顾先生谨慎地看着这样的场景，看得出来他是个精明的商人。商贩们卖出了大量的菊花和各种花束，生意火爆。今年政府期望所有的祭拜都集中在十一月二号亡灵日这一天，整个法国都要在同一个时间里开始举行纪念活动，全体人民一起为死亡的战士默哀。从轿车里望出去，佩里顾先生看到很多人都在做准备工作，人们戴好勋章绶带，隔出一块空地，奏响军乐，或是穿着便服，反复默念，或是清洗马路、马车和轿车。佩里顾先生脸上毫无表情，内心却十分痛苦，他的悲伤只属于他一个人。

他将车停在公墓出口处。父女俩手挽手，缓缓地向家族陵墓走去。今天的天气很好，阳光明媚，走在小径上，可以看到每一个墓碑前都摆满了鲜花，五颜六色的花朵给墓地增添了许多生机。佩里顾先生和玛德莱娜两手空空就来了。没人想到买花，然而，公墓入口处就有卖的。

家族陵墓是一个石头搭建的小屋，三角楣上有一个十字架，正面的铁门上方装嵌着一排排凸起的浮沤钉，在门的最上方，写着“佩里顾家族”。小屋的每一面都刻着先人的名字，墓地的修建从佩里顾先生父亲那一代开始，不到一个世纪。

佩里顾先生双手插在礼服口袋里，也没摘下礼帽，他想起和儿子在一起的时光，那些画面在身体周围打转。眼泪又一次流了下来，他不知道自己还剩下什么，也许是爱德华还是孩子时的模样。他特别想念曾经让自己厌烦的事，那种思念是如此强烈，无论是爱德华的微笑还是吵闹。前一天夜里，他的记忆里再次出现了那些无法忘怀的场景，在爱德华不平静的童年里，他对儿子充满各种怀疑，儿子的隐忍是一种罕见的成熟，他从一些人身上看到过这种成熟。那时的爱德华是个小孩，脑袋里充满各种各样奇特的幻想。某一天，佩里顾被爱德华的一幅画震撼，那张草图画的是一辆高速行驶的汽车，是荒谬可笑的写实主义表现手法，他从来没有以这样的角度观察过一辆汽车。飞驰而过的汽车想要表达什么呢？谁也不知道，这是一个秘密。那时的爱德华只有九岁，在他的画里，总是有很多运动的东西，甚至花朵也在召唤清风。佩里顾先生想起一幅水彩画，画的是一些花，他认不出具体的种类，但是每一朵花的花瓣都极其精美，这大概是他能回想起来的一切了，这是爱德华独有的画风。尽管不喜欢这样的艺术，但佩里顾先生明白它们极具创意。他总是有各种疑问：“那些画都到哪儿去了？”“也许玛德莱娜留着？”其实他并不想再次看到这些画，只是不希望那些画面消失，想要保存好这份回忆。在那些回忆里，有一张脸让他印象深刻。爱德华画过大量的、各式各样的肖像画，在那些画中，常常能看出他画人物轮廓的一种偏好，佩里顾先生有时也会寻思着这可能是一种“风格”。画里的主角是一名年轻男子，有一张完美无瑕的面孔，高高鼻梁下是两片厚厚的嘴唇，下巴上方有一道深深的酒窝，最特别的还是那副奇怪的神情，眼睛微微斜视，脸上没有一丝笑容。他现在想表达心里的感想，但是又能向谁诉说呢？

玛德莱娜被稍远处一座坟墓吸引，走开了，留下他一个人在这儿。他拿出手帕，擦了擦眼睛，然后一直盯着妻子的名字看，莱奥波尔迪娜·佩里顾，出生于马吉。

爱德华的名字不在墓碑上面。

这让他十分错愕。

因为儿子不在这里，所以就没有理由刻上他的名字，这是再自然不过的事，但是对于佩里顾先生来说，这就等于不认可儿子的死亡。官方倒是寄来过一份文件，通知亲属他们的儿子为国牺牲，但是，连名字都没有的坟墓又算什么呢？他转过身看向周围，试图说服自己这不重要，但是，这一切带来的痛苦却是如此难以想象。

你站在他的角度想想看，能从墓碑上读出死去儿子的名字，说出“爱德华·佩里顾”这个名字，是何等重要。

他左右来回地摇着头。

玛德莱娜回到他身边，紧紧抱住他的肩膀，接着，两人回了家。

周六一整天，许多人打来电话，询问他的健康。有人问：“先生，您好些了吗？”又或者是：“老哥，我们都十分关心你，害怕你出什么事！”而他总是冷淡地答复每一个人。对大家来说，这种冷漠就表示一切又恢复了正常。

佩里顾先生遵循布朗什医生的叮嘱，整个星期天都在调养休息，喝汤药、吞药丸。他也整理了一些文件。在一堆信旁边的一个银制托盘上，他发现了用特别女性化的纸包裹的东西，那是玛德莱娜专门放的，包裹里面有一个小本子和一封手写的信，信上的字迹清晰，但是看得出来已经是很久前写的了。

他立马就认了出来，一边喝着茶，一边读了起来，反反复复地看了好几遍。他的眼睛一直停留在爱德华的战友讲述儿子死亡的那部分内容上：

> ……为了取得最终的胜利，我们的部队突袭了德国佬的阵地。你们的儿子，一直冲在最前线，但不幸被子弹击中心脏，死在战场上。但是，我向你们保证，他一点痛苦都没有。你的儿子以保卫国家作为最高的使命，他死得光荣，他是法国的英雄。

佩里顾先生是个商人，领导着多家本地银行、海外分行、产业公司，对任何事情都抱有怀疑的态度。对于这个故事，他一个字也不相信，这不过是安慰家属的谎言罢了，就像是多姿多彩的彩色画片。爱德华的战友写得一手好字，但是那些用铅笔写的字慢慢褪了颜色，信的内容也容易被擦掉，就像一个胡乱编造的谎言，没有人会相信。佩里顾先生重新折好信，放进信封，存放到办公室的抽屉里。

接着，他打开那个小本子，本子看上去很旧，有一根已经失去弹性的橡皮筋缠在外面，可以说这个本子环游了地球三圈，就和探险家的航海日志一样。佩里顾先生立马就认出了本子里儿子的画，画上的士兵激昂地冲在前线。他知道自己无法每一页都翻阅，无法面对这个事实和巨大的罪恶感，他需要时间慢慢消化这一切。翻到某一页的时候，他停了下来，仔细观察。画里是一个疲惫不堪的士兵，戴着头盔，盘着双腿坐在地上，垂着肩膀，头微微向下，看得出他已经累垮了。他心想，要是这个人没有胡子，就和爱德华一模一样了。爱德华有没有因为这么多年的战争而变成熟？他是不是跟这些士兵一样也留过胡子？佩里顾先生问着自己：我又写过多少次信给他呢？所有这些用蓝色蘸水笔勾勒的人物，是他画的唯一主题吗？玛德莱娜有没有给他寄过包裹？难道没有吗？想着这一切，佩里顾先生感到难受，他记得曾经告诉过秘书："记得寄包裹给我的儿子……"秘书也有一个当兵的儿子，1914年夏天在战场上失踪了。当她再度回到办公室，完全变了个人。整个战争期间，她把爱德华当成自己的儿子，寄了许多包裹给他，但她仅仅说"我包了一些日常物品"，佩里顾先生很感谢她。他取过一张纸，写道："我亲爱的爱德华，这是给你的。"他犹豫着，不知该怎样落款。"爸爸"？未免太不得体；"佩里顾先生"？又太荒谬了。最后，他只签上了自己名字的缩写。

他重新看着这个疲惫沮丧的士兵，但是，怎么也无法得知儿子所经历的那一切，只能幻想着别人的故事，比如女婿，或者那些战死英雄的故事，又或是爱德华战友信中编造的故事，他只有这些关于爱德华的谎言，除此之外，什么也不知道。一切都已经逝去，消失不见。他合上本子，揣进大衣的内袋里。

玛德莱娜从来没有给父亲看过这个东西，但是，父亲的反应却让她十分惊讶。这一次到公墓的决定是这么突然，父亲出人意料的眼泪……那道分隔爱德华和父亲的鸿沟从一开始就存在，和地球上的沟壑一样，似乎将两人永远地分隔在两块不同板块的大陆上，要是没有地壳运动造成的海啸，两人永远不可能相见。她经历了所有的一切。随着爱德华出生、长大，父亲的猜疑也伴随而来，她看到父亲的各种状态：否决、敌意、拒绝、愤怒和斥责。爱德华总是做着叛逆的事，最初，他期望的不过是得到父亲的爱和保护，然而渐渐地，这些乞求变成了挑衅，一发不可收拾。

最终，为了逃避，爱德华选择参军打仗。

总之，在这场战争中，爱德华很早就感受到了死亡，这样的死亡甚至存在于家庭内部，存在于这个像德国人一样严厉死板的父亲和这个玩世不恭、肤浅却迷人的儿子之间。她靠着守口如瓶，谨慎的态度周旋在两个人之间（那时，爱德华才八九岁），而两个阵营都表现出不安的情绪。首先是父亲表现出担心，接着焦虑不安。两年后，儿子长大了，他不再有疑虑。于是，他变得冷冰，疏远和轻视爱德华，而爱德华也变得挑衅和叛逆。

接着两人之间的鸿沟越来越大，直到沉默，那种沉默突然就来了，就连玛德莱娜也无法确定两人是从什么时候开始不说话的。最终，没有了争吵和对峙，家里只剩下无声的抱怨和冷淡的眼神。玛德莱娜必须很用力地去回想，才能回忆起每一个瞬间，那个时候，两人分别站在跷跷板的两头，虽然还处于和平的状态，但这场潜伏着的小型战争随时可能爆发，不管怎么努力，她也没有察觉到这场战争已经悄悄开始了，大概是没找到那个存在于两人之间的爆炸开关吧。在爱德华十二三岁的时候，一天，她发现父亲和儿子双方不再面对面，而是找她作为传话的人。

青少年时代，玛德莱娜就开始履行她作为“外交官”的职责，而父子双方就像是两个谁也不让谁的敌人，她夹在中间，随时随地要调解冲突，听一个或另一个人的抱怨，缓和双方的敌意，扼杀冲动的想法。就这样，她忙于处理这两个男人的冲突，全然不顾要怎样才能打扮漂亮。事实上，她也不丑，她长得普普通通，可同龄的其他女孩子更漂亮。时常，她周围都是漂亮的女人，有钱男人一般会娶一个漂亮的女人回家，生一堆漂亮的孩子。某一天，玛德莱娜决心不再平凡。这个时候，她已经十六七岁了。父亲只是亲吻她的额头，看一下她，却不认真观察她的脸。他总是对玛德莱娜说，这个家没有其他女人告诉她应该怎样梳妆打扮，她得多琢磨、多观察别的女人，或者照搬别人打扮，可总是比不上别人。何况她对这件事本来就没有很大的兴趣，因为她认为年轻就是自己的资本，可是没有人爱她，她的美貌也渐渐地褪色。不过有一点是毋庸置疑的，作为佩里顾家族的一员，她很富有。这可以抵消一切不好的事情，她有足够的钱来请化妆师、美甲师、美容师、女裁缝，什么也不缺。玛德莱娜不是一个丑姑娘，她只是一个没有爱情的年轻女子。她等待的不过是一个爱的眼神，一个能给她一些依靠的、让她幸福的男人，这个男人要有责任感，能保护自己的领地，赶走和打败敌人，解决困难，处理好经济问题，有政治影响力，附带地，要是这个男人不计较他的儿子，也不埋怨自己每天要忙于处理家里的两个大麻烦的话，那就更好了。另外，如果她换了新发型或者穿了一条新裙子，这个男人应该说："啊，亲爱的玛德莱娜，你原来在这儿啊，我都没认出你来，你真是美极了！"

玛德莱娜要面对的一边是深藏自己感情的父亲，一边是调皮的爱德华。随着爱德华长大，十岁、十一岁到十五岁，这个年纪正是情感泛滥的时期，他笔下的世界末日、伪装者、戏剧化的演员、疯子、夸大的事物、顽强的想法和无限的创意最终汇聚成一幅幅印在墙上的画，那些画有一米高，仆人们总是为之尖叫，满脸通红，哈哈大笑，直到佩里顾先生鼓起脸颊，摆出一副可怕的表情时，他们才会咬着拳头、忍住笑，从走廊跑开。画中的佩里顾先生脸红脖子粗，双手紧揪着自己的下体，惟妙惟肖，十分逼真。玛德莱娜用手擦一擦眼睛，立马大声叫画画人的名字。

佩里顾先生常常一回家，就会被满屋子的工人给吓住，而这时，只有十六岁的玛德莱娜总是会尽量去解释："爸爸，这不过是一个小失误，没什么大不了的！"而他也会说："亲爱的，谢谢你！真是感谢有一个人能在家里处理这些日常的事情，我一个人可应付不了！"虽然他屡败屡战，换了许多的保姆、家庭女教师、管家和寄宿帮佣女生，但是所有人最后都受不了离开了。在叛逆这点上，我向你保证，爱德华这个小孩，像是魔鬼附身一样，没一刻能消停下来。"正常"这个词在佩里顾先生的字典里变成了一个伟大的词汇，他常常挂在嘴边，用来形容和爱德华本来就不存在的父子关系。

他对爱德华变得极其厌恶，在这一点上，玛德莱娜有自己的想法，她认为可能是爱德华太过于女性化。虽然烦人的调解工作总是在泪水中结束的，但她没少因为父子关系恢复"正常"而眉开眼笑。现在，爱德华死了，佩里顾先生对儿子的厌恶让玛德莱娜感到庆幸，因为这两块对立的大陆不再相见，至少不用带来更多的麻烦，这样也是不错的。

得知爱德华死亡消息的时候，她理解佩里顾先生沉默的哀叹，首先，父亲还有自己（就像我们看到的那样，她还有那么一点玛丽公主的风范），还有就是战争的结束，虽然是战争带来了惨痛的代价，但是至少这已经过去了。她反复思考着是否要找回爱德华的遗体，对爱德华的思念是如此的强烈，就好像他远在另一个国度，每一次想念都心痛不已。政府不可能让战死士兵的家属去挖尸体，可是她仍然在酝酿这件事（这一次，她像父亲那样思考），最后，她下定了决心，就算是天塌下来也拦不住。她到处打听，强迫自己做好每一个小细节，打通关系，安排行程，在没有取得父亲的同意下，就毫无顾虑地去战场上找寻死去的弟弟，然后安葬好他的遗体，就在那一天，她也埋葬了自己的人生，借着这个机会，嫁给了英俊的奥尔奈·普拉代勒上尉。可以说，每一个人都有自己的方式来结束人生。

但是，当她联想到父亲在赛马俱乐部的苦恼时，现在的消沉和他平时的性格不太一样。父亲从来没有去过公墓看爱德华，这一次却突然做了这个决定，难免让人诧异，最终，父亲还是哭了出来，玛德莱娜不免有些担心。虽然战争结束，双方言归于好，但那不过只是以其中一方的死亡作为代价，像这样换来的和平没有任何的意义。1919年，整个11月里，家里都充满无限的悲痛。

快到正午的时候，玛德莱娜上了楼，敲了敲父亲办公室的门，从门缝中，她看到父亲一动不动地站在窗前。路上的行人拿着一束束菊花，整条大街都回荡着军乐的响声，重复了一遍又一遍。看着父亲沉浸在回忆中的样子，玛德莱娜走了进去，邀请父亲一起吃午饭，谈谈心，父亲明显没有胃口，但还是答应了。餐桌上的食物，他一样也没动，还把餐盘里的又倒了回去，只喝了半杯水，脸上依然挂着忧虑的表情。

“告诉我……”

玛德莱娜擦了一下嘴，疑惑地看着他。

“你弟弟的这个战友，就是那个……”

“阿尔伯特·马亚尔。”

“哦，或许吧……你有没有……”佩里顾心不在焉地说道。

玛德莱娜笑着点了点头，像是要给父亲打气。

“感谢他吗？当然，有的。”

接着，佩里顾先生又一次沉默了。沉默是他面对无尽的不快和厌烦时表现出来的一种解脱的方式，那种所要表达的情感，令他像尼古拉斯·博尔孔斯基王子一般。

“不，我是想说，我们也许应该……”他重复道。

“邀请他吗？是的，我想应该这样，这是一个好主意！”玛德莱娜说道。

两人都费了好大的劲进行对话。

“当然，这没有什么问题……”

玛德莱娜抬起眉毛，有些高兴，期待着继续和父亲聊天。在董事会面前，佩里顾先生只需要一个很小的眼神，便可以随时打断任何人的话，可在儿女面前，他却一句话也说不清楚。

“爸爸，要是难过你就说出来，这没什么大不了的。”她笑着说道。

“这不关任何人的事！”佩里顾先生坚定地说道。

他所说的“任何人”其实指的是女儿的丈夫。玛德莱娜点点头，这并没有让她不舒服。

接着，他站起来，放下餐巾，在离开饭厅前，他的脸上挂着一种模模糊糊的笑容。

“啊，然后……”他停下脚步，就像他突然想起了什么事一样，对玛德莱娜说，“你不介意打个电话给拉布尔丹吧？让他来见见我。”

当他用这种方式说话的时候，一定表示情况很紧急。

两小时后，佩里顾先生像皇帝一样，在大客厅里热情地接待了拉布尔丹。在大区市长走进来的那一刻，他没有走过去，也没有握手，两人就这样站着看着对方。拉布尔丹脸上焕发出喜悦的光芒，就像往常一样，他已经等不及要为佩里顾先生服务，表现出自己的价值，他有一副能够完成任务的嘴脸，就和一个妓女一样。

“我亲爱的朋友……”

这是他往常说话的方式，拉布尔丹已经按捺不住，像狗一样摇着尾巴。无论如何，他还是有些作用的，关键时候需要他。佩里顾先生知道女婿利用自己的关系，例如，最近他就找了拉布尔丹帮忙处理招标委员会选拔木棺供应商的问题，对这件事，他没有询问详细情况，只想要知道一些基本的信息，这样就够了。但今天，他需要知道所有的一切，拉布尔丹全盘说了出来。这位市长，早就准备好要仔仔细细交代这件事。

“你说说关于战争纪念建筑的事，现在什么情况？”佩里顾问道。

拉布尔丹十分惊讶，嘴唇发出啪啪的声音，眼睛看着佩里顾，像一只鹧鸪。

“我亲爱的会长……”

他对所有人都称呼“会长”，这是因为现在大家都是某个公司或者某个委员会的会长，就像意大利人总是称呼“某某博士”一样，拉布尔丹喜欢这种简单又实用的巴结方式。

“我亲爱的会长，你想知道的这件事……”

他显得没有底气，有些尴尬。

“是的，你不要隐瞒任何事实，全部告诉我就好了。”佩里顾鼓励他说。

“呃……”

拉布尔丹还没有足够的想象力去编造些什么，于是，他便说道：

“我们……都弄好了！”

事情解决得很好，讨论很成功。

这项计划差不多进行了一年，要在凯旋门上刻上一个不知名的士兵，所有人都认为这是个不错的主意，但是这远远不够，巴黎市的人民和退伍军人委员会希望这些战死的士兵有专属于自己的纪念碑。每个人都要求，议会已经投过票了。

“甚至已经确定了人选！”

从拉布尔丹的话中看得出，他对待这件事很认真。

“但是，我亲爱的会长，还是有很多问题，很多的麻烦事！你简直就想象不到！”

他边说边喘着粗气。在这件事情上，他遇到很多困难，首先就是一些技术上的问题。比如，需要组织募集、协调合作、召集会议、确定地点，但是没有一处合适的地方，更别说计划是否能够成功。

“这玩意儿可不便宜呢！”

事情没有那么快办成，总是有些耽搁。一些人希望在大区旁边修建一座史无前例、宏伟庄严的纪念塔，还说要立一座纪念牌或者是一幅壁画，每个人都说着自己的想法，依靠自己的经验得出推断……各种各样的论战持续不断，拉布尔丹双拳紧握，捶了捶桌子，无奈地戴上帽子，逃避这场纷争，到妓院寻求慰藉。

“唉，这都是因为钱的问题，你不可能不知道国库早就空了。因此，全部都要依赖于募捐。但是又有多少人捐款呢？假设只收到修建纪念塔一半的钱，那剩下的怎么解决呢？我们必须鼓动大家。”

当下的气氛有些沉闷，他只能让佩里顾先生自己慢慢地消化这个悲剧的结果。

“我们总不能告诉他们，把钱拿回去吧，这事儿没法办了，你懂吗？从另一个角度来说，如果我们没有收到足够的募捐，随意修了一个可笑的玩意儿，要怎么去面对我们的选民？这很严重，你懂不懂？”

佩里顾先生义正词严地说着。

“我发誓，这个计划真的是太难了，看起来简单，但是实际上可以用可怕二字来形容。”

他说得很明白，随手提了一下长裤，像是在说：现在，我得好好喝一杯。佩里顾想着自己是不是无视了这个男人，然而，拉布尔丹的反应却令人惊讶。比如，他问道：

“但是，亲爱的会长，为什么您要问我这件事呢？”

要知道呆子们有时候会说一些惊人的话。其实这个问题并不愚蠢，因为佩里顾先生和他并不住在同一个大区，为什么要掺和到这件事里去呢？拉布尔丹平时可没这么敏锐的直觉。而佩里顾先生是不会随便说实话的，特别是对聪明人。但是他跟一个傻子同样也没法解释，即便想要解释，也说来话长。

“那我就表示一下好了。我给你钱修建纪念塔，全部都由我来付。”他冷淡地说道。

拉布尔丹张大了嘴，眨了眨眼睛说道：“好的，好的，好的！”

“你找个地方，如果需要的话，先填平。这样会修得漂漂亮亮的，是吧？要物有所值！找一个好的建筑公司，讨论好纪念塔的具体事宜，不过，既然是我付钱，那我就来决定好了。关于宣传广告的问题……”

佩里顾先生作为银行家，拥有雄厚的资产，一半的身家都是来自股票交易，另一半则来自各个行业的商业投资。因此，这点钱对他来说不是难事，他可以在政治竞选中轻松地打败其他竞争者。他的成功还取决于睿智的头脑，他总是能看清所有局势，排除不安定的因素，当然有时候也会昏了头，这只有在竞选的时候会出现，他没有政治家的品格，太过自我，但有钱能使鬼推磨，佩里顾先生认为谨慎是一种美德。

“关于广告，我想就不要做了。建立一个慈善机构，或者一个协会，你看着办吧，我来筹备需要的资金，给你一年的时间，明年11月11日举行落成仪式，我要看到纪念碑上刻着大区所有死亡士兵的名字，你明白了吗？一个都不能少！”

一次就要记住这么多信息，拉布尔丹花了不少的时间。当把一件又一件事付诸实践的时候，他明白了自己应该要怎样才能够满足会长的要求。佩里顾先生已经向他伸出了援助之手，这弄得拉布尔丹有些莫名其妙，可佩里顾先生居然高兴地拍着他的肩膀笑了笑，然后满意地回家了。

沉浸在回忆中的佩里顾先生站在窗前，呆滞地面对着大街。爱德华的名字没有刻在家族的墓碑上。

也许应该立一个纪念碑。还要是专门定制的。

刻上儿子的名字，所有战友的名字也在上面，包围着他。

现在，佩里顾先生看到一个漂亮的广场上立着这块纪念碑。

就在那个他出生的大区最中心的地方。

# 13

天上下起了倾盆大雨，阿尔伯特夹着鞋盒，左手包扎着绷带，缓缓地推开了通往大楼院子的栅门。院子很小，堆满了门窗侧柱、轮胎、破旧四轮车的顶棚、断了腿的椅子以及一些无用的东西，没人知道这些破烂为什么放在这里，也不知道能用它们来干什么。地上凸起一块一块的方格，到处都是泥，下过雨的地面积了水，许多地方都形成了水坑，为了不打湿鞋，阿尔伯特只能向前跳跃，一只脚跨到没有积水的方格，另一脚又跨向另一个凸起的地方，轻松地就通过了这里。时间一长，地上的沥青褪去，没了弹性，他抱着装满安瓿瓶的盒子，跳着舞者的脚步……他踮起脚尖，穿过院子，回到居住的小楼，这里的楼层改建后用于出租，一间房要收二百法郎，和巴黎正常的房租相比，简直是少得可怜。

6月，爱德华出院不久，他们就住进了这里。

那一天，阿尔伯特去医院接爱德华。尽管生活拮据，他还是想办法找了辆出租车。战争结束后，人们只能眼睁睁地看着许多残废的军人回到现实生活中，他们中有各种各样受伤的士兵，战争带来了一幅令人难以想象的画面。这个被再一次赋予生命的士兵，拖着僵硬的腿，一瘸一拐地走着，脸上还有一个大洞，这吓坏了俄罗斯司机。阿尔伯特也一样，每周去医院看望他的战友时，都要被吓出一身冷汗。

出了医院，外面的情况就完全不一样了，就好像牵着动物园的猛兽在大街上闲逛，没有人会因为这件事说一个字。

爱德华无处可去。阿尔伯特住在七楼的一间小房子里，房顶还有些漏风，屋子里有一间厕所，走廊里还有一个只有冷水供应的水龙头，平时，他就在这里随意擦擦身体，只有当需要的时候才会去公共澡堂。爱德华走了进去，似乎看也没看房间就坐到靠近窗户的椅子上，一会儿看看大街，一会儿看看天空，右边鼻孔处还插着一根烟。阿尔伯特立马就明白，爱德华哪里也不会去，于是，照顾他很快就会成为日常的主要工作。

两个人挤在一间小房间里，生活立马变得困难起来。爱德华很高，身上没有什么肉，骨瘦如柴，唯一比他瘦的只有爬过房顶的那只灰猫。光是他一个人就把房间占满了。房间本来只容得下一个人，现在两个人基本上就像挤在战壕里，压抑的感觉让人喘不过气来。爱德华睡在地上，身上只搭一床被子，白天抽着烟，僵硬的双腿放在身前，眼睛一直盯着窗外。阿尔伯特给爱德华准备了一些吃的，还有药剂、吸管、胶皮管、漏斗，在反复检查了哪些东西爱德华可以碰，哪些不可以碰以后，他才出了门。整个白天，爱德华一直待在同一个地方，就像冻住了一样。似乎他就任由自己的生命匆匆流走，就和血从伤口不停流下来一样。阿尔伯特无法忍受不幸，他编造着各种理由，想快点离开房间。实际上，他只是要去迪瓦尔吃晚餐，因为同这样一个悲哀的人交谈是多么折磨人。

他感到害怕。

他不停地询问爱德华对未来的打算，想要知道他要逃避到哪里去。但是，对话常常在刚一开始的时候就结束了，当阿尔伯特看到战友那沮丧的表情时，什么也说不出来。爱德华湿润的眼是这幅绝望画面里唯一有生命的东西，那是一个万念俱灰、无能为力的眼神。

这个时候，阿尔伯特的心软了下来，他决定从现在开始，到未来很长一段时间都要负责爱德华的全部生活，直到他身体变好，找回生活的乐趣以及开始人生新的计划。一方面，阿尔伯特认为恢复不是一天两天的事，持续时间长，得以月来计算，另一方面，又避免去想以月为单位来计算不是个好的方式。

他拿来纸和彩色笔，爱德华画了一个谢谢的表情，但始终没有打开包裹。爱德华不算是白吃白住，他不过只是一个空空的外壳，没有欲望，没有期盼，似乎也没有思想。就算阿尔伯特像人们抛弃自己的宠物一样，把他丢到桥下，立马转身跑开，爱德华也不会记恨他的。

阿尔伯特很清楚“神经衰弱”这个词的意思，他打听询问后，得到的答复都是“忧郁症”“抑郁障碍”“情感性障碍”，这些都无所谓，最大的问题是爱德华现在正在等死。不管等待他的是什么样的死亡，这都是他唯一可能的出路，不过是从一种状态到另一种状态的过渡，再简单不过了，没有多大的改变，向死亡屈服的他，像是沉默寡言或者行动不便的老人，不再期待什么，只关心死亡的那一天什么时候到来。

阿尔伯特不断地和他说话，但房间里只有他一个人的声音，他就像一个老人，独自坐在简陋的房子里自言自语。

“不过，算我运气好。你虽然闷不吭声，可是要是一个难相处的人，专门跟我唱反调，那还要更烦呢。”他一边对爱德华说，一边搅拌着鸡蛋和肉汁。

他尝试了各种方法来宽慰战友，希望可以改变他的精神状态，挖掘出那个从第一天就存在的谜团：爱德华要怎样才能笑起来呢？在最好的状态下，他的喉咙不过也只是发出一些尖锐的声音，让你感到不自在，忍不住想要去做些什么，那就像是口吃的人为了摆脱结结巴巴说话的方式，努力地发出一个音来，这真是令人恼火。不过爱德华很少这样，也许是疲倦造成的。阿尔伯特没有成功地让爱德华笑过一次。另外，自从被活埋这件事情发生以来，这并不是唯一萦绕在脑际里纠缠不清的想法。除了紧张以外，还有持续不断的焦虑和对未来突发事件的担忧，反反复复地烦恼着各种事情，直到累得筋疲力尽。最近他脑子里又一次出现了那匹死马的头。他把爱德华的画裱了起来，花了不少钱。这也是房间里唯一的装饰，也可以鼓励好友重新开始工作，充实过每一天。阿尔伯特常常站在他面前，手放在口袋里，不加掩饰地赞美着他的天赋和才能，说着，真的，真的，如果爱德华想要……而这些话都没有用，爱德华只是吸着烟，有时用右鼻孔，有时用左鼻孔，目不转睛地盯着锌制屋顶和烟囱看，沉溺在这样的画面里。他失去了所有的乐趣，在医院的几个月里，什么也没想，什么也没做，大部分的精力都用来和医师或者外科医生唱反调，不仅仅是因为他拒绝自己新的样子，也是因为无法幻想未来的生活。时间已经停在了炸弹爆炸的那一刻，一切发生得如此突然。家里的时钟出了问题，每天只会播报两次，这让爱德华十分难受。从受伤到现在已经过去一年，爱德华也二十四岁了，看似原本属于他的一些东西再也找不回来了。无论怎样都应该恢复正常。

他长时间保持一种封闭的状态，闭着眼睛抗拒着一切，不与外界交流，和其他士兵一样，保持一种静止的状态。这场战争创造了一个疯狂的世界，有的人身体变得蜷曲，有的折叠，还有的歪七扭八。爱德华的画，尤其是他画的莫代，淋漓尽致地表现了他对外界的抗拒。爱德华认为莫代是一个下流胚，只关心医学和外科手术的发展，对病人没有耐心。不管是不是真的，爱德华也不在乎了，他脸上有了一个大窟窿，早就没有心情去区别好坏。他抓住吗啡这根救命稻草，弄虚作假、装病哀求医生，甚至可耻地偷窃，也一定要拿到医生开具的吗啡处方。他可能会想："即使我最后死于吗啡，也没什么大不了的。"他总是在乞求更多的吗啡。在爱德华无数次拒绝移植手术、装假体和假牙之后，莫代教授也放弃了劝告，向士兵推荐最新的外科手术是替他们着想，但是他们不想改变，只是默默地看着我们，就好像炸弹是我们扔的（士兵拉里维埃经常去见精神病科的专家，但是，他从来不回答他们任何问题，十分封闭和固执）。因此，那些专家便总结了一套士兵受到创伤后变得顽固的理论。莫代教授对这些解释从来不过问，也不在乎，他把时间和知识都花在了他认为值得的人身上。他甚至看都没看爱德华一眼，就签了出院证明。

爱德华带着医生的处方、几瓶小剂量的吗啡和一叠欧仁·拉里维埃的材料离开了医院。几个小时后，他来到战友那间小得可怜的公寓里，坐到了窗前的椅子上，似乎整个世界的重量都压到了肩膀上，像是判了无期徒刑后，被扔进专属的小牢房里。

尽管无法理清思绪，爱德华仍然试图把注意力集中到日常生活上。"是的，他需要考虑钱的问题，他现在能做什么？自己这么大个人怎么办才好？"爱德华对此没有想法，大脑就像过滤器一样，思绪一下就飘远了。阿尔伯特干完活有时是深夜，有时是大中午，早就累得挺不住了。爱德华也捏紧拳头默默忍受，想象着未来可能发生的事。他总是去想母亲，但记忆里母亲的画面却很少，那些跑出来的一点儿回忆，他总是固执地抓住，牢牢不放。在模糊的画面和情感的汇聚中，他闻到母亲芬芳的香水，看到粉红色的梳妆台上的绒球头绳、护肤品和化妆用的毛刷，想到某一天夜晚，还是孩子的自己抓住母亲衬裙的边缘，感受到那柔滑的缎面。母亲弯下身体，靠近自己，金色的圆形颈饰垂下来，她缓缓打开，像是要说一个秘密。只不过，什么声音也听不见，一个字也没有，连一个眼神也没有。母亲在他记忆里消失，所有他认识的、还活着的人的记忆也变得模糊，那些脸也一并地从记忆里消失了，母亲的、父亲的、战友的、情人的、老师的、玛德莱娜的等等。当然，他常常想起玛德莱娜。爱德华想要回想起她的笑容，可是那张脸上再也没有了光芒。他疯狂地想要聆听那个笑声，画几幅夸张的表情就能轻易地让仆人们哈哈大笑，因为他们知道爱德华没有任何恶意。爱德华还对变装的恶趣味乐此不疲，而且他十分有天赋。玛德莱娜看着他的装扮，笑得有些尴尬，她总是说："要是爸爸看到这个的话，你就完了！"她警惕着周围，以防父亲突然出现。

偶尔，爱德华得躲起来，然后在冷冰冰的晚餐时间故意带着妆出现。佩里顾先生总是暴跳如雷，一把扔掉餐布，呵斥着儿子，让他离开餐桌，爱德华一脸矫揉造作的表情，十分惹人不快，然后大叫着："啊，什么，我又做了什么？"但是，没有在笑。

所有的这些面孔，就连他自己的，最后也消失得无影无踪。在一个没有面孔的世界里，还能坚持什么，还能和谁做斗争？他认为这是一个没有脑袋，只有身体的世界，为了弥补，那些身体变到原来的十倍大小，比如父亲巨大的身体。孩童时代的情感像泡沫一样跑了出来，父亲时而令他害怕，时而又笑容满满地说："儿子，难道不是这样吗？"父亲以成人的相处方式教育爱德华坦诚，或者是让他明白一些道理。他想象力变得贫乏，想象的画面都变成事情本身的样子。父亲总是走在前面，身体的影子扩散开来，占满了所有空间，完全就是画册里的吃人妖魔。还有背影！高大可怕的背影让父亲显得很魁梧，越拉越长的影子，甚至比爱德华还要高，这背影像父亲一样冷漠，像父亲一样轻视、反感爱德华。

以前，爱德华憎恨父亲。现在，这一切都结束了：他们相互都不理睬对方。爱德华的世界崩塌了，因为连恨也没了，还有什么理由能支撑他活下去？他迷失在了这场战争中。

时间一天一天地过去，曾经经历的痛苦又一次在脑海里翻腾起来。每天，阿尔伯特都要出去找工作，很长时间才会回到家。当他想聊天的时候（阿尔伯特总是有很多话），爱德华就开始回想往事。通常是晚上8点左右，家里也不开灯，一点光线也没有。阿尔伯特忙活起来，劲头十足地东拉西扯，像是有说不完的话，说得最多的就是缺钱。他每天都要去一家叫作维尔格兰的商店，那是政府为最贫困的人开设的一家日常生活用品店，物品常常被疯抢一空。他是个很有同情心的人，不是太在意吗啡的价格。虽然常常把钱挂在嘴边，可语气听上去还算是比较高兴，好像开玩笑后短暂的尴尬一样。比如在前线，为了鼓舞士气，人们会说战争是服兵役的另一种形式，一段最终会留下美好回忆的苦差事。对阿尔伯特来说，经济问题会得到解决，这件事只是暂时的，一切都会变好，爱德华受伤的补贴金很快就能缓解经济上的困难，可以养活他了。一个为了祖国奉献自己生命，再也没办法回到正常生活的士兵，一个赢得最终胜利的，让德国人屈膝下跪的士兵……阿尔伯特在这上面总是有说不完的话，反反复复算着复员金、退伍补助、伤残费等等。

而爱德华就在一旁摇着头。

“不，为什么？”阿尔伯特问道。

爱德华心里很确定，不能这样做，他没有填表，更没有递交材料。

“伙计，别担心，我来填。”阿尔伯特说道。

爱德华再一次摇头。阿尔伯特总是无法理解自己的想法，他靠近小板子，用粉笔写下了：欧仁·拉里维埃。

阿尔伯特皱了皱眉头，于是，爱德华站起来，从背包里翻出一张皱巴巴的表格，表格的标题是《领取退伍金申报材料表》，上面列出了委员会审批所需的清单。阿尔伯特注意到了爱德华用红色下划线标明的一些材料：伤残证明原件、军队医院或医务室医疗登记原始证明、遣返档案、住院表等等。

这真是令人震惊。

无论如何，上面写得很清楚了。他们没有欧仁·拉里维埃在113战役中受伤而住院的材料。爱德华·佩里顾的记录很容易就能找到，撤离不久后因伤死亡，接着欧仁·拉里维埃就被转移到了巴黎，但是官方记录的材料很有限，无法证实这些是否属实。爱德华只有死亡记录，没有伤病记录，他以欧仁·拉里维埃的名字转移到了特吕代纳大街的洛林医院。因此，不可能提供所需的材料了。

爱德华已经换了身份，再也没有可以证明自己身份的材料，什么也办不成。

如果说政府深入调查，查找登记证明，最后查出有人动了手脚，改动了文件，那么得到的就不会是退伍金，而是坐穿牢房的待遇了。

战争造就了阿尔伯特这个不幸的灵魂，这次他是彻底颓丧了，感觉到自己受到不公平的待遇，一切都背弃了自己。他心里十分矛盾、慌乱：我该怎么办？从战争结束以来，一天天累积起来的愤怒一次性爆发了出来，阿尔伯特使劲用头撞墙，挂在墙上的那幅马头画掉了下来，玻璃杯从中间裂开，他一下瘫坐在了地上。近两周的时间里，他都驼着背、弯着腰，十分消沉。

爱德华的眼眶每天都是湿漉漉的。不过，他在阿尔伯特面前哭的次数不多，因为在这段时间里，他已经不知流了多少眼泪……爱德华什么都明白，感到抱歉，总是拍着肩膀安慰阿尔伯特。

很快，两人就找到了一个容身之所，一个偏执狂和一个残废住了进去。阿尔伯特每天都要精打细算，节省开支。报纸到处宣传着德国会赔偿战争全部损失的新闻，差不多半个国家都在谈论这件事。等待是漫长的，生活的开支不断地增长，而退伍金仍然没有发下来，补贴的钱一分也没拿到，交通混乱，毫无次序，也不知道要等到哪一天国家才会供应生活所需。市面上因此出现了一些不法交易，很多人不得不想办法去搞钱，通过熟人介绍认识其他人，交换着各种信息和联系方式。这就是阿尔伯特找到佩尔斯巷9号的原因。这是一栋住着三个租客的房子。院子里的小屋被用作仓库存放货物，现在放着一些杂物，楼层里都空着，没什么东西。房子不太结实，但是空间大，还有一个烧煤的炉子。房间不高，所以很容易就暖和起来。房子有两扇大窗户和一扇画着牧羊人和羊群以及纺锤的屏风，屏风中间有些破损，看得见粗线缝补的痕迹。

因为租货车要花很多钱，所以阿尔伯特和爱德华只能用手拉车来搬家。9月初，他俩住进了这里。

新房东贝尔蒙夫人的丈夫1916年死了，一年后她的兄弟也死了。她还很年轻，说不准还有些魅力。她和女儿路易丝住在一起，“两个年轻男子”的到来让她感到心安，因为一个年轻女子住在巷子的这间大房子里，出了什么问题可指望不上现在那三个房客，何况他们年纪还很大。她靠着收房租简单地过活，时不时地也做些打扫清洁的活儿。剩下的时间里，她就一动不动地站在窗户边上，看着丈夫过去存放的一堆乱七八糟的东西，好多都已经没有用了，而且堆在院子里早就生锈了。每当阿尔伯特俯身靠近窗户，总是能看到她。

女儿路易丝是个机灵的女孩，十一岁，有一双猫一样的眼睛，可是脸上的雀斑却总是让她有些害羞，还有些怕生。有时候，她像岩石上的流水一样充满活力，可是有时却一下子安静下来，纹丝不动，像一尊雕像。她话很少，阿尔伯特不常听到她说话，连三次都不到，笑容更是一个也没见过。不过她长得很可爱。但她这样肯定会引起麻烦的，所以，阿尔伯特一直弄不明白她是怎样和爱德华和平共处的。通常来说，他不想观察任何人，但是这个姑娘却总是那么吸引人，让你不停想要去看她。从第一天搬进这里来，她就守在楼梯下面，像是在等待着什么。众所周知，小孩子的好奇心很重，特别是女孩儿。母亲准是告诉了她最近住进来了新的房客。

“不要去偷看，据说，那个男人从来没有离开过房间，一直是他战友照顾他。”

这样说肯定不是什么好方法，没有那么容易就能打消一个十一岁的小姑娘的好奇心。阿尔伯特常常在想，这女孩总得厌烦了吧？但是，她完全不会。她很多次跑到楼上，坐在大门边，脸上一副期待的表情，一有机会，就往里面看，而且门本来就大开着。小姑娘坐在门槛上，嘴巴张成一个圆圆的O形，睁大着双眼，不打算离开。爱德华的脸看上去可谓惊心动魄，大开的嘴中，上排牙齿比真实情况看起来要大一倍，没有什么可以和这张嘴相比，阿尔伯特也不会拐弯抹角，直接对爱德华说：“伙计，你的样子看上去真的很可怕，我从来没见过谁的头是这样的，不过你至少得到了别人的关注。”事实上，他这样说都是为了劝说爱德华做手术，这一点，我可没骗你。为了证明这件事，阿尔伯特指了指门口的地方，小女孩一发现有人看到自己，立马惊慌地跑走了。爱德华无所畏惧，抽抽烟就很满足了。他堵住一个鼻孔，用另一个鼻孔吸了一口烟，由于无法从喉咙吐气，烟又从同一个鼻孔喷了出来。阿尔伯特常常说：“爱德华，我受不了了，我真的很害怕，那里就像一个正在喷发的火山口，我不骗你，不信你可以照照镜子。”虽然阿尔伯特在6月中旬才接了战友过来住，但是他俩就像一对老夫妻。日常生活十分不方便，又总是缺钱，但是这些苦难反而让两人的关系更亲近，像焊接在一起一样分也分不开。阿尔伯特是个感性的人，对于朋友的悲剧，他无法掩藏内心的情感，无法摆脱自己作为救世主的想法，如果不是为了拯救爱德华，那……这种想法从停战后一直就停留在了脑海里。爱德华也会去思考，想象阿尔伯特一个人是怎样挑起两人生活的重担的，因此，他也努力去减轻阿尔伯特的负担，做做家务，我向你保证，他们就像一对夫妻。

几天过后，上次跑掉的小路易丝又出现在了门口，阿尔伯特认为爱德华的样子吸引着她。路易丝在大厅的门槛上坐了一小会儿，二话没说就进了房间，走到爱德华身旁，向脸的方向伸出食指。爱德华跪在地上（显然，阿尔伯特看过这种滑稽的样子），任由小姑娘的手指在那个大漩涡边缘来来回回游走。她一副沉思的样子，沉浸在这样的动作中，就好像在做作业，专心致志地用铅笔在地图上勾画着，以便牢记法国的轮廓。

要是追溯两人关系是怎么形成的，这就是那个时刻。一放学回家，她就会跑上楼去找爱德华，给他展示从城市各个地方收集来的前两天或者前一周的日报。这是爱德华日常生活唯一的消遣，读读报纸，做做剪报。阿尔伯特看过一眼那本存放着各种剪报的文件夹，里面记载了战争死亡和纪念的报道以及失踪记录，看了让人十分难过。爱德华不会阅读巴黎的日报，他只看外省的。路易丝总是能收集来很多，没人知道她是怎么找到的。爱德华几乎每天都能拿到很多旧期刊，比如《法兰西西部报》《鲁昂报》《东部共和报》。爱德华抽着卡波尔香烟，剪下文章的同时，她就在厨房的桌子上做作业。路易丝的母亲对此没有任何反对。

日子过得很快，就快要到9月中旬了，一天晚上，阿尔伯特带着广告牌，十分疲惫地回到家。整个一下午，他走遍了巴士底狱和共和国广场之间的林荫大道区的所有地方，身体前后挂着广告牌（一头是品客公司的药丸宣传：改变一切只争朝夕。另一头是朱弗尼公司的女士紧身胸衣的广告：全法两百家供你选择！）进门的时候，他发现爱德华躺在那张年代久远的土耳其式长沙发上，这张沙发是好几个星期前才放进来的，当时全靠索姆河战役中认识的战友留下的小推车才弄来这个玩意儿，战友死的时候，用尽了最后一点力气抱住阿尔伯特，这是他独特的延续生命的方式。

爱德华用一只鼻孔吸着烟，脸上戴着一种特别的面罩，从鼻子底部开始，一直到颈部，整个脸的下半部都被盖住，面罩的颜色是夜一般深蓝，就和希腊悲剧故事里演员的胡须一样。蓝色布料上布满了金色的小点，虽然布料颜色很深，但是却油亮发光，就好像在烘干前撒了些亮片上去。

阿尔伯特很惊讶，爱德华用手做了一个戏剧化的夸张动作，像是在说："你觉得怎么样？"奇怪的是，这是阿尔伯特认识爱德华以来第一次感觉到他有人情味，实际上爱德华现在只能这样表达自己的意思。

接着，他听到左边传来了一声很低沉的声音，转过头的那一瞬间，便看见路易丝嗖的一下跑向了楼梯，还没听到笑声，人就不见了。爱德华还是戴着面罩，路易丝也是一样，仍然没有取下她神秘的面纱。又过了好几天，爱德华换了一个纯白色的面罩，上面还画着一个大大的微笑。笑眯眯的眼睛闪烁着光芒，那样子像极了一个意大利戏剧演员，有点斯加纳列尔或者帕利亚奇的感觉。每当读完报纸，爱德华就会准备纸浆来制作面罩，白色部分都是粉笔，路易丝和他一起刮下粉笔灰，然后再给面罩上色。这件事后来很快就成了日常消遣的全部。路易丝就是一个女巫师，总是能变出很多稀奇古怪的东西，她找来蛹衬、珍珠串、彩色毛毡、鸵鸟羽毛和人造蛇皮，当然还有许多报纸。无论如何这都是一件大工程，得跑遍全城去寻找所有这些不值钱的小玩意儿。阿尔伯特不知道要去哪里才能找到这些东西。

爱德华和路易丝享受着他俩的时光，制作了各种各样的面罩。每个面罩最多只会戴两次，新的就会换下旧的，然后旧的会被挂到房间的墙上，和它的“兄弟姐妹们”在一起，像是打猎的战利品，或是变装商店里展示的那些化装用品。

阿尔伯特晚上回到家，还没走上楼梯就已经9点了，胳膊下夹着一个盒子。

尽管马蒂诺医生给他缠了绷带，左手被希腊人割破的伤口仍然痛得要命，心里也是五味杂陈。抢劫来的这些存货给了他一点儿喘息的时间。寻找吗啡变得如此重要和迫切，他不禁陷入慌乱不知所措的情绪中……还有，沉浸在无数次幻想杀死爱德华的痛苦之中。

他向前走了三步，那里放着一辆破烂得只剩下一点儿零件的三轮车，然后掀开盖在上面的帆布，移开那堆仍然堆在斗车上乱七八糟的东西，小心翼翼地把盒子放了进去。

在回家的路上，他就已经开始盘算了。即使爱德华保持着现在这么高的吗啡注射剂量，他们也能享受六个月的安宁日子。

# 14

远处有一只鹳站在汽车引擎盖上的标志上，亨利·奥尔奈·普拉代勒看着身旁的迪普雷，不由自主地开始对比起来。不是说他们相像，相反，他们截然不同，亨利正是为了要区分他们才进行比较的。如果他有一双巨大的翅膀，落地时翅膀会拂过地面，他细长的脖子会显得极其优雅，嘴看上去十分明显。而全速飞行的鹳就像是一只野鸭子，只不过它要比鸭子大得多罢了。然后……最后的最后（亨利想用一个词来表达），只有上帝才能明白他想要说什么。他脸上有种赞赏的神情，鹳翅膀上的条纹和衣服的褶裥一样……然后是后爪，顶端微微弯曲……鹳扬起翅膀，划过长空，没有在车上留下一丝痕迹，飞向远方，踏上旅途，像一个侦察兵一样。普拉代勒看着鹳，惊叹不已，心情久久无法平复。

和它相比，迪普雷的体型很胖，十分巨大。不是侦察兵而是步兵。忠诚、正直和坚忍的代表。这都是些乱七八糟的想法。

亨利认为人类世界分为两类：一类是供使役用的牲畜，被迫劳作，直到没有一点儿力气，过一天算一天。另一类是精英阶层，总是被授予各种好处，这都得益于他们的“个人系数”。亨利喜欢这个说法，有一天，他在一份军事报告上看到了这几个字，于是记了下来。

迪普雷，上士迪普雷，出色地展示了第一类人的各种特性：勤劳、微不足道、固执愚蠢、服从一切。

希斯巴诺-苏莎H-6-B型轿车（六缸发动机，135马力，每小时137公里）选择了鹳作为立在车引擎盖上的标志，“鹳”形的标志和乔治·吉内梅带领的空军中队一样是一个特殊的存在。吉内梅的个性同亨利一样，只不过亨利活着，而他已经死了，他作为空军英雄的优势是毋庸置疑的。

车内，迪普雷坐在一头，身穿一条短裤，文件放在膝盖上，车一从巴黎开出，他就用羡慕的眼神盯着仪表板上的名贵胡桃木内饰看。亨利花了很多钱，本来这些开支都是用来装修萨勒维耶的老房子的。驾驶席坐着亨利·奥尔奈·普拉代勒，马塞尔·佩里顾的女婿、一战英雄、三十而立的百万富翁、人生赢家，前途无量，开车速度总是超过每小时110公里，在去奥尔良的路上还碾死了一只狗和两只鸡。当然，这只是些牲畜，低人一等，不足挂齿。

迪普雷时刻都遵循着普拉代勒上尉的命令，退伍之后，普拉代勒给了他一口饭吃，生活前一天还没有着落，第二天就解决了。迪普雷来自农村，臣服于自然法则，从属关系在他看来就是世上万物生存的逻辑所在。

下午晚些时候他们到达了目的地。

最后，在三十个工人羡慕的目光下，亨利将豪华无比的轿车停到了院子的正中，体现他作为大老板的身份。老板就是指挥大家的那个人，人们常常称呼他为大客户，或者国王，都是一样的说法。

三代经营锯木品制作的拉瓦莱细木工厂生意一直都不太好。这场战争来得正好，老天给了这么一个大好的机会，向横跨几百公里的法国军队提供建筑所需的横梁、支杆、支柱和支架，以加固和整修战壕，工人数超过了原来计划的三十人，达到四十以上。加斯东·拉瓦莱本人也有一辆漂亮的小轿车，但是只有在重要场合他才开出来，这里毕竟不是巴黎。

亨利和拉瓦莱在院子里寒暄了几句，并没有介绍迪普雷。他突然说了句："这事儿，你就找迪普雷！"拉瓦莱转过身，对着走在身后的负责人微微点了点头，这个动作就已经表示相互介绍了。

在客户到来之前，拉瓦莱就准备了一些小点心。他示意去大车间右边的会客厅，亨利挥着手表示拒绝，然后目光落到了一位年轻的女人身上，她站在另一头，头发整理得很漂亮，围着围裙，正等着客人的到来。拉瓦莱立马就介绍说那是他的女儿，名叫埃米利安，早就准备好了现成的饭菜。亨利最后还是接受了：

"那就快点儿吧！"

这家工厂的作坊正好就是国家安葬部门规定的精致木棺样本的制造商，所用的是特制的高等栗木，一个木棺所用的栗木需要花掉六十法郎。既然是承担招标委员会下达的任务，那就必须有严肃的态度，一切都要认真对待，木棺的交付不能出任何问题。

普拉代勒和拉瓦莱来到主要的作坊，走在前面的是迪普雷和一个工头，为了这样一个场合，工头穿上了一件蓝色粗布工作服。他们从木棺生产流水线面前经过，许多木棺摆在一起，死气沉沉的，就像一群死了的士兵，可以看得出来，从一头到另一头，木棺的质量依次递减。

"我们的英雄……他们会躺在这些间格中。"拉瓦莱装作一副很有学问的样子，指着栗木说道。

"别尽给我扯这些废话。"普拉代勒打断了他的话，"你就没有低于三十法郎的了吗？"

老板的女儿走了过来，近看，她长得不算美（打扮也没有太大作用，就像一个村妇，让人有点失望）。白葡萄酒入口绵，落口甜，可食物却十分难吃。拉瓦莱筹备好一切，把普拉代勒当作非洲国王一般接待，工人们不断地抛来好奇的眼光，手肘还时不时地轻轻碰到普拉代勒，这让他觉得有些不舒服。亨利希望的是所有人都能快点干活，自己能回到巴黎吃晚餐，一个朋友答应介绍歌舞杂耍演员莱奥妮·弗朗谢给他认识，前一周他还见了她，她是一个漂亮的姑娘，所有人都这么说。他急着要自己确定。

“但是，嗯，三十法郎，这可办不成……”

“谈判和达成可是两件不同的事。这样吧，我们重新谈一谈，但是要快点儿，因为我可不止这一件事要做。”普拉代勒说道。

“但是，普拉代勒先生……”

“我叫奥尔奈·普拉代勒。”

“是的，不好意思……”

亨利死死地盯着他。

“好吧！奥尔奈·普拉代勒先生，当然，我们是有这个价位的木棺的。”拉瓦莱为了缓和气氛，再次装模作样地说道。

“那么就这个钱，我要了。”

“嗯，但是也没这么简单。”

普拉代勒流露出极度惊讶的神情。

“因为还要考虑运输，我亲爱的先生！棺材需要送到墓地，这件事方方面面都要照顾到。要从这里翻山越岭，送到贡比涅或者拉昂。然后，从临时安葬地挖掘出尸体，安置好木棺，转载上车，转移，接着再换车，再转移到军事公墓里。这就是我们整个的流程，这些都是……”咬文嚼字的工匠立马说道。

“我看不出有什么麻烦啊。”

“三十法郎，这个价格只能买到杨木制的，而且寿命不太长，很快就会变形或者裂开，甚至整个烂掉，因为这类木棺设计的时候没有考虑到装卸搬运的问题。至少都得用榉木才行，价格呢，也就四十法郎，可能还不到呢！我这样说是因为您需要的量大，不然，就得四十五法郎一个……”

亨利将头转向左边，说道：

“这个呢，这是什么？”

俩人继续在流水线上走着。拉瓦莱放声大笑，笑声很不自然，因为实在是太大声了。

“这是桦木！”

“多少钱？”

“三十六。”

“那这个呢？”亨利指了指最后的一个木棺，差不多就在那些次品前面一点点的地方。

“这是松木！”

“多少？”

“嗯，三十三。”

太棒了！亨利将手放到木棺上，轻轻拍了拍，像是在抚摸赛马一样，似乎在赞赏什么，是细木制品的质量还是低廉的价格，又或者是他灵光的头脑，谁也不知道具体是什么。

拉瓦莱认为应该给出一些专业性的建议，于是说：

“如果您不介意我这样说的话，这类木棺完全无法满足您的要求。您看……”

“满足需要？什么需要？”普拉代勒打断了他的话。

“关于运输的需要，亲爱的先生！我得再重复一遍，要考虑运输问题！”

“棺材就这样平躺着出发，我看不出哪儿有问题啊！”

“是的，一开始……”

“到了之后放好不就完事了吗，有什么问题？”

“是的，当然。但是您要知道，请允许我这样说，从一开始搬运的时候就十分麻烦：卸下卡车，固定好，移动，然后再着手放置棺材……”

“我明白，但这不是你的问题啊！你交给别人不就行了吗？迪普雷，你说说看，难道不是吗？”

亨利转过身去问他的经理，这一点还是可以理解的，毕竟这是负责人自己的问题。再说，亨利也不是想要知道具体的答案。拉瓦莱想要辩解，提到自己家族的名气，强调一些事实……但是，亨利突然打断了他的话。

“三十三法郎，是吧？”

工匠急急忙忙地拿出了他的备忘录。

“考虑到我要的质量，那就三十法郎吧，怎样？”

拉瓦莱找着铅笔，就这一会儿，他就失去了一个木棺三法郎的差价。

“不，不，不！这样的质量，三十三法郎！”他喊道。

听得出这次拉瓦莱十分坚定，他的表情也很夸张。

“不，三十法郎，不然就不要了！”

他看上去突然一下长高了十厘米，满脸通红，手握着剧烈地发抖，一脸决不妥协的表情，像是为了这三法郎死在现场也不在乎。亨利点头表示同意，这个动作持续了好长时间，还说着好的，好的，好的……

“行，我就退一步吧！那么，三十三法郎就三十三法郎吧！”他最终说道。

这算是快速的投降。拉瓦莱在本子上写下了这个数字，虽然没有了力气，筋疲力尽，但这个突如其来的胜利还是让他很激动。

“迪普雷，告诉我……”亨利不安地问道。

一旁的拉瓦莱、迪普雷和工头，所有人都绷紧了神经。

“贡比涅和拉昂的木棺，要求是一米七长吧？”

招标委员会的委员们定了各种大小规格的木棺，从一米九（需求量不太大）到一米八（好几百张订单），接着依次递减，市场上大部分的都是一米七中等大小的木棺。后来好些批次的木棺都很小，只有一米六，甚至是一米五。

迪普雷点头肯定。对，就是一米七。

“我们就确定下来，一米七大小的木棺一个三十三法郎。那么，一米五的呢？”普拉代勒向拉瓦莱再次说道。

这个突然的问题让人措手不及，关于这个比预计要短一些的木棺，没人能说个明白。工匠没有考虑过这个假设，这需要好好地计算一下，于是，他又打开了本子，开始用黄金分割法计算起来，一时半刻可完不成，只能等着。亨利一直靠在松木木棺前，不断地轻拍着，眼神中密谋着什么，就好像从刚刚认识的女人身上得到了美妙的快乐。

最后，拉瓦莱抬起头，大脑里似乎有一个不错的点子。

“三十法郎。”他说道，声音还有些哽咽。

“啊！”普拉代勒叫了出来，嘴大张着，一副沉思的样子。

每个人能想象到实际情况会是什么样：把一米六的遗体放到一米五的木棺里。工头认为应该让死人的头弯曲着，下巴抵到胸口。迪普雷认为最好是侧着放，这样腿就可以稍微弯曲一下。加斯东·拉瓦莱什么想法也没有，因为他曾在同一天内失去了两个侄子，他的外甥都死在了索姆河战役中，家族要求找回剩下的遗体，他还自己亲自造了木棺，实心橡木制的，上面还有一个大大的十字架，侧面的把手是包金的。他无法想象把高大的身体放进短窄的木棺里。普拉代勒一副无所谓的样子，像是问了问题又不在意结果一样。他只是想要知道，于是谨慎地问道：

“拉瓦莱，告诉我，一米三的木棺，你能弄到多少？”

一个小时后，一份没有具体条款的合同就签好了。每天，两百副木棺将会运往奥尔良火车站。单个木棺的价格降到了二十八法郎，普拉代勒十分满意这一次谈判，毕竟他刚刚还完了装修希斯巴诺-苏莎车的钱。

# 15

司机又来了一次，女士的车已经准备好了，玛德莱娜示意了一下："谢谢你，埃内斯特，我来了。"话语中流露出抱歉的语气。

"伊冯娜，我得走了，真的很抱歉……"

伊冯娜·德·雅尔丹-博勒摆了摆手，说着好吧，好吧，好吧，但是没有站起来送客，心想着这太好了，坐着不用离开。

"亲爱的，你嫁了个好丈夫！多幸福！"她羡慕地说道。

玛德莱娜·佩里顾平静地笑了一笑，谦恭地看了一眼她的指甲，心想着："真是个臭娘们儿！"然后简单地回答道：

"你不是也不缺男人吗？"

"这个，我……"年轻女人装出一副可怜的样子说道。

伊冯娜有一个弟弟，名叫莱昂，比一般男人矮一些，而她也还算长得不错。玛德莱娜默默地想着，当然，男人都爱婊子，好吃的大嘴，满口下流话以及按捺不住的欲望，立马就让人联想到龌龊的事情，他们不会掩饰这样的行为，二十五岁的伊冯娜早就已经榨干了扶轮社一半的男人。玛德莱娜过于夸张了，扶轮社一半的男人，似乎也太多了吧！她这样想也太过于严厉了，伊冯娜不过是和亨利睡过，两人关系也就持续了十五天。丈夫为了享乐速战速决的行为着实下流。他别的情妇要更有耐心些。女人为了独享占有的胜利，除非机会自己出现，否则一般都会甘心等待，要不然就会假装一场偶遇。所有人都微笑着谄媚地说："啊，亲爱的，你真是嫁了个好丈夫！我真是太羡慕你了！"上个月，其中一个情妇甚至还毫无顾虑地说道："亲爱的，你可得留点心啊，那些女人可要从你身边抢走他呢！"

玛德莱娜几乎好几周都没见着亨利，他总是出远门，要不就是有各种约会，很少有时间离开朋友，回到妻子身边，这一次政府的委托使他无法分身。

每当他回到家的时候，即使已经很晚了，她都要和他做爱。

第二天，他一大早就起床，在这之前，她会和他再做一次爱。剩下的时间，他就去找其他女人，到处鬼混，打电话，留口信，说各种谎言。所有人都知道他的不忠（5月底的时候，他和吕西安娜·德·奥尔古在一起的事被发现了，一些风言风语传了出来）。

佩里顾先生竭力压制这个丑闻。当女儿宣布要嫁给普拉代勒的时候，他说："和他在一起，你不会得到幸福的！"但是这些话完全不起作用，她不过只是伸出手去，握住父亲的手，一切就这样决定了。他最终还是答应了，不然还能怎样呢？

"快去吧，这次我就放你走了！"伊冯娜咯咯地笑着说道。

她已经完成使命，看到玛德莱娜脸上那冷冰冰的微笑已经就够了，口信也已经带到，伊冯娜高兴极了。

"谢谢你热情的款待。"玛德莱娜边说边站了起来。

伊冯娜挥了挥手，说着："哪里，哪里。"她们俩亲吻了对方，脸贴着脸，嘴唇停在半空中，"我走了，再见！"这个女人无疑是所有婊子里最下贱的那一个。

这一次造访意外地耽搁了她很长时间。聊天时，玛德莱娜不停地看大钟的时间。现在已经晚上7点30分了，她已经没有机会在家里看到亨利了。

当车停到佩尔斯巷子入口处的时候，已经晚上8点多了。从蒙梭公园到马尔卡代大街，这儿只有一个大区，有各式各样的地方和人，有漂亮的街区，也有平民社区，有的地方奢侈豪华，有的地方鱼龙混杂，干什么勾当的人都有。佩里顾的府邸前，通常都停放一辆帕卡德双六硬顶敞篷跑车和一辆凯迪拉克V8发动机51型旅行车。而在这里，玛德莱娜隔着已经虫蛀了的木头支架看过去，发现了一辆破烂的，轮胎磨损严重的手推车。她没有被眼前这样的场景吓住，从母亲的小轿车到父亲的手推车，看得出他们的出生并不富贵。玛德莱娜父母的祖辈们也很穷，困窘和匮乏就相当于是清教主义和封建主义的体现，这些特征一直都存在，它们像烙印烙在世世代代子孙的身上。佩里顾家的司机，从第一代埃内斯特开始，佩里顾家族的司机都被称呼为埃内斯特。埃内斯特看到玛德莱娜走远，一脸厌烦的神情注视着院子。在他的家族里，只有两代人在做私人司机。

玛德莱娜沿着栅栏走，然后按了大楼门铃，等了好长时间，一个女人才来开了门，这个人看不出来年龄，玛德莱娜询问是否可以见一见阿尔伯特·马亚尔。看着眼前这个化了妆的年轻女人，富贵又柔美动人，身上散发出一阵阵脂粉香水味，就像一段尘封多年的回忆，女人过了一会儿才明白对方的来意。玛德莱娜又重复了一遍：马亚尔先生。女人一个字也没说，就指了指院子的左边。玛德莱娜再次看了一眼女房东和司机，点头示意了一下，用力地推开了那些被虫蛀了的栅栏，没有丝毫的犹豫，她就大步踩着泥浆往前走，直到走进一间小杂物房，不见了踪影。刚一进这里，她立马就停了脚步，因为楼梯上传来了脚步声，她抬起头，认出了士兵马亚尔，马亚尔正提着一个装煤的空桶子往下走，两步间就停了下来，听到下面有人，便叫了一声：“嘿，有什么事吗？”他像丢了魂儿似的，脸上的表情就和那天在墓地里挖出可怜的爱德华的尸体一样。

阿尔伯特一下就定住了，嘴巴大张着。

“你好，马亚尔先生。”玛德莱娜说道。

她发现了一个圆圆的脑袋，这人一脸的紧张。一个女性朋友曾经养了一只不停抖动的狗，不是因为有病，这只狗本来就爱这样，二十四小时不间断地发抖，突然有一天心脏停止跳动，死了。阿尔伯特立马就想到了这条狗。玛德莱娜带着同样惊讶的表情，温柔地和他说着话，似乎担心他泪如雨下或者跑开躲到地下室去。他说不出话来，左右抖动着脚，咽了咽口水，然后惊慌地转身走上楼梯……玛德莱娜从这个小伙子的背影中察觉到了不安的情绪，在他脸上有一种惊慌失措的表情。一年前在墓地里，他就已经失去理智，不知所措。这种性格温和又天真的男人都活在自己的世界里。

阿尔伯特估计有十年都没有处于这样的状况下，一边是玛德莱娜·佩里顾，一边是她的弟弟，而自己被夹在这样的虎钳中间，楼下的玛德莱娜站住不动，楼上，她那跟死了没两样的弟弟正戴着一副装饰了蓝羽毛的绿色面罩，用鼻孔吸着烟，像一只长尾小鹦鹉。他的样子完全是一个前后挂着广告牌的流动广告人。当意识到自己还没有和玛德莱娜打招呼，他晃了晃装煤的桶，就像抖动了一下厨房的抹布，将黑黑的手放到身后，立马道歉着走下了楼梯。

“你在信中留下了这个地址，于是，我就来了，你的母亲给我指了路。”玛德莱娜温柔地说道。

她笑着指了指房子、院子和楼道，似乎在说这是一间不错的公寓。阿尔伯特一个音节都发不出来，只能点头同意。她大概是在阿尔伯特放好鞋盒，取出吗啡的时候来到这里的。要是爱德华自己下来取煤，撞见她，那事情就更糟糕了……

这就是我们所说的造化弄人，无比荒唐。

“是的……”阿尔伯特连问题都不知道，就立马答道。

他其实想说的是：不，不，我不能邀请你上楼来喝点什么，这不太可能。玛德莱娜·佩里顾并不认为他不礼貌，而是认为对方有些被吓到，有点尴尬而已。

“是这样的，我父亲想和你见一见。”她说道。

“我，为什么？”

这是一声发自内心的紧张的呐喊。玛德莱娜抬了抬肩膀，表示这样的邀请是应该的。

“因为你陪伴我弟弟度过了最后的时刻。”她优雅地笑着说道，好像一个上了年纪的老人向有求必应的人乞求一样。

“是的，这是应该的。”

阿尔伯特回过了神，他只有一个愿望，那就是当爱德华纳闷下楼之前，她能离开，或者说，他在楼上能听到楼下人的声音，认出隔着几米外的是谁。

“好的……”他补充道。

“明天，你可以吗？”

“不行，明天我没有空！”

玛德莱娜·佩里顾被这个坚定明确的拒绝吓到了。

“我是想说如果你不介意的话，我们另外再找一天……”阿尔伯特解释道。

他不知道要怎么解释第二天不是一个接受邀请的好日子，他只是需要让自己镇静下来。那一刻，他觉得像是母亲在和玛德莱娜·佩里顾说话，脸色一下变得有些苍白，因为这令人十分羞愧。

“那么，你哪天有空呢？”年轻女子问道。

阿尔伯特再一次转过身，面向楼梯。玛德莱娜以为楼上有一个女人，而自己的出现似乎有些尴尬，她可不想打扰他。

“那么就周六吧？我们一起吃晚餐。”她建议道。

她的语气欢快兴奋，好像这个想法会带来很美妙的时光。

“好吧……”

“太好了。定在晚上7点，你看行吗？”她最后说道。

“好吧……”

她微笑着向他看过去。

“我父亲一定会很高兴的。”

上流社会的客套对话结束了，双方都出现了短暂的犹豫，好像是在沉思什么，也许是想起了最初见面的那个时刻。那时，他们还不认识，同样的害怕和惊讶，要挖出一个死亡士兵的尸体，秘密地转移走，这个存在于两人之间的秘密……另外，要怎么安置这具尸体？阿尔伯特寻思着，紧紧地咬着嘴唇。

“我家住在库塞尔大道，普罗尼大街的转角处，你到了那儿，很容易就能找到。”玛德莱娜重新戴上手套说道。

阿尔伯特点了点头，7点，没问题，普罗尼大街，不难找。周六。对话结束。

“那么，马亚尔先生，很感谢你，再见。”

走了几步后，她转身返回，目不转睛地盯着阿尔伯特。一脸严肃的样子很适合他，不过让他看起来比实际年龄成熟。

“我父亲并不知道具体的细节……你能理解吧……我想……”

“当然，别担心。”阿尔伯特急忙说道。

她带着感谢的表情笑了笑。

这时，阿尔伯特有些担心，怕对方又塞钱到自己的手上，好让自己闭上嘴。这样的想法让他感到羞愧，他立马转过头，走上了楼梯。

走上楼道平台的时候，他想起了还没有去拿煤块，也没有取吗啡。

于是，他又疲惫不堪地下了楼。想到要去佩里顾家里做客，大脑就一团糨糊，怎么也理不清头绪。

他胸口紧绷，感到一阵害怕，当用长铁锹铲起煤块，装进铁桶的时候，街上传来了小轿车启动时发出的低沉的声音。

# 16

爱德华闭上眼，长叹了一口气，脸上有一丝喜悦，身体慢慢放松下来。他勉强地抽出针筒，放到一边，双手仍然颤抖着，像是被虎钳夹住喘不过气的胸口也开始缓缓放松。注射过后，他筋疲力尽，躺了很久，这样的睡意不常出现。这种状态飘忽不定，狂躁慢慢褪去，就像一只渐渐驶离的小船。他从来没有对海上的事物好奇过，也没有幻想过坐上豪华邮轮，但是安瓿瓶为他带来了幸福的感觉，那些画面常常带有一种无法解释的海洋色调。它们就像一盏盏油灯，或是一瓶瓶长生不老药，能把你吸进它们的世界。如果说注射器和针筒对他来说只是一些外科器具，是必要之恶，那么安瓿瓶就是他活着的希望。他看着这些装着吗啡的瓶子，将手臂伸向灯光，在那里面看到的一切都是疯狂的，和水晶球占卜一样，并没有太大的功效，也没有创造性的想象。他注射了很多，身体渐渐安静下来。一整天大部分的时间里，他都在这种不确定的状态下度过，轻飘飘的，时间如同轻烟，不再沉重。独自一人时，他沉迷于注射，那种感觉像是仰浮在平静的海面上（这些关于大海的画面，常常从很远的地方飘过来，像是漂浮在母亲子宫里的羊水上），但阿尔伯特是个万事都要担心的人，他每天只给爱德华注射必要的剂量，每一次使用都会记录下来，晚上回到家又再看一遍日程表，计算使用量，像学校老师检查作业时翻阅一页又一页。爱德华对此什么也不说，就像对路易丝和面罩的态度一样。因为阿尔伯特无时无刻不照顾着爱德华。

爱德华很少想念他的家人，而想的时候，对玛德莱娜的思念比其他人更加强烈一些。他保存着很多关于她的回忆——忍俊不禁的阵阵大笑，脸贴在门上微笑，来回挠头顶的双手以及两人合谋干的坏事。一想到她，就十分难受。玛德莱娜在得知他的死亡后，想必也十分悲伤，就像那些失去了某个亲人的女人，会找时间去见医生……的确是件悲伤的事，但时间一长，人们也就习惯了。

没有什么可以和镜子里爱德华的那个头相比。

对他来说，死亡已经到来，也会永远地持续下去，伤心过度加剧了伤口的恶化。

除了玛德莱娜，他还剩下谁能思念呢？那几个战友，现在他们中谁还活着呢？甚至是他自己，这个走运的爱德华也已经死在了战争中，其他的就更……还有父亲，但也没有什么好说的，他大概正忙着生意，疲惫不堪，悲伤不已，儿子的死亡并没有耽搁他太长时间。他还是要指挥埃内斯特："去交易所！"或者是："去赛马俱乐部！"因为他们正在准备选举。

爱德华从来不出去，一直待在房间里，生活凄凉悲惨。不，应该说更加不幸，对生活无能为力和物资的缺乏让人气馁。我们常说，你总会习惯的。可是，爱德华却总是无法习惯。当他有足够精力时，就会站到镜子前，观察自己的头，这无法减轻任何痛苦，怎么也不可能再找到一个像自己这样的人：嘴大张着，没有下巴，也没有舌头，只有一排大大的牙齿。虽然肌肉变得紧实，伤口缝合，但这个伤口仍然十分可怕。安装假体不是为了摆脱丑陋，而是让你接受现实，屈服于生活的不幸。出生在贵族家庭，不需要精打细算，但他从来不乱花钱，无论如何，在学院里，在同学之间，他看到过许多花钱如流水的年轻人和赌徒……不过，即使不乱花钱，他也生活在一个庞大的、便利的、舒适的世界里，那里有宽敞的房间、舒适的座椅、丰富的菜肴、昂贵的衣服。现在这个房间，地板之间全是很大的缝隙，灰色的玻璃窗模糊不清，煤块也少得可怜，连葡萄酒也很难喝……生活中的一切都很糟糕。所有经济来源全靠阿尔伯特一人，因此，没有任何理由去责备他，为了弄到安瓿瓶，他已经忙得不可开交，不知道他怎么找到这些药的，多半是花了钱买通关系，这真是一个好战友。这些事总能让你心碎，他牺牲了自己，从没有任何抱怨和挑剔，总是带着快乐的笑容，可是内心深处却无比担心，完全无法想象两人以后的生活。这样下去，未来看不到任何希望。

爱德华没有了活力，变得迟钝呆滞，但他不担心未来。他的世界一下就崩塌了，像掷骰子一样，不过就是碰运气的事，崩塌带走了一切，甚至连害怕也被夺走了。实际上，唯一难以忍受的是难过。

尽管如此，时间长了，事情还是有了一些改变。

和小路易丝一起做面罩总是让他很开心，这个古灵精怪的小姑娘就和阿尔伯特一样，像一只蚂蚁，给他搬来了外省的报纸。他不愿意告诉别人自己的状态，虽然身体仍然十分脆弱，但是有了报纸和想象力，身体健康得到了一定的改善。慢慢地，他一感到焦躁得要发疯时，便去回忆曾经的恶作剧、讽刺画，回忆扮女装和挑战父亲，年少时代的乐趣又一次浮现在脑海，那些记忆是现在唯一能让他快乐的事了。他感到身体最深处有“东西”要爆炸。他几乎不敢说出脑海里的那个词：快乐。一种鬼鬼祟祟、兢兢业业、断断续续的乐趣。当他能理清思绪的时候，他会忘记现在这个爱德华，想象自己是战争开始前那个年轻人……

最后，他站起来，恢复正常呼吸，努力保持平衡。他给那根特别大的针消了毒，仔细地放进一个小镀锡铁盒里，合上盖子，放回架子上，然后抓起一把椅子，巡视整个房间，寻找能安放的地方。由于腿不灵活，手臂也紧绷着，爬上去有些困难，他轻轻地推开固定在天花板上的活动门，进入楼顶一个小隔层，在这里，他只能弯着腰，蜘蛛世代在这里居住，墙角布满蜘蛛网，到处都是煤灰。他小心地翻出一个包，包里放着他珍藏的东西——一本大画册，这是路易丝换来的，她自己也这么说，但是靠什么得来，只有她自己知道。

接着，他坐到土耳其长沙发上，一边削铅笔，一边观察铅笔屑掉落的画面，碎屑掉到紧握在手里的纸上，也掉进包里，秘密只是秘密。和往常一样，他开始浏览最前面的插画，感觉到一种确定工作完成后的满足和激励。在已经完成的那十二张插图里，有的是士兵，有的是女人，还有一张是小孩，那些士兵、伤员，有的凯旋，有的垂死挣扎，跪着的、躺着的都有。而他坐在这里，手臂紧绷着，他为这只紧绷的手臂感到无比自豪和满足，要是他能笑的话……

他画了起来。

这次是一个女人，直立站着，乳房裸露在外面。难道就应该裸露胸部吗？不。他又画了几笔，遮住那个乳房，然后重新削了铅笔，他需要一只笔尖很细的铅笔和另外一张平滑的纸。桌子的高度不够，他不得不把纸放在膝盖上，因此得弯着腰。需要克服这么多困难，证明自己还有工作的欲望。他抬起头，将画拿远，仔细品味这件艺术作品。这是一幅不错的画，女人直立着，身上的黑纱效果不错，最难画的也是这个，整幅画传达的意义就在那里，黑纱和眼神，这就是神秘。过了片刻，爱德华回到楼下。

如果画得好，不出意外的话，他会发大财，愿望在年底前就会实现。该是让阿尔伯特大吃一惊的时候了。

到时，他就不会是一个人在支撑了。

# 17

“你是说，荣军院举行的纪念仪式毫无意义？”

“要面对福煦元帅，不管怎么说……”

这一次亨利转过身来，脸上挂着愤怒的表情，十分不悦。

“福煦？那又怎样？”

他穿着短衬裤，还戴着领带。玛德莱娜笑起来。尽管有两条结实的腿，但像这样穿着短衬裤，满脸愤怒……他转回到镜子前，系好领带，短裤下圆翘的屁股结实有力。玛德莱娜心想，他再不快点就会迟到。不过她确定迟到并不重要。时间对她来说，意味着耐心和顽强，她可是时刻准备好对他“下手”的，因为他把足够的精力都放在了找情妇上……玛德莱娜走过来，他并没有发现她站在身后，她把有些凉的手放到他短裤里，这是一只目标明确的、讨好的、情动而坚定的手，然后再把头贴到他的背上，带着热恋的语气，说着动人挑逗的话。

“亲爱的，你太夸张了！毕竟福煦元帅……”

亨利思考了好一会儿，才系好领带。昨天晚上，已经做过了……今天早上，实在是不想了……他身体里还有一些必要的存储，再来一次也没问题。但有些时候，比如现在，他的样子十分饥渴，动不动就要和女人上床。他很快找到了和平的方法。完成家里的任务，就能在外面找其他乐子。这个算盘打得还不算差，只是这样的周旋有些辛苦罢了。他从来都没法忍受她的体味，他们不谈论，但她心里清楚。她常常摆出女皇的样子，他就和男仆一样，坚守在自己的岗位上。他全身心投入的事，并没有令他不快，但是……他喜欢自己做决定，而和玛德莱娜一起的时候，事情却完全相反，总是她来做主。玛德莱娜重复道：“福煦元帅……”她知道亨利不太想谈论这个话题，但她继续说着，手也暖和起来，她感到他身上的那条蛇在慢慢变大，虽然有些懒洋洋的，但强大有力，这种时候，他从来不会拒绝。他不会抗拒来势汹汹的欲望，于是转过身，抱起她，放到床的一角，连领带和鞋也没脱。她抓住他不放，用力抓了好几秒，然后他完事站了起来。

“对了，还有7月14日那天的盛况！”

他重新回到镜子前，领带得再系一遍，接着他说：

“7月14日，为了庆祝大战的胜利，得有些革命性的改变！不，纪念停战，我们应该为埋葬在荣军院里的战士守夜。这件事得私底下进行，不对外公开。”

这种说法让他十分高兴，他想着确切的、文绉绉的说法，像品酒那样小口抿着。不公开的纪念仪式，真是太棒了！他想要尝试这件事，转过身，语气中带着一些愤怒：

“不公开的纪念仪式，不就是为了庆祝大战！”

这不错啊！最后，玛德莱娜起了床，披上一件女式睡衣。要等到他离开以后，她才会梳妆打扮，因为完全不用着急。这一会儿，她开始整理衣物，接着穿上拖鞋。亨利说：

“现在，庆祝仪式都是布尔什维克党在安排，没错吧！”

“好了，亨利，够了，我受不了啦，别说这些了！”玛德莱娜打开衣橱，心不在焉地说。

“而残废们是游戏的主角！要我说，只有一个日子应该向英雄们表示敬意，那就是11月11日。我扯得有些远了……”

玛德莱娜有些不耐烦，一下打断了他。

“亨利，闭嘴好吗？不管是7月14日，还是11月1日，圣诞节还是什么猴年马月的，你根本不在乎！”

他转过身来看着她，身下还是穿着短衬裤。但这一次，这个画面并不好笑。她死死地盯着他。

“我知道，面对听众、退伍军人协会和俱乐部之前你得反复排练，而我不知道在哪儿……我也帮不了你什么！你的愤怒和炮火，发到那些有意义的事情上，不要冲着我来，你最好给我安静一点！”

她重新做起自己的事来，没有摆手，也不说话。一般来说，她都会用这种冷淡的方式说话，然后再也不管。和她父亲一样，这两人还真是一家人。亨利没有生气，他穿好了长裤。实际上，无论是11月1日还是其他什么日子，和7月14日相比，还真的不一样。他明显格外厌恶这个国家的纪念日、启蒙运动、法国大革命。倒不是他有什么想法，只是因为这是一个与贵族身份自然相称的行为。

这也是他成为新一代的富人，成为佩里顾家族的一员的原因。这个老家伙娶了玛吉斯家的女人，她只是踏垫批发商的后代，而且是女性，幸运的是，用拍卖的方式买来的贵族头衔只传男人，然而，佩里顾永远都会叫做佩里顾。要让奥尔奈·普拉代勒这个姓变得有价值，还需要五个世纪！五个世纪后，佩里顾家族的财富才会散尽，当亨利建立起自己的朝代，只有奥尔奈·普拉代勒家族才能在萨勒维耶的大客厅里继续接待客人。现在，他得快一点，因为已经9点了。他得一直待在现场，直到一天结束。第二天一早就要去给工头下命令，检查工作。他总是在幕后管理着一切，估价、压价。工人们刚刚完成了屋顶的建造，七百平方米的石板要花不少钱。西面的护墙被彻底毁坏，所有地方都需要重新修复，寻找石料要去很远的地方，那里没有铁路，也没有轮船。眼下要立即挖出英雄们的遗体。这些都要花钱！

出发前，他过来拥抱她（他亲吻了她的额头，他不太喜欢接吻），玛德莱娜又帮他整理了一遍领带，他看起来精神抖擞、风度翩翩。她往后退，满脸都是赞美的表情，丈夫这么英俊，他们的孩子也一定漂亮，那些婊子还是很有眼光的。

# 18

佩里顾的邀请一直困扰着阿尔伯特。调换身份这件事已让他永远无法安宁，他常常梦见被警察发现后，逮住扔进监狱。他难过的是，如果被关起来，就没人可以照顾爱德华了，但同时，他又感到轻松。有时面对面喂爱德华进食时，他发出无声的怨恨，阿尔伯特也同样抱怨爱德华向生活低头。自从战友坚持离开医院，然后得知他们拿不到任何补助之后，阿尔伯特感觉生活给自己好好上了一课。玛德莱娜的到访让他有种谎言被揭穿的感觉。她的邀请让他不得安宁。最后，晚餐时还得面对爱德华的父亲强颜欢笑，忍受他姐姐的优雅客气。她不会再把钱塞到你手里，也不会让你觉得自己像个送货员。

阿尔伯特没法估计这次邀请的后果，要是他向佩里顾坦诚爱德华还活着（不然，还能怎么做呢？），就得强行把爱德华带回那个他一步也不想要再踏进的家。这样做就背叛了爱德华。可是爱德华为什么不想回去？妈的！要是自己也有这样一个家庭，那得多高兴啊！阿尔伯特从来就没有姐妹，这样一个家庭一定适合他。他认为自己去年在医院不应该听爱德华的话。一种绝望的情绪占据了他整个生活，对阿尔伯特来说，他不能让步……但是，这已经是无法改变的事实了。

再者，如果真相暴露，人们准会谈论关于这个无名士兵的一切，没人知道他沉睡在何处，当然，他现在正躺在佩里顾家族的墓地里，他们可不会容忍这个不速之客。他们会怎么做呢?

也许会寻求司法，一切责任都落到了阿尔伯特身上。甚至强迫他再一次挖出这个可怜的无名士兵，以便消除佩里顾家族的忧虑，但是剩下的问题怎么办?说不定还会被调查在军队记录上作假的事!

然后，再去佩里顾家面对他的父亲和姐姐，也许还有家族其他成员。在不告诉同伴的前提下就说出这件事，实在不太忠诚。如果爱德华知道了，又会是什么反应?

但如果直接告诉他，就不是背叛了吗?爱德华和家人断绝了关系，自己晚上却要和这些人共进晚餐。爱德华再也不用见到他们了，这不就是断绝关系了吗?

也许他可以写封信，假装发生了一个变故，但总会有另外一次见面，所以，这是不可能的事。说不定他们还会派人来找，最后就会发现爱德华……

这事没法解决!所有的事混杂在一起，对阿尔伯特来说，这些都是无法消停的噩梦。深夜，爱德华几乎没有睡着，撑着肘部坐起来，十分担心害怕，推着战友的肩膀，把他叫醒，拿出谈话的本子，脸上挂着疑惑的表情，阿尔伯特示意让他不要担心，但噩梦一次又一次袭来，停不下来，和爱德华完全相反，他已经困得不行了。

最后，他决定停止无尽矛盾的想法，他决定去佩里顾家(不然，他们一定会到这里来纠缠他)，他要隐瞒真相，这是风险最低的解决办法。告诉他们想知道的事，讲述爱德华死亡的具体过程，这就是他准备做的事。然后，再也不见他们。

可他早已记不起自己在信里说过的那些话了!得好好想想，自己编造了什么样的谎言?是英雄般的死亡，直击心脏，难道要像小说里那些场景一样吗？没有想到佩里顾小姐在普拉代勒那个浑蛋的带领下来找自己，这个人又对她说了些什么呢？一定讲了很多他自己的优点，如果阿尔伯特的版本和她从普拉代勒那里听到的版本不一样的话，他们会信谁呢？自己会被认作是骗子吗？

他越是疑惑，思绪和记忆就越是混乱，噩梦绵绵，犹如鬼魂侵袭，占据了整个夜晚，就像盘子堆满整个橱柜。

还有出席晚宴穿着的问题。像他这样，是不可能体面地到佩里顾家的，就算是最好的衣服，你在三十步远的地方就能嗅到难闻的味道。

在决定去库尔塞勒大道后，他便到处寻找得体的衣服。唯一找到的一件是从一个同事那里借来的，这个人是香榭丽舍的活动广告人，比自己稍微矮一点。他不得不穿上尽可能长的裤子，否则看起来就像个小丑。爱德华仅有两件衬衫，他本想借一件来穿，但最终还是放弃了，要是被他家里的人发现该怎么办？他从同一个人那里借来了衬衫，尺寸明显有些小，还少了几颗纽扣。剩下的就是鞋子的问题，他没有找到适合自己尺寸大小的鞋，只能穿上自己的，他尝试给那双鞋跟都穿坏了的皮鞋上蜡，弄得筋疲力尽，但无论如何也找不回自己那朝气蓬勃、稳重沉着的气质。他绞尽脑汁，最终决定买一双新鞋，吗啡的预算减少，这缓解了一些负担，给了他喘息的空间。这是一双很漂亮的鞋，巴塔牌的，三十二法郎。从商店里出来，他紧紧抱着鞋盒，他承认从退伍以来，早就想给自己买双新鞋，所以他才总是在意那些考究优雅的鞋。西装和大衣变旧是一回事，但是，一个人要评价自己鞋子的好坏，要么很好，要么很差，没有中间选择。这双浅棕色的鞋是皮质的，在这个盛大的晚宴中穿上它，就是唯一的乐趣。

阿尔伯特从屏风后面走出来，爱德华和路易丝抬起头，他们刚刚做好一个新的面罩，乳白色，上面画着一个可爱的粉红色嘴巴，嘴紧闭着，撇嘴的样子看上去有些不屑。两片褪了色的、浅淡的秋叶贴在上脸颊，看起来像在流泪，整体却没有悲伤的感觉，只是像一个远离人世、沉浸在自己世界里的人。

真正戏剧化的不是这个面具，而是当阿尔伯特从屏风里出来的那一刻所感受到的一切。他就像一个要去参加婚礼的年轻屠夫。

爱德华知道战友等会儿要和女人幽会，他很激动。

爱情是这两个年轻男人之间开玩笑的惯常主题……也是一个痛苦的话题，因为这两人都是没有女人的年轻小伙子。阿尔伯特一次又一次偷偷摸摸地和莫内斯捷太太上床，最终，这件事情在痛苦大于快乐的心境下结束了，因为他感到自己缺少爱情的滋润。他停止了和她通奸，她坚持了一段时间之后也就不再强迫阿尔伯特了。他经常看到漂亮的女人，商店里或者公共汽车上，因为死了很多男人，这些女人中很大一部分都未婚，她们期待着、守候着、盼望着。阿尔伯特这样一个衣衫褴褛的男人可不是什么人生赢家，女人早就像小猫一样被吓跑了，才不会驻足。他的烂皮鞋和褪色的毛皮大衣造就不了一个有魅力的配偶。

即便他找到一个不抱怨他贫困潦倒的女人，他又能给这个女人什么呢？和我在一起吧，我和一个没有下巴的残废士兵住在一起，这个人从来不出门，还要注射吗啡，时常戴着嘉年华面具，但是不用担心，我们每天都有三法郎，还有一个破烂屏风可以保护你的隐私。难道他会这样说吗？

阿尔伯特很害羞，就算不考虑这一点，要是没有事情主动来找他，他是不会……

因此，他才找了莫内斯捷太太，可是她也有自尊，这个女人给自已的丈夫戴了绿帽子，但并不是因为如此她就要放弃自己的骄傲。这不过是一种不稳定的、多变的自尊心。她不再需要阿尔伯特是因为她和新的店员搞上了，阿尔伯特记得很清楚，这个人长得特别像在莎玛丽丹百货公司的电梯里遇到的那个和塞西尔一起的年轻人，那一天他放弃了好几天干活的钱。如果发生同样的事，他还会是一样……

一天晚上，他将一切告诉了爱德华，说自己也会放弃和女人正常的亲密关系，认为爱德华一定会高兴起来，不过这不是一个好时机：阿尔伯特还要活下去，而爱德华却不想。阿尔伯特可能还会遇到年轻的女人，比如，一个年轻的寡妇，只要这些女人不太计较，就会有很多，而他应该睁大双眼去寻找，但是，他喜欢的女人会不会接受爱德华呢？这对话让两人都有些难受。

那么，来看看一身华丽出场的阿尔伯特吧！

路易丝发出赞美的叫声，向前走了几步，等着阿尔伯特低下头系领带。大家都笑着，爱德华拍着大腿，竖起大拇指，显露出一种羡慕的神情，喉咙里发出几声嘶吼。路易丝也不甘落后，捂着嘴笑说："阿尔伯特，你这样看上去还真不错啊……"这话就像那些成年女人说的，但她才多大？过多的赞美反倒让他有些不舒服，就像一个没有恶意的玩笑也会让人无法接受，特别是在现在这样的情况下。

所以，他想快点离开，也还得好好思考一下，确定这样做真的有必要，不会带来烦恼，他在去和不去之间犹豫了好几秒。

最后，他坐上地铁，接着走路完成最后一段路程。越是靠近，越是烦躁不安。离开全是俄罗斯人和波兰人的大区后，他发现许多雄伟的建筑，这里一条大道有三条街那么宽。蒙梭公园对面是佩里顾先生的府邸，高大的建筑让人无法忘怀。楼前停着一辆漂亮的汽车，司机戴着帽子，身穿完美的制服，正仔细地擦车，那车就像一匹赛马。阿尔伯特心跳动了一下，那种感觉很强烈。他假装很急的样子，走过这栋楼，在临近的街道绕了一个大圈，又回到公园，坐到长椅上，换个角度观察这座住宅的外貌。他完全无法忍受，甚至很难想象爱德华出生在这里，在这栋楼里成长，这是另外一个世界。而他，今天到这里来，带着一个谎言。他感到自己干了坏事。

大街上，一些优雅而忙碌的女人从四轮马车上走下来，身后跟着几个仆人，和提着盒子、口袋的跟班。送货的车辆停到门卫处，司机和仆人们交谈着，主人交代他们检查蔬菜和面包，他们的眼神十分尖锐。稍远处人行道上，有两位优雅的、身材修长得跟火柴棍一样的女士，正互相挽着手臂，一边笑一边向前走。大道转角处，两个男人正在寒暄，胳膊下夹着报纸，手上拿着大礼帽，“亲爱的朋友，再见！”看样子像法官。有一个身穿海军制服的小男孩跑着扔出一个木环，两个男人中的一个向旁边迈了一步，让出一些位置，这时，保姆轻轻吼了一声，连忙给两位男士道歉。花商停好车，卸下货物，那些花束是结婚用的，当然，现在没有婚事，这只是每周一次例行的送货。这里有很多住户，每当有客人都要提前准备好，这点我可以向你保证，那得花上一大笔钱。人们笑着说买这么多花就是为了取乐，没人不喜欢收到花。阿尔伯特看着这个世界，就像有一次他透过玻璃鱼缸看到的进口鱼一样，那些鱼几乎就不是鱼。

还要等两个小时，太煎熬了。

他很犹豫，不知道是要继续坐在这里，还是回到地铁里，还能去哪里呢？以前，他很喜欢林荫大道街区，自从戴着一前一后的广告牌走遍那里后，感觉就完全不一样了。于是，他在公园里闲逛，尽管提前来到这里，他还是错过了时间。

当意识到已经7点15分了，焦虑感便开始加剧，接着，他浑身是汗，立马迈着大步离开这里，转身往回走，眼睛看着地面，现在7点20，他总是这样犹犹豫豫，一点也不果断。快到7点半的时候，他回到住宅前，站在对面的人行道上，有一种想要回家的冲动，但是，一想到佩里顾会派人来找他，来接自己的司机没有女主人体贴，他立马就有了一万个理由，这些理由不断来来回回撞击着大脑。他不知道事情会变成什么样，于是跨上六步台阶，按了门铃，还悄悄地往后抬起脚，在小腿肚上来回擦了擦鞋，接着，门开了。他的心猛烈跳动着，面前是一个宽阔的大厅，像座大教堂，到处都有玻璃窗，屋子里的一切都很美，来应门的女佣人也很漂亮，棕色的短发飘逸着，脸上焕发容光，天哪，还有那张嘴，那双眼睛，在阿尔伯特看来，富人们的一切都是美的，就连雇用的穷人也一样。

宽阔的大厅里，每一边都铺着黑白相间的大方砖，有五个球形的高脚灯簇拥在楼梯口，这个巨大的楼梯是用圣雷米的石头砌成的，两边的护手用白色大理石做成，卷轴状的栏杆向楼里平台延伸上去。那里挂着一顶装饰艺术风格的分枝吊灯，黄色的光芒散开来，就像跌进了苍穹。漂亮的女仆上下打量了一番阿尔伯特，还问了他的名字。阿尔伯特·马亚尔。他看着周围，没有一点遗憾。就算他尽一切努力，一件不是量身定做的西装、一双贵得离谱的鞋子、一顶有牌子的大礼帽、一件西装或者一件燕尾服，身上无论穿的是什么，都让他散发出乡下人的气息。这个极其不搭调的穿着，过去几天的焦虑，以及为了这个约定长时间等待的紧张情绪……阿尔伯特笑了起来，没有其他动作。他为自己笑，笑的也是自己，双手放在嘴前这种本能的反应如此真实，就连美丽的女佣人也笑了起来，那排牙齿，天哪，那个笑容，甚至是她尖尖的粉红色舌头，真是奇观美景。不知道他进来的时候有没有看到她的眼睛，又或者是到现在才发现这些？那双眼睛乌黑又明亮。两个人都不知道他们到底在笑什么，她转过身，脸通红，脸上仍然挂着笑容，接着便又开始服务，她打开左边的大门，映入眼帘的是候客厅，宽敞的房间里有一台三角钢琴、几个中国陶瓷花瓶，樱桃木的书架上放满旧书，还有几张皮质的扶手椅。她向他指了指那个房间，告诉他可以随意坐下。她最后只是说了声“对不起”，为那个情不自禁的笑感到尴尬，他挥了挥手：不，不，不，没事。

现在，这间房间里就剩下他一个人，门已经关上了，仆人会去通知，告知主人马亚尔先生在等着，他停止傻笑，这里的安静、庄重和奢华不得不使你闭上嘴。他摸了摸那些绿色植物的叶子，想着那个小巧可爱的女佣人，如果他敢去……接着，他试着翻了几本书，看了看书名，快速略过一本文集的目录，犹犹豫豫地碰了碰那台大钢琴。他要等到最后她结束工作，不知道她是否已经有男朋友了？他试了试扶手椅，坐上去，站起来，又试了试长沙发，这是一张柔滑的上等皮质沙发，他漫不经心地看了看茶几上的几张英语报纸，然后挪了挪，心里还想着那个漂亮的女佣人，不知道怎么做才好。难道离开的时候在她耳边悄悄地说句话？或者更好的是，装作落下了什么东西，再敲一次门，塞张纸条到她手上，写上自己的地址？不管怎样，都得忘记点什么，比如忘了拿雨伞。他一直站着，翻阅着《时尚芭莎》《美术公报》《时装指南》。坐在沙发上或者等她下班，这样最好，要像刚才那样逗她笑。茶几角落放着一本很大的纪念册，封皮很精美，摸上去十分柔滑，如丝绸一般。如果邀请她共进晚餐，得花多少钱？先确定去哪儿，再左右为难，他拿着纪念册，一边打开一边想，迪瓦尔餐厅是个不错的选择，但是要约一位漂亮的姑娘上那儿去，不太可能，特别像她这样在大房子里工作的，甚至是在厨房里干活的，她见过的都是银质餐具。突然，他一阵胃痛，手心全是汗，滑溜溜的，接着又咽了咽口水，生怕吐出来，胆汁的味道占满整个口腔。在正前方，他看到一张结婚照，照片里，玛德莱娜·佩里顾和奥尔奈·普拉代勒上尉站在一起。

是他，绝对是他，阿尔伯特不会弄错。

无论如何，都有必要再确认一遍。他带着强烈的好奇心翻阅起来。每一张照片里都有普拉代勒，照片很大，像一页一页的杂志。照片里有很多人和一些花花草草，普拉代勒稳重地笑着，像一个中了彩票却不想吹牛，又希望别人羡慕他的中奖者，佩里顾小姐挽着他的手臂，脸上洋溢着幸福的表情，身上的那条长裙，没有人会在现实生活中穿上它，人们只是为了这一天才买。男人们穿着礼服、燕尾服，女人们打扮精美，背部裸露，胸前别着胸针，脖颈上挂着精美的项链，手上戴着奶油色的手套。夫妻二人的手紧握着，是的，就是他，普拉代勒。年轻夫妻的身旁摆着冷餐台，在那儿，应该是佩里顾先生，和大家一样笑着，他看起来不是个随和的人。到处都是上了蜡的皮鞋和有硬胸垫的男士衬衫，最远处，更衣室里，一排黑色丝绸大礼帽整齐地挂在铜质杆子上，前面放着一摞倒金字塔形的香槟杯，穿着西装、戴着白手套的仆人们正在服务。现场，人们跳着华尔兹，管弦乐队正在演奏，左右站了两排人，新婚夫妇再次回到正中，接受着大家的祝贺……阿尔伯特翻着相册，整个人焦躁不安。

接着，他看到一篇刊登在《高卢人》上的文章：

一场华丽的婚礼

我们是如此期待这场盛大的巴黎式婚礼，我们有理由相信这一天正是优雅与勇气的结合。对于那些未获知此事的尊贵读者们，我们向你们介绍这场婚礼的主角是：著名工业家马塞尔·佩里顾之女玛德莱娜·佩里顾和爱国英雄亨利·奥尔奈·普拉代勒。

婚礼典礼在奥特伊教堂举行，只邀请了几十位来宾，包括亲朋好友以及家庭成员，主持婚礼的是宽代主教阁下，他献上了赞美的颂词。在位于布洛涅森林的边界处，宴会在一栋老房子四周举行，这里靠近阿尔芒翁维尔狩猎区，这栋别致的小楼体现了“美好年代”优雅的建筑风格与现代化设备的完美结合。整个白天，在闪耀着光芒的露天平台上，在美丽精致的花园里，在宽敞明亮的客厅里，那些最杰出的上流人士齐聚一堂。据说现场有六百多位宾客，有幸一窥年轻貌美的新娘，新娘那条优雅的长裙（缎面薄纱）由其家族好友让娜·朗雯设计定做。风度翩翩的新郎，亨利·奥尔奈·普拉代勒，这个最古老姓氏的后代，这个被上帝选中的幸运儿，我们又称他为“普拉代勒上尉”，或者是113号战役停战前一天仍在痛击德国佬的胜利者，因无数次英勇行为而被授予四次勋章的英雄。

共和国的总统，佩里顾先生的亲密好友雷蒙·普恩加莱也出席了这场婚礼，同时到场的还有米勒兰和都德先生，以及好几位大艺术家：让·达尼昂·布弗雷和乔治·罗什格罗斯，这里我们仅仅列举一小部分。不用怀疑，他们都腾出时间来参加这场年度盛典。

阿尔伯特合上纪念册。

他对这个普拉代勒的仇恨变成了对自己的仇恨，憎恨自己还在害怕。就是这个名字，“普拉代勒”，让他心跳加速，像这样的害怕还要持续到什么时候呢？自己差不多有一年没再见过这个人，却时常想到他，无法忘怀。阿尔伯特受够了自己身边全是这个人的影子，这也不仅仅是他生活的全部，爱德华的脸，他的一举一动，从早到晚忍受的一切，全都因为那场战争，都来自那一刻：一个在世界末日里，眼神凶猛、坚定地看着前方的男人，一个完全不在乎其他人死亡的，连他们的生命也不在乎的男人，用尽全力撞上了惊慌失措的阿尔伯特，接着是那个神奇的拯救。结果呢，仿佛嫌战争带来的悲惨还不够，爱德华那张脸正中被凿开一个大洞。

阿尔伯特看着前方，眼睛似乎什么也看不见。这就是故事的结尾：一场豪门婚姻。

尽管他不太能想通这一切，但仍然想到了自己的存在。还有爱德华，以及他那完全不了解事情真相的姐姐，居然嫁给了这个谋杀他们两人的凶手。

深夜墓地的画面再一次出现在脑海里，还有前一天戴着貂皮手笼的年轻女子，以及身旁那个闪着光芒的普拉代勒上尉，那个救命恩人。接着，阿尔伯特看到通往墓地的大路，自己坐在满身汗味的司机身边，司机满嘴脏话，叼着烟头，而那时，佩里顾小姐和普拉代勒中尉正坐在小轿车里；他早该预料到这一切。“但是阿尔伯特对什么都视而不见，每次都后知后觉。这孩子不知道等到哪天才会长大，即使一场战争也无法带给他任何教训，这真是叫人失望呀！”

在得知这场婚姻的存在时，他的心脏打着一种致人眩晕的节拍，但现在，他感到自己的心像融化了一样，快要停止跳动了。

这是一种胆汁要从喉咙深处涌出来的感觉……又一阵恶心感袭

来，他努力地抑制住，怕自己受不了，站起来立马离开了这个房间。

他刚才清楚地知道，普拉代勒上尉在这儿。

他和佩里顾小姐一起生活。

这个家庭的聚餐，正是一个等待自己的陷阱。

阿尔伯特要面对面和他一起共进晚餐，忍受他那挖苦尖锐的眼神，就像在莫里厄将军的办公室里，讨论是否要送自己去行刑队一样，是一种难以抑制的情感。难道这场战争永远不会结束吗？

需要立马就离开，回到部队里，不然就会死，再一次被杀死，应该撒腿就跑。

阿尔伯特跳起了脚，跑着穿过房间，来到门口，她打开了门。

玛德莱娜·佩里顾站在面前，满脸笑容。

“你来啦！”她说道。

她似乎很欣赏他，不知道具体是什么，也许是找到了她自己的方式，又或者是找到了勇气。她情不自禁从头到脚打量着他，阿尔伯特垂下了眼帘。现在，他看得很清楚，那双发亮的新皮鞋，还有那件短得不能再短的西装，破破烂烂的，到处是洞，没有比这个更差的了。他原本还很自豪，他曾经如此渴望拥有这样一双鞋……然而，现在，这双新鞋叫嚷着说他有多穷他就有多穷。

那正是他全身上下最滑稽的地方，他讨厌这双鞋，也讨厌自己。

“快，来吧！”玛德莱娜说道。

她一把挽过他的手臂，像朋友一样。

“我父亲马上就会下来，知道吗，他迫不及待想见到你……”

# 19

“先生，您好！”

佩里顾先生比阿尔伯特想象的还要矮。人们常常以为那些强者很高大，而每一次都惊讶地发现他们不过和平常人一样。另外，要说正常，他们其实并不正常。阿尔伯特看得很清楚，佩里顾先生有一种一眼就能看穿你的神情，一瞬间就能控制住你，连他的笑容也一样……这些笑容不常出现，他和钢铁一样，冷冰冰的，脸上时常挂着超出常人的坚毅表情，他就是人类社会的统领，是那些决定战争的人。阿尔伯特有些害怕，不知道怎样才能蒙骗过这样一个人。他又看了一眼大厅的门，每一秒都害怕普拉代勒上尉会走进来……

佩里顾先生很有礼貌，伸出手指了指扶手椅，然后，两个人坐了下来。他只要眨一下眼睛，仆人们立马就会推来摆放着拼盘和美酒的小推车。那位漂亮的女佣人站在一群仆人之间，阿尔伯特试着不去看她，佩里顾先生很有礼貌地看着他。

阿尔伯特想不明白为什么爱德华不想回到这里，他一定有难言之隐。看到佩里顾先生，他大概明白了，这样做都是为了摆脱这样一个人的存在。他是个冷酷的家伙，没有任何可以奢望的，他是从专门的合金工厂“生产”出来的，就像手榴弹、炮弹、炸弹一样能把你杀死，甚至都还没来得及发现，你就只剩下一块碎片。阿尔伯特的双腿说出了他的心声，它们老哆嗦着想站起来。

“马亚尔先生，你想来点儿什么吗？”玛德莱娜一边大笑着一边问道。

他哑口无言，还能要什么？他完全不知道怎么办，在重大场合或者在条件允许的情况下，有时会喝点儿卡巴度斯苹果酒，在富人家是不会有人问主人要一杯普通烧酒的。要缓解现在的气氛，他一点儿想法都没有。

“那你想来杯香槟吗？”玛德莱娜建议道。

“我，真的……”阿尔伯特不喜欢有气泡的酒，他大胆说了出来。

一个手势，一段长时间的安静后，总管拿着冰桶出现了，他打开香槟，像要庆祝什么，优雅地抓住了软木塞。佩里顾先生已经等不及了，做了个手势，说着：“来，来，喝！我们时间可不多。”

“你跟我儿子很熟？”最后，他俯身靠近阿尔伯特说。

阿尔伯特明白这一刻晚宴就开始了，除了这个没有别的了。佩里顾先生正询问着自己儿子的死亡，女儿也在一旁看着，不过，普拉代勒不在这场剧里，这是佩里顾家族的事。于是，他舒了一口气，看了看桌子，香槟正冒着气泡。从哪里说起呢？说什么呢？无论如何都要好好思考一下，但是他一个字也想不出来。

佩里顾先生琢磨着，认为应该再说点什么，于是说道：

“我的儿子爱德华……”

佩里顾先生在想，这个小伙子到底认不认识爱德华。他本人不是还写过一封信？大概人们不知道当时具体发生了什么事，只能随便找人写封信寄给士兵的家属，这样的事可能重复上演过很多次了，不过，他真诚的回答立马就蹦了出来：

“是的，先生，我知道您儿子的事情，我常常和他见面！”

佩里顾先生想知道的关于儿子死亡的事立马变得不再重要，而这位老兵所说的话却反而变得重要起来，因为他讲述的是一个活着的爱德华。泥浆里的爱德华，喝着汤的爱德华，分发香烟的爱德华，夜晚打着扑克的爱德华，那个远远坐着的、在黑暗里弯着腰的、画着画的爱德华……阿尔伯特描述着他想象中的爱德华，而不是那个沿着战壕走的人，在那儿，他们并不熟悉。

对于佩里顾先生来说，这没有他想象中的那么痛苦，想想甚至还不错。他有些不自然地笑了出来，这样真诚的笑容，玛德莱娜已经很久没有见过了。

“请允许我这样冒昧地说，他特别喜欢开玩笑……”阿尔伯特说。

他讲述着，说着爱德华的英勇行为，那天，就是那天，我想起来……这并不困难，不管是谁的故事，只要是好的，他都放到了爱德华身上。

佩里顾先生再一次认识了他的儿子，这些会不会让他太惊讶？（爱德华真的说了这些吗？就像我说的那样，先生！）没有什么可以让他惊讶的，因为他从心里承认他从来就不了解自己的儿子，所以说什么都可以。一些荒唐的故事：军队食堂、剃须皂、中学生笑话、士兵闹剧等等。阿尔伯特很高兴找到了一个不错的方向，于是果断决定继续说下去。他说起那些关于爱德华的趣事，佩里顾先生擦了擦眼睛。香槟让阿尔伯特壮足了胆，他肆无忌惮地说着，完全不考虑故事会发展到什么地步，不停地讲着各种玩笑话，比如，纹丝不动的哨兵、正在打牌的士兵四周都是兔子一样大的老鼠，或者因为尸体散发出臭味，担架员根本无法搜寻死亡士兵的遗体，他都当作玩笑话说了出来，这还是阿尔伯特第一次讲述他的战争。

“瞧，有一天，您的爱德华，他这么说……”

阿尔伯特大胆地、激情饱满地、十分坦诚地说着，尽最大必要地描述，将这个混合的形象当作是爱德华，但是他面前正好坐着佩里顾先生，这个男人无论微笑或大笑，都有一副野兽的面孔，灰色的眼睛盯着你看，一下就足以平息你的热情。

“他是怎么死的？”

这个问题发出一种断头台的刀落下来那一刻的声音。阿尔伯特停止了说话，玛德莱娜自然又优雅地转过身，朝向他。

“先生，他中了弹，那是在113号战役中……”

话突然停了下来，他感觉到这么明确地说“113号战役”，这个词本身应该就够了，每个人都对这个词有自己的理解。玛德莱娜回忆起普拉代勒中尉在转业复员中心给她讲的那些事情，那个时候他们才刚刚认识，当时她还拿着告知爱德华死亡的那封信。佩里顾先生再一次情不自禁地想到那场113号战役带走了儿子的生命，换来了女婿的十字勋章。而这给阿尔伯特带来的却是一系列的事件，飞来的炮弹，向自己猛冲过来的中尉……

“先生，是一颗子弹。在113号战役中，我们杀向敌人，您知道吗，您的儿子是最勇敢的！而且……”他重复道，语气十分坚定。

佩里顾先生缓慢地朝阿尔伯特靠了过去，阿尔伯特停止了说话。玛德莱娜也弯下腰，有些惊讶又有些激动，像是要帮助他说一个很难的词。直到现在，阿尔伯特才仔细观察他，他在爱德华父亲的眼中看到了和爱德华一样的眼神。

他忍耐着内心的情感，然后泪如雨下。

眼泪掉到手上，他结结巴巴地说着抱歉的话，这是一种强烈的悲痛，即便在塞西尔离开的时候，他也没有感觉到这样一种忧愁。整个战争的结束和孤独的重压都汇聚到了这个痛苦里。

玛德莱娜递给他一条手帕，他开始一边解释一边哭泣，大家都没说话，每个人都沉浸在自己的悲伤中。

最后，阿尔伯特大声地擤了擤鼻涕。

“我很抱歉……”

在这样一个真实的时刻，晚宴还没开始就差不多结束了。难道还要共进晚餐？在阿尔伯特看来，最重要的事情已经说清楚了。这样结束让佩里顾先生有些不太舒服，因为话已经到了嘴边，还没问出来，他也知道自己不会去问这样的问题：爱德华有没有提到过他的家？这不重要，他早已知道答案。

虽然有些累，但是他仍然一脸严肃，站了起来，说道：

“来吧，我的孩子。”他伸手将阿尔伯特从沙发上拉起来，“你得吃点什么，这会让你好过一些。”

接着，佩里顾先生就看着阿尔伯特狼吞虎咽起来。圆圆的脸，天真的眼睛……他心想，如果全是这种士兵，那我们是怎么获胜的？那些关于爱德华的故事，有多少是真实的？这只能他自己去思考了。关键在于，这位马亚尔先生的故事很少涉及爱德华本人在整个战争期间的经历。他说的全是白天冒着生命危险，晚上在欢声笑语中冻僵了脚的年轻人。

阿尔伯特吃得很慢，但很能吃，不一会儿就吃完了自己那一份食物，却不知道怎么称呼为自己服务的人，他想看看菜单，眼神跟随那一盘盘跳着芭蕾舞的菜肴来来回回。现在应该来一份甲壳类海鲜慕斯，一份肉冻，或者应该来份舒芙蕾，他很注意不让自己显露出像是在看演出时的惊讶表情，不表现出自己本来就贫穷的样子。如果自己脸上有那么一张裂开的大口，要是能代替爱德华，他也要再次回到这里来吃下这些甜点，填饱肚子，欣赏这里的装饰，感受这里的奢华，一秒也不犹豫，更别说这里还有美丽的黑眼睛女佣人。仆人从大门进来，站在他身后，这阻碍了他去赞美所吃的那些美食，每一次门被打开，他都会绷直身体，转过头去，那个动作让他看起来更像是一个饥肠辘辘的人，生怕错过什么似的盯着每一道菜的到来。

佩里顾先生永远都不会知道他听到的哪一部分是真实的，包括儿子死亡的那一点点细节。现在，这已不再重要了，放弃也许才能切断悲痛。晚餐期间，他试着去回忆妻子的死，但是那些记忆太遥远了。

在不间断的对话后，阿尔伯特结束了他的狼吞虎咽。突然所有人都不说话，只清楚地听到收餐具时发出的碰撞声，就和铃铛响一样。这个时刻令人有些不自在，每个人都自责没有利用好这样一个时机。佩里顾先生陷入了混乱的沉思，玛德莱娜又问了一个问题，话语中带着沉重的味道。

“对了，马亚尔先生，冒昧问一下……你是做什么工作的？”

阿尔伯特咽下一口鸡肉酥，拿起酒杯，呷了一口波尔多红酒，“嗯”了一声，这无非是为了争取时间思考罢了。

“广告，我在做广告。”他最终回答。

“这很有趣，那……你具体都做些什么呢？”玛德莱娜问。

阿尔伯特放下酒杯，清了清嗓子：

“确切地说我不做广告，我在一家广告公司工作，做会计。”

气氛有些不太好，他从他们脸上的表情看了出来，因为这不是一个好的话题。

“但我很了解这个行业，这个领域……很……很有趣。”阿尔伯特感到他的听众有些失望，于是补充。

也只能想到这么多。他十分谨慎，没有再要甜点、咖啡或酒。佩里顾先生稍稍侧头看着他，这时，一旁的玛德莱娜表现出一副对这种场面很有经验的样子，继续着这场无聊的对话，没有一点儿停顿。

当阿尔伯特来到大厅时，仆人取来了他的大衣，说不定那位年轻的女仆人也会过来。

“马亚尔先生，非常感谢你愿意到我们家来做客。”玛德莱娜说。

然而，出现的不是那位漂亮的女仆人，而是一位长得不好看的女人，虽然她也很年轻，但实在太丑，而且全身上下都透露出乡下人的气息。那位漂亮的多半已经结束了工作。

佩里顾先生想起刚刚他看到的那双鞋，于是低下头，看向地面，这时，他的客人穿上了那件褪色的大衣。玛德莱娜没有盯着看，她扫了一眼，就发现了那双崭新、油亮、质量不错的鞋子。佩里顾先生摆出一副沉思的样子。

“马亚尔先生，你说你是会计……”

“是的。”

现在，他大概可以好好地观察这个小伙子：从他的面部表情可以看出点他在说真话……可是现在没有机会了，真可惜。

“那么，我想我们需要一位会计。现在，信贷行业欣欣向荣，你知道的，国家也需要投资。当前这个时刻，我们有很多的机遇。”他接着说。

阿尔伯特感到十分遗憾，这和好几个月前巴黎联合银行的经理把自己赶出门时所说的话完全不一样。

“我不清楚你的工资，但是这也不重要。要知道如果你答应来这里工作的话，我们会给你提供更好的待遇，我亲自来处理。”佩里顾先生继续说。

阿尔伯特紧闭嘴唇，这个信息纠缠着他，这个建议快要让他窒息了。佩里顾先生亲切地看着他。身旁，玛德莱娜优雅地笑着，就像一位家庭主妇看着自己的婴儿在沙子里玩耍。

“这个……”阿尔伯特结结巴巴地说。

“我们需要干劲十足又有能力胜任的年轻人。”

这些形容词让阿尔伯特感到害怕。佩里顾先生的话，听上去似乎认为他是从巴黎高等商业研究学院毕业的。除此之外，他看人的眼光明显不太准，阿尔伯特觉得能活着走出佩里顾的家已经是奇迹了。想想看，再次到佩里顾家里去，甚至只是工作，却还要面对在走廊里来来回回的普拉代勒上尉的影子……

“非常感谢你，先生，我已经有一份不错的工作了。”阿尔伯特说。

佩里顾先生抬起手，说道：“我理解，没问题。”当门再一次关上的时候，他静下来，沉思了一小会儿。

“亲爱的，晚安！”他说。

“晚安，爸爸！”

然后，他在女儿的额头上亲吻了一下。所有男人都会像这样亲吻她。

# 20

爱德华一下子就看到了阿尔伯特脸上失望的表情，心想，他带着闷闷不乐的心情回来，也许是因为和他那位女朋友一起的时候，事情不像预计的那样顺利。尽管他还穿着一双崭新又漂亮的皮鞋，或许正是这双皮鞋坏了事。爱德华认为这是一种太过真实的华丽，穿在脚上的那玩意儿并没有带给他更多机会。

回到家里那一刻，阿尔伯特转过头，眼睛看向一边，像是有些害羞，这不太常见。相反，平常他都是紧张地盯着爱德华说："你还好吗？"那是一种有些夸张的眼神，他说他不会害怕面对面看着战友，即便是他不戴面罩的时候，就和那天晚上一样。然而现在，阿尔伯特却把鞋放到了盒子里，像宝藏一样珍藏起来，可是没有一点开心的心情，财富是靠不住的，他后悔屈服于这个欲望，只是为了光鲜地出现在佩里顾家里，他就花了这么多钱，太挥霍了。说不定，那个女仆已经结婚了。他一动不动地僵在那边，有些疲惫，爱德华只能看到他的背。

他决定过去看看。他打算什么也不说，除非他的计划没成功。再者，他对自己的做法也不太满意，阿尔伯特的精神状态还不足以专注到这些严肃的事情上……他决定再等等，等会儿再跟阿尔伯特坦白。

他决定坦诚地跟阿尔伯特谈谈，因为战友心情恶劣。但事实上，这个理由掩盖了真正的原因：焦急。他已经完成了一幅小孩的肖像画，从下午一开始，就焦急不安。

真是太糟糕了。

“至少，我吃得不错。”阿尔伯特蹲着说道。

他擤了擤鼻涕，不想转过来让对方发现自己现在的样子。

那个时刻，爱德华正体验着一种紧张的心情，那是一种胜利的时刻。当然，这不是针对阿尔伯特来说，从人生崩溃以来，这是第一次感受到强烈的胜利感，能体会到那种未来将要依靠这个人的心情。

阿尔伯特艰难地站起来，垂着眼帘，说：“我去取煤。”爱德华应该紧紧抱住他，要是还有嘴的话，还能给他一个吻。

阿尔伯特总是穿着那双格子花呢的大布鞋下楼，他说：“我马上回来。”就好像必须说这句话一样。只有那些老夫老妻之间才会这样子，人们习惯于听到一些事情，而时常都不去考虑话本身的意义。

阿尔伯特一走下楼梯，爱德华就跳到椅子上，打开天花板上的活板门，拿出包，放好椅子，快速掸去上面的灰尘，接着，坐到那张土耳其长沙发上，弯下腰，从下面掏出一个新的面罩，戴在脸上，期望着什么，膝盖上还放着画画的本子。

这一系列动作太快了，等待的时间似乎有点长，他偷偷地听着阿尔伯特在楼梯上走动的脚步声，因为提着满满一桶煤，那些脚步声很沉重，桶很大，重得要命。最后，阿尔伯特推开了门。他抬起眼帘，立马被眼前的画面吓得愣住，脸上一副错愕的表情，当放下了那个煤桶时，房间里发出了一声金属撞击地面的巨响。他试图再次拿起来，伸出手臂，但是怎么也拿不起来，只能大张着嘴，用尽力气，双腿却不听使唤，以至于最后摔倒，跪到木地板上，不知所措。

爱德华脸上戴着的那副面罩，尺寸大得差不多就像马的头。

就是那个他画在坚硬混凝纸上的马头，深棕色的马头上有些暗色大理石斑纹，栗色长绒毛摸上去十分柔软，它的脸瘦骨嶙峋，向下垂着，又长又瘦削的面颊上有两个大鼻孔，像矿坑一般……下面还有两片厚嘴唇，微微张开，上面长满了绒毛。面罩和马头出奇的相似。

当爱德华闭上双眼，就和那匹马闭上眼睛一样，阿尔伯特从来就没有比较过爱德华和这匹马。

他感动得热泪盈眶，似乎遇到了一位儿时的朋友，一个兄弟。

“真是没想到啊！”

他一边笑一边哭，重复道：“真是没想到啊！”他没有站起来，仍然跪在地上，看着那匹马，原来……意识到自己太愚蠢，有一种想要完完全全地亲上那张柔软大嘴的冲动。他靠了过去，伸出食指，摸了摸那两片嘴唇。爱德华想起了不久之前路易丝做过的一个同样的动作，感动不已。此情此景，我们只能这么说。

两人都保持沉默，沉浸在自己的世界里，阿尔伯特抚摸着“马的头”，爱德华感受着这个抚摸。

“我从来不知道它叫什么……”阿尔伯特说道。

即使那些巨大的喜悦让你感到有些遗憾，但是眼里看到的仍然缺少了一些东西。

接着，阿尔伯特看到了那个本子，它就像是刚出现在爱德华的膝盖上一样。

“啊，你又重新开始画画了？”

那是从心里发出的一声叫喊。

“你不知道我有多高兴！”

他自顾自笑了，像是努力得到了回报一样。然后，他指了指那副面罩。

“这也是你画的，是吧！你能想象到吗，这真是个美好的夜晚！”

他带着一种期待的神情指向了那个本子。

“那么……我能看看吗？”

接着，他坐到了爱德华身旁，爱德华缓缓打开本子，这才是真正的庆祝。

看着前面的那些版画，阿尔伯特掩饰不住内心的情感，有些失望。他结结巴巴地说：“啊，好，很好……太好了……”这都是为了打发时间，他不知道要说些什么才能听上去不是假话，说到底，这画的都是什么？在那张大纸上，画着一个十分丑陋的士兵。阿尔伯特合上了本子，敲了敲封面。

“告诉我，这东西有些怪异。你在哪儿弄来的？”

用这种方式来转移话题，还是很有效果的。显而易见，这是路易丝找来的，对她来说，找到这个本子再简单不过了。

接下来，他要好好再次看看这些画，说点什么呢？这一次，阿尔伯特点了点头。

他在第二页停了下来，画里面那个石碑上的雕像十分精细，页面的左边画着它的正面，右边画着它的侧面。这是一个站立的法国兵，全副武装，戴着头盔，枪斜挂在肩上，他移动着，正准备冲向前方，脑袋抬得很高，看着远方，手延伸出去，手指末端绷直，拉住一个女人的手。女人在他的身后，身上穿着一条围裙，又或者是一件工作罩衣，她哭着，另一只手还抱着一个小孩。这两个人都很年轻，画的正上方还有一个标题：《为战斗而出发》。

“这画的都是些什么啊！”

他想不到更多了。

爱德华没有抱怨，往后一倒，取下面罩，放到身前的地上。看上去，就像马把自己的头放到了地上，向阿尔伯特展开了那张毛茸茸的嘴。

爱德华提醒阿尔伯特，让他慢慢翻到接下来的那页：《进攻！》，这是那幅画的名字。这一次是三个士兵，他们完美地诠释了标题的意义。他们结队向前冲，其中一个高举着枪，刺刀伸到空中，旁边的第二个士兵绷直手臂，准备扔出一个手榴弹，第三个士兵缩在后面，他被子弹或者炸弹击中，身体成弓形，膝盖弯曲着，马上就会向后倒下……

阿尔伯特又翻了一页：《死者们，站起来！》，接着是《一位保卫国旗的垂死的法国兵》和《战友同志》……

“这些都是雕像……”

他的话有些犹犹豫豫，听上去像是一个问题。阿尔伯特什么都想到了，却没有预料到画里的事物。

爱德华看着他的画，点了点头，是的，这些都是雕像。房间里有一种愉悦的气氛。阿尔伯特像是在说：“好，好，好的。”然后就没有其他话了，剩下那些都堵在了胸口。

当然，这让他想到在爱德华衣物包里发现的素描画，画里充满各种匆忙的场面和蓝色的线条，为了告知爱德华死亡的消息，阿尔伯特当时还把那本册子寄给了他的家人。毕竟，那些画里的场景和今天看到的一样，都是正在战斗的士兵，但是，过去的那些士兵更加真实。

在艺术上，阿尔伯特什么也不懂，只有能让他感动的和不能让他感动的。他在那里看到的都是表达得过于明确的东西，是精心描绘的，许多细节都照顾到的，他想找个词来形容，那就是……他的思绪冻住了。最后，他明白：这都不是真实的！他经历过这一切，自己就是这些士兵中的一个，这些画是那些没有去过战争现场的人编造的。

丰富的画面感无非是用来打动人，这毫无争议，但又过于夸张了。阿尔伯特是个腼腆的人。而这画里的样子越来越夸张，看起来被修饰得过头了。他继续向前翻画册，有一幅名为《法国为她的英雄哭泣》的画，画的是一个年轻的女子，泪流满面，正抓住一个已经死了的士兵的胳膊；接着是一幅名为《孤儿对牺牲的思考》的画，画里有一个坐着的小男孩，双手捧着脸，在他旁边的是他的梦想或者正在思考的事，那里有一位士兵，马上就要死了，他躺在地上，手掌向下，伸向小男孩……这很普通，对于那些没有经历过的人来说也一样，是一种彻底的丑陋，但殊不知百闻不如一见。这里还有另一幅画，名叫《踩着德国佬头盔的雄鸡》，天哪，雄鸡单腿站着，嘴朝向天空，拍打着身上的羽毛……

阿尔伯特完全不喜欢，以至于紧张到没了声音。他偷偷看了一眼爱德华，后者正以一种保护者的眼神注视着那些画，就和人们为自己的孩子感到自豪时所做的事一样，即便是他们的行为恶劣，人们也不会在乎。阿尔伯特感到悲伤，尽管这一刻他不理解，却发现可怜的爱德华在这场战争中失去了一切，就连他的天赋也一点不剩。

“这个……”他说道。

毕竟，他得说点什么。

“为什么是雕像？”

爱德华翻到本子最后，找到一些杂志的剪报，拿出一张来，用灰色铅笔圈了一部分内容：“……这里和所有地方一样，城市、乡村、学校以及车站，所有人都想为死者建立纪念碑……”

剪报是从《东部共和报》上弄下来的。这里还有好多，阿尔伯特打开了这些剪报，他大脑有些反应不过来，同一乡村、同一行业的死亡名单，这边在庆祝，那边在阅兵和募捐，所有的一切是关于修建纪念碑的想法。

“好的。”尽管完全不知道这些都是什么，他仍然回答道。

爱德华用手指点了点这一页角落的地方，写了一个算式：

“三万座纪念碑 × 一万法郎=三亿法郎。”

这一次，阿尔伯特总算明白了，那可是一大笔钱，一笔财富。

他无法想象用这么一笔钱可以买到多少东西。他的想象撞上了这个数字，就像一只蜜蜂撞上了玻璃。

爱德华抓过放在阿尔伯特手上的本子，给他指了指最后一页。

**爱国的记忆**

石碑、纪念塔、雕像

为我们的英雄

和法国胜利而骄傲

商品样册

“你想卖纪念碑？”

是的，就是这样。爱德华对这个独特的想法感到很高兴，他一边拍着大腿一边发出些声音，咕咕作响，不知道这个声音从哪儿来，也不知道他怎么发出来的，什么也不像，只是听上去让人十分难受。

阿尔伯特不太理解人们想修建纪念碑这件事，相反，三亿法郎这个数字在他大脑里逐渐清晰起来，这么多钱可以买一栋“别墅”，比如佩里顾先生的府邸，或者一部“小轿车”，甚至一栋“宅院”等等。他的脸红了起来，因为正好想到了“女人”，那个年轻可爱的女佣人，带着扰乱人心的笑容悄悄从自己眼前飘过。这是一种本能反应，当有钱的时候，总是想找个女人。

他读了接下来的好几行字，那些都是用大写字母手写的广告词，这些精心描绘的字和印刷出来的一模一样：“……你们要带着沉重的心情和迫切的愿望，永远纪念我们城市和乡村的儿子，他们用坚实的胸脯，建起了一座有生命的城墙，抵御了敌人的进攻。”

“这一切都太高尚了，我甚至觉得这是非常好的主意……”阿尔伯特说道。

他现在明白为什么那些画让自己如此失落了，因为它们不是用来表达独特的感受，而是为了表达一种共同的情感，为了满足公众情感需要和迫切希望的英雄主义。

接着，后面还有：“……立起一座纪念碑，纪念你们的城市，也纪念那些死去的，为你们的后代做出榜样的英雄。最终展出的纪念碑模型是根据你们期望的材料制成的，有大理石的、花岗岩的、青铜的、普通石料的、矽钢的和电镀青铜的……”

“你要做的事还有些复杂……首先，设计出这些纪念碑来卖还不够，要拿出去卖的话，还得制造出模型！这需要钱、人力、工厂、原料……”阿尔伯特说道。

他十分惊讶，清楚地意识到这些都代表着什么，那就是要建一个铸造工厂。

“然后，生产出来的这些纪念碑还需要运输，安放到具体的地点……需要很多钱！”

一切又回到这个问题上来：钱。再勤劳的人也不能单靠自己的能力获得钱。阿尔伯特亲切地笑着，轻轻地拍着战友的膝盖。

“好吧，听我说，我们得好好思考一下这件事。我认为你愿意回到正常的工作中，这是一个不错的主意。但是，这可能不是你要彻底转变的目标。要知道，纪念碑这事可复杂呢！但这不重要，重要的是你能找回对事物的乐趣，是吧？”

不。爱德华握紧拳头，来回在空气中刷来刷去，就好像在擦皮鞋一样。意思很清楚：不，快点！

“好啦，快点，快点……你这个怪家伙！”阿尔伯特说道。

爱德华在大本子的另一页上草草地写下一个数字：“三百”座纪念建筑！接着，他又划掉“三百”，写下“四百”！如此热情洋溢！他接着写：“四百×七千法郎=三百万！”

毫无疑问，他完全疯狂了。光说明一个计划可不够，这个想法不切实际，还得立马行动起来，这很紧迫。好吧，三百万，从原则上来说，阿尔伯特自然不会反对，说不定还赞成。但是，现在爱德华并没有脚踏实地地思考。他才画了三幅画，就已经想到投入生产制造了！阿尔伯特深吸一口气，就好像要冲向什么似的，努力地让自己平静地说话：

“听着，伙计，我认为这不太合理。想要制造出四百座纪念碑，我不知道你有没有想过这究竟意味着什么？”

嗨！嗨！嗨！当爱德华这样叫的时候，就表明事情很重要，从两人认识以来，他发出过一两次这样的声音，这个声音带着命令的口吻，没有愤怒，只是想让别人倾听自己的想法。他握起了铅笔：

“我们不用制造！我们只是卖掉这些东西！”他写道。

“嗯，是的！”阿尔伯特按捺不住，最后爆发出一声，“该死的！要卖这些东西，就得先生产出来啊！”

爱德华靠近阿尔伯特，脸几乎贴着脸；他用双手捧住阿尔伯特的脸，像是要亲上去一样。他的眼睛在笑，说着不，然后重新拿起了铅笔。

“我们只是卖……”

最期待的事情往往令人惊讶，这就是阿尔伯特要经历的。爱德华乐不可支，这是一个突然的回应，回答了那个从第一天起就让阿尔伯特挥之不去的问题。他笑了起来。是的，笑，这还是头一回。

这是一个几乎正常的笑容，一个从喉咙里发出的笑声，有些阴柔，嗓音还很尖，一个真实的，带着颤音的笑容。

阿尔伯特张大了嘴，惊诧不已。

他垂下眼帘，看着纸，眼神移到爱德华写的字上面：

“我们只是卖！不用制造！拿到钱就够了！”

“好吧，那……”阿尔伯特问道。

他十分紧张，因为爱德华根本就没有回答他的问题。

“然后呢？我们怎么做？”他强调道。

“然后？”

爱德华再一次笑了出来。这一次，笑声更大。

“然后我们就带着现金逃走！”

# 21

还没到早上7点，外面寒风凛冽。从1月以来，已经不再结冰了，还好，否则就得拿出十字锹，但这是严令禁止的——不断吹着一股潮湿的寒风，这一年的冬天竟然如此料峭，幸亏仗已经打完了。

亨利不想站在这里等，他想到车里去。实际上，车里面也好不到哪里去，你上面热了下面就不热，反之也一样，从来都不可能兼顾。再说，不管怎样，现在一切都让亨利很恼火，没什么是顺心的。他在生意中付出了那么多精力，现在好歹可以享享清福吧？见鬼了，就是会有点阻碍，出点差错，他就是得无所不在。干脆凡事亲力亲为算了。一旦在迪普雷后头跟着，就不知他会捅出什么篓子。

当然，这么说迪普雷不太公平，亨利同意。亨利谈好事情，迪普雷为此四处奔波，他是个勤快的人，而且干劲十足。亨利想着，应该计算一下他带来的好处，这样想就会心平气和些，但这会儿，他看全世界都不顺眼。

这也是劳累所造成的，整夜出去鬼混，那个年轻可爱的犹太女人用嘴吸干了他的精力……可是，老天才知道他有多不喜欢犹太人——奥尔奈-佩里顾家族从中世纪开始就有反犹太倾向，但是，这些犹太人的女儿，当她们干这事儿的时候，真是美妙极了！

他使劲扣紧大衣，看到迪普雷正在敲省政府的大门。

门房穿好外套，迪普雷向他解释来意，指了指汽车，门房弯着腰，将手放在额头上，像是要遮住阳光。他是知道情况的。消息从军事公墓转达到省政府，要不了一个小时。办公室的灯一个接一个地打开，光线散开来，大门再一次开了，最后，普拉代勒从希斯巴诺车出来，快速地通过门廊，门房还没来得及给他指路，他便挥动着手臂说，我知道，我熟悉，这里和我家一样。

省长加斯东·普莱尔泽科对亨利的说法大大不以为然。四十年来，他对上门者一律说不，他可不是什么好说话的布列塔尼人。他彻夜未眠，胡思乱想了好几个钟头，他幻想那些士兵的尸体和中国人混到了一起，棺材还自己向前走，有好些像在炫耀着，发出一阵阵讽刺的暗笑。他摆出一个自命不凡的姿势，想要在人前体现出他地位的重要性，在壁炉前，他将一只手放在壁炉框上，另一只揣在里面那件上衣的口袋里，抬起下巴，这很重要，作为省长，下巴得好好放才行。

普拉代勒才不在乎那个省长，那个下巴，那个壁炉，完全没有察觉到他的姿势就进了门，甚至连招呼都没打，一上来就坐到了那张给来客准备的扶手椅上。

“嘿，这是什么鬼东西？”

普莱尔泽科当场被这句评语说得招架不住。

他们两人打过两次照面，其中一次是在政府项目的技术讨论会上，接着是在工地落成仪式上，那时，大家都安静地聆听着市长的讲话……亨利原地跺着脚，就好像他只有这件事可以做一样！省长知道奥尔奈·普拉代勒先生是马塞尔·佩里顾的女婿，而佩里顾先生，这个和自己同一届的同志，正是内务部长的好朋友，可是又有谁不知道这件事呢？就连共和国的总统也参加了他女儿的婚礼。普莱尔泽科不敢去想象这段历史中相互交织的朋友关系。这就是让他睡不着觉的原因，在麻烦后面还有一群身份重要的人和他们所代表的阶级力量，所以，他的职业生涯就像一根随时可能被火花点燃的麦秆。从各个地区运来的木棺正汇聚到唐皮耶，在那儿，几个星期前就建好了未来的大型公墓，但是，考虑到在土里埋葬的方式，省长普莱尔泽科立马感到忧心忡忡。一出现问题，他就提防着，本能地反应着。现在耳边听到有人窃窃私语，恐慌的骚动多半已经让他彻底屈服。

车向前开着，一片安静。

普拉代勒坐在他旁边，思忖着他是不是有点太贪心了。真是一堆狗屎。

省长咳嗽了一下，汽车开过一个坑洼，他四处碰壁，却没人对他说一句同情的话。后面的迪普雷也一样，不知道有多少次遇到困难，现在他懂得要怎么待在那儿，膝盖分开，一只手放这边，另一只手放那边，心想着，老板开车简直太快了。

省政府的门卫提前打了电话，市长正等着他们的到来，他站在位于唐皮耶的未来军事公墓前的栅栏处，胳膊下还夹着一本册子。这不算一个很大的公墓，也就九百个墓碑。永远也不知道当初内阁是怎么决定这些安葬场所的。

普拉代勒远远地看着市长，那样子就像一个退休的公证员，又像是一个小学教师，没有比这个样子更糟糕的了。这类人把他们的职位和特权看得很重要，傲慢无比。普拉代勒认为他更像是公证员，因为小学教师应该更瘦一些。

他停好车，走了下来，省长紧跟在身旁，然后大家握了握手，什么也没说，时间很宝贵。

然后，他们推开了暂时搭起来的栅栏。面前是一块宽广平坦的土地，这里的石块很多，光秃秃的，上面标出了一条条非常笔直的垂直拉线，做上军队的记号。只有最远的通道修好了，如同铺床单一样，墓碑和十字架缓慢地覆盖了整个墓地。就在入口边上，有几个用作行政管理的临时哨所，还有十来个白色的十字架堆积在托盘上。远处有一个货棚，上面覆盖了多余的篷布，在那下面堆积了一些木棺，大概有百来个。通常，棺材一运送到这里就立马下葬，如果说提前放了这么多的木棺在这儿，那一定是在过程中有耽搁。普拉代勒往后瞧了迪普雷一眼，他证实了这个事实，没有提前完成。还有一个理由，那就是亨利认为他为了加快这件事已经加大步子了。

天就快要亮了。方圆几公里一棵树也没有，这不禁让人联想起这里曾经作为战场的情形。一群人在市长的带领下往前走着，市长嘟嘟囔囔地说着："E13号，看，这里是E13号……"他十分清楚这块地，这里有一座糟糕的墓碑——E13号，前一天他已经来过这里，待了差不多一个小时，不过他是直接过来的，这似乎让他那脆弱的心灵受到了重创。

他们在一个不久前才挖开的坑前停了下来，那里有一个木棺埋在薄薄的一层土下面，土没有盖住全部，底部稍稍有些往上抬起，看得见上面写的字："埃内斯特·布拉谢——113步兵团下士——1917年9月4日为国捐躯。"

"然后呢？"普拉代勒问道。

省长指了一下，市长拿出登记册，在他面前摊开，那册子就像一本天书或者福音书，然后市长一本正经地读了起来：

"E13号位：西蒙·佩拉特——第六部队二等兵——1917年6月16日为国捐躯。"

读完后，他啪的一声合上了登记册。普拉代勒皱了皱眉头，他想重复那个问题：接下来呢？但他还是不慌不忙地、顺其自然地听了下去。于是，省长又说了起来，这件事牵扯到市级和省级单位之间的权力划分，他小心翼翼地，但又一针见血地说道：

“你的团队弄混了木棺和安置地点。”

普拉代勒转过身朝向他，脸上挂满疑惑的表情。

“你雇来的中国人就是这样干的。要不然，就是他们没有找到对的地址……他们把木棺放到那里，占了最先来的人的位置。”省长接着说道。

这一次，亨利却转过去看着迪普雷。

“他们为什么要这么做，这群中国蠢货？”

省长回答道：

“亲爱的奥尔奈·普拉代勒先生，那是因为他们看不懂……你安排了些不识字的人干这个工作。”

亨利稍稍有些没有站稳，喷出了一席话：

“这有什么关系，滚你妈的蛋！当他们来默哀时，这些父母，难道他们会为了确认这里面是不是他们死去的儿子而挖开坟墓吗？”

所有人都惊呆了，除了迪普雷，因为他了解这个男人：四个月前开工以来，他就见识过亨利如何搪塞、堵住缺口，即使是那些最严重的问题！干这个活儿，会遇到一大堆特殊情况；为了将所有状况都纳入眼中，就必须多雇点人看着，可是老板却不愿意多招人；他一定会说，工人已经够多了，何况有你在那儿，迪普雷，你说是吧？我能信任你，对吗？所以，现在一具尸体出现在它不该出现的地方，就不足为奇了。

然而，市长和省长当然是被气得七窍冒烟。

“等一等，等一等……”

市长先说道：

“亲爱的先生，我们要对这事负责，这是个神圣的任务！”

这句破口而出的话，激情洋溢，分量很重。很明显，对方也不是省油的灯。

“是的，当然。”普拉代勒十分随和地说道，“毫无疑问，这是个神圣的任务。但是，你知道这是……”

“是的，先生！正好我知道它是什么，你想想就知道了！这样说是对我们牺牲士兵的侮辱，就这么一回事！因此，我要停止现在这些工作。”

省长很庆幸，还好自己已经发电报提前通知了内阁，上头有人保护他。呼，他松了一口气。

普拉代勒想了很长时间。

“好吧。”最终他说道。

市长叹了一口气，没想到这么轻而易举地就打赢了这场仗。

“我要你打开所有坟墓，好好核查。”他大声说道，一脸蛮横的样子。

“好的。”普拉代勒说道。

普莱尔泽科省长任由市长施展各种手段，因为奥尔奈·普拉代勒不是个好商量的人，然而，现在却让他很困惑。两人第一次见面时，他就发现普拉代勒手脚很快，还有些高傲，并不是今天这种随和的样子。

“好吧。”普拉代勒扣紧大衣，重复道。

显然，他对这件事默默承受，也明白市长的处境。

“就这么定了，重新打开坟墓。”

他往后走，准备离开，然后似乎又想要安排最后的工作：

“当然，工人一重新开始工作，你就通知我，行吗？还有你，迪普雷，你等会儿给我把那些中国人弄到夏齐埃-马尔蒙，那边我们已经耽搁了。”

终于，这件事算是凑活着解决了。

“喂，再等一下！得你自己找人来打开坟墓！”市长吼道。

“什么？不是吧！我的中国工人只负责安葬事务，我只付钱让他们干这事。我啊，我也希望能挖出那些尸体，不过，话说在前头，我会依照开挖坟墓的数目开发票向政府请款。可是这么一来，我就得收三次的钱。第一次是安葬费，第二次是挖掘费，而且，你们要为那些上等棺材重新挑选地址，所以第三次是重新安葬的费用。”普拉代勒回答。

“不是这样的！”省长喊道。

是他在会议记录上签字的，是他确定花费，是他从政府那儿拿来拨款，而且还在预算超支的情况下，受到了上级的训斥。他在行政工作上犯了错，已经被调到这里来了——他和一位部长的情妇鬼混在一起，部长高高在上，完全看不起他，最后事情恶化，他得到了教训，一周后就被调到了唐皮耶，这是个无情的决定，他可不想在海外殖民地结束自己的职业生涯。另外，他还有哮喘。

“不可能付三次钱，想都别想！”

“你们两个自己去想办法。我啊，我得知道怎么调动我那些中国工人！到底要他们留下来干活呢，还是调到别的地方？”普拉代勒说。

听了这话，市长脸都变了。

“得了，先生们！”

他大幅度地挥动着手臂，画出墓地的范围，在那儿，太阳缓缓升了起来。四下一片阴森，广阔的土地上寸草不生，大得没有边际，乳白色的天空下，寒风簌簌，举目望去，处处是因为雨水而堆积起来的土墩，铁锹、手推车随处可见……那场面十分凄惨。

市长又打开了登记册。

“好吧，先生们……我们已经埋了一百一十五位士兵了。”他重复道。

他抬起头，这些笔录让他十分消沉。

“而在这些士兵里面，我们根本不知道谁是谁！”

省长真怀疑市长会哭出来，好像这时哭泣是必要的。

“这些年轻人是为了法国捐躯的，我们必须尊重他们！”市长补充道。

“是吗？你们应该尊重他们？”亨利有些疑惑。

“当然，而且……”

“那么，你倒给我解释一下，已经过去快两个月了，在你市镇的公墓里，你就任由那些不识字的人随便安葬他们吗？”

“又不是我把他们弄得乱七八糟的！是你的中……你的人！”

“可是军事单位委任全权由你看管，负责盯着登记册上的资料确实执行，不是吗？”

“市政府派了一个工作人员，一天来这里两次，但是他也不能整天都待在这里啊！”

他转过身，带着仿佛遇难船员般的眼神看着省长。

没人说话。

在这件事情上，人人为己，市长、省长、军队高层、文职官员、战争抚恤金和安置事务部长，这中间还有很多掮客。

“你我都知道，真要追究责任，每个人都有份儿，除了中国工人，因为他们不识字。”

“听着，今后我们得注意点儿，迪普雷，是吧？”普拉代勒建议道。

迪普雷点了点头。市长一脸沮丧。放任入土安葬的士兵跟墓碑上的名字根本对不起来，他得闭上双眼，视而不见，独自一人咽下这个秘密。这个公墓会成为他的噩梦。普拉代勒反反复复地看着市长和省长。

“我建议不要让别人知道这件小事儿……”

省长咽了咽口水。那封电报简直成了自愿请调殖民地申请书，大概已经到了部长那里。

市长一脸茫然，普拉代勒抬起胳膊，揽住他的肩膀。

“对士兵家人来说最重要的事，是让他们死去的儿子有块安息之地，不是吗？无论如何，他们的儿子在这里很好，对吧？这才是最要紧的，相信我！”

最后，麻烦解决了，普拉代勒跳上车，用力带上车门，和往常不一样的是，他没有生气，甚至还很安静地发动了汽车。

迪普雷和他一直看着外面的风景渐渐远去，很长时间里，一句话也没有。

这一次还算凑合，但是他们两人都很疑惑，各自有各自的疑虑，因为到处都是问题，而且还越来越多。

普拉代勒最后说道：

“我们得加强管理，迪普雷，你说呢？我能相信你吗？”

# 22

不。食指来回移动，就像汽车雨刷一样，但手指的速度更快。这是一个坚定的、决定性的“不”。爱德华闭上眼睛，阿尔伯特的回答早在他预料之内。他是一个害羞的、胆怯的人。即使在没有危险的状况下，做个无关紧要的决定都要花上好几天时间，更别说卖纪念碑了，而且还要带着现金逃走！

爱德华认为问题的关键在于：搞清楚阿尔伯特是不是能在一个合理的时间范围内接受这件事，因为好主意最后总是容易泡汤。从那些让他如饥似渴的报纸中，他预感到：当市场对纪念碑的需求饱和时，或者不久后，当所有艺术家和铸造厂一窝蜂地冲向这个生意时，就已经晚了。

要么现在就做，要么立马放弃。

在阿尔伯特看来，那就是永远不要做。还是食指的动作，不。

爱德华仍然固执地要继续他的工作。

一页接着一页，纪念品样册快做好了。他刚刚从萨莫色雷斯的胜利女神那儿得到灵感，孕育出了一幅十分成功的画像——《胜利》，只不过这是一个戴着头盔的法国兵，这个模型一定会令人神魂颠倒。下午快结束的时候，路易丝又来了，因为之前他都是一个人待在家里，所以还有些时间去思考，去尝试回答本来就存在的所有问题，去完善那个自己都得承认不简单的计划。和他想的不一样，尽管他努力解决一个又一个问题，但是仍然不断出现新的麻烦。虽然有这么多的阻碍，但他深信不疑，坚定地认为这件事不会失败。

现在真正的好消息是：他带着一种出乎人意料的热情在工作，而且还有些过火。

他憧憬着这个计划，带着无比兴奋的心情，他全身心陷了进去，因这件事存在而存在。在找回了煽动性带来的快乐和恶作剧的天性后，他又变回了原本的那个自己。

阿尔伯特为此感到高兴。这样的爱德华，他从来就没看到过，除了远远地，在战壕里面。看着他恢复，正是对自己坚持的最大回报。对于爱德华的事业，他断定这件事不会成功，因此几乎都不用为此焦虑。在他的眼里，这件事彻底行不通。

在开始这场力量的竞争时，两个男人之间，一个在进攻，一个在抵抗。

像往常一样，胜利不是站在力量那边，而是倾向消极的一方。在足够长的一段时间里一直保持否定的态度，就足以让阿尔伯特获得最后的胜利。对他来说，最残酷的不是拒绝这个疯狂的计划，而是辜负爱德华，将他那重新找回的巨大力量扼杀在摇篮里，把他重新打回他们生命的空白中，送到那个没有希望的未来。

必须给他一些其他的建议……可具体是什么呢？

况且，每天晚上，尽管没有一丝情感的流露，他却还要带着一种体贴的言行，去赞美爱德华向自己展示的那些新画作、新设计的石碑、新构建的雕像。

“我明白你的意思。”爱德华在谈话的本子上写了这一句话。大家都可以做出属于他自己的纪念雕像。一面旗帜和一个法国兵，就有了一个雕像。拿走旗帜，换上一个“胜利女神”，就有了另一个。不需要费多大力气，也不需要任何聪明才智，创意就会源源不断，保证会大受欢迎！

阿尔伯特心想，啊，在这一点上，就有好多可以责备爱德华的，但是他又很有天赋，想了好多主意。特别是还制造出了一些大灾难：替换身份，拿不到政府的补助，拒绝回到舒适的家，不做移植手术，沉迷于吗啡，现在又要利用战争纪念碑诈骗……爱德华的好点子就是一堆大麻烦。

“你真的搞清楚这件事了吗？”阿尔伯特问道。

他站到战友的身前。

“干这蠢事……是亵渎神灵的！从战争纪念碑上捞钱，是亵渎墓地里的灵魂，这……违背了爱国精神！你要知道，尽管政府拨了点预算，但是大部分用作战争纪念的钱都来自哪里呢？来自那些牺牲了生命的士兵的家庭！来自那些寡妇、父母、孤儿以及战友啊！这太可怕了，和你相比，朗德吕都像天使。整个国家的人都会追着你，所有人都会反对你！一旦被抓，你会恨不得立马上断头台。我可是知道你的脑袋，你早就跟它闹翻了吧。我还想好好留着我的呢！”

阿尔伯特一边咕哝着一边回到工作中来，心想，这真是愚蠢的计划！但是他又转过身，手上还拿着抹布。从他拜访佩里顾先生家的那天开始，普拉代勒上尉的样子就一直纠缠着他，就在刚刚，那张脸又一次出现了。他脑海里，突然孕育了一种强烈的报复计划。

报复的时间到了。

这件事情一目了然。

“我要告诉你，发自内心来说，得让普拉代勒上尉也尝尝子弹的味道！这就是我们要做的！因为我们今天的生活，所有这一切，都是拜他所赐！”

爱德华好像并没有被这个新的想法说服。他悬着手，停在纸的上空，有些怀疑。

“好啦！看起来你似乎忘了他，普拉代勒！他和我们不一样，荣归故里，带着他的勋章、军功章，还有军官抚恤金！我很确定战争给他带来了很多很多好处……”阿尔伯特补充道。

阿尔伯特自问：难道他就有资格得到这么多吗？答案就在问题中。现在看起来，打败普拉代勒对他来说就是一件如此明显的事。

他大声说：他的那些奖章和功绩，我啊，可以想见他的婚姻多半很幸福。拜托，他可不是什么英雄，像这样的人，千金小姐居然要抢破头。我们在慢慢地烂掉，而他呢，多半都干出一番大事业了。你觉得这合乎道德吗，你说说看？

令人惊讶的是，阿尔伯特却没有从爱德华那里得到他想要的支持。他的战友抬起眉头，只关心手下的纸。

“所有这一切，首先是战争的错。没有战争，就没有普拉代勒。”

阿尔伯特差点没喘过气来。他很失望，当然，更多的是极度的伤心。他清楚地发现，这个可怜的爱德华已经不再脚踏实地了。

两个人重复过很多次这样的谈话，然而，交谈总是同一个结果。阿尔伯特以灵魂的名义幻想着报仇。

“你自己负责这件事吧。”爱德华写道。

“好吧，是的，要做的事，当然是我自己来。你不要吗？”

不，他可不想。报仇无法满足他对正义的追求。抓住一个人要他为自己负责，对爱德华来说还不够。尽管现在不打仗，但是爱德华却向战争宣战，用自己的方式来做这件事，或者用其他的话来说：这是他的风格。伦理道德不关他的事。

看得出，两个人都在继续撰写属于自己的故事，或许已经不再是同一个故事。他们都在思考是否应该只写下他们自己的东西。每个人都有自己的方式，你有你的，我有我的。

当阿尔伯特意识到这件事时，他宁可想其他的，也不要这样。瞧，佩里顾先生家那位漂亮的女仆人现在还在他脑子里打转，天哪，她那小巧可爱的舌头，还有那双他再也不敢穿的新皮鞋。他给爱德华准备好肉和蔬菜混合的汤汁，每个夜晚，这个小伙子都要重复谈到他的计划，真是个极其固执的人。阿尔伯特一点也不让步。既然道德因素不能让自己在这场争论中获得最终的胜利，他只能求助于这样的理由：

"要做你想做的事，你得考虑到，必须建立一个公司，提供证件，你想过这个吗？就算最后把你的样册给扔了，我们也跑不了多远，告诉你，他们很快就会逮住我们的。在逮捕和行刑之间，你几乎就没有时间喘息。"

似乎没有任何理由可以动摇爱德华的决心。

"还需要一些房间和办公桌！你要戴着你那些深黑色的面罩来接待客人吗？"阿尔伯特愤怒地说。

爱德华瘫在长沙发上，继续翻阅画着纪念碑和雕像的画册。这都是一些风格练习。让事物变丑不是每个人都能办到的。

"还要有电话！然后是接线员、打字员……还有银行账户，前提是你有钱……"

爱德华忍不住安静地笑了起来。他战友的声音中带着惊恐，就好像是要拆了埃菲尔铁塔，重新修建，而且还要比以前高一百米。阿尔伯特感到惶恐。

"对你来说，一切都很容易，不用出门，一直待在家里……"阿尔伯特继续说道。

他咬住嘴唇，但话已出口，想收回也来不及了。

当然这是公正的，但爱德华受伤了。马亚尔夫人常常说："我的阿尔伯特，他本质是不坏的，是个善良的人，但不够圆滑。所以，在生活上一事无成。"

唯一一个让阿尔伯特稍微动摇、不再一味排斥的原因就是钱，能让爱德华随心所欲的钱。的确，他花了很多钱。整个国家上上下下正沉浸在纪念死亡士兵的狂热中，和对幸存者的态度不成比例。钱是一大理由，因为阿尔伯特掌管着钱，也知道什么叫作花钱容易挣钱难。什么都需要钱，香烟、地铁票、食物。爱德华却贪婪地憧憬着未来，成为百万富翁，拥有小轿车，住进大房子……

还有女人……

在这件事情上，阿尔伯特开始变得紧张不安，我们可以设法摆脱困境，但是感情这回事可不一样，因为一个人也遇不到。

然而，他对要进行如此疯狂的事业感到害怕，比对女人的欲望还要严重，尽管那些情欲十分强烈。从战争中活下来，却落得进监狱的下场，试问哪个女人值得我们去冒这么大的险呢？看着那些杂志上的漂亮姑娘，即便他满意，刚好她们中的很多也能配得上他，然而，危险依然存在。

"你想想，门啪地一下关上都让我害怕，你能想象我去做这种事吗？"一天晚上，他问爱德华。

最初，爱德华沉默不语，只是继续画自己的画，让事情顺其自然，但是他发现时间也没能解决他的问题。相反，他们越是交谈，阿尔伯特就越有理由来反驳自己。

"就算卖了你想象中的纪念碑，市政府也付了预付款，我们又能得到什么？一天两百法郎，难道第二天还有两百法郎？什么财源滚滚，简直妄想！要得到三法郎六苏都得费好大的劲，我真是感谢你！还要带着钱逃走，还得同时弄好所有事情，这不可能，你的事成不了！”

阿尔伯特的理由是站得住脚的。早晚有一天，各机关单位负责采购的人员，会发现这一切噱头后面其实是个空壳公司，他们俩得拿上所剩无几的东西亡命天涯。也就是说，没什么搞头。

爱德华不断地思考，最后想到了一招，这计划在他看来天衣无缝。

今年11月11日，在法国巴黎……

这天晚上，阿尔伯特再次来到林荫大道街区，在人行道上，他发现了一个篮子，里面有好多水果，他扔掉那些已经坏了的，打算拿剩下的打成果汁。每天都喝肉汤，爱德华也会烦的，偏偏他又缺乏变换菜色的想象力。爱德华能咽下给他的任何食物，在这方面，爱德华倒不难伺候。

阿尔伯特在围裙上擦了擦手，然后专注到那张纸上，从战场回来后，他的视力就不断恶化，要是有钱的话，应该买副眼镜。他只得再靠近一些：

今年11月11日，在法国巴黎将立起一座“无名士兵”的墓碑。你们也要一起参加到这个庆祝仪式中来，让这个高尚的行为汇聚成全民族共同的巨大情感，同一天，在你们自己的城市里也建立起一座丰碑！

“所有订单会在今年年底前陆续交货……”爱德华总结道。

阿尔伯特不快地摇了摇头：“你真是个疯子。”然后继续榨果汁。

他们为了这个问题争论不休，爱德华向阿尔伯特强调，出售商品卖的钱可以让两个人远走高飞到国外殖民地，投资有前途的生意，永远免于贫困，高枕无忧。他把从报纸上剪下来的图片，或者拿路易丝带来的明信片给阿尔伯特看，那些图片中包括南圻国的风景和森林的开发，在那里，木材砍伐激起了当地人的愤怒，站在他们面前的是一群戴着头盔、十分高傲的殖民者，脸上还挂着自命不凡的笑容，像一只只秃鹫贪婪地吃着猎物。照片中有坐在欧式轿车里的女人，迎风飞舞的白色方巾从女人颈间滑过，飘进几内亚洒满阳光的河谷；也有喀麦隆的河流，北圻的花园，在那儿，茂密的植物和花草从陶瓷做的花盆边缘溢出来，西贡轮船船务托运公司门口，法国殖民者的招牌闪闪发光，还有殖民总督富丽堂皇的宫殿以及暮色下的照相剧场公园，男人抽着烟，女人身穿晚礼服，画面里充满烟嘴和凉爽的鸡尾酒，应该还能听到乐队弹奏的音乐，那里的生活似乎很简单，生意也很容易做，很快就能聚集一大笔财富，还能对着热带气候发发牢骚。阿尔伯特假装只把这些当成旅游景点来欣赏，但他的目光还是在那张科纳克里市场的照片上停留了半天，照片里，年轻的黑人少女们正在闲逛，她们裸露着胸部，如雕像般美妙，有一种令人痴迷的性感。他再次在围裙上擦了擦手，回到了厨房。

突然，他停下了脚步。

“然后，打印好你的样册，寄给成百上千的城市、乡镇，好吧，你告诉我，你有钱吗？”

对很多问题，爱德华已经找到了应对的招数，而这一个问题他完全不知道怎么回答。

为了让爱德华明白，阿尔伯特拿来他的钱包，将硬币平放在漆布上，一个个数给他看。

“我只能借给你十一法郎七十三分。你呢，你有多少？”

这是一句残忍的、冷酷的、徒劳的、伤人的话，爱德华一分钱都没有。阿尔伯特没有顺势说下去，收好钱，回到厨房继续准备吃的。晚上，他们都没有再说过一句话。

爱德华已经没有理由来说服战友。

结果就是不行，阿尔伯特不会改变主意。

时间过得很快，样册差不多已经完成了，不再需要修改就可以送去印刷，正常地寄出去了。但是还有剩下的一些事情要做，比如安排筹备的事，这是一个浩大的工程，还别说手里一分钱都没有……

爱德华只剩下一本毫无用处的画册，他崩溃了。这一次，没有眼泪，没有不好的心情，没有不好的情绪，他只感受到屈辱。这个小小的会计师，以神圣不可侵犯的现实主义之名给了他不及格。这是艺术家和资产阶级之间一场无休止的斗争；他输了与父亲的那场战争，这次开战的标准几乎跟那次一致。艺术家只会做白日梦，这么说吧，就是一个废物。爱德华认为自己明白了阿尔伯特的言外之意。在父亲或阿尔伯特面前，他都感到自己的身份被贬低到最不堪的行列，一个干着徒劳工作的、微不足道的存在。他力图表现得很有耐心，学识渊博，令人信服，但他失败了；将他和阿尔伯特分开来的，不是意见上的不统一，而是文化上的差异；他认为阿尔伯特过于狭隘，斤斤计较，没有气魄，没有抱负，没有疯狂。

阿尔伯特·马亚尔不过就是另一个马塞尔·佩里顾罢了。除了钱方面，两人没有差别。这两个男人都笃信自己是对的，让爱德华活不下去，他们害死了他。

爱德华吼叫着，阿尔伯特则抵抗着，他们争吵起来。

爱德华握紧拳头，敲着桌子，向阿尔伯特投去凶狠的目光，气势汹汹的样子，嘶哑的喉咙里发出阵阵吼叫。

阿尔伯特也拉直嗓门吼着，说他已经打过仗了，不想再去坐牢。

爱德华忍不住刺激，掀翻了长沙发。阿尔伯特连忙冲过去抓住沙发，这件家具是这个家里唯一还有点别致的东西。爱德华怒吼着，声音巨大，大量的口水从他大开的喉咙里飞溅出来，全部的怒火从肚子里冲了上来，就像火山喷发一样。

阿尔伯特一边合拢四分五裂的沙发，一边告诉爱德华，随便他怎么撕裂整个家，也不会造成任何改变，他们两人都不是做生意的料。

爱德华一边继续大步地、一瘸一拐地来回走着，一边还吼叫着，用肘关节打碎了玻璃窗，还威胁着要将他们仅有的几个盘子扔到地上。阿尔伯特跳到他身上，刚好抓住他，两人一下就摔倒了，在地上滚了好几圈。现在，两人开始互相憎恨起对方来。阿尔伯特失去了理智，猛击爱德华的太阳穴，而爱德华出其不意地击打了阿尔伯特的胸口，一把就把他推到墙上，差点没撞死。一瞬间，两人同时站了起来，面对面看着对方，爱德华打了阿尔伯特一个耳光，阿尔伯特还了一拳给爱德华，狠狠地打在脸上。

可是，爱德华刚好面对着他。

阿尔伯特合拢的拳头陷进了爱德华脸上的那个大口里。

差不多整个手都进去了，快到手腕了。

他一下愣住了。

阿尔伯特看到自己的拳头吞没在战友的脸里面，彻底被吓到了。手就好像从一头穿过，到了另一头。手腕的上方，爱德华露出了一副惊吓的表情。

两个人保持了这个姿势好几秒，一点儿也没有动弹。

他们听到一声尖叫，两人都转身向门口望去。路易丝站在门口，手捂着嘴，看着他俩，哭了出来，然后跑着离开了这里。

两人挣脱开对方，也不知道要说些什么才好。他们都气得鼻子呼出声音来，样子看起来十分笨拙。在很长时间内，房间里有一种罪恶的窘迫感。

他们明白，一切都结束了。

他们共同经历的一切，永远也比不上这个打在爱德华脸上的拳头，这一拳仿佛把爱德华打死了。这个动作，这种感觉，这种可怕的近距离接触，一切都太过火了，令人眩晕。

他们两人的愤怒并不相同。或者说，他们表达愤怒的方式不同。

第二天早上，爱德华就开始打包，那个当兵时用的背包。他只放了一些衣服，其他什么也没有放进去。阿尔伯特一个字也没有说就出去工作了。爱德华留给他最后的画面就是他正在收拾行李，整理衣物，动作十分缓慢，似乎根本就没有决定好去向何处。

一整天，阿尔伯特都腰酸背痛，他走遍大街小巷，伤心的思绪在脑子里不断地打转。

晚上，只看到爱德华留下的只言片语："谢谢你为我做的一切。"

房间里空荡荡的，如同塞西尔离开自己的生活时那样。他知道一切终将恢复平静，但是自从战争胜利以来，他却有自己每天又都打了一场败仗的感觉。

# 23

拉布尔丹将手平放在书桌上，志得意满，神情跟在餐桌上看到“焗火焰雪山”端上来时一样。雷蒙小姐一点也不像“雪山”上的蛋白霜，但她和焗烤过的金黄外皮却有些相似，因为她的头发染成了金黄色，还有点偏橘红，皮肤白皙，脑袋尖尖的。雷蒙小姐一进门，看到老板这副架势，撇了撇嘴，表示恶心，但不得不认命。只要一走到他面前，他就会悄悄地将右手伸到她裙子下面，动作出奇地快。这样一个肥胖的男人，移动却如此灵敏，而他的机灵在其他方面完全没有体现出来。于是，她快速地移动了一下髋部，但是，在这种情感的流露中，拉布尔丹天生就具有一种能预知一切的才能。无论对方怎样躲闪，他总能达到他的目的。她想着脱身的办法，却又很快被打败，只能拿出签名夹，递了上去，发出一声无奈的叹气。她尝试穿长裙或者越来越紧的裙子，以抵抗这种行为，但对拉布尔丹来说，正是这些障碍让他的快感成倍地增加。身为秘书的她，在速记和拼写上表现得十分平庸，但她的忍气吞声弥补了这些缺点。

拉布尔丹打开文件，脸上浮现出赞赏的表情：佩里顾先生准会高兴的。

《在法国艺术家之间开展为纪念1914—1918战争而设计修建纪念碑的比赛》，这份文件里面拟定了竞赛的重要规则。

在这份很长的文件中，拉布尔丹自己只写了一句话：第一条款的第二句话。他坚持自己来写，不让任何人帮忙。每一个单词都出自他的手，全部斟字酌句，而且每一个字母都是大写的。他是如此自信，还强烈要求这句话印刷时要用粗体字：纪念碑要传达出我们对“为国捐躯的胜利之师”无边的哀思，我们共同怀念他们的光荣事迹。无懈可击的节奏感，又是新的一轮赞美。他继续自我赞美着，接着又快速地浏览完了剩下的部分。

安置纪念碑的场所很合适，这里曾经是市政厅的停车地，长四十米，宽三十米，四周还可以布置成一个花园。条款规定纪念碑的体积要和所选地址和谐一致。必须要有足够大的地方刻下所有的名字。准备工作差不多已经完成了：包括民选代表的十四人评审委员会、当地军事艺术家、退伍军人代表、士兵家属等等，这些人都是拉布尔丹精心挑选出来的，不是欠他人情，就是有求于他。这项结合了艺术和爱国情操的大胆创举是他任职期内要落实的第一大事。当然，他差不多确定自己能够再次当选。日程安排已经完成，竞赛即将启动，平整土地的施工也开始了。巴黎和外省的各大主要报刊上也会登载公告，这是一个非常好的活动，一切都十分顺利……

任何东西都没有被遗漏掉。

只是在第四条款中有一处空白：“纪念碑的预算为……”

这件事让佩里顾先生陷入了一场格外紧张的思考中。他想要的是一个漂亮的，而不是宏伟的东西，据他所知，要修建这样一个纪念碑，价格从六万到十二万法郎不等，那些著名的艺术家甚至会索要到十五万或者十八万法郎。价差如此之大，具体应该定怎样一个标准呢？这不是钱的问题，而是性价比的问题。得好好思考这件事。他的眼里只有他的儿子。一个月前，玛德莱娜放了一个装着爱德华照片的相框在他房间的壁炉上，引起了他的注意。她还有其他的，选择这一张是因为照片中的爱德华看起来刚刚好，不过于安静，也不过于挑衅。这是可以让人接受的。父亲生活中的点点滴滴让她烦乱不安，就像担心这些事情会变得越来越严重一样，她适当地，一步一步地处理着，今天拿出素描画，明天再放上照片。

佩里顾先生等了两天，然后拿过照片，放到了书房的一角。他不想询问玛德莱娜是什么时候拍的，在哪儿拍的，按理说作为一个父亲，他是应该知道这些事的。他觉得照片里的爱德华有十四岁，那是在1909年。爱德华站在阳台的木质栏杆前，背景看不清楚，像是在雪山木屋的露台上，因为每年冬天爱德华都会去滑雪。佩里顾先生记不起具体的地方，但这里是常去的一个滑雪场，位于北阿尔卑斯山，也可能是南部。不管怎样都在阿尔卑斯山区。儿子穿着一件羊毛套衫，阳光很刺眼，他眯着眼睛微笑着，仿佛有人在摄影师身后做鬼脸。这又逗得佩里顾先生开心了，真是一个漂亮的男孩，一个淘气鬼。这么多年过去了，看到这个笑容，他回想起自己从来没有和儿子一起有过欢声笑语。为此，他心碎了。这时，他有了一个想要翻过相框看看背后的念头。

在最底部，玛德莱娜写了一排字："1906年，巴黎肖蒙山公园。"

接着，佩里顾先生拧开钢笔盖，大笔一挥，写下：二十万法郎。

# 24

因为没人知道约瑟夫·梅兰长什么样，四个负责接待的人打算等火车一到站，就请站长广播，然后再举着写着梅兰名字的牌子……但是，这些接待方式中没有一个看起来能够与他政府内阁专员的地位相配。

于是，他们选择一起站在站台，在靠近出口的地方守候，因为，事实上，在夏齐埃-马尔蒙站下车的人不是很多，总共也就三十来个，如果有来自巴黎的公务员，一眼就看得出来。

然而，他们却没看见他。

首先，从火车上下来的人并没有三十个，只有十个不到，他们中，没有一个像政府的专员。当最后一个乘客走出车门，车厢变得空荡荡一片，四个人面面相觑；军士图尼耶后脚跟在地上磕了磕，夏齐埃-马尔蒙市政府的官员保罗·沙博尔大声地擤了擤鼻涕，法国全国退伍军人协会罗兰·施耐德——死亡士兵家属代表，叹了一口长长的气，克制住不让自己发怒。所有人都走了出去。

迪普雷只管接收部级特派员要来的信息；他浪费了很多时间准备这次来访，比他花在他们公司其他六个工地的时间还多，害他东跑西颠，结果却被放了鸽子。真够让人泄气的。一出来，四个人就直接走向轿车。

他们的精神状态是一样的。内阁专员竟然没有来，他们都感到很失落……不过也还有一些宽慰。因为不用担心任何事情，当然迎接到访的工作是精心准备好了的，但是视察工作就是视察工作，那些事情说变就变，这样的例子屡见不鲜。

自从中国工人在唐皮耶墓园出了事，亨利·奥尔奈·普拉代勒就忙得不可开交，心情也非常不好。迪普雷一直跟在他身后，听着他的吩咐，不敢反驳。他应该动作更快一点，雇用更少的员工，只要没人发现就钻各种空子。自从雇佣迪普雷以来，普拉代勒就承诺给他涨工资，可是这件事一直没有落实。相反，他会常说："迪普雷，我能信任你吧？"

"部长大人至少也应该来个电报通知一下啊！"保罗·沙博尔抱怨道。

他摇了摇头，心想：把我们都当什么了？我们都是为共和国奉献的人，至少也应该提前通知一下才对。

然后，他们离开了火车站。正准备上车的时候，身后传来一个低沉又嘶哑的嗓音：

"你们是公墓的人吗？"

这是一个有些年老的男人，脑袋很小，身体却很大，看起来空荡荡的，就像是被吃过的家禽的骨架。他的上肢很长，脸色红润，额头很窄，短发搭下来，差不多低到和眉毛连在了一起，脸上一副忧伤的神情。要补充说明的是，他的穿着像个十足的傻瓜，尽管天气很冷，他那身过时的战前男士礼服仍然敞开着，里面还有一件栗色的天鹅绒夹克，衣服上面沾满了墨渍，仅剩的两颗扣子还掉了一颗。身下的灰色长裤没有任何样式，最为特别的，就是那双巨大的鞋，尺寸大得夸张，大到几乎像《圣经》里的鞋。

四个人看得都说不出话来。

吕西安·迪普雷第一个反应过来。他向前迈了一步，伸出手，问道：

“你是梅兰先生吗？”

内阁专员的舌头抵着牙龈，发出很小的声音，就像是为了剔出牙缝里的食物一样，嗤的一声。得花点时间来明白他想要干什么，事实上，那不过只是弄假牙的动作，一个足以令人恼火的习惯性动作；去公墓的路上，他一直在这样做，不免让人想给他一根牙签。从他的旧衣服、又大又脏的鞋以及整个面容中能预感到，而且从火车站一出发就可以确定：这个男人闻起来不太好。

在路上，罗兰·施耐德正好可以大刀阔斧地评论他们现在正在穿越的地区，全都是些关于军事地理战略的理论。就像没有听到一样，话才到一半，约瑟夫·梅兰就打断了他，问道：

“中午……我们可以吃鸡肉吗？”

他的话中带着一些鼻音，还有些不客气的味道。

1916年，凡尔登战役开始了，十个月里死了三十万人，夏齐埃-马尔蒙离前线不远，战时还有路可以通，离战地医院也很近，于是成了埋葬死亡士兵的理想之地。不断变化的军事驻扎地以及战略上的风云巨变使这里好些地方数次陷入混乱，在这四面广阔的土地上埋着超过两千具尸体，然而，没有人真正了解具体的死亡人数，甚至还有人说五千，这也不是不可能的，这场战争已经打破了所有的纪录。这些临时的墓地使得档案记录、设计方案、清单统计建立起来，但是，在这十个月里有一千五百万或者两千万的炸弹掉到你的脚下，有时候，每三秒就有一个炸弹掉下来，处于这种悲惨可怕的环境下，还要埋葬比预计两百倍以上的士兵，这些档案记录、设计方案和文件的价值就显得有限了。

国家决定在达尔梅维尔建立一个大型的公墓，以缓解附近墓地的压力，尤其是夏齐埃-马尔蒙。由于不知道要挖掘、运送和重新在公墓里安葬多少具尸体，所以很难去制定一个合同。政府选择了一次性付清所有费用。

这是一笔双方都满意的买卖，没有竞争，普拉代勒获得了最后的竞标。他计算过，要是人数达到两千的话，那么赚的钱就可以用来支付修理萨勒维耶的马厩一半的钱了。

如果有三千五的话，就可以修复整个马厩。

要是超过四千，他还可以翻修鸽棚。

为了讨好老板，迪普雷带了二十来个塞内加尔工人到夏齐埃-马尔蒙，普拉代勒上尉（迪普雷仍然这样称呼他，已经是一种习惯）当场就决定雇用这一小群额外的工人。

工地开动了起来，在士兵家属的要求下，工人们开始了挖掘工作，确保能找到那些死亡士兵的尸体。

全部家属都在夏齐埃-马尔蒙下了车，行进的队伍中哭泣声、呻吟声不断，惊惶不安的小孩和弯腰驼背的年迈父母平稳地走在排成直线的木板上，以避开满地的泥浆；十分不凑巧地，在这一年的这个时期里，天一直都在下雨。然而，这也有好处，在倾盆大雨中，挖掘工作变得很快，没有人能够真正坚持很久。为求慎重起见，原本议定将这份工作托付给法国工人，因为如果是由塞内加尔人负责的话，某些家庭会相当震惊：工人们会不会将挖掘他们儿子的工作看成是一件不重要的事，到底应不应该信任这些黑人呢？在到达公墓的同时，他们远远地看到，全身湿透了的黑人正在铲开泥土，转移货箱，小孩们的眼睛一直盯着那里看。

家属的队伍在那里停留了很久。

每一天，普拉代勒都要打电话询问情况：

“好吧，迪普雷，这些破事儿就要完成了吧？我们什么时候开始呢？”

接着，工作最重要的部分开始了，那就是挖掘出其他士兵的尸体，运送到达尔梅维尔军事公墓。

这项工作不简单。尸体已经按照规定编号分类，这不存在问题，因为刻有士兵名字的十字架仍然在制作中，而且还有其他的一批人还需要确定。

靠着找到的军人身份确认牌，许多士兵已经被安葬好，但是并不是全部，还远着呢；往往，从他们身上或者口袋里发现的物件来对他们真正的身份进行调查，然后将尸体放到一边，排好编号，等着最后的结果，人们会找到所有的东西，有时候想要挖的地方太多，就只能找到很少的东西……于是，就只能刻下“无名士兵”。

工地的工作有条不紊地进行着。工人们已经挖出了将近四百具尸体。满满一车又一车的木棺被运送到目的地，一组四人的团队负责转载和固定，另外一组人将木棺抬到墓地附近，然后转移到货车上，再运送到达尔梅维尔公墓，在那儿，普拉代勒公司的人就可以着手埋葬的工作。他们中的两个人负责汇编、记录和统计。

内阁专员约瑟夫·梅兰走进了公墓，他就像是带领一个迎神队伍的圣人。当走过水坑时，他的那双巨大的鞋溅起了不少泥水。正是这个时候，大家才发现他拿着一个很旧的皮包。尽管皮包里塞满了各种文件，但是它看起来就像一张纸，快要从他的长手臂的边缘飞出去。

他停下了脚步。在他身后，迎神队伍也停了下来，大家都有些担心。他看了很久周围的环境。

一股尸体腐烂后呛人的味道弥漫在整个公墓的上空，直接向你扑过来，就像一朵被风吹过的云，混合了一种刚从土里挖出来的木棺的味道，又或是一种物品在长时间放置后的味道，必须立马当场烧掉。天空的云层压得很低，天气十分阴沉，到处都是正在转移的木棺和正弯着腰在挖土的人。两辆卡车的发动机一直运作着，这时，工人们用尽全力徒手从下面拉起木棺。梅兰动着假牙，牙齿嗤嗤作响，看过去，还有两片起皱的厚嘴唇。

这就是他现在所处的状况。

作为政府职员近四十年的他，现在正面临着退休，因此，政府便派他来公墓巡视。

梅兰接连为移民地部、总军需部、商务部副秘书长办公室、工业产业部门、邮电部邮政总局、农业与粮食部工作过，三十七年的职业生涯，三十七年都被丢到全国各地去，错过了一切，他被曾经所有的职业一一打败。梅兰也不是一个讨人喜欢的人，一年到头都沉默寡言，还有一点儿爱卖弄学问，不仅傲慢，脾气也很坏，要和他开玩笑的话……在他那傲慢的态度和狭小的气量下，这个长得丑陋，令人讨厌的男人不断助长着同事的恶意，同僚们向上司打小报告报复他。一上任，他就立马有了一个任务，接着，大家开始厌烦他，因为很快就发现他太滑稽可笑，令人不舒服。他思想过时，行为守旧。最后，人们就会在背后嘲笑他，给他取一些绰号，开他的玩笑，他无法逃避这一切。然而，他从来没有犯过错，他在管理方面还有很好的业绩，到现在他也还继续更新着这份功绩，他总是不停歇地、反反复复地讲述自己高明的行为，为这个悲惨的职业辩护，为不求回报的大公无私找借口，被人瞧不起也心甘情愿。他从某一个职位到另一个职位的过渡就像一场永无止境的恶作剧。

想必他每次都挥动手杖，声音洪亮、愤怒呵斥，准备和整个世界大干一架，他实在让人感到害怕，特别是对女人来说。现在，女人都不敢再靠近他，她们想要的是能陪伴的人，这个男人是不可能的。要怎么解释呢，老实说，这个男人看起来一无是处，相当令人讨厌。没有任何地方愿意留下他。在他的生命中，只有很短的一段发光时期，那就是和弗朗辛的相遇，那一天是7月14日，不过，在随后的万灵节那天，弗朗辛和一个炮兵上尉跑了。这就是他全部的故事，已经过去了三十四年。巡视和检查公墓的工作结束后，他就要结束自己的事业生涯了，这件事没有什么令人意外的。

梅兰来到战争抚恤、津贴与生活补助部已经一年了。政府派遣他干了一个又一个的活儿，接着某一天，他收到了来自军事公墓的那些烦人的消息。一切都进行得不太正常，省长通报了唐皮耶的反常情况。可是，第二天他又收回了汇报，但是这引起了高层的重视。内阁必须得确认国家将纳税人的钱用到了实处，落实了制定好的各项条款，给予祖国的儿子们庄严的安葬等。

“他妈的，真该死！”看着眼前的这一幅被蹂躏的景象，梅兰说道。

因为他是这个任务的负责人，他很适合这个其他人都不想要干的工作，成为这个大型公墓的指挥。

图尼耶军士听到了他在说话。

“不好意思，我没听清楚。”

梅兰转过身，看着他，嘴里发出嗤嗤的声音。自从弗朗辛和她的上尉跑了后，他就讨厌关于军队的一切。他回到公墓的环境中来，突然意识到自己正站在这里，大脑里有一种理应要做些什么的感觉。代表团里的其他成员有些茫然不知所措。最后，迪普雷大着胆子说道：

“我建议我们先……”

但是梅兰却站在那儿，和一棵树一样，立在这个令人悲痛的景象前，而这个场景正非同寻常地回应了他对困扰的适应。

于是，他决定加快事情的进程，了结这个惹人讨厌的义务。

“狗屎。”

这一次，所有人都清楚地听到，没人知道该怎样结束这个话题。

“1915年12月29日，法律条文颁布后开始实行户口登记；1916年2月16日，政府通函发布后正式建立个人档案；1920年7月31日，财政法第106条款颁布后遵循权利所有者法案，嗯。”梅兰一边说道，一边还这里写写那里画画。现场的气氛有些紧张，但是一切都正常地进行着。只不过这个人像一只臭鼬，身上散发出难闻的味道；当在储存户籍身份的木棚里只有你和他两个人的时候，那真是难以忍受。尽管冰冷的狂风猛烈地吹进房间，也不得不让窗户一直大开着。

梅兰开始检查公墓，围着墓坑走了一圈。保罗·沙博尔连忙将雨伞撑到他头上，脸上一副吃力的表情，但很难预料到内阁专员接下来的动作。他突然转变方向，让这个自己也在躲雨的手下措手不及，十分泄气。梅兰没有察觉到，雨水从头顶淌下来，他看着墓坑，完全不知道要在那儿检查什么。嗤嗤，嗤嗤。

接着，大家来到木棺旁边，向他详述着制造过程。他戴上眼镜，镜片灰灰的，还有些划痕，就像腊肠的外皮；他比照着档案、登记表以及贴在棺材上的标牌，嘟囔着：“好吧，就这样吧，也不能一整天都花在这上面。”他从包里掏出了一块很大的手表，没有通知任何人，就迈着坚定的步伐，大步走向了行政管理的大棚。

中午的时候，他就填完了审查表。看着他工作，就可以很好地理解为什么他的夹克上全是墨渍的痕迹。

现在，所有人都得签字。“每个人都过来做好自己的事！”军士图尼耶雄赳赳气昂昂地通知道。

“没错。”梅兰回答。

这是一场客套的对话。棚子里，所有人都直直地站着，接受着墨水的洗礼，就好像出殡那天洒的圣水一样。梅兰将他那粗大的食指放在登记册上。

“家属代表签这边……”

全国退伍军人协会向政府充分地履行了职责，在差不多全国各地充当政府的代表。梅兰向罗兰·施耐德投去一个阴沉的目光，看着他签上了字。

“施耐德，听起来是个德国名字，是吗？”最后，他问道。（他用德国口音发出“施耐德”的读音，强调自己的意思。）

听者立马表现出想要争辩的情绪。

“这也不重要，”梅兰再一次指了指登记册，打断了对方，“这里是文职官员……”

他的话泼了对方一身的冷水。签字在一片沉默中结束。

“先生，你的意见……”刚回过神儿的施耐德说道。

但是这时，梅兰已经站了起来，走过了两个人身边，俯身靠近他，用那双巨大的灰眼睛盯着他，问道：

“餐馆里……我们可以点些鸡肉吗？”

鸡肉是他存在的唯一乐趣。他的吃相很差劲，滴在身上的油脂就像墨渍一样，补全了整身衣服的污点，他从来不会脱下那件夹克。

在进餐期间，除了施耐德一直在还嘴，其他所有人也都想要能接上话。梅兰的鼻子快顶到盘子里了，他像猪一样发出咕噜咕噜的声音，假齿也嗤嗤作响，这很快就打消了大家的斗志。然而，审查工作已经过去了，即使内阁专员令人讨厌，气氛还是一下就缓解了过来，营造出了一种类似欢快的氛围。工地的开展不算特别困难，但难免会遇到一些小麻烦。在这种类型的工作中，没有什么和事先预计的一样，即使条款再详细，也不可能让你一开始工作就立马看到实实在在的事物。就算尽职尽责，意料之外的事情也会突如其来，因此需要果断的态度，做出一些决定，何况，由于已经开始采取某种方式，就不可能再走回头路……

现在，大家都希望这个公墓能空出来，让每个人快点完成任务。审查工作以一个积极的、使人安心的评定结束。每当回想起来，不免还有些令人担心。所有人都大吃大喝着，用的都是公家的钱。即使施耐德不再说话，忘记了刚才的羞辱，他也依然瞧不起这个粗鲁的政府官员，接着，他继续喝罗纳河谷产的葡萄酒。梅兰要了三次鸡肉，像个饿死鬼。他肥大的手指上沾满了油脂。当他吃完时，看也不看同桌的人，就将没用过的餐巾一把扔到桌子上，起身离开了餐厅。这个动作让所有人猝不及防，大家急急忙忙咽下最后一口，喝掉剩下的酒，结了账，核对了一下，付了钱，椅子也倒了一地，就跟着跑出了门。当他们来到外面的时候，梅兰正在对着汽车的轮胎撒尿。

在去火车站之前，还必须回到公墓去取回他的包和文件。火车四十分钟后就要出发了，没有理由在这里耗更长的时间，更别说天还下着雨，吃饭的时候雨倒是停了一小会儿，现在又重新下了起来，还很大。坐在汽车里，他没有向任何一个人问一个字，甚至是一句感谢迎接和邀请的话也没有说，真是个十足的无赖。

一回到公墓，梅兰就加快了脚步。那双巨大的鞋大大地压弯了悬于水坑上的木板。一只红棕色毛发的狗碎步向他跑来，梅兰没有看见，也没有放慢脚步，重心移到左脚上，晃着巨大的右脚，一下就踢到了狗的腹部上，狗大叫了一声，那声音在空中飘了一米远，然后狗摔了个仰面朝天。在它爬起来之前，梅兰跳起脚，踩到了一个水坑里，水没过了脚踝，为了让狗动弹不得，他将巨大的鞋踩到了狗的胸上。狗害怕被淹死，用尽全力叫了起来，在水里扭来扭去地张着嘴，咬着什么；所有人都惊呆了。

梅兰弯下腰，右手抓住狗的下颌，左手按住狗的嘴，狗发出尖细的声音，顽强地抵抗着。梅兰现在已经完全制住了它，一把将它放倒，在肚子上踢了一脚，接着掰开它的嘴，就好像是在对付一只鳄鱼，然后再猛地放开，狗在水里来回翻动后，重新又爬了起来，拖着肚子跑走了。

水坑有些深，梅兰的鞋完全浸到了水里，但他依然不在乎。他转过身，面向后面的人。他们站成一排，目瞪口呆，平稳地站在木质的板子上，一动不动。那时，他在身前挥起一根二十多厘米的骨头。

“这个，我知道，这可不是鸡的骨头！”

要说约瑟夫·梅兰是个如此粗鲁和令人讨厌的内阁官员，或者是不得志的公务人员的话，那么他一定还是一个兢兢业业的、深思熟虑的人，实际上，还不掺任何虚情假意。

他也没有什么情绪好表现出来的，但是这些墓地使他心碎。自从给他安排了这个没人愿意做的工作后，这已经是他第三个审查的墓地了。对他来说，战争的表现形式不过只是食品的定量供给和殖民地部的公务记录，而第一次的视察确实令人震撼。然而，长时间处在一种没有子弹威胁的状态下，他对自己的愤世嫉俗产生了怀疑。准确地说，这不是大屠杀造成的，在这一点上，人们还能承受得住，灾难和传染病使得大地上的一切成为废墟，带来了长久的毁坏，战争不过只是这两者的结合罢了。不，伤透他的心的是死亡的年纪。灾难杀死了所有人，传染病也造成了小孩和老人的大量死亡，而战争只是屠杀了大批的年轻人。梅兰完全没有预料到这样一个结果带给他的震惊。事实上，他身体里的某一部分停留在了和弗朗辛在一起的时期，在这个巨大的、不协调的空壳里，还住着当年那个年轻人的一小部分灵魂，那个青年和战争中死者的年纪相当。

大部分同僚都比他要愚蠢很多，从第一次到公墓来巡视开始，作为心细的内阁官员，他就发现了一些不同寻常的地方。他看到登记册里有许多有争议的东西，许多隐藏着的、前后不一致的地方，但是，又有什么办法呢？细想这个巨大的工作，看着那些全身都湿透了的、可怜的塞内加尔人，想着这个不可思议的杀戮，估计着死亡的总数，现在还需要挖出来转移走……难道还要吹毛求疵，不妥协让步吗？因此，人们都会闭上眼睛不去在意。这个悲惨的情况势必产生一种实用主义，梅兰认为只要这些各种各样不合法的行为悄悄进行就好，最后我们结束一切，结束这场该死的战争。

但是在那儿，夏齐埃-马尔蒙，焦虑会压住你的胸口，让你喘不过气来。通常情况，当你将两三个指标相互对照，就会出现这样的状况，例如，这些被扔在墓坑里的老棺材的木板，不是被烧掉而是直接埋在土里；木棺总数和被凿开的坟墓总数的比率；某一两天马虎的审查记录……所有这些都会让人不知所措，包括你那些还合理的思想或者还没有动摇的想法。于是，当你和一条狗相遇时，它正好蹦蹦跳跳的，像一个舞者，嘴里还叼着一根法国兵的尺骨，那么你一定会气得火冒三丈，急切地想要知道为什么会这样。

约瑟夫·梅兰放弃了坐火车回去，他要对这件事进行核实，要求解释。施耐德吓得流出了汗，就像夏天一样，保罗·沙博尔不断地擤着鼻涕，每一次内阁专员问话时，只有军士图尼耶继续敲着脚跟，他骨子里就这样，这个动作没有意义。

所有人都将眼神不停地投向吕西安·迪普雷，他却看着自己没有希望的前途和未来。

账单的统计、信息的记录、货物的清查，这些梅兰都不让别人帮忙。他走了很多地方，去了木棺存放地和仓库，甚至还有墓坑。

然后他再回到存货地。

人们远远地看着他靠近、离开、返回，他挠着头，三百六十度看着每个地方，就好像正在解一道数学难题；这种气势汹汹的态度让人头疼，这个人还一个字都不说。

最后，他只叫了一声：

“迪普雷！”

每个人都感觉到真相就要被揭晓了。迪普雷闭上了眼睛。普拉代勒上尉曾经向他一一说明过：“他看他的工作，他检查他的，他记他的，不用在乎，知道了吗？相反，那些存货，你给我藏好……我能信任你吧，迪普雷？”

于是迪普雷就做了接下来一系列的事：迁走货物，移到市里的仓库里，这花了两天的时间，除非他的脸实在是不能让内阁专员相信，而专员又知道要去计算，或者重新计算，分析数据信息，那么这件事就不会拖得太久。

“我看好像少了一些木棺。”梅兰说道，“甚至还不少呢，我特别想知道你们都放到哪儿去了？”

这一切都是由于那只蠢狗，它时不时就会来这里找东西吃，应该就是那一天，直到人们向它扔去石头，可能还打了它；作为人类来说，看看吧，这都到了什么地步。

一天就这样结束了，这个时候的工地，四下无声，所有的工作人员都离开了，梅兰从市里的仓库回来，简单地说了几句，他还有事情要做，今晚就睡在存放个人档案的木棚里，这没什么大不了的。接着，他又大步走上了公墓的小道，迈着果断的老人的步伐。

在跑去给普拉代勒上尉打电话之前，迪普雷最后一次回到这里。

在那儿，远远的地方，梅兰手拿着登记册，在公墓北面的地方停了下来。最后，他脱下了外套，合上登记册，接着用外套裹着登记册，放到地上，抓起一把铁锹，用那双巨大的、满是污泥的鞋用力一踩，整个铁锹头都陷进了泥土里。

# 25

他去哪儿了？他有没有认识的熟人，那些从来没有提到过的朋友，他到底躲到谁家里呢？没有吗啡，他怎么办？他会去找吗？也许他最后回到了自己的家，这是最合理的解决方法……除非爱德华失去理智。阿尔伯特自问着，而且，战争前，他又是怎样的呢？是个什么样的人呢？为什么阿尔伯特本人没有在那场盛宴中向佩里顾先生多问一些问题？他有权利了解战友的一切吗？

但是，在回答这些问题之前，他到底去了哪儿呢？

爱德华已经离开四天了，这些想法从早到晚一直纠缠着阿尔伯特。脑子里翻滚着他们生活的画面，两个人就像是在一起多年的伙伴。

说实话，其实他并不想爱德华。爱德华的消失意外地带来了一种精神上的缓解，对战友一堆又一堆的责任瞬间化解，他松了一口气，觉得自己重获自由。只不过，他内心怎么也安静不下来。

他又不是我的小孩！他心想。然而，如果细想爱德华的不独立、不成熟和固执的话，他的那些关于战争纪念碑的想法是多么愚蠢啊！阿尔伯特看到了真正的问题所在。且不说他怎么就有了这个想法，说到底，这可以理解，但是他像所有人一样想要占得上风。当他对阿尔伯特的那些道理持冷漠态度的时候，整个空间都笼罩着一种神秘的气氛。为什么他就不理解现实和幻想的差别呢！老实说，这个男孩不脚踏实地，富人家的孩子都是这样的，就好像现实和他无关。

潮湿严寒的天气侵袭了整个巴黎。一天过去了，阿尔伯特乞求有人能来换掉他的那些变得越来越大而且非常沉重的广告牌，但一点办法也找不到。早上的时候，一到地铁站附近，他就得戴上这些木板，吃快餐的时候才能换下来。那些大部分刚退伍的、还没有找到正常工作的人成为这些公司的员工，同一个街区就有十来个，还有一个监察员，这个可恶的人，他总是藏在周围某个地方，随时跳出来拍你的肩膀，或者突然出现威胁你，要是你不能够立马走遍所有地方，就会把你扫地出门。

一个星期二，他在老佛爷商场和圣奥古斯丁地铁站之间的奥斯曼大道来回走（一头写着：拉维巴——色彩斑斓、光艳夺目的长筒袜；另一头写着：利普，利普，利普，啊哈——胜利之表）。早晨大概10点的时候，雨就下了起来，一直到晚上才停。阿尔伯特走到了帕基耶尔街的转角处，即使是一个很小的停顿，要从包里掏出他的帽子来，这样的行为都是被禁止的，他必须不停地走。

“你们的活儿，就是这样，快走，你不是步兵吗？这不都一回事儿吗！”监察员说道。

但是雨下得很大，还很冷，阿尔伯特右瞧瞧，左看看，接着向后一退，背贴到一栋楼的外墙上，一屈膝广告牌的底部就碰到了地面；当那个庞然大物扑过来的时候，他正弯下腰取下广告牌，准备将头从连接两块木板的皮绳中间穿过。那个物体正面撞向了他。

撞击十分猛烈，他的头向后一仰，身体也跟着往后动，后脑勺撞上了一堵石头墙，广告牌四分五裂，掉了下来，皮绳缠在一起，阿尔伯特快喘不过气来了。他挣扎着，就像一个快要淹死的人，无法呼吸，本来就十分沉重的广告牌一下压到了身上，板子折叠着，没有办法移开；他试着直起身体来，皮绳却紧紧地缠住了他的脖子。

突然，大脑里闪过一个念头，他十分惊愕：这和掉到弹坑里的情形完全一样，不安、压抑、无法动弹、令人窒息，也就是说，最终自己还是会这样死掉。

他惊慌失措，动作也变得混乱，想要大叫却叫不出来，这一切来得很快，太快了，而且还如此猛烈；他感到有人正抓住他的脚踝，像是要从瓦砾中把他拉出去，缠在脖子上的皮绳也越来越紧；他试图伸手到下面去抓，想要找到一点儿可以呼吸的空间，然而木板撞击头顶的力量非常强烈，还有一声回音，突然，一束光芒射进来，皮绳也松开了，阿尔伯特用力地呼吸着，想要吸进更多的空气，他开始咳嗽，有一种忍不住想要吐的感觉。他力图保护自己，但是要怎么办呢？全力挣扎搏斗的他，就像一只被蒙上眼睛的、感到危险的小猫；睁开眼睛的那一刹那，他最终明白了：刚刚向他袭来的庞大物体渐渐明显起来，那是一个扑过来的人，一个满脸愤怒的、眼睛瞪得大大的人。

安东纳普洛斯吼道：

“浑蛋！”

在他肥胖的身躯里以及厚实又下垂的脸颊上爆发出猛烈的怒火，眼睛射出的光芒像是要将阿尔伯特的头完全刺穿。这个突然猛烈撞击阿尔伯特的希腊人正扭动着身体扑过来，用力地坐到广告牌的残骸上，巨大的屁股碾碎了木板，一把抓住阿尔伯特的头发。希腊人熟练地擒住猎物，然后开始用拳头捶打对方的头。

第一下，眉骨裂开，第二下，嘴唇裂开，阿尔伯特立马就尝到了血的味道，他还是无法动弹，希腊人继续压制着他，不断地吼叫着，一个字一个字从嘴里喷出，打在阿尔伯特的脸上。一，二，三，四，阿尔伯特突然呼吸停止，叫声仍然不断，他试图转过头去，普洛斯的拳头又用力地打在了太阳穴上，接着，他就失去了知觉。

四周的喧闹声、喊声越来越大……

行人们都过来劝阻，有三个人推开了大喊大叫的希腊人，他往侧面滚了出去，最后阿尔伯特得救了，行人将他平放到人行道上。有一个人立马报了警，希腊人勃然大怒，他可不希望警察来，无疑，他想要的是这个躺在血泊中、失去意识的人的生命，杀死那个让他握紧拳头、喊着“杂种”的人。有人大叫安静，女人们看着这个满身是血，平躺在地上失去意识的年轻人，吓得往后退了好几步。这时，有两个男人，两个过路的英雄出现，从背后抓住希腊人，他就像一只被擒住的、四脚朝天的乌龟。有人叫喊着要给他教训，但是没人知道谁干了什么，现在大家已经谈论了起来。“据说是因为一个女人，你相信吗？”“挺住啊！你没事的，伙计，挺住，你们谁来帮帮我！”那个力气大的希腊蠢货，他试着转过身来，像一只抹香鲸，但是他的体积太大了，实在是会伤到人。有一个人说，无论如何，必须叫警察来！

“警察，不准叫警察！”希腊人指手画脚地喊道。

“警察”这个字加重了他的愤怒和坏脾气。他一挥手臂，就打到了其中一个好心人的背上；女人们挤在一起，尖叫着，狂喜着，同时还向后退着。一番争论后，所有人仍然无动于衷，最远处有几个声音：“他是土耳其人？”“当然不是，是罗马尼亚人！”“谁说的！罗马尼亚人就和法国人一样，不，这，这是土耳其人！”一个似乎了解情况的人反驳道。“啊！土耳其人，我就说吧！！”第一个人狂喜地说道。最后警察来了，这两个警探询问路人到底怎么回事，这个问题实在是太愚蠢，因为这太明显了，很容易就可以知道这里有个人，大家想要制止他杀死另外一个躺在四米开外的、不省人事的人。“好，好，好，我们会看着办的。”警察说。事实上，这得不到任何结果，因为事情发展得太快了。刚才行人们控制住了希腊人，这会儿他们看着穿着制服的警察向这里跑过来，于是就放开了他。他不再需要翻滚、跪在地上或者站起身，在那儿，没人可以阻挡他，就像一辆高速行驶的火车，你可能会被碾轧，没人敢去冒险，特别是警察。希腊人又向阿尔伯特发起了猛烈的进攻，失去意识的阿尔伯特大概察觉到了新一轮的危险。事实上，那个时候阿尔伯特还没有缓过来，他闭着眼睛，像梦游一样轻轻晃着头，就在安东纳普洛斯靠近的时候，他滚了一圈，爬了起来准备跑，踉踉跄跄地在人行道上越跑越远，希腊人还在后面一直追着。

所有的路人都很失落。

大家正为这件事打着赌，而主角们就已经跑不见了。所以他们都对逮捕和审问很郁闷，总的来说，大家都参与了这件事，总得知道最后事情的结局吧，难道不是吗？只有警察不觉得失落，他们放下武器，任由事情的发展，不管怎样，只希望这两个人继续向前跑，一个追赶另一个，越久越好，因为过了帕基耶尔街就不是他们的执勤范围了。

你追我赶的状态很快就结束了。为了看清楚，阿尔伯特用袖子擦了擦脸，他跑的样子就像是命悬一线的感觉，极其快，希腊人太胖没有赶上他，不一会儿，他就被甩开了两条街，然后三条、四条，阿尔伯特向右跑，接着往左转，只要不是转个圈回来又撞到安东纳普洛斯就好，他已经不再担心了，如果不考虑被打碎的牙齿、开裂的眉骨、血肿、恐怖的情绪和肋骨的疼痛等等的话。

这个流着血、走路摇摇晃晃的人立马又引起了警察的注意。在行人之间，不安的情绪已经传开。在明白已经成功拉开行凶者和自己的距离以及意识到他造成的这个糟糕的结果后，阿尔伯特在斯克里布大街的喷泉处停了下来，捧了些水浇在脸上。这个时候他才开始感觉到疼痛，特别是眉骨的地方。他没有办法止住血，即使用袖子紧紧按住前额，到处都还是血。

房间里，一个戴着帽子、穿着漂亮的年轻姑娘独自一人坐着，紧紧地压住手包。阿尔伯特一进到等候室，她就转过眼神，要不被别人发现，这不太可能，因为在这里只有他们两个人，而且还面对面。她转过来转过去地看着窗外，实际上外面什么也没有，接着还用手捂着嘴咳了几下，看着这个流血不止的男人，血已经从头流到了脚，这让她更加焦虑，大脑告诉她，这个男人一定是刚刚经历了不好的事。一秒都没到，房间的另一头就传来几个脚步声，然后有人说话，马蒂诺医生就出现了。

年轻的女人站了起来，然而又立马停在了原地。看着阿尔伯特的状态，医生示意了一下。阿尔伯特走上前去，年轻女人回到椅子上，一个字也没说，安静地坐着，像是被惩罚了一样。

医生什么也没问，测了脉搏，这里按按，那里按按，审慎地做了一个诊断："你被揍得不轻啊……"接着便用棉塞和纱布堵住牙齿处的裂口，嘱咐他去咨询牙科医生，最后缝合了眉骨处的伤口。

"十法郎。"

阿尔伯特把口袋底翻了出来，趴在地上，捡回掉出来滚到椅子下的几个硬币，医生一把抓过所有钱，离十法郎还远着呢，他耸了耸肩，无奈地让阿尔伯特赶快离开，一个字也没说。

恐惧立马笼罩在阿尔伯特的头上。他一把抓住大楼外可以通过车辆的大门，防止自己跌倒，人群开始在他周围来来回回走动，心脏怦怦跳，呕吐感向他袭来，有一种马上就要融掉或者是掉进地下的感觉，似乎陷进了流动的沙里。头昏脑涨，难以忍受。他睁大着眼睛，手按着胸口，可以说就和一个心脏病突发的人一样。接着，门房立马跑了过来。

“你不会要吐在行人通道上吧？”

他无法回答他的问题。门房看着他刚缝合的眉骨，点了点头，眼睛看着天空，心想，没有人比他看起来更娇气了。

发作没有持续下去，虽然强烈，但很短促。在被埋后的那几个星期里，1918年的11月、12月，他经历过一样的状况。即便是夜晚，他也会被惊醒，梦到自己在土里窒息而死。

他走在路上，街道在四周摇晃，周遭看起来都是新的，比真实的更加模糊，更加扑朔迷离，眼前到处都是跳动着的、摇曳着的画面。他摇摇晃晃地走向地铁站，每一声每一响都让他心惊胆战，他转头往后看了二十遍，提防着可能会随时出现的肥胖的普洛斯。真是倒霉，在同一个城市里，有可能二十年都不会遇到一个老朋友，而他却撞见了这个希腊人。

阿尔伯特的牙齿开始剧烈地疼痛起来。

他在一家咖啡馆停了下来，想要立马来一杯卡尔瓦多苹果酒，但是就在点酒的时候，才意识到钱全部都给了马蒂诺医生。于是，他从咖啡馆出来，准备去坐地铁，不通气的地铁让他快要呼吸不过来，一阵极度不安的情绪压住全身，接着他回到了地面，走路回到了家，他疲惫不堪，全身一直哆嗦，一边回想着一边还不停含糊地说着今天遇到的所有事情。

通常，他都会大发雷霆，说不定还会在第一次见面就杀了他，这个该死的希腊人！但是一般情况下，他会沉思，将生命比作是一种无法形容的灾难，打心底认为自己很渺小，感到无法逃脱这一切，抗争的意志也被打倒。

他看着镜子里的自己，整张脸肿了起来，到处都是淤青，就像一个苦役犯的头。前不久，战友也同样看到镜子里的不堪的自己。阿尔伯特将镜子扔到地上，没有一丝愤怒，捡起碎片，然后扔掉。

第二天，他什么也没吃，整个下午都在客厅里转着圈，就像旋转木马一样。每当回想到这一个插曲，害怕的感觉就重新侵袭过来。那些愚蠢的想法在大脑里挥散不去：希腊人一定会找到他，通过打听，找老板询问，来到这里讨债，然后杀了自己。阿尔伯特跑到窗边，但是没有看到普洛斯出现在外面的街上，那里只有房东的屋子，像往常一样，贝尔蒙夫人站在窗边，眼神呆滞，回想着过去。

未来一片黯淡，没有任何希望。没工作，希腊人还会尾随自己，他必须搬家，还要找一个别的工作。说得好像这件事很轻松一样。

接着，他消除了疑虑，希腊人来找他这件事显得十分可笑，不过是一个幻想罢了。首先就是，他干吗找我呢？难道还要发动家里人和所有的同行一起来找那个装着安瓿瓶的纸盒吗？还不要说里面的吗啡已经完全所剩无几了。这实在是太过滑稽了！

但是阿尔伯特脑子里想的和他身体表现出来的完全不一样。他开始抖动起来，不理智的害怕显得没有任何道理。时间一分一秒地过去，夜色降临，鬼魂出没，他感到恐惧不安。黑暗造成害怕加剧，这摧毁了他剩下的那一点儿理智，惊恐的气氛又跑了出来。

房间里，孤身一人的阿尔伯特哭了出来。关于他生命中的眼泪，大概可以写成一本书。这些绝望的眼泪漂泊在从伤心到害怕的海洋中，根据对生命和未来幻想的不同而不同，时而冷汗直流，时而沮丧侵袭，时而心悸，时而悲观，时而窒息，时而眩晕；他心想，自己既不能离开这个房间，也不能一直待在这里。眼泪加倍，越流越多。逃走，这个字突然出现在脑海里。逃走。越是到夜晚，想法就越来越多，这会摧毁所有其他的希望。他不再幻想未来，不仅仅是在这间屋子里的未来，还有在这个城市里，这个国家里所有的明天。

他跑到抽屉边，找出那些殖民地的照片和明信片。要重新开始新的生活。接着，爱德华的样子闪过脑海，阿尔伯特冲向衣柜，拿出了那个马头的面罩。他小心翼翼地戴上面罩，就像在搬运一件珍贵的古董一样。他立马觉得找到了一个躲避处，感到自己受到了保护。他想看看自己，希望能从垃圾桶里翻出足够大的玻璃碎片，可是这不太可能。于是，他只能站在窗户前，看玻璃里反射出的样子，那是一张马的脸，害怕的情绪不再流露出来，一种亲切的温柔感染了他，全身也渐渐开始放松。他觉得越来越舒适，眼帘放低，看向院子另一头刚才站在窗边的贝尔蒙夫人。现在，她已经不在那里了。那儿只有从很远的一间房子的窗户里透出来的一点儿亮光。

接着一切突然变得明亮起来，一目了然。

阿尔伯特必须在取下马面罩前深深地呼吸。他感到一阵令人不舒服的寒冷。当火长时间处于熄灭的状态下，炉子储存热量，保持整个房间温暖，如同这些火炉，阿尔伯特也积攒了一点儿还能够打开门的力气，胳膊夹着面罩，缓缓地走下楼梯，揭开篷布的那一刻，他发现装着吗啡的盒子不见了。他穿过院子，走过好几米的过道，现在，夜空完全一片漆黑，紧紧夹着马面罩的他按响了门铃。

贝尔蒙夫人过了很长时间才来应门。她发现是阿尔伯特，一个字也没说就开了门。阿尔伯特走了进去，跟在她身后，穿过走廊，映入眼帘的是一间合上百叶窗的房间。路易丝在一张儿童床上睡着，这是一张长度合适的床，她睡得很沉，双腿蜷曲着。阿尔伯特靠近她，在睡眠的状态下，这个孩子实在是出奇的美丽可爱。地上，在那个白色的被单下，幽暗的光线带着象牙色，爱德华平躺在那儿，睁大双眼盯着阿尔伯特。在他身边摆着装有吗啡的盒子。阿尔伯特再熟悉不过，很快就发现吗啡的数量没有减少太多。

他笑了笑，戴着马面罩就向爱德华伸出手去，带他离开。

快到午夜了，爱德华坐在窗前，阿尔伯特坐在他的身边，专心致志地将纪念碑画册放在膝盖上，接着看了一眼朋友的头，还真是拿他没办法。

阿尔伯特说道：

“好吧，你给我好好解释一下。你这些纪念碑的事儿……你怎么看？”

爱德华开始在一个新的聊天本子上写了起来，一旁的阿尔伯特随手翻了翻画册。他们都在研究问题，在这件事中，一切都是可以解决的。不需要建立一个真实的公司，只需要一个银行账户就好了；也不需要办公室，只需要一个邮箱。要考虑的就是怎么在有限的时间里给客户展示一个有极大吸引力的促销……然后立马带着钱逃跑。

只剩下一个问题，很大的问题：毕竟要有钱才能开始做生意。

恰恰爱德华就不明白为什么资金问题这么重要，之前就是这一点让阿尔伯特表现出愤怒，而现在这个障碍看起来却不重要。毫无疑问，这和阿尔伯特的现状有关，淤青的血肿、缝合的眉骨以及被打肿的眼睛等等……

爱德华又想起了好几天前阿尔伯特离开这里，然后又带着失望的心情回来；他幻想阿尔伯特一定是为了一个女人而悲伤。另一边，阿尔伯特寻思着，应不应该为了一个一时的愤怒而做出这个决定？要不要明天就发布买卖合同，或者说再过几天？但是爱德华几乎没有选择，如果他想要投身到这场冒险中（天知道他怎么有这么强烈的欲望），那么就需要表现得好像战友的想法是经过深思熟虑的，然后手指交叉，祝福他成功。

在交谈中，阿尔伯特表现得很正常，也很有理智，说了一些十分合乎情理的话，只不过正好在说话中，突如其来的寒战让他从头到脚都震动起来，尽管室温不再维持，他还是出了很多汗，特别是手心。这一刻，两个男人同时现身，一个像小兔子一般打着哆嗦，那个惨遭活埋的法国士兵；另一个，前银行会计，则在思考和计算。

到底怎样才能弄到做生意的钱？阿尔伯特盯着那个马的头看了很久，那个头也安静地看着他。这个平静的、亲切的眼神给了他鼓励。

接着，他站了起来。

“我想我应该找……”他说道。

他走到桌子边，在桌上腾出一点儿空间，动作很缓慢。

接着，他坐了下来，在面前拿出一张纸、墨水、蘸水钢笔，思考了半天，然后在纸的顶端靠左边的地方写下自己的姓名和地址后，他继续写道：

尊敬的先生：

在上次邀请我拜访的期间，您热情地向我推荐了您其中一个公司的会计职位。

如果这个提议还在的话，我很愿意……

1920年3月

# 26

亨利·奥尔奈·普拉代勒，思想简单，为人粗鲁，自以为是，他的粗俗常常弄得对方十分泄气。比如，他总是忍不住认为比自己矮一些的莱昂·雅尔丹-博勒的智商很低。莱昂对于被剥夺了才智感到羞耻，所以普拉代勒总是能在争论中获胜。在这场至高无上的霸凌中，除了身高的问题，还有另外两个原因，一个叫作伊冯娜，一个叫作丹妮丝，他们分别是莱昂的妹妹和妻子，这两个女人都是亨利的情妇。第一个和亨利在一起一年多了，第二个则是从亨利结婚的前一天才开始的。婚礼的前一天，亨利觉得十分刺激，就连婚礼都变得可以忍受了。自那天以来，他总是得意地告诉他的好友们："雅尔丹-博勒家里，就只有他母亲没有搞到手了。"这个笑话引起所有人大笑，因为雅尔丹-博勒太太是个保守的、品格高尚的母亲。亨利带着一贯粗鲁无礼的腔调，还不忘补充道："这就是原因。"

总之，十足的傻瓜费迪南·莫里厄和性能力低下的莱昂·雅尔丹-博勒，亨利根本就不把这两个合伙人放在眼里。直到现在，他都行动自如，不受约束地筹备着一切，众所周知，他的办事方法灵活而快捷，而所谓的合伙人只满足于收到他们自己的分红。亨利也不会告知他们任何具体的情况，这是"他"的公司。他很容易地就绕过了许多障碍，现在还不需要急着去考虑这些事。

“只不过，这一次更加麻烦了。”莱昂·雅尔丹-博勒说道。

亨利打量着他整个身体。当和他交谈的时候，亨利总是让自己站着，这样就会逼着莱昂抬起头，就像是为了看到天花板一样。

莱昂快速地眨了眨眼，想要说些重要的事情，但是面前的这个男人却让他感到害怕，所以他恨他。听说自己的妹妹和亨利睡过，他难以忍受，但是他还是为此会心一笑，就好像自己是帮凶，甚至还教唆亨利去干这件事情一样。当关于妻子丹妮丝的声音传到他耳朵里的时候，那又是另外一回事了。这种羞辱让他有了想死的心情。因为有钱才娶到了一个漂亮的女人，他从来就不对她的忠诚抱幻想，而奥尔奈·普拉代勒正好就是这个坏消息的主角，这比任何事情都要痛苦。丹妮丝，她呢，总是不会正眼看莱昂。她只是想要快点结束他们的婚姻，因为对方很有钱。从结婚的那一天开始，她的眼神里就表现出一种优越感，而他却没有任何办法来反驳她分房睡的决定，所以每天晚上都会关上自己的门，各睡各的。她想：他不是娶了我，而是买了我。她并不是冷酷无情，要知道，在这个时期里，女人们的态度都十分不屑。

至于莱昂，由于他们的奸情让自己的尊严受损，要时常近距离地见到亨利，这让他处于一种窘迫的状态。似乎这段夫妻的关系还不够多灾多难！他憎恨普拉代勒，以至于希望他们和政府那个奇妙得叫人难以置信的合作彻底失败，连最小的努力都不愿意付出——失去的不太可能对他造成伤害，他甚至想要合伙人面临破产的窘境。但是这不仅仅只是钱的问题，还有名誉的问题。从各处听到的声音让人十分不安。要是离开奥尔奈·普拉代勒，那么很有可能最后会和他一起去死，而这件事，永远不能发生！这样拐弯抹角地说话，没人知道真实的情况是什么，但是，如果要说到法律上来的话，那么这就是犯法……不法的行为！莱昂认识一个同届的同志，他被迫在省政府当一名公务员。

“亲爱的朋友，这似乎不太好，所有这些……”他带着担心的语调说道。

那真正的情况到底是什么呢？莱昂没能打听到，同样，这位在省政府工作的同志也不知道。或者说，更糟糕的是，他知道也不说。莱昂都已经想到了会被法院传讯。一个雅尔丹-博勒家族的人被传讯！这让他心神不宁。更何况他什么也没干啊！但是要去证明自己……

“为难，有什么让你如此为难的？”亨利冷静地说道。“这个，我不知道，我……不是应该你来告诉我怎样办吗？”

亨利噘着嘴，一副不知道情况的表情。

“汇报的问题……”莱昂又说道。

“啊，你是说这个啊？没事，什么问题也没有，都解决好了！只是个误会而已。”亨利叫喊道。

莱昂看起来还不准备要对这个话题放手。他坚持说道：

“就我所知的……”

“什么？你知道什么？啊？你知道什么？”亨利大声吼道。

毫无预料地，他的态度就从虚假的和善变成了恶言相向。莱昂最近这几个月都十分留意普拉代勒，他考虑过很多事，但都是些无关紧要的东西，比如他发现普拉代勒总是疲惫不堪，他不禁想到这都是丹妮丝造成的。不过亨利也有很多麻烦事，就算做一个疲惫的情人，也是一个快乐的情人。他总是很紧张，比起以前更加急躁，说一是一，说二是二，像这样突然发怒……

“要是问题都解决了，为什么你还是这么生气呢？”莱昂大胆地问道。

“亲爱的莱昂，我受够了承担责任，所有事情都是我自己处理的！费迪南和你，你们只关心自己的分红，是谁花时间来筹备、下命令、监管和付钱？你吗？哈，哈，哈！”

这笑声令人十分不愉快。莱昂一边想着这件事情的后果，一边回应着对方的话，就好像他看不见他一样，接着说道：

“能帮你再好不过了，是你自己不愿意接受的！你总是回答说你不需要任何人帮忙！”

亨利深深地吸了一口气。这算什么回答？费迪南·莫里厄不就是个傻子，莱昂则是个毫无才能的人，他身上没有什么值得期待的。说到底，如果不是因为他的姓氏、他的关系、他的钱，所有这些不相关联的事，莱昂算什么呢？一个被戴了绿帽子的人，仅此而已。不到两个小时以前，亨利才离开他的妻子……另外，这实在是太痛苦了，每当离开的那一刻总是要双手打开，展开双臂，这种装腔作势令人作呕……确确实实地说，他已经开始受不了这个家了。

“我亲爱的莱昂，这些对你来说太复杂了。复杂归复杂，但是你放心，这没什么好担心的。”

他想要让人安心，但是现在的态度又完全相反。

“毕竟我听说……”莱昂强调道。

“还有什么？省政府的人说了什么吗？”

“他们有些担心！”

为了让对方知道和明白这件事，莱昂果断地争论着，因为这一次不是关于妻子轻浮的琐事，他在普拉代勒公司的股份也不可能会下跌。这当中掺和了政治的问题，他担心自己会陷入一种无法控制的危险状况，最后只能无可奈何地选择被带走。

他补充道：

“公墓是个太敏感的事……”

“是吗？还真让人想不到呢。‘太敏感’！”

“当然，事关人命呢！现在，大家都很聪明，这是一个丑闻！这个议会……”莱昂指责道。

啊，这个新的议会！从去年停战以来，在11月最初的那些选举中，国民政团从退伍军人那里获得了压倒性的多数票选，几乎有一半之多。这是一个宣扬民族主义的爱国政党，又被称为“蓝色阵营议会”，因其所占席位的法国士兵的军服颜色而得名。

用亨利的话说，莱昂白踩到狗屎运了，这点他算是说对了。

正是因为这个多数派执政党，亨利才能在这个政府的买卖中捞到最好的部分，积攒财富的速度就像光速一样，还重建了萨勒维耶的老房子，四个月内就完成了三分之一，有些时候，现场的工人达到四十人之多……但是这些议员们仍然是他最大的威胁。这个英雄团体在他们“为国牺牲的死者”的所有问题上吹毛求疵。他们总是用一些高尚的词汇来形容这些事情！“啊，我们没法给退伍士兵支付合适的退伍金或者为他们安排工作，但是现在，我们应该要体现出我们的道德情感。”

这就是人们向他暗示的事情，是战争抚恤金和安置事务部向亨利要求的。不是命令他，而是“请求他”。

“亲爱的朋友，一切都像你想的那样吗？”

他是马塞尔·佩里顾的女婿，因此在对他说话的时候总是比较圆滑。和一个将军的儿子以及一个议员的儿子合伙，还得表现出礼貌的态度。

“哦，省政府的汇报……”

他假装在寻找回忆，然后突然一声大笑：

"哦，省长普莱尔泽科！不，没什么，小事一桩！不过我又有什么办法呢，政府里总是有些吹毛求疵的家伙，这个灾难是不可避免的。不，再说汇报这事已经结了！我亲爱的朋友，你想想看，省长几乎都道了歉。这都是过去的事了，真的。"

于是，他接受了这个所谓的知心话，或者说，分享了这个秘密：

"但是，还得小心一点儿，因为有一个内阁的小职员会来检查，那人可是挑三拣四，十分古怪。"

要记住的就这些了，"小心一点儿"。

迪普雷曾经给他描述过这个人：梅兰是个爱刺探别人隐私的人，一个守旧派。他看起来就像个坏蛋，疑心重。普拉代勒无法想象他到底是个什么样子，无法和他所知道的任何人比较。他是一个处于最底层的小职员，没有职业抱负，没有未来，最糟糕的，还总是想着报复。他们这样的人没有任何的发言权，也没人会听他们说话，人们只会藐视他们，甚至是同一部门的人。

"话是没错，"部里的人接口说道，"但是，说到底这也不是理由……他们常常有破坏的能力……"

接下来的沉默持续了很长时间，就像一根快要被扯断的橡皮筋。

"现在，亲爱的朋友，最好就是做得快，做得好。'快'是因为国家还有其他的事，而'好'是因为只要涉及我们英雄的事情，这一届的议会要求都十分高，这一点谁都知道。"

这是一个警告。

亨利只是笑了笑，接着一副明白的样子，立即打电话给巴黎通知所有的工头，先是对迪普雷施加压力，因为他是负责人，然后对每一个人施压，下了许多必须执行的指示，做了各种警告，或许还承诺了奖金。检查这样一个工作不太可能，因为在这之前，公司已经派人去了临时搭建的墓地，人数已经超过了十五个！而这之后，还有九个大型公墓，很快还会有八个呢！

普拉代勒观察着莱昂，从上面看下去，他突然回忆起了那个他曾经也好好打量过一番的士兵马亚尔，那个曾经掉进弹坑里的人，那个他回忆起自己站在同一个位置看到的人，那个为了讨好玛德莱娜，几个月后站在一名无名士兵的墓穴里的人。

那个时候距离现在很久了，然而对他来说，印象依然深刻，像是从天而降的恩泽：莫里厄将军把玛德莱娜·佩里顾送给了他！真是太奇妙了。这是一个难以置信的机会，这一次见面，就是他成功的开始。他懂得抓住机会，一切自然就得到了。

亨利的眼神重重地压在莱昂的身上。他和正在掉落的士兵马亚尔没两样。还没来得及喘息，他的脸上就有了一种被活埋的表情。

当下，他还可以利用。亨利将手放到了他的肩膀上。

“莱昂，没有问题。就算是有问题的话，好吧，你父亲也会去部长那儿通通关系的……”

“但是……这不可能！”莱昂扯着嗓子说道，“你知道的，我父亲是自由派议员，政府内阁由共和联盟说了算！”

亨利认为，除了他的妻子，这个蠢货严格来说对自己一点用也没有。

# 27

在四天焦虑和不安的等待后，他的一位顾客，德·乌斯雷先生终于来了！

不偷不抢一下子弄到一百法郎，两周内弄到一千法郎这种事很快会弄得你晕头转向。这已经是一个月里阿尔伯特第三次向他的老板和顾客骗钱了，一个月他都没有睡好觉，体重掉了五公斤。两天前，佩里顾先生在银行大厅见到他，问他是不是生病了，还建议他休个假，那个时候他才刚刚开始在这里工作。要说到等级制度和同事关系，他们会眼红，嫉妒自己得到这个礼物。现在，在佩里顾先生的推荐下，他已经被录用了……无论如何，阿尔伯特都不能休假，他是来工作的，就是说是来捞钱的。现在可没有时间去浪费。

在这个提供折扣和工业信贷的银行里，阿尔伯特有很多选择，能弄明白到底是谁的钱多。他选择了银行业最古老和最有效的方法：看客户的脸办事。

德·乌斯雷先生是个很顺眼的客户。他的大礼帽，刻有压纹字体的名片，以及镶着名贵球饰的手柄，无不散发出一种发战争不义之财的奇妙芬芳。你也能猜得到，阿尔伯特极端不安，天真地认为选了这个也许本来就讨厌的人，事情会更容易办成。这是业余者理清头绪的一种思考方式。因为不希望被抓住而承担责任，他担心的理由很充分。为了诈骗募捐资金，他欺骗了银行，说白了，就是用偷来的钱去偷更多的钱，无论是哪个新手都会因为此事而晕头转向的。

受雇后第五天，阿尔伯特首次挪用公款，七千法郎。

这不过是场纸上交易罢了。

银行收到客户的四万法郎后，登记在他的账户上。在进账那一栏，阿尔伯特只写了三万三，于是到了晚上，他就带着装满钞票的皮包跳上电车回家。在一个有声望的银行里工作，好处就是没有人能够明白资产投资组合负债表、利息估算、资产清算、借贷、偿还、赔偿、活期存款等等都是些什么，而周期性的对账要差不多花三天才能弄清楚。一切都必须遵守这个时间。一般来说，只需要等到第一天核查结束后就能将刚刚核对清楚的金额记入到账户的借方，以便将被提取的金额记入到账户的贷方，而他却会等到第二天才去核对。核查人员必须确定这两个账户没有错误，接下来的一周才可以重新开始业务，才能再做新的账单，比如银行和贷记业务，或是投资、贴现和股票业务等等。这是一个经典的"叹息桥"诈骗，这个盗取公款计划的特点是不稳定、容易实现、强调技巧又不能要太多手段，对于一个像阿尔伯特的小伙子来说，这件事太理想了。同时这也有巨大的问题，你必须不断地解决各种困难，每一周都必须和那些核查人员进行一场你追我赶的可怕游戏。这里没有超过几个月的例子，偷窃者会逃到外国，最后被抓回扔进监狱，而坐牢这种情况是最常见的。

和许多临时起意的小偷一样，阿尔伯特决定只是借一些钱：只要一从战争纪念碑的买卖中赚了钱，立马就还回去，然后再潜逃。因为这种天真的想法，他毫不犹豫就采取行动，但是，因为其他紧急的状况，又打消了这个念头。

自从第一次挪用公款以来，因为不安和过分敏感，他的犯罪感涌进了心里那个已经裂开的缺口。他的偏执完完全全地转变成了一种泛恐惧症。在这段不受控制和毫无规律而言的发狂期间，哪怕只是一丁点儿问题都能让阿尔伯特胆战心惊，他总是贴着墙走，还不断地擦掉手心的汗，工作变得十分棘手。他的眼睛不停地窥视着，来来回回地看向门口，就连办公桌下的双腿也背叛了他，想要立马跑走。

同事们都觉得这很反常，每个人都认为他是个与人无争的人，不是什么危险人物，看起来更像是生病了。人们常谈论的法国兵都会表现出各种各样的病态，大家都习以为常了。再者，阿尔伯特有靠山，所以最好还是对他热情一点儿。

一开始，阿尔伯特告诉爱德华预计的七千法郎一定不够。要打印商品宣传册，买信封和包裹以及邮票，付钱给写地址的人员，而且，必须要弄到一台打字机来回复买卖的后续问题，还要开设一个邮箱。阿尔伯特肯定地说，七千法郎，作为一个会计，我告诉你，这点钱办不了事儿。爱德华做了一个无所谓的动作，大概表示同意吧。阿尔伯特又开始计算起来。他肯定这件事至少得花两万法郎才行。爱德华脸上挂着哲人的表情，回应道，两万法郎，那就加油吧。阿尔伯特心想，你又不用去偷这些钱。

既不能承认自己去见过他的父亲和姐姐，又不能告知他可怜的玛德莱娜已经嫁给了该死的普拉代勒，这个他们所有痛苦的来源，更不能坦白自己接受了佩里顾先生提供的工作，而佩里顾先生正好就是这家银行的创办者和股东。尽管阿尔伯特不再做流动广告人，却仍然感到自己被两个佩里顾夹得紧紧的，一边是父亲，一个他正准备敲诈的好人，另一边是儿子，一个要和他一起分享这笔赃款的人。在爱德华这边，他只是编了个谎言，说自己歪打正着得到了这个难得的机会，在一个偶然的情况下遇到了一个老同事，刚好银行也缺一个会计的位子，而且面试还十分成功……爱德华在身边听着这些话，接受了这个极其碰巧的奇迹，一个问题也没问，不管怎么说，他生来就是个有钱人。

事实上，阿尔伯特心甘情愿地想要留住这个银行的职位。在他刚来到这里的时候，一被带到办公室，就看见房间里放着一盒盒装满墨水的墨盒、一根根削好的铅笔、一沓沓空白的账目单、一个用来放置大衣和帽子的浅色木质挂衣架，以及一双崭新的绸质袖套，所有的这些东西都带给他一种平静和安宁的愿望。说到底，这大概是一种令人愉快的生活方式吧。这完全是他在战后产生的想法。如果他坚持干这个能赚很多钱的工作，还能在佩里顾先生家工作的那位漂亮仆人身上试试运气……是的，会是一个美好生活的开始。然而，事实正相反，这天晚上，阿尔伯特带着一大袋小额面值，共计五千法郎的钱坐上地铁，整个人急躁得想吐。这么一个十分凉爽的天气，地铁里就他一个人全身在冒汗。

阿尔伯特急着回家还有另外一个原因：战友只能用一只手推着手推车，去打印店拿回打印好的商品样册。

他一出现在院子里，就发现了一摞摞已经捆好的纸……已经摆放好了！他震住了。就这样，一切准备就绪。现在，该行动了。

阿尔伯特闭上了眼睛，头有些晕，接着又睁开眼睛，把袋子放到地上，抓起一摞纸，拆了开来。

爱国纪念碑商品样册。

可以说这些单子是没有问题的。

另外，这确实是真的，因为是在位于阿贝斯大街上的龙多弗雷尔打印店打印的，想不到还有比这个印刷品更真实可靠的了。一共交付了一万份，打印花费了八千两百法郎。当拿起册子来看的时候，他像马一样吼叫了一声，接着他突然地停下了手上的动作，就在那一刻，楼梯下面传来了爱德华的大笑，那是一阵阵很刺耳的笑声，还有一些轻微的颤音，笑声在空中飘远，越来越弱。能感觉得出来那是一阵不寻常的哄笑声，就和一个发疯的女人一样。阿尔伯特抓起包就走上了楼梯。打开门的那一刻，迎面传来了一阵雷鸣般的欢呼，这是一种类似"哈哈啊啊"的声音（很难去为这个欢呼注音），这是一声舒服的长叹，一种急切想要看到对方到来的心情。

从另一方面来说，这个叫声没有它本来的情况那样令人惊奇。这天晚上，爱德华戴了一个鸟头样式的面罩，前面还有一个长长的嘴，鸟嘴向下垂着，还微微张开，显得奇怪，在那里还露出了两排十分洁白的牙齿，给人一种鸟觅得肉食，欢呼雀跃的感觉。染红部分凸显野性和攻击性，面罩盖住了爱德华的整张脸，一直到额头的地方，只留下眼睛处两个洞，从那里能看到欢快的、转动的眼珠。

阿尔伯特想要炫耀自己偷来的银行钞票，虽然这种乐趣时常混杂着其他的情感，然而现在却被爱德华和路易丝抢了风头。商品样册覆盖了整个房间的地面。爱德华一脸猥亵地躺着，光着的脚丫搭在一摞纸上，路易丝跪在脚后面，手十分灵巧地从他的脚趾甲上拂过，涂上胭脂红的指甲油，颜色十分鲜艳。她全神贯注，只是勉强地往上一看，对着阿尔伯特打了个招呼。爱德华再一次发出了响亮又欢快的笑声，满足地用手指了指地板，就像一位成功的魔术师完成了他独特的拿手好戏。

阿尔伯特忍不住笑了起来，接着放下包，脱下大衣和帽子。在他们的公寓里，这儿几乎很少有可以让人觉得隐蔽的地方，一个可以安安静静、独自一人的地儿……当然，除了晚上。夜晚，他们总是辗转不安，时间还过得很慢。睡觉时要是感到害怕，他就必须把马头面罩放在身边。

爱德华看着他，将手平放在身边的一小摞商品样册上，另一只手紧握拳头，表达出胜利的喜悦。路易丝仍然什么也不说，正忙着用羚羊皮在那些涂了指甲油的脚趾甲上来回地摩擦，专注得好像这就是她的生命一样。

阿尔伯特坐到爱德华身边，拿起一份样册。

这份商品样册很薄，只有十六页，打印在乳白色的纸张上，长是宽的两倍，上面印着大小不一、雅致的迪多字体。

封面介绍十分精炼：

**商品样册**

冶金建筑

爱国的记忆

石碑、纪念塔、雕像

为我们的英雄

和法国的胜利而骄傲

他翻到了其中一页，那上面印着令人赞叹的艺术字体，在左上方一角的地方写着：

朱尔·德普雷蒙

雕刻师

法兰西学会会员

卢浮大街52号邮箱#52

巴黎（塞纳河畔）

“这个朱尔·德普雷蒙是谁？”在看商品一览表的时候，阿尔伯特问道。

爱德华抬起眼帘看向天空，不知道怎么回答他。不管怎样，他是认真的：这个人拥有战争十字勋章，学术界棕榈叶勋章，还住在卢浮大街。

“毕竟……搞不好人们很快就会发现这个人根本就不存在。“法兰西学会会员”，这太容易就查到了！”这个人让阿尔伯特十分不安，于是他辩解道。

“但正是因为这样才不会有人去调查！一个法兰西学会的会员，这容不得争议！”爱德华在本子上写道。

阿尔伯特抱着怀疑的心情，承认这确实如此，看到印刷出来的名字，人们是不会去怀疑的。

而且最后还有一个注释，简要地陈述了他的职业，经典传统的雕刻风格，成品能让那些本来害怕靠近艺术家的人安心。

卢浮大街52号根本就不算是一个真正拥有邮箱的办公室地址；这当中还掺杂着风险，那个被赋予的号码——第52号，最终表现出了一种考虑周到的、法律赋予的、确切可靠的关系。

在封面底部有一行字体很小的说明，十分简洁明确：

价钱包括了运送到法国各大城市火车站的费用

但不包括画册中提到的题词。

准确地说，第一页就是骗人的。

亲爱的市长：

您好！大战结束已经过去了一年多，今天，法国以及殖民地各大市镇打算歌颂他们战死沙场的儿子们的英雄事迹，这是一件值得纪念的事。

如果大部分的城市还没有开始做这件光荣的事，这不是因为不爱国而是还没有找到合适的方式。在我看来，这也是为什么我应该来完成这件事情，作为一名艺术家和老兵，我自愿进行这项崇高事业。因此，我决定运用我的经验和知识来帮助那些想要建立一座纪念丰碑的城镇，以建立一种共同的爱国记忆。

在此，我向您推荐一份关于雕刻建筑和纪念物品的样册，这可以让人们永远记住他们心爱的逝者。

接下来的11月11日正是为纪念无名烈士而修建墓碑的日子，这一个无名士兵就代表了所有为祖国牺牲的人。特殊事情需要特殊处理，为了让大家主动加入到这场盛大的国家庆典中去，只要您订购我为这次庆典专门设计的一整套作品，那么我将给您32%的折扣，同时还免费运送产品到您所在城镇最近的火车站。

为了保证有足够的生产和运送时间，以及考虑到产品的高质量，我只能接受7月14日之前的订单，运送时间最晚到1920年10月27日，因此，你们还有时间预先修建一个底座，以便用来安放纪念建筑。为了防止订货超出我们生产能力的范围，噢，我想7月14日之前都是可以的，那么我们只能按照订购顺序如期交付最先的订单。

我确定你们的爱国主义精神将展现在这个提议中，但是我们只提供一次机会，借此，死者的子孙后代便可以瞻仰这个纪念物，而他们的英雄主义将永远地被传承下去。

亲爱的市长先生，请接受我最诚挚的敬意。

朱尔·德普雷蒙

雕刻师

法兰西学会会员

巴黎国立美术学院毕业学生

“但是，这个折扣……为什么是32%呢？”阿尔伯特问道。

这是一个会计的问题。

“当然是为了要给人一种价格低廉的感觉啊！这能促使他们来买！按照这样的方法，7月14日就可以收到所有的钱。一到第二天，我们就偷偷溜走！”爱德华在本子上写道。

翻到下一页，有一个十分精美的方框，里面写着一份简短的介绍：

我们生产的所有物品

都是经过精雕细琢，

涂以古色的青铜制品，

或者是雕镂的青铜色铁制品。

这些材料拥有庄严的特征，

赋予建筑物特殊的印记和优雅的样式，

完美地体现着无可比拟的法国士兵的形象

以及象征着我们亲爱死者的英勇事迹。

我们完全保障产品的生产，

还提供五年或者六年的产品保修。
底座的生产由购买者本人承担，
建议请一个好的工匠。

随着商品样册往后翻，呈现出正面图、剖面图、远景图，每一幅都有具体的标号，高度、长度详细记录，还有所有可能的样式，比如：《为战斗而出发》《进攻！》《死者们，站起来！》《一位保卫国旗的垂死的法国兵》《战友同志》《法国为她的英雄哭泣》《踩着德国佬头盔的雄鸡》《胜利！》等等。

除了三个质量一般，价格低廉的模型外（战争十字勋章，九百三十法郎；葬礼火炬，八百四十法郎；法国兵半身铜像，一千五百法郎），其他所有的价格在六千到三万三千法郎之间浮动。

样册最后明确写着：

关于爱国纪念物的订购事宜，
我们无法提供电话咨询，
但是所有的问题可以通过信件邮寄，
我们会在最短的时间内给出满意的答复。
考虑到折扣的情况，
在订购的同时，请提前支付50%的预付款，
支付名义：爱国纪念物。

理论上，每个订单可以带来三千到一万一千法郎的收益。这只是从理论上来说。和阿尔伯特相反，爱德华用手拍着大腿，信心十足。一个人的兴高采烈与另一个人的焦虑不安完全成正比。

由于腿脚不灵活，即使他想，爱德华也不能够将那么多样册提到楼梯平台上……这是文化修养的问题，总是有一个人能为他服务；从这个方面来说，战争不过只是一个插曲而已。他微微眨了眨泛着笑容的眼睛以表抱歉，就好像是因为指甲的问题才没办法帮忙的……他摇着双手，像是在说：指甲油……还没干……

“好的，那我自己来吧。”阿尔伯特说道。

他没有特别为这件事而生气，体力劳动和家务活能让他有所思考。于是，他开始来来回回地上下楼梯，跑了好多趟，认真地将打印好的样册放到房间的最里面。两周前，他就已经发出了找工作人员的消息。一共有一万个地址需要填写，所有都是同样的格式：

市政厅

某某城市

省府名字

拟定这些信件用到了城市地名词典，不需要考虑到巴黎与其市郊，因为这离公司所谓的地址太近了。最好是写到那些最远的外省去，寄给中等的城市。一份地址15生丁。由于失业率很高，要招募到五个字写得漂亮的人并不难。最后招到了五个女人，阿尔伯特尤其高兴，他认为女人应该不会问问题，也许还能试着和她们简单地眼神交汇，她们准会认为这是在为一个搞印刷的艺术家工作。关键是这件事必须在十多天内完成。上一周，阿尔伯特还给她们拿去了没有用过的信封、墨水、蘸水钢笔。第二天，一从银行出来，他就把信封收集到一起。他专门用军用背包来装，这个东西配这些漂亮的信件最合适不过了。

晚上的时间都是用来分发信函的，路易丝也过来帮忙。显然，这个小女孩并不知道要发生什么事，但是她表现出极大的热情。这件事情让她十分高兴，因为她的朋友爱德华变得快乐起来，那些快乐从面罩中能体现出来，面罩的颜色越来越鲜艳，越来越大胆，一两个月来，他沉浸在狂热中，而她也很开心。

阿尔伯特发现她越来越不像她的母亲，不是从外观来说，因为他并不是一个善于记得住别人面貌的人，从来就分不清楚两个人的样子，而是说透过窗户，贝尔蒙夫人脸上那永远挂着的忧伤在路易丝身上完全看不见。可以说就像蚕蛹破茧而出，她变得越来越漂亮。时常，阿尔伯特会偷偷地看着她，发现她身上有一种令人感动的优雅，这让他想要哭出来。马亚尔夫人常常说："如果放任阿尔伯特，他一定会花上一点儿时间来哭。我说不定还会多个女儿，都一样。"

为了让卢浮大街的地址和邮戳一致，阿尔伯特还得专门跑去卢浮宫邮局。他应该要在几天之内往返很多次。接着，就是静心等待。他焦急地期待着第一个付款的到来。他想按照自己的意愿办事，偷光上百法郎后就带着钱逃走。爱德华可一点儿也听不进去。对他来说，在拿到百万法郎之前是不会离开的。

"一百万？你简直是疯了吧！"阿尔伯特大叫道。他们开始为可以接受的总数争吵起来，就好像根本没想过这件事可能会失败，可现在离成功还很远呢。爱德华认为成功是必然的。他还在纸上写下了大大的几个字：不可阻止。在阿尔伯特收留了这个被放逐的残疾人后，已经从他的雇主那儿偷到了11000法郎，就算是死或者在监狱里度过余生也值得去诈骗，没有任何其他的方法，就好像认为这一定会成功一样。他准备着跑路的事，好多个晚上都去咨询去勒阿弗尔、波尔多、南特和马赛的火车时刻表，这都是基于最后决定是要坐船去突尼斯、阿尔及尔、西贡还是卡萨布兰卡。

爱德华继续开始作画。

在制作好爱国纪念物的商品样册后，他想到一个像朱尔·德普雷蒙的人会带来怎样的反应，焦急地等待着商品销路的状况。

结果一下就浮现了出来：完全符合需求。

好几个大城市都想着办法去避免工业化的产品，开始组织一些艺术家来竞争，希望获得原版的建筑物。报纸刊登了许多关于作品估价的通告，有八万法郎的，十万法郎的，甚至还有十五万法郎的；爱德华认为这是有利可图的，他出生的大区给出的价格最吸引人，提供给艺术家两万法郎之多的预算。因此，他决定准备朱尔·德普雷蒙向评委会推荐自己作品的计划，这是一幅左右两联可向中间折叠的三折画，名为《感激》，其中一面是《法兰西率领军队作战》，另一面则是《骁勇的法国士兵攻向敌军》，这两幅画汇聚到中间，那里有一幅名为《胜利的桂冠献给为国牺牲的儿子》，这是一幅寓意画，画中蒙着黑纱的女人伸出右手，将桂冠戴在一个胜利而归的法国兵头上，同时还看着一个牺牲的法国士兵，眼睛里透露出一种悲伤和抑郁的神态，就和《悲伤的圣母》呈现的感觉一样。

看到这精心设计的主要场景，尤其是构思出的那些配景，爱德华开始填写候选人材料，咯咯地笑了起来。

“我跟你保证，你笑得跟火鸡一样，咯咯咯咯！”当阿尔伯特看到他正忙着作画的时候，打趣地说道。

爱德华笑得更加灿烂，就像看到美食一样，全身心地投入到了他的画中。

# 28

莫里厄将军出现至少有两百年之久了。一个军人，你要是弄走战争，给他一个活的理由和年轻的活力，那么你就会知道什么叫作老顽固。看他外形，只有一个大肚子和两片小胡子，一团松弛和迟钝的肉球，三分之二的时间，他都用来打盹了。他的呼噜令人十分不舒服。他总是随便瘫坐在扶手椅上，发出嘶哑的喘气声，几分钟后，大肚子开始向上抬起，就像一只齐柏林飞艇，吸气时，小胡子微微震动，呼气时，松弛下垂的脸颊不断颤动，就这样持续很长的时间。这团黏糊糊的肉球懒惰的样子实在是不可思议，和旧石器时代的东西一样，让人震撼，另外，也没有人敢去把他叫醒。甚至都不敢靠近。

自从退伍以来，他被委派任务，加入到无数个委员会、小组会和组委会中。他总是第一个到，只要会议在大楼高层举行，他就会满头大汗，气喘吁吁，倒在扶手椅上，每当别人问候时，他总是哼哼两下，粗鲁地点点头，接着昏睡过去，打起呼来。直到投票的时候，人们才会小心翼翼地摇醒他，亲爱的将军，你觉得呢。好的，好的，当然，这是显而易见的，我同意。睡眼惺忪，眼睛里还泛着暗黄色的泪水，当然，当然，通红的脸，颤抖的嘴，又圆又疲倦的眼睛，就连签名也是一件烦琐的事。大家都试着摆脱他，但是部长却坚持要他的莫里厄将军来完成。有时候，这个笨重的、毫无生产力的老顽固却意外地感觉自己很有远见。比如，这种情况就发生在四月初的时候，将军感染上了花粉热，不停打喷嚏，症状十分严重，甚至是睡觉的时候也在打，就像一个快要爆发的火山，于是，将军打算在自己两次打盹的中间，让他的孙子费迪南去解决那些烦人的问题。莫里厄将军从来不尊重比他地位低的任何人。在他眼里，这个没有选择光荣的军人事业的孙子是一个依附别人而存在的堕落的人，不过，他姓莫里厄，这是将军十分珍视的一个东西，他总是为后代操心。那他纯粹的幻想呢？就是能让自己的脸出现在《插图小拉鲁斯词典》里，他所希望的就是家族姓名不留下一点儿污点。

“什么，什么，什么？”他一下被惊醒，问道。

要让他听清楚就得再重复一遍，声音要更大一点才行。是关于普拉代勒公司的，费迪南正是这个公司的股东。这个人试着给将军解释，如果您记得的话，政府委托这个公司重新将死亡士兵的遗体收集起来，全部转移到军事公墓里。

“怎么，尸体……牺牲的士兵……”

因为说到费迪南，他一下就被吸引住了；大脑勉强成功地构建了一个问题的思维树状图，在那里分布着许多名词：“费迪南”“死亡士兵”“尸体”“墓地”“反常”“买卖”。对他来说，这些东西太复杂了。在不打仗的时候，要弄明白真是不容易。他的副官是一个少尉，这个人矫健得像一匹纯血种马，他看了将军一眼，叹了一口气，表现出一种照顾病人的烦躁和不耐烦。接着，他克制住自己，详细地开始解释。您的孙子，费迪南，是普拉代勒公司的股东。当然，他只需要拿到分红就够了，但如果他的生意被卷入到一件丑闻当中，那么您的名字就会被公众谈起，您的孙子也会受到司法的追究，您的名声就会被破坏。他就像一只惊弓之鸟，睁大了眼睛，啊，该死，那么

《小拉鲁斯》的希望就有栽跟头的危险，而这件事，决不能发生！将军气不打一处来，甚至快要站了起来。他紧紧抓住椅子的扶手，挺直腰板，满脸愤怒，十分激动。去你妈的上帝，在战争胜利后，不是应该不要再烦自己了吗，不是吗？

佩里顾先生不管是起床还是睡觉时都十分疲惫，他总是在想："我没有力气了。"然而，他还是不停地在工作，保证各种见面，下达各种命令，但是所有的方式都是机械化的。在去和女儿会合之前，他从口袋里拿出了爱德华的速写本，又把它放到抽屉里。尽管从来没在第三个人面前打开过这个本子，他还是经常把它带在身上，里面的内容也熟记于心。像这样不停地挪动，这个本子最后总会坏掉，所以需要好好保护，也许需要装订起来。他从来也不关心这个繁重的、看似极其乏味的工作。况且还有玛德莱娜，只不过她有其他要操心的事……佩里顾先生常常觉得很孤独。他关上抽屉，离开了房间去和女儿会合。他是怎样让自己落到这步田地的呢？这只是一个担心害怕的男人，换来的结果却是没有任何一个真正的朋友，只剩下关系以及玛德莱娜。但是这并不是一回事，人们不会对女儿说同样的话。而且现在，她……还处于这样的状态。很多次，他都试着去回忆那些作为父亲的日子，可是却未能成功。他甚至还十分惊讶自己居然只保留了这么一点儿记忆。在工作中，人们都称赞他的记忆力，因为他总能列举出一个公司委员会的全部事情，即便是这个公司已经在十四年前就被别的公司吞并了。而家里的事，什么也记不住，或者说只有一丁点儿。无论如何，只有上帝知道家庭对他来说有多重要。而现在，他的儿子已经死了。可以说他就是为这个原因才如此拼命，如此费尽心机地工作：他的子女们。为了保护他们，让他们能够……这就是全部。

可奇怪的事情发生了，家人的画面很难印在他的脑海里，所有场景都是一样的。圣诞晚餐、复活节聚会、各种周年纪念日看起来都一样，只是一场重复了许多次毫无差别的场景，而这里刚好还有一些转折，和妻子一起度过的圣诞节和没有妻子的圣诞节，战前的星期天和现在的星期天。总的说来，这些差别太小了。他也记不住任何关于妻子怀孕期间的事了。也许有四件事，他认为还存在记忆里，这些回忆全部汇聚成唯一的一个画面，他不知道记住的是哪一个，或者没有记住的又是哪一个，说不清楚。偶尔，也只能浮现出几个画面，这不过只是靠近真实情况的产物罢了。在这样的情况下，看着玛德莱娜坐着，双手放在已经变圆的肚子上，他感到惊讶，想起了妻子也曾经这个样子过。他很高兴，还有点儿自豪，浮现在脑海里的所有怀孕的女人都有一点儿相似，他把这种相似看成是一种胜利，证明自己不是冷血，对家人还有情感。正是因为还有情感，他才讨厌自己过多地为女儿操心。而且，还是在现在的状态下。他宁可像往常一样承担一切，但这不可能了，也许自己期待得太多了。

“我没打扰到你吧？”他问道。

他们四目相对。现在的状况对谁来说都不太舒服。对她来说，佩里顾先生沉浸在爱德华死亡的痛苦中，似乎突然一下就老了许多。而对他来说，女儿怀孕后没有了魅力：和佩里顾先生看到的一些女人一样，玛德莱娜没有那种成熟的风韵，这种爆发的光芒不过只是一种无声的喝彩，一种和别的女人分享的自信罢了。玛德莱娜只有胖，没有其他。一切都进展得十分快，整个身体抵到了脸，佩里顾先生心里感到难过，因为这让他想起了自己的母亲，即使是怀孕的时候，她也长得不漂亮。他不相信自己的女儿是幸福的，他认为她只是满足于现在的状况。

不（玛德莱娜对着他笑了笑），他没有打扰到她，她说道："我发呆呢。"但是，事实不是这样的，他确实打扰到了她，而她也不是在发呆。根据她对父亲的了解，如果他采取谨慎的态度，那说明想要表达些什么，这也是她所担忧的。她强颜欢笑着，用手掌拍拍身边的位子，邀请他坐过来。父亲坐了下来，这仍然是一场两人关系的赌博，他们保持现状也是出乎意料的。他们用一样的话敷衍对方，潜台词就是大家都明白对方是怎么回事。佩里顾先生还会亲吻女儿的额头，然后坚定地走开，因为他们之间简简单单，没什么可说的。然而，这一天却例外，他没有话，因为现在不仅仅是关系到他们自己。在那个并不专属于一个人的亲密关系中，一个人和另一个人相互依赖的方式让他们感觉到难受。

玛德莱娜常常握着父亲的手，她一反常态地偷偷地叹气。他打算和她对峙，可能还要大吵一架，而她却一点也不想。

"莫里厄将军给我打了电话。"佩里顾先生开始说道。

"见鬼……"玛德莱娜笑着回答道。

佩里顾先生犹豫着要怎样回应，然后决定选择最适合他的方式，他认为至少这样应该表现出作为父母的威严和权威。

"你丈夫……"

"你是想说，你的女婿……"

"如果你不介意……"

"事实上，我想……"

佩里顾先生幻想有一个儿子，一个和自己一样的男孩。如果是女孩，这种相似却让他受伤，因为女人总是用迂回的方式来激怒男人。例如，这种诡辩的说话方式，暗示别人不要说丈夫的坏话，不要提到那是她的丈夫，而是她父亲的女婿。他抿紧嘴唇，必须要考虑"他的处境”，得注意一些才行。

“无论如何，这没用……”他指责道。

“那么又是什么呢？”

“他做生意的方式。”

一说出这个字，佩里顾先生就不再表现得像父亲一样。在他看来，问题一下就能解决，因为在做生意这方面，他了解所有的状况，麻烦最终都能解决。他把一家之长看作是公司领导的另一种表现方式。他充满怀疑地看着面前的这个女人有那么一点像自己的女儿，成熟的外表，几乎陌生的样子。

他摇了摇头，十分生气，脸上有一阵沉默的怒气，脑海里又出现了他对她婚姻和这个男人的想法。他曾经想告诉她，而她却不想听的话。

玛德莱娜感觉到他马上就要变得冷酷无情起来，于是毫不掩饰地将手放到肚子上，手指交叉，表示祝愿这件事一切顺利。佩里顾先生看到后不再作声。

“爸爸，我会和亨利说的。”最后，她说道，“他只是凑巧遇到了这些困难。他自己也说‘凑巧’，这没什么大碍的。我保证……”

“玛德莱娜，他向你保证的一点也不重要，没有任何意义。他给你说都处理好了，那是因为要保护你罢了。”

“这很正常，他是我丈夫……”

“正是因为这样！他是你的丈夫，而他不仅不保证你的安全，反而将你置身于危险当中！”

“危险！天哪，我有危险，现在！”玛德莱娜大笑着喊叫道。

她笑得越来越厉害，他可不像一般的父亲那样忍住怒火。

“我不会支持他的，玛德莱娜。”他的语气十分强烈。

“爸爸，谁要你的支持呢？为什么支持呢？支持什么？”

他们口是心非的行为如出一辙。

尽管玛德莱娜想让对方往反方向想，但是她自己却明白一些事情。这个军事公墓的事情并不像她想的那么简单，亨利越来越暴躁，时常不在家，脾气也很坏，总是有一种紧张不安的情绪。正好她也不再想要夫妻生活。现在这个时候，就算是他的那些情妇们也忍不住想要抱怨。瞧瞧看，那天伊冯娜还说："亲爱的，我和你丈夫擦肩而过，现在他真是高攀不得啊！也许，富有就不适合他，说到底……"

他为政府的工作，遇到了一些困难和意外的事件，本来一切风平浪静，但是她还是从电话里听到了一些话。内阁有人给他打了电话。亨利发出洪亮的声音，不，老兄，哈！哈！早就解决好了，你不要担心，然后紧皱着眉头，挂了电话。这是一场狂风暴雨，玛德莱娜的整个生活都被这件事情打乱了，她曾经看到过父亲是如何度过各种各样的暴风雨，接着世界大战就来了。这绝不是两通从省政府和内阁来的电话那么简单。她的父亲不喜欢亨利，就是这样。他看不起他做的任何事情。这是男人之间的敌对，是好斗雄鸡之间的战争。她紧紧地按住肚子，一切都明白了。佩里顾先生勉强地站起来，离开，接着又走了回来，他忍不住内心的话。

"我不喜欢你的丈夫。"

话就到此为止吧，总之，没有比这个更难的了。

"我知道，爸爸，但是这不重要，这是我的丈夫。"她笑着回答道。

她轻轻地拍了拍肚子。

"这个，是你的外孙，我跟你保证。"

佩里顾先生张大嘴巴，想要离开房间。

一个外孙……

从一开始，他就逃避这个想法，因为这件事出现在了不该出现的时候：他无法将儿子的死亡和外孙的出生放到一起。他几乎就只想要个女孩儿，这样就不会出现更多的问题。从现在起，将会有另一个孩子降生，时间会带走一切，丰碑也会建立起来。他紧紧抓住这个想法，纪念建筑的竖立会结束他的焦虑和愧疚。好几周他都没有正常地睡觉了。随着时间的流逝，爱德华的消失变得越来越沉重，甚至还侵袭到了他的工作中。噢，最近，在一个法国和其殖民地委员会以及自己的某一个公司开会期间，他的目光就被一道斜射进房间里照亮会议桌平台的太阳光吸引住了。然而，一道阳光不过只是一件小事，这缕阳光却擒住了他的思想，几乎催眠了他。每个人都有与现实脱节的时候，但是，在佩里顾先生的脸上，显现出来的并不是心不在焉的神情，而是魂牵梦萦的样子。每个人眼中有自己所看到的事物。他继续跟进着会议报告，但是一点也没有属于会长那强有力的眼神，也没有敏锐的、像X射线一样有穿透力的目光，讨论一点一点地慢了下来，就好像一辆快没油的汽车，颠簸着，摇晃着，奄奄一息地停了下来。实际上，佩里顾先生没有专注到这缕阳光上，而是盯着空气中飘浮的灰尘，仔细看着这些摆动着的，由细小微粒组成的星云，像是又回到了从前，到底是多久呢，是十年前，还是十五年前呢，啊，想不起来真是让人恼火！爱德华画了一幅画，那时的他大概十六岁，可能还要小一点，十四岁，画里只有许多彩色小点，它们挤在一起，跳动着，没有线条，只是许多的点，这种绘画的方式，应该有一个名字，可是佩里顾先生话到嘴边却说不上来。他还记得那是一个站在田地里的女人。他觉得这种绘画的技巧实在是滑稽可笑，甚至看不出它的主题。简直就是愚蠢。小爱德华站立着，看不出他的态度，而他的父亲，双手抓住刚刚无意发现的画，这件离奇古怪的事，完完全全没有任何意义……

在那个时刻，他说了些什么呢？佩里顾先生摇摇头，十分沮丧。董事会会议室里，所有人都紧闭着嘴，一声不吭。他站了起来，一个字也没说，一个人也没看就走了出去，回到了自己的家。

在离开玛德莱娜的时候，他依然摇着头。感觉是不一样的，几乎相反，他感到愤怒：帮助女儿就等于帮助她的丈夫。这是件以你的痛苦为代价的事。尽管莫里厄是个上了年纪的蠢货（也许他不总是这样），但是关于女婿的生意，从他那儿听到的话依然令人担忧。

佩里顾这个名字将会被通报，人们会谈论汇报的事，还会对这个令人不安的消息窃窃私语。再说了，这份文件在哪里呢？谁看过？起草者又是谁呢？

他想着，或许，我想太多了。不管怎么说，这都和我无关，又不是我的生意，而且这个女婿也不是和我一个姓。就算涉及我的女儿，幸运的是，她受到婚姻合约的保护。无论如何，不管是什么，这个奥尔奈·普拉代勒总会发生些什么（甚至在心里默念他的名字时，也会恶意夸张地发出四个清晰的音节），他和我们之间，隔着一个世界。如果玛德莱娜有了小孩（这一次或者以后，和女人一起，永远也弄不明白生小孩这件事会变成什么样），那么佩里顾就会因为要给他们一个有希望的未来而感到任务艰巨，难道不是吗？

这个想法非常现实而且合理，因此他应该重新考虑一些问题。女婿可能就此沉沦，而他呢，马塞尔·佩里顾会掉进一个两侧很高的沟渠，要灵敏的眼睛和足够多的救生圈才能拯救他的女儿和外孙外孙女们。

但是，他却一点力气也不出，只是看着对方挣扎。

想要按住他的头，把他打压下去是不可能的。在漫长的事业生涯中，佩里顾先生已经打败了很多的人，但是对未来的憧憬却从来没有像现在这样令人感到鼓舞。

在这么多的方法中，他选择了最有效的一个，他笑了笑，心里激动不已。

# 29

一直以来，约瑟夫·梅兰就没有睡好过。他不是那种因不明白生活不幸而失眠的人，他清清楚楚地知道自己为什么一直这个样子：他的存在总是伴随着失望的暴雨，他从未习惯这样的折磨。他每晚重温那些没有占得上风的话题，幻想自己扭转局面赢得了最终的胜利，转变了因职业而成为受害者的命运。或者反复地咀嚼失败和挫折的滋味，这都是让他整夜都清醒的原因。他的自我主义发自内心：如果要形容在约瑟夫·梅兰的世界里发生了一场地震的话，那么约瑟夫·梅兰本人正好位于震中。那里，什么也没有，一个人也看不见，甚至是一只小猫也没有，一切都是他自己，他的生命盘成一团，就像一片包裹在空壳周围干枯的叶子。在没有倦意的漫漫长夜，他绝对不会去想战争的事情。在四年期间，他认为战争只是一个令人讨厌的意外事件，一种关系到食品定额配给的冲突，加剧了他暴躁的脾气。政府的同僚为此十分震惊，见识过他发火的人面对的是只关心交通费用和鸡肉供应匮乏的乖戾的男人。

“说到底，我亲爱的朋友，这是一场战争！”

“战争？什么战争？战争总是会出现，为什么你就觉得比起之前的战争，或之后的战争，我们更关心这一个？”梅兰生气地回复道。

他是一个失败主义者，离背叛就差两步的距离。战时他可能很快就被送到行刑队面前。而战后就没有那么大危险，但是漠不关心的态度使他遇到了许多公开的羞辱，人们都叫他德国佬，这个词一直跟着他。

战争结束后被指派来检查公墓工作，德国佬就变成了秃鹫、吸血鬼或者猛兽，这些身份取决于不同的情况。他再一次经历了难以度过的漫漫长夜。

夏齐埃-马尔蒙的工地是他第一个到的公墓，这个军事公墓工程正好承包给普拉代勒公司。在看了他的汇报后，政府当局知道了当前的情况十分令人担忧。没有人想要来承担责任，文件很快就传到了高层手中，现在正放在中央政府部长办公室里，和内阁其他部委一样，这里要否决一份文件易如反掌。这些日子里，梅兰每晚躺在床上，想着自己被传唤的那一天，反复琢磨着向上级汇报的内容，他的报告将促成一个后果莫测的简单评定：数以千计的法国士兵被安葬在一些特别小的木棺里。不管什么样的身高，从一米六到一米八以上的士兵（全靠了现有记录的军官证，梅兰拟定了一个相关士兵身高的样本记录）都被安放在只有一米三的木棺里。为了将这些人放进去，就必须弄断颈背，锯断脚，折断脚踝。也就是说他们将这些士兵的尸体当作是可以锯开的商品来对待。汇报包含一系列特别病态的技术性评定："这并不符合解剖学知识，也没有用到合适的材料，工作人员为了简化工作，使用铁锹侧刃打断骨头，或者将骨头放置在一块平坦的石头上，用鞋跟一踩将其扯断，有时还会使用十字镐。更恶劣的是，身材高的士兵遗体常常被放置在很狭窄的木棺里，装不了余下的部分就直接倒进一个被用来作为垃圾堆的木棺里，一旦满了就合上木棺盖，登记成'无法确认身份的士兵'。因此没有办法向家属保证他们来缅怀的木棺里装着已故士兵的全部遗体。另外，承包公司规定的工作量迫使工人们只能将最可能被直接发现的一部分尸体放进木棺里，不再去墓坑里寻找可以证实和揭露死者身份的骸骨、证件和物品，这种做法严重违反规定。各处常常能发现很多骨头，根本无法确定属于谁的遗体。除此之外，挖掘和木棺配送也常常出现问题，完全不符合当初公司获得合同时的承诺。”梅兰的报告只有这样短短几句话。从这个层面上来说，在他的部门，他被看作是一位艺术家。

评定引起了巨大的反响。

这是给普拉代勒公司的一个警告，也是对佩里顾家的警告。而对于只满足于靠后天经验来检查工作的公共部门来说，这是个不可挽救的错误。如果这件事流传开来，就必将成为一个丑闻。从现在开始，关于这件事的消息会一层一层地往上传到中央政府部长办公室那里去。为了稳住官员梅兰，上级向他保证文件已经被十分仔细地阅读过了，大家对他的工作十分满意，并且会在最短的时间内给出合理回应。拥有快四十年经验的梅兰一下就明白了他的汇报已经被藏了起来，对此他不太惊讶。毫无疑问，政府的这个合同暗藏着灰色的利益链条，涉及对象敏感，所有让政府棘手的都会被除掉。梅兰深知最好不要成为让政府棘手的人，否则他就会再一次充当一个装潢门面的花瓶，被政府送走。那就真是要感天谢地了。正所谓在其位，谋其政，他觉得这是无可非议的。

无论如何，职业生涯结束，比起长久以来就盼望的退休，他没有任何可期望的。政府要求他以纯粹的方式进行审查工作，签署并盖章登记册，于是，他完成了签字和盖章的工作，耐心地等待着食品供给限制的结束，最后鸡肉又重新在市场上开始贩卖，或者提供在餐馆的菜单上。

于是，他回到自己家里，开始躺下睡觉，人生有史以来第一次享受了完整的一夜，就好像他的大脑需要一段特别的时间来让思想变得清晰。

他做了一些令人伤心的梦，处于腐烂后期状态的士兵正坐在他们的墓坑里哭泣着，呼唤着能有人来拯救他们，可是一点儿声音也喊不出来。士兵唯一的安慰来自那一大群像虫一样被冻僵了的、赤身裸体的塞内加尔人，他们正一铲又一铲地铲起泥土，倒进墓坑，覆盖住士兵，就像将大衣盖在刚被救起的溺水者身上。

梅兰被这种强烈的情感折磨着，一下惊醒了过来，对他来说，这种感觉十分新奇，并不只是关系到他一个人。然而，已经结束很久的战争最后却又闯入了他的生活中。

这一切都产生了一系列稀奇古怪的复杂变化，带来了一种公墓阴森可怕的氛围，将梅兰带回到了他生命的悲剧中，与权威的对抗让他形成了令人恼火的刻板性格：一个廉洁的政府官员不能只是闭上眼睛什么也不说。他和这些年轻的死者没有任何一点相同，这些人受到了不公正的待遇，只有他才能纠正。几天之内，他就坚定了这样的想法。这些被杀死的年轻战士出现在他的脑海里，挥散不去，就像是一种爱慕、一种嫉妒或者一个肿瘤。心情状态从伤心到愤慨。接着，他就开始为此发火。

因为没有收到上级下达的关于遣散自己的任何命令，所以他向当局通知自己要去检查达尔贡-勒-格兰，而事实上，他上了反方向开往默兹河畔蓬达维尔的火车。

从火车站开始，他就一路走向六公里远的军事公墓所在地，外面还下着倾盆大雨。他走在大马路的中间，那双巨大的橡胶套鞋大力地踩到水坑里，汽车按着喇叭示意，可是他完全不躲避，就好像听不见声音似的。后面拖了很长的汽车队伍，为了通过，司机只能将汽车开到马路边沿上。

栅栏前有一个奇怪的身影，他有一副庞大的身躯，气势汹汹地站在那儿，紧握着拳头揣在大衣口袋里，雨已经停了，但他的大衣还是整个湿透了。没有人看到他，正午的钟声刚刚敲响，工地也关门了。铁丝网上挂着一个关于扫墓的公告牌，提醒着家属和亲友，这里列出了无名士兵的遗物清单，此外市政厅存放了一些其他的物件，人们可以去观看：一张年轻女子的照片、一根烟管、一张汇票票根、一个写在内衣标签上名字、一个皮质烟袋、一个打火机、一副圆框眼镜、一份以“亲爱的”开头却没有落名的信件，这些清单既微不足道又悲惨不堪……所有的遗物十分简朴，梅兰心情十分激动。真是可怜的士兵啊！这一切都不可思议。他垂下眼帘，看向一长排的栅栏，接着抬起腿，脚后跟一蹬，像是杀死一头公牛一样踢向那把小小的扣锁，走进了工地，接着又是一脚，踢开了办公木棚的木门。风吹得篷布鼓了起来，下面仅有块用来吃饭的地儿，那里大概有十一个阿拉伯人。他们远远地看着梅兰踩断入口的栅栏，然后踢开办公室大门，但是却不敢起身，也不敢去制止，这个男人的体格和坚定的神情让他们一下失去了自信。他们继续大口地咬着面包。

人们把这里叫作“四方的蓬达维尔”，实际上这只是一块完全和四方没有任何关系的土地，它位于森林的边缘，预计大约有六百名士兵埋葬于此。

梅兰翻箱倒柜地找着登记册。在查阅每日报告的同时，他快速地瞥了好几眼窗外。挖掘工作开始于两个月前，眼前的一大片土地上到处都是坑和隆起的土堆、篷布、木板、两轮手推车、临时搭建用于存放材料的工棚。

一切行政管理的工作看起来都规规矩矩。他以为这里的情况要比比夏齐埃-马尔蒙好，没有尸体被肢解后扔进像垃圾堆一样的废弃木棺，最终他还是发现了，它们和一部分崭新的木棺混在一起。

通常，在核对完登记册后，梅兰就会开始到处走动，检查工作。他相信自己的直觉，一会儿在这里掀起篷布看看，一会儿到别处去核对身份牌。总之，他实实在在工作着。随后，任务迫使他来来回回地核对登记册，走遍所有墓地的小道，但是，多亏了个人对工作的投入，第六感一下闪现，让他挖出了最细小的欺诈行为，理清了隐藏的痕迹，找出了不合规定的事以及不同寻常的细节。

政府能做的只有派官员挖掘出木棺，甚至埋葬尸体，但是要核对资料就没有其他的办法了。梅兰肥胖的身体很适合来做这件事，他只需要用巨大的鞋一踩，铁锹便陷进泥土里三十厘米，那双大手拿起十字镐，就像挥动叉子一样轻松。

在和土地第一次接触后，梅兰开始详细地检查起来。现在中午12点半了。

到下午2点的时候，他就已经走到了公墓北部的边缘，站在一堆木棺前，这些棺材合着盖子，一个紧挨着一个。工地负责人名叫贝尼舒，一副救世主模样，这人有五十来岁，由于酗酒，他像一朵紫红色的锦葵，全身消瘦得就跟一根葡萄嫩枝一样，他向梅兰走了过来，身旁还跟着两个工人，毫无疑问，那两人正是工头。他们愤怒不已，张嘴大喊工地禁止对外开放，不能像这样放人进来，命令他必须立马离开这里。因为梅兰没有看见他们，于是他抬高了嗓门：再不走我们会通知宪兵队，这里是一处受到政府保护的地……

“是我。”梅兰打断了话，转过身去对着三个人说道。

在接下来的一片安静中，他补充道：

“我就是政府。”

他将手伸到裤子的口袋里，拿出了一张皱皱巴巴的纸，这张纸看起来并不太像委派的证明，他本身看起来也不太像一个内阁专员，所以大家也无法判断。庞大的身躯、皱巴巴有污点的旧衣服、巨大的鞋，他的样子的确不一般，他们感觉到情况，但也不敢反抗。

梅兰仔细地看着这三个人，先是“救世主”，他呼出一口难闻的气味，带着一股梅子白兰地的酒味，然后对着身旁的两个同伙看了起来。第一个人有一张瘦长的脸，厚厚的胡子呈烟草黄的颜色，盖住了整张脸，他轻轻拍了拍胸前的口袋，以表风度。第二个是个阿拉伯人，他仍然穿着工作鞋和长裤，戴着步兵下士的帽子，僵硬地站在原地，那是一种想要让周围的人相信他很重要的姿势，就好像在参加一场阅兵式一样。

“嗤，嗤。”梅兰将证明文件放回口袋，同时假牙发出了响声。

接着他指了指堆在一起的木棺。

“你想想看，政府会问什么样的问题。”他又说道。

阿拉伯工头仍然僵直着身体，他的大胡子同事拿出了一根烟（他没有拿出烟盒，只是一根烟而已，就像一个并不想要分享的人，而且还受够了总是向自己借钱的人）。他身上的所有一切都表现出了小心眼和吝啬。

“比如，政府会考虑什么样的木棺会适合这些小伙子。”梅兰突然展示出三张身份证明。

这几份放在梅兰大手上的文件似乎还没有邮票那么大。这个问题让大伙儿陷入极大的不安之中。

挖掘出了一条长沟后，士兵遗体就被排在一起，一边是一排的木棺，另一边是一长串的身份证明。

理论上来说，这是按照相应顺序排列的。

但是在这些文件中，只要有其中一份分类错误或者遗失，那么所有的材料都需要申报核查，而每一个木棺里装的内容都会被全部打乱，和任何一份文件都无法对应。

要是梅兰手中的三份文件不符合任何一个木棺的话……就刚好证明所有的事都是脱节的。

他点了点头，考虑到公墓的一部分已经被翻起，挖掘出两百三十七名士兵遗体，也已经转移到了八十公里远的地方。

保罗躺在了朱尔的棺材里，费利西安则躺在了伊西多尔的棺材里，以此类推。

直到两百三十七具尸体全部装进了本不属于他们的棺材为止。

现在，想要知道谁是谁完全没有可能了。

“这些文件是谁的？”“救世主”结结巴巴地说道。贝尼舒看着自己周围，就像是突然迷失了方向似的。“让我们看看……”

一个念头闪过大脑。

“好吧，我们正好要处理这件事呢！”

他转过身面向他的团队，他们突然变得很小。

“伙计们，怎么样？”

没有人理解他想要说什么，但是他们也没有充裕的时间去思考这件事。

“啊，嗨！你当我们是傻瓜吗？”梅兰大叫道。

“谁啊？”贝尼舒问道。

“政府啊！”

他看起来有些精神错乱，贝尼舒毫不犹豫地再一次问了关于他的委派工作。

“那么，我们的三个同志去哪儿了呢？这三个家伙，不是你们工作要负责的吗？他们到底叫什么名字？”

于是，贝尼舒费力地用技术性的方法解释着，就是说我们“确确实实地”考虑到了在排好整个木棺的行列后，重新汇集文件，以便记录到登记册里，因为如果要编写文件……

“胡扯！”梅兰打断了他的话。

贝尼舒自己也不相信刚刚说的话，只是低下了头。他的副手轻轻地拍着胸前的口袋。

又是一阵安静，在这点儿时间内，梅兰对这个巨大的、平铺开来的军事墓地有了一个奇怪的想法：在这里，到处都是士兵的家属亲友们，他们汇聚到一起，胳膊垂下，手拉着手，而自己眼前的一切似乎是透明的，自己是唯一的一个人，能看到那些遗体在土里颤动，能听到士兵们发出一声声揪心的喊叫，大声地叫喊着他们自己的名字……

谈到这些已经造成的损害，这都是无法挽回的，士兵们彻底地消失了：在用于鉴别身份的十字架下沉睡的都是一些无名的死者。

现在唯一能做的事情就是回到正途上来。

梅兰重新开始安排工作，写下大大的规章制度，发号施令：到这里来，你，好好听我说，然后，他威胁如果工作做不好，那么就会有罚款和革职，这让所有人感到惊恐不安。当他走远的时候，大家就会清楚地听到：“一群蠢货。”

他一转过身来，一切又重新开始，永远没有停歇。这个审查评定工作远远还不能让他泄气，反而加大了他的怒火。

“你，到这里来！快点儿！”

他对着大叫的人正是那个烟草黄小胡子，这个四十岁的男人的脸窄得就像是眼睛直接安在脸颊的两面，和鱼一模一样。他一动不动地站在离梅兰一米开外的地方，他忍不住拍着口袋，想要重新拿出一根烟来。

梅兰准备开始说话，结束这一段安静的时刻。他就像一个正在思考要说些什么，而话到嘴边又说不出来的人，真是个令人恼火的事。

留胡子的工头张开了嘴，但是还没来得及说清楚自己要说的话，梅兰就打了他一个清脆的耳光。在这个平平的脸颊上，耳光发出了一声回音，就和敲钟一样。男人往后退了一步。所有的眼睛都看向了他们俩。贝尼舒走出了木棚，在那里，他藏了让他兴奋的东西，一瓶勃艮第玛克渣酒。接着他声嘶力竭地叫喊起来，工地里所有的工人都动了起来。小胡子男人惊愕地捂着脸颊。很快地，梅兰被逼近的人群围了起来，如果不是他的年龄、体型、他摆出的架子、他巨大的巴掌和超乎寻常的大脚，他现在可能要担心自己的命运了。相反的是，他镇定地让所有人离开，接着上前迈了一步，靠近他的受害者，一边大喊着“啊，啊！”一边翻着他胸前的口袋，还拉开了他握紧的拳头。另一只手紧紧抓住男人的颈子，毫无疑问，他想要掐死他。

“天哪！”刚刚摇摇晃晃跑过来的贝尼舒大叫道。

梅兰仍然没有放开掐住脖子的手，男人的脸色开始变化起来，接着他拉着工头紧握的拳头，放到工地负责人面前，然后摊开来。

一根金手链露了出来，手链上的小牌子被翻到了错误的一面。梅兰放开他的猎物，工头便开始一边咳嗽一边做呕吐状，接着转过身朝向贝尼舒。

“这个小伙子，他姓什么？又叫什么？”梅兰问道。

“唔……”

“救世主”贝尼舒也无能为力，向工头投去抱歉的眼神。

“阿尔西德。”他不情愿地低声说道。

几乎都听不见他的声音，但是这一点也不重要。

梅兰翻过手链，那个动作就好像抛钱币猜正反面似的。

小牌子上刻着一个名字：罗歇。

# 30

天哪，真是美好的上午！希望每天都有这样的时刻！这真是个好兆头！

首先是作品，委员确定了五份。所有的作品，一件比一件出色，堪称杰作，主题都是爱国主义，让人感动流泪。拉布尔丹正在酝酿他的胜利：在佩里顾会长面前展示他的计划。为了达成这件事，他还专门要求市政府技术部门找来了一个锻铁桥式横架，大小就和他的大办公室一样，以便能悬挂画作和体现它们的价值，就和他在只去过一次的大皇宫里看到的一次展览一样。佩里顾随意地绕着这些纸板走动，行走的动作很慢，双手背在身后，看着一幅作品着了迷——《悲痛的法国取得了胜利》，这是拉布尔丹最喜欢的一幅画，接着他又详细地介绍了另一幅——《凯旋而归的死者》。佩里顾走走停停，犹犹豫豫。拉布尔丹看到会长已经转过身来面向他，脸上还有一副满意又有些困惑的表情，不知道选哪一幅……就在那个时候，他说出了一句反复推敲、节制审慎的话，一句节奏完美的、能恰如其分地同时体现出他的审美观和责任感的话：

“会长，如果可以的话……”

说话那一刻，他向《悲伤的法国》靠近，就好像是想要将手绕过背，放到对方的肩膀上似的。

“……在我看来，这幅出色的作品表现出了我们同胞们的所有悲痛和自豪。”

大写的字母十分深刻地表达了这句话的意思，完美极了。首先，这幅所谓的“出色的作品”，这种说法十分独特，接着是“同胞”，这比竞选者听起来好听多了，最后还有“悲痛”。拉布尔丹不敢相信自己的天资。

快到上午10点的时候，架子就安装好放到了他的办公室，接着就开始挂上作品。因为必须要爬上去将画固定在横杆上，使其平稳，所以他叫来了雷蒙小姐。

她一踏进房间里，便知道要面对的是什么。于是，她本能地将膝盖紧紧地贴到一起。拉布尔丹站在梯子下，嘴角含笑，高兴地握着手，就像一个马贩子。

雷蒙小姐一边叹着气一边向上爬了四步，身体扭来扭去。是的，真是美好的上午啊！作品一挂好，秘书就紧紧拉住自己的裙子，迅速地走了下来。拉布尔丹往后退了几步，赞赏着成果，他认为右角比左角要低了一点点，你觉得呢？雷蒙小姐闭上眼睛，又重新爬了上去，拉布尔丹急忙靠近梯子，在她的裙子下永远都待不够。一切就绪，大区市长正处在一种淫靡亢奋的状态，像快要中风了似的。

但是咔嚓一下，一切都确定好了，佩里顾会长取消了来访，派了一个跑腿的来负责将提案带回去给他看。拉布尔丹心想，真是白忙活了一番。他跟在四轮马车后，那些深思熟虑的想法没有被接受。马塞尔·佩里顾想要一个人静一静。现在差不多已经正午了。

“把这份授权书带给市长先生。”佩里顾先生吩咐道。

拉布尔丹匆匆地走到女仆人身边，这是一个棕色头发的、迷人的女人，她看上去有些尴尬，还有一双漂亮的眼睛和一对迷人的酥胸，她问了他是否想来一点儿波尔图甜葡萄酒，他一边说着好一边摸着她的左胸。年轻的女人仅仅只是脸红，因为她的工资报酬很好，再说还是新来的。当波尔图甜葡萄酒来的时候，拉布尔丹又摸了她右边的乳房。

天哪，真是美好的上午！

玛德莱娜发现市长打呼时的情形就像是在铁匠作坊里的一样。他拖着庞大的身体，身旁，在矮桌上，全是狼吞虎咽后的鸡肉冻的残羹冷炙，还有一个玛歌酒庄的空酒瓶，这个猥琐的场景令人难受。

她谨慎地敲了敲父亲房间的大门。

“进来吧。”由于十分清楚女儿的行为，他毫不犹豫地回答道。

佩里顾先生将画全部立在书架前，接着挪开一些空间来，坐到扶手椅上以便能欣赏所有的画作。他有一个多小时没有动了，眼神从一幅转到另一幅，完全地陷入沉思。偶尔，他会起身靠近，仔细观察，然后再回到座位上。

一开始，他很失望。难道就只有这些吗？这似乎和他所知道的一样，但是相比之下要更大。他不禁想着价格，像计算机一样的大脑比较着各种大小和价格。快，必须要专心思考这件事，做出一个选择。对，太令人失望了。他对这个计划只有一个想法。既然已经看了这些推荐作品……那么还等什么呢？归根结底，和别的一样，这就是一座纪念建筑，没有什么能够平复新的心情，而这些情感还源源不断地出现，淹没了自己。

玛德莱娜一点也没有惊讶，反而感受到了同样的心情。所有的战争都相同，所有的纪念建筑也一样。

“你对这个怎么看？”他问道。

“有那么一点儿……过于华丽了，不是吗？”

“充满了激情。”

接着他们俩都不说话。

佩里顾先生一直坐在扶手椅上，就像一个坐在宝座上的国王，面对着死亡的朝臣。玛德莱娜仔细看着计划书。他们都同意最好的一幅是阿德里安·马朗德雷画的《殉道者的胜利》，其特点是将所有的寡妇（这是一个戴着服丧的面纱的女性画像）和孤儿（一个小男孩，双手合十，看着士兵祈祷着）同士兵本身做了同化，把他们也当作是受害者一样来看。在艺术家的雕刻技巧下，整个国家成为殉道者的故乡。

“13万法郎。”佩里顾先生说道。

感性超出了理性的范围。

但是女儿没有听到，而是专心致志地俯身看着另一幅作品。她用手拿起那幅画，举起来靠近有光的地方；父亲走近，他不喜欢这幅草图——《感激》；她也不喜欢，认为太浮夸；当然不会喜欢，那里有的，是荒唐的，不过只是一个没有意义的玩意儿，然而……那又怎样呢？就在第二面，那幅名叫《骁勇的法国士兵攻向敌军》的三折画中，快要战死的年轻士兵有一张十分单纯的脸，厚厚的嘴唇和隆起的鼻梁……

“等一下，让我看看。”这次，他俯身，离画更近，以便观察。“是的，你说得很对。”佩里顾先生说道。

这个士兵有那么一点儿像爱德华常画的那样。准确地说并不一样，爱德华画的对象都有一些斜眼，而这里的眼神却是率直和真诚的。还有一个位于下巴处的酒窝，在某种程度上是存在相似度的。

佩里顾先生站了起来，合拢好折叠眼镜。

“在艺术上，我们时常能看到相似的主题……”他说得就好像很懂似的。玛德莱娜的教育程度更高，但是，她并不想反驳他的话。总之，只有过多的细节，没有重点。父亲所需要的就是建造一座纪念建筑，到最后他会转移兴趣的。比如，女儿怀孕这件事。

“你的那个蠢货拉布尔丹在大厅里睡着了。”她笑着说道。

他都忘了这个人。

“睡觉，仍然是他最擅长的。”他回答道。

他吻了她的额头。接着，她走向大门。远远地看，那一排草图让人震撼，她猜了猜画所占的面积，发现了尺寸的数字：十二米，十六米，然后是高度……

不管怎样，那张脸……

佩里顾先生马上又回想起那些画面，试图找到和爱德华草图本里那张相似的脸，但是儿子画的那些男人没有一个是这样的，他们都是在战壕里相遇的、真实的士兵，然而这里，那个厚嘴唇的年轻军官却是幻想出来的。佩里顾先生总是不让自己对此有明确的想法，只要是能唤起他对儿子的“情感趣味”，那么连一个念头都不允许自己有。甚至是在他内心深处也从来不会出现“性的偏好”这样的字眼，或者说不管这种偏好是怎样的，对他来说都太过于明确，令人反感。但是，就和那些能让你感到惊讶的想法一样，而其中，无论如何你也能理解它们所指的是什么，事实上，在发表作品前埋头苦干，像这样悄悄地创作，让他不禁思考到这个高鼻梁小酒窝的年轻人说不定就是爱德华的“伙伴”。现在，他认为这是一个爱德华的恋人。在他看来，事情不再比以前可耻，仅仅只是令人烦恼；他不想要去幻想这些东西……不应该表现得太过于现实……他的儿子不像“其他人”，就是这样。在普通人中，他在周围看到过很多，员工、合伙人、客户、每个人的儿子和女儿，像往常一样，他不再去羡慕，甚至无法回忆起在那个时代发现的关于他们的优点，在他眼里，那种优越要多于爱德华所有的。回想起来，他憎恨自己做的那些蠢事。

佩里顾先生回到画室，坐了下来。他思想中的观点渐渐地发生了变化。并不是发现了新的美感，这些画对他来说仍然表达过度了，而是他的看法转变了，就像随着观察，我们对脸的感知也相应发生了变化，刚才认为漂亮的女人，现在变得平庸，而那个长相丑陋的男人却又有了一种魅力，不禁让人自问道这是怎样被我们遗漏掉的。既然他能接受这样的画像，那么纪念建筑物就能抚慰他的心。这全靠了那些材料：一些是石头做的，另一些是铜质的，因为沉重，我们可以想象这些材料都是破坏不了的。然而，这却又是在家族陵墓里缺少的东西，在那里，爱德华的名字没有象征：永恒。他只需要在那儿做成这件事，无论是超过他的能力范围还是因为本来的尺寸大小带来悲伤，订做这个纪念建筑都使他不知所措，从时间上、重量上、质量上和尺寸上来说，这都超过了他的存在。

这些推荐作品还附带了投标单，其中包含了艺术家们的简历、出价、交付日期。佩里顾先生阅读了关于朱尔·德普雷蒙的计划简介，他什么也不懂，但是却翻遍了所有的画作，看到了人物的正面画像、背面图、远景图、都市景色等等。那位年轻的士兵一直都在三折画的第二面里，脸上永远都是一副严肃的表情……真的已经够了。然后，他打开了大门喊了一声，但没人应声。

“妈的，拉布尔丹！”他十分恼火，一边用力摇着市长的肩膀一边大声喊叫道。

“啊，什么，谁啊？”

他的眼睛里还带着眼眵，似乎记不起自己现在身在何处，要干何事。

“快来！”佩里顾先生说道。

“我？去哪儿？”

拉布尔丹一边摇摇晃晃地走进房间，一边还用手擦了擦脸，以便让自己清醒过来，接着结结巴巴地说着抱歉的话，然而，佩里顾先生根本就没有听进去。

“就这个。”

拉布尔丹平复了心情。他明白最终确定的提案不是他本来想要的那一个，但是又想到自己准备好的话完全适合去介绍每一个纪念建筑物。于是，他清了清嗓子：

“会长，如果可以的话……”

“什么？”佩里顾看也没看他就问道。

他重新戴上了眼镜，站在办公室的一个角落里，正在记着什么，他十分满意自己的决定，认为完成了一件自豪的事情，一件让自己高兴的事情。拉布尔丹鼓起胸膛，大力地呼吸着。

“会长，这件作品，我认为十分出色……”

“给，这是用于结算作品和工程前期的支票。”佩里顾打断了他的话，“毫无疑问，这些钱够保证艺术家的创作了！还有作品的制造！记得把文件呈报给省政府。只要有一点儿问题，就打电话告诉我，我会处理的。还有其他事吗？”

拉布尔丹捏着支票：“没有了，没有其他事了。”

“对了，我还想见见这个艺术家，这个……”他想着名字，“朱尔·德普雷蒙。让他来见我。”

# 31

房间里有一种不舒适的气氛。爱德华是感受不到的，但是他的行为举止却和其他人完全不一样；几个月以来，他总是捧腹大笑，听不进去别人的话。就好像他不明白到底什么才是事情的重点。阿尔伯特不想过多去思考吗啡的消耗，即便是达到了前所未有的数量，他也不可能面面俱到，再说还有一大堆难以解决的问题摆在面前。从到银行工作的那一天开始，他就以爱国纪念物的名义开了一个户，以便能够存入可能赚到的钱……

六万八千二百二十法郎。瞧，这真是不错的成果……

每人能分到三万四千法郎。

阿尔伯特从来没有拥有过如此多的钱，然而收益也是危险的。可能还会招来三十年的牢狱之灾，偷来的钱差不多是一个工人接近五年的收入。真是够可笑的。现在是6月15日。战争纪念建筑的大拍卖在一个月后就将结束，现在什么都没赚到，或者说几乎只赚到了一点儿。

“什么，什么都没有？”爱德华写道。

那一天，除了情绪上的激动，他还戴着一个黑色的面罩，由于面罩太大，整个头都被盖住了。头顶上，有两个引人注目的角，看上去就和山羊角盘起来一样。而眼泪的部分，在那里，画着两条蓝色的虚线，线条几乎闪着磷光，像是欢乐的眼泪，一直往下垂到胡子处，折扇轻轻一摆动，五颜六色的胡须就扬了起来。各种颜色点缀了面罩，有红褐色、黄色、朱红色；在额头和头饰的交界处，还有一条弯弯曲曲的、毛茸茸的线条围成一圈，线条呈深绿色，可以说没有比这更真实的了，它就像一条正在缓慢滑行的小蛇，而且一直不间断地围着爱德华的头爬着，似乎要咬掉自己的尾巴。彩色、鲜艳、欢快的面罩和阿尔伯特的精神状态形成了对照，他身上能看到的总是黑色和白色，而且常常就只有黑色。

"嗯，不，什么都没有！"他一边叫喊着，一边将账目展示给战友看。

"你耐心等就是了！"爱德华总是这样回答。

路易丝轻轻地低下了头。她将手放在木浆里，温柔地搅拌着下一个面罩的制作材料。她带着一脸迷茫的神态看着那个搪瓷盆，完全不顾周围的说话声，关于这两个人的争吵，她早就听得够多了……

阿尔伯特的账目一目了然：十七个十字架、二十四只火炬、十四座半身像以及一些不相关的东西；至于纪念碑，仅仅只有九个！还有这么多！其中有两座，各大城市的市长们只付了四分之一的预付款，没有像之前说好的那样一半的价钱，他们请求延长支付剩余款额的时间。现在已经打印出了三千张收据，以便通知对方收到订单，而目前只写好了六十份……

爱德华拒绝在拿到一百万之前离开国家，现在十分之一都还不到。

每一天都要面临着欺诈被揭穿的时刻。甚至警察可能已经着手开始调查，马上就要去卢浮宫邮局查找信件，这让阿尔伯特打起了寒战，一股凉意沿着脊椎蔓延；他站在邮箱前，来来回回打开了二十次，发现有人朝他的方向走来，他险些尿到了裤子里。

"不管怎样，只要不满你意，你就不相信任何事情！"他大胆地向爱德华说道。

接着，他一把将账簿扔到地上，放好大衣。路易丝继续搅拌纸浆，爱德华歪着脑袋。一般来说，阿尔伯特都会十分抓狂，因为他完全没有能力去表达那些让自己窒息的情感，于是只能离开公寓，很晚才回来。

最近的几个月里，他都十分痛苦。银行里的所有人都认为他生病了。人们不会感到惊讶，因为每个老兵总是有他们自己的战后后遗症，但是这个阿尔伯特看起来却比其他人更加激动：永无止境的烦躁和妄想……虽然如此，他却是一个彬彬有礼的同事，每一个人都用某种方式去劝告他，比如：你按摩一下脚吧，吃一些红肉，你有喝过椴花茶吗？而他只是每天早上对着镜子刮胡子，从那里面一下就发现了自己苍白的脸色。

那个时刻，爱德华已经开始一边噼里啪啦地弄着打字机，一边咯咯地欢笑起来了。

同一件事，反应却不同。令人瞠目结舌的骗钱大计让他们期待了那么久，按理说应该会让他们团结一致，享受其中，应该算一种胜利才对，但现在，却将他们分隔开来。爱德华总是洋洋得意，不计一切后果，毫不犹豫地坚信着成功，沉浸在回复收到信件的狂喜中。他非常喜欢戏谑地模仿自己所幻想的朱尔·德普雷蒙的艺术行政的风格，而那时，阿尔伯特却被焦虑、悔恨以及仇恨折磨着，眼看着体重一天天下降，瘦得都只剩下了影子，十分虚弱。

和以前任何时候都不一样，这时的他害怕到了极点，睡眠十分差，手总是放在那个随身带着的，总是从房间一头带到另一头的马头面罩上；如果可以的话，他还会带着它去工作，因为早上去银行的想法让他整个胃翻腾起来，而他的马象征着唯一的、最终的保护，它是他的守护天使。靠着诡计偷到了大约二万五千法郎，这还多亏了市长们支付的预付款，就像他自己承诺的那样，尽管爱德华反对，他还是如数归还了从雇主那儿偷来的钱。无论如何，他都必须不断地去面对监察员和审核员，因为虚假的账目一直存在，是挪用公款的证据。为了掩盖旧的账目，就得一直编造一些新的，为此，他感到十分不自在。要是有人挫败这个计划，调查这件事，进而发现所有问题的话……他必须离开。一还完银行的钱，每人就带着两万法郎离开。阿尔伯特心慌意乱，在与希腊人意外地、痛苦地相遇后，现在他明白自己有多么容易就在害怕面前低了头。马亚尔夫人要是知道了一定会说："这完全就是阿尔伯特！因为他天性胆小，所以总是没有什么胆量。你告诉我，难道这不正是他完好无缺地从战争中回来的原因吗，但是在不打仗的年代，这种性格实在是太难了。如果有一天他能娶到一个女人，那么那个可怜的女人一定忍得住压力……"

"如果有一天他能娶到一个女人……"在想着波利娜的同时，他突然有了一种想要独自一人逃走的愿望，不再见任何人，永远也不。当想到如果他们被抓，他感觉到了一种奇怪的怀旧感，如此病态。撤退、停战以及他一连串的烦恼，在前线的某些时刻，在他看来，几乎就是幸福的、简单的日子，而当他看着马头的时候，曾经那个弹坑却差不多成为了令人渴望的庇护所。

这段历史是多么糟糕……

然而，现在一切有了好的开始。商品样册一寄到各大市政府，订购的消息就大量地传了回来。有时会收到十二封信，有时二十封，有时二十五封。爱德华奉献了他所有的时间，孜孜不倦地工作着。信件一到达，他就发出欢乐的叫声，将抬头写有爱国纪念物的纸放进打字机里，接着将"阿依达骑兵号"放进留声机，打开声音，在空中抬起手指，就好像是在寻找着风吹来的方向，然后像钢琴家一样陶醉地按下键盘。并不是因为幻想着这个生意能赚到多少钱，而是在享受这种舒适感带来的乐趣，那是一种难以置信的激动带来的愉悦感。这个没有脸的男人对着世界做了一个大大的嘲笑；在他身上产生了一种疯狂的幸福，帮助他重新找回了自己以及几乎快要失去的一切。

几乎所有客户的要求都涉及一些实际的方面：固定方式、保险、包装方式、符合底座的技术规格等等。在爱德华的笔下，朱尔·德普雷蒙回答了所有的问题。他编写了一些信息特别完善的信件，完全令人安心，而且回答还因人而异。回信是令人信服的。市政官员和教员兼市政厅秘书频繁地说明他们的计划，非本意地强调他们对欺诈这种不道德行为的态度，因为国家只以象征性的方式支持纪念建筑的购买，一切都“靠各大城市自己的能力和贡献，目的在于歌颂死者”等等。市政府调动他们能够调动的一切，不过，常常都是一些无关紧要的事情，重点还是要靠民众的募捐。个人、学校、教区、整个家族都捐出自己的一分钱，他们相信，兄弟、儿子、父亲、堂兄表弟的名字将会永远地刻在纪念碑上，而这个建筑也会庄严地立在乡镇的中心或者教堂的旁边，永恒地传下去。为了抓住“爱国纪念物”提出的特别促销活动这个机会，就必须要尽快地筹集到足够的钱，但是在这个困难前，许多来信都恳请能够协商和调整关于付款的事宜。是否有可能“只预付六百六十法郎就可以预订一座铜质的模型呢”。他们只好回信说：“无论如何，我们最多只能降到44%来代替要求的50%的预付款。”“但是，您看，收回资金的速度有点儿慢。毫无疑问，我们甚至会面临交付过期的状况，这都是我们要处理的。”另外还有人解释道：“我们已经动员了学校里的孩子们进行全民募捐。”或者：“德·马尔萨特夫人打算将她一部分的遗产捐赠给城市。上帝保佑她长命百岁，这个建筑是为了纪念索恩河畔沙维尔牺牲的五十名年轻士兵，德·马尔萨特夫人的遗产还能养活八十个孤儿，这难道不正是这座漂亮的纪念建筑的保证吗？”

7月14日这个时间的限制就快要到了，这不只是让一个人害怕。现在，几乎到了咨询市议会的时间，但是开价还是依然吸引人！

爱德华-朱尔·德普雷蒙，这个伟大的上帝，允诺人们期望的一切，给出特价、延期支付，对他来说这完全没有任何问题。

他时不时地就带着热情的口吻，去赞赏购买者英明的决定。但愿他想要得到《进攻！》，一只服丧用的火炬，或者是《踩着德国佬头盔的雄鸡》，他仔细地察觉到自己对这个模型产生了一种神秘的预感。爱德华喜欢揭露这个矫揉造作的时刻，在那一瞬间，他将所有的滑稽可笑的人物都放了进去，那些画面都可以在只满足于美术作品的刻板的老师身上看到。

关于混合的设计图案（比如，当考虑到将《胜利》和《一位保卫国旗的垂死的法国兵》配在一起的时候），朱尔·德普雷蒙就总是感觉到兴奋，毫不犹豫地赞美自己对艺术创作研究的巧妙衔接，同时，还自认为被这个组合的绝妙品味和自身的创造性给吓住了。他一遍又一遍地表现出对财政预算的同情、慷慨和理解，就像一个杰出的技师，一个完美的万事通和一个艺术巨匠。他总是很确定，不，水泥石膏没有问题；对，模具的设计采用法式红砖；当然是的，同样适用花岗岩制作的；完全保证，所有的模型全部由“爱国纪念物”独家许可，另外货物运送还包含了内政部盖章的证书。这里找不到任何困难，在他的笔下，总是能简单地、有效地、平静地解决问题。他殷勤地提醒购买者注意领取国家微弱津贴所需要提供的材料（市议会的审议、纪念建筑的草图、艺术方面的委员会意见、估价报表、运送地址和方式），给出了一些关于材料使用的建议，还编写了一个漂亮的订货收据，这个回执单上面写的金额和预付款同值。

这个最终的触及本身是有利于被写进完美欺诈的史册的。在尾章写着“我欣赏您对所选艺术作品的绝妙的灵巧和品味”，如果出现了迟疑和顾虑的情况，爱德华常常就会采用所有可能的计策，将他们合在一起，写到信件中去：“您的方案形成了一个完美的配合，在这当中，这个最艺术的品味汇聚了最爱国的情感，这令人钦佩，我向您许诺，在今年已经保证的折扣上，再提供给您15%的折扣。考虑到这是一个特殊的价格（我恳求您不要公开这个价格！），请您一开始就支付所有的预付款。”

爱德华往往赞美自己写的东西，因为这全是靠自己的力量完成的；他十分满足，咯咯地笑着。这封长信占据了他很多的时间，用他的话来说，这将预示着交易的成功。他们继续收到了很多的来信，邮箱总是满满的。

阿尔伯特有些不满意。

“你不认为写得有点儿多了吗？”他问道。他十分容易地就想到要是被逮到的话，这些充满同情心的话语会以怎样的程度来加剧事情的严重性。

而爱德华却做了一个国王的手势，表现出自己就是伟大的上帝。

“亲爱的朋友，你应该要有同情心！这不算什么，这些人需要多鼓励鼓励。他们是在做一件伟大的事业！事实上，他们是英雄，难道不是吗？”他写了一串潦草的字，展示给阿尔伯特看。

阿尔伯特有一些被震惊到了：把他们说成英雄，这不是在开玩笑吗，他们不过只是凑钱修了一座建筑物……

爱德华猛地脱下面罩，露出脸来，那里有个大开的、可怕的洞，上面还有一双唯一有生命力的、人类特有的眼睛死死地盯着你。

阿尔伯特不常看到这幅景象——脸上还剩下的一点东西，或者说是恐惧，因为爱德华总是不停地换面罩，甚至睡觉都时常戴着一个画着印度军人的面罩，在那上面还有一只有关神话的鸟，既凶残又兴高采烈。阿尔伯特每个小时都会醒过来，所以他就靠近爱德华，跟一位年轻的父亲一样，小心翼翼地揭开他的面罩。房间里的光线时明时暗，于是，只要是那个无处不在的、红透的脸色不出现或者像是某个软体动物突然伸出可怕的脑袋的话，那么他就会观察着战友睡觉的样子，然后再拍拍他。尽管爱德华的力气都用在了回复大量的信件上，在等待的期间，还是没有收到一封完全确定的订货单。

“为什么？怎么回事？这样的回答还不够有说服力……”阿尔伯特苍白地问着。

爱德华只做了一个动作来回答，像是一种获得战利品而起舞的动作，路易丝扑哧一声就笑了出来。阿尔伯特快要吐了出来，接着便重新核对起账目来。

他再也想不起来那个时候自己的精神状态，是如此焦虑，一下就淹没了他整个人，但是到五月末的时候，第一笔到账却带来了某一种快乐。阿尔伯特要求首先拿些钱出来归还给银行，而爱德华却毫无疑问地提出了反对。

“这些钱还给银行有什么用？”他在大本子上写下了这句话，“不管怎样，我们都要带着偷来的钱逃跑！偷银行的钱，怎么说也没有那么伤风败俗！”

阿尔伯特仍然不改变主意。说到贴现银行和工业信贷，他要一劳永逸地切断这一切，然而，爱德华却明显不知道这和父亲的事业有关，这个名字对他来说已经陌生了。为了在战友面前解释清楚，阿尔伯特不能够体面地补充到正是佩里顾先生推荐的这个工作，另外自己还厌恶这样的欺诈。这是可以变通的，他试图诈骗陌生人，那些为了纪念他们的死者而凑钱建立丰碑的人，当然，这当中也存在不少节制的行为，但是佩里顾先生却完全不一样，阿尔伯特在私底下是了解这个人的，还有，自从见到波利娜后……总之，他不禁想到佩里顾先生是自己的恩人。

爱德华却一点也没有被阿尔伯特那些不相干的原因给说服，他却在本该归还给银行的第一笔收入面前低下了头。

于是，他们每人都用自己的方式象征性地买了些东西，犒赏了自己，还指望着美好的未来在等着他们。

爱德华买了一座高质量的留声机和不少的唱片，其中很多都是军队进行曲。尽管腿不灵活，他还是喜欢在路易丝的陪伴下，踩着有节奏的步伐在房间里走来走去，头上还戴着一个漫画般的士兵面罩，那样子十分滑稽。同时，他还放着歌剧，阿尔伯特完全无法理解，当中那首莫扎特的《单簧管协奏曲》奏了一遍又一遍，一直没有停下来，就好像唱片被划了一样。爱德华的穿着总是在两件衣服中换来换去：两条裤子、两件毛衣、两件羊毛衫，这些衣裤阿尔伯特每两周都要洗一遍。

阿尔伯特则买了一双鞋，一套西服和两件衬衣。这一次只看质量，只选真正的衣服。他被激起了强烈的情感，因为正是这个时候，他遇到了波利娜。从此，事情变得更加棘手。和这个女人在一起，就和银行一样，他只要撒一个谎就够了，说自己被迫陷入了这场可怕的追赶中。还有纪念建筑的事。但是，他能当着一只威胁着要吃了自己的野兽的面逃走吗？他敢去招惹吗？所以，他才告诉爱德华那个狮子面罩很漂亮，而且十分精美（事实上，这是个神话般的动物，爱德华并没有在细节上过多修饰），这对阿尔伯特来说仍然是噩梦，他想要一劳永逸地看着它被存放起来。于是，爱德华就这样做了。

好吧，波利娜。

这里还有一件关于银行行政委员会的决议。

很长时间以来，人们都知道佩里顾先生已经不太管他的生意了。见到他的次数也很少，和他擦肩而过的人都发现他老了很多。也许是为了女儿的婚礼才这样的？或者有什么烦恼，又或者压力太大？没人能想到是因为他儿子死亡的原因：在得知儿子死的第二天，他就参加了一个重要的股东大会，而且还保持一贯的稳重，所有人都发现他十分勇敢，尽管伤痛却还在继续工作。

但是时间过去了。佩里顾先生不再是原来的那个自己。正好上一周，他突然借故推脱，你们继续，不用管我了。因为现在再也没有什么重要的决定，但是不管怎样，会长都没有放弃职务的习惯，他更有自己独自做决定的倾向，在这种情况下，他也已经做出了决定。于是，快到下午两点的时候，他便离开了。又过了好一会儿，人们才知道他没有回家，一些人认为他去看医生了，另一些则认为他正趴在一个女人身上。只有那个没有被邀请加入到这场对话的公墓守卫知道他真正在哪里。

临近下午四点，因为佩里顾先生必须在会议记录上签字，否则无法执行他的命令，而且必须要以最快的方式付诸实践（他不喜欢拖拖拉拉），于是人们就决定把文件送到他家里去。有人想到了阿尔伯特·马亚尔。银行里，没人知道老板和这个员工之间的关系，只是确定后者应该是靠了前者的关系才得到了这个职位。因此，最不可思议的谣言便不胫而走，但是阿尔伯特却不合时宜地脸红心跳，对一切都担惊受怕，神经还极度紧张，一有声音就吓得跳起来，这些行为泼了所有假设一盆冷水。总经理自告奋勇，想要亲自送文件去佩里顾会长家，但是又考虑到这是个低级的任务，要让自己来做的话有失身份，所以他派了阿尔伯特。

命令一到，阿尔伯特就开始全身抖动起来。这个小伙子真是让人费解。不得不催促半天，递给他大衣，推着他出门；似乎还有些烦心，生怕他半路上弄丢了文件。人们叫来出租车，付了往返的车费，偷偷地叮嘱司机看着他一点。

“我要下车！”当一到蒙梭公园的时候，阿尔伯特就大吼道。

“但是，这还没到呢……”司机说道。银行托付了这样一个棘手的人给他，于是，现在烦恼就来了。

“糟糕，快停车！”阿尔伯特大叫道。

要是顾客发怒，最好让他下去，等着他走开几步，于是阿尔伯特下了车；司机看着他摇摇晃晃地往本来应该去的地方的反方向走去；当提前为你付了钱，你就应该尽快地行动起来，这是正当防卫。

阿尔伯特意识不到这件事，从银行出发开始，那个和普拉代勒迎面撞上的念头就一直萦绕在脑海里。他已经幻想到了那个场景，上尉大力地将手掌放到自己肩膀上，俯身靠近问道：

“嘿，士兵马亚尔，你是来拜访你敬爱的奥尔奈·普拉代勒上尉的吗？这真是太客气了……往这边来……”

说着，他就被拖到了一个通道里，这里已经到了地下室，他想要解释。普拉代勒打了自己一个耳光，接着绑住自己，便一阵拷打，当阿尔伯特被迫承认自己和爱德华·佩里顾生活在一起，坦白两人还一起干了一场不可名状的诈骗时，普拉代勒开始笑了起来，抬起眼帘看着天空，以期望唤起上帝的怒火降临到阿尔伯特的身上，将他送进一大堆泥土里，就像你看到的95式炮弹掀起的泥土，一下就将你淹没在弹坑的最深处，陪着你的只有那个马头面罩，对此你无能为力，只能准备见上帝。

阿尔伯特像最初那样，转过来转过去，犹犹豫豫地、来来回回地走动，生怕撞见普拉代勒上尉，整个人呆住了，而这个人一定会跟佩里顾先生告状，说钱被偷了，还会当着爱德华姐姐的面，揭露他弟弟还活着的事实。他用尽全力地捏着那份文件，不敢敲门进房间，思索着应该怎样将这个东西交给佩里顾先生。

找个人来代替自己，这就是他想到的。

他后悔让司机离开了，应该让车停到两条街外，转达消息后再回到那里，阿尔伯特应该要留住出租车的……

就在这个时候，波利娜出现了。

阿尔伯特站在对面的人行道上，肩膀紧贴着墙；他看到了她，在明白这个年轻女人能解决他的问题之前，她就已经成为了他另外一个烦恼。他常常会想到她，这个漂亮的女仆人看到那双愚蠢的皮鞋笑得是多么欢乐啊。

他立马就自投罗网。

而她显得有些急急忙忙的，也许是工作要迟到了。她没有停下脚步，那时，她拉开了大衣，里面有一件淡蓝色的连衣裙，长度刚好到小腿肚，裙子上系着一根宽的小号腰带。脖子上还戴着一根和衣服相配的方巾。她快速地爬上台阶，一下就不见了人影。

几分钟后，阿尔伯特按了门铃，她打开了门，认出了对方，而他挺起胸膛，因为自从第一次相见，他就买了新的皮鞋，她有女人的洞察力，还注意到了对方穿了一件新大衣、一件漂亮的衬衫、西装上系着一根质量不错的领带，可是脸上的表情依然令人发笑。

要知道她脑子里在想什么，真是伤脑筋，她开始笑了起来。这样的场景重现，几乎和六个月之前的一模一样。但是现实却不一样，他们保持着面对面的状态，就好像他是专门来看她的，而从某个角度来说，确实也是如此。

四下鸦雀无声。这个乖巧的波利娜是何等的漂亮，就和爱神一样迷人。她大概也就二十二或者二十三岁，一个笑容就让你的汗毛竖起，那两片光滑的嘴唇微微一张，便露出两排美丽的牙齿，它们整齐地排列着，让你称赞不已，还有那双眼睛，那头像是刚弄好的短发烘托出颈背和胸脯，瞧，说到胸脯，她穿了一件白色女士长袖衬衫，外面套着一件围裙，很容易就能幻想到她的乳房。她是一个棕色皮肤的女人。塞西尔以后，他就再也没有幻想过棕色皮肤的女人，甚至可以说什么也不想。

波利娜看到了他手上揉成一团的文件。阿尔伯特才想起自己来这里的原因，但是又害怕来得不是时候。他进了门，急着想要快点办完事出去。

“我是银行的。”他愚蠢地说道。

她张开了嘴。他的话一不留神就给人一种印象：银行的，你看着办吧。

“是为了见佩里顾会长！”他补充道。

因为发现自己受到了重视，于是他不禁明确说道：

“我想把这个交到他本人手中……”

佩里顾会长不在家；年轻的女人建议他等一会儿，于是便打开了客厅的大门，阿尔伯特又掉进了坑里：疯子才会留在这里。可是他已经走了进去……

“不，不，谢谢。”

他递过了文件。她发现了他在流汗，身上有些湿，阿尔伯特自己也察觉到了，他正要抬起胳膊，用袖子擦汗的时候，文件掉到了地上，所有纸张全部打乱，于是两个人立马蹲下，你想想那个场景……

就是这样，他进入到了波利娜的世界。难道二十五岁？好像又不是。失去了贞操，但她却又是贞洁的。1917年失去了未婚夫，她保证说从此以后就没有再和人在一起过。波利娜的谎言撒得很漂亮。和阿尔伯特相处，他们很快就黏到了一起，但是她却不想在这场关系中走得太远，因为在她看来这是一件严肃的事。阿尔伯特天真又动人的脸庞给她带来了快乐。他激起了她身上母性的渴望，这个银行会计的前景十分看好。因为他认识那些大雇主，毫无疑问，一场卓越的职业生涯正在等着他。

她不知道他能赚到多少钱，但是，这样的生活一定能让人感到舒适，因为他立马就邀请了她到高级餐厅进餐，虽然不是特别豪华，但是那里的菜肴上等，客人们都是富人。他叫了出租车，至少要送她到门口。而且还带她去了剧院，不过却没有告诉对方自己也是第一次到那里，为此他还是询问了爱德华关于歌剧的意见，但是波利娜却更喜欢去音乐厅。

阿尔伯特的钱哗哗地流了出去，工资都还不够付钱，他就已经从自己那份少得可怜的赃款中掏出不少来了。

而且，既然现在几乎不再有诈骗的收入，他便自问道："这个时候，要怎样从自己挖的陷阱中逃出去，而且还没人可以求助？"

为了继续向波利娜献殷勤，他考虑到底应不应该从佩里顾先生的银行里再一次"借钱"出来。

# 32

亨利出身于一个没落的家庭，他经历了这一切，年少时，因为家族的没落加剧，所以只能眼睁睁看着这个崩塌的发生。现在，他打算成功带回那个最终胜利的结果，一个不得志的政府官员是无法阻挡他的。因为问题就在于此。他要把他送回老窝，这个卑微的监察员！首先他又在想些什么呢？

显然，自我暗示的一大部分隐藏在了那个明目张胆的自信背后。亨利需要相信自己的成功，而不是在这个危急时刻里，顾名思义，就是在这个有利于财富积攒的时刻里，去幻想有那么一刻可以在困难面前全身而退。每一场战争都在向他证明着：他害怕对手。

尽管这一次状况有一些不一样……

并不是那些障碍的本质让他担忧，而是因为它们一个接一个地出现。

在佩里顾和奥尔奈·普拉代勒这两个名字相关联的名声上，到现在为止，政府也没有要过于斤斤计较。但是，在突如其来地参观了默兹河畔蓬达维尔后，那个平凡的政府专员发现了许多物品的遗失和违法的利润等等，于是便有了一份新的汇报。

此外，难道他有权力不事前通知就来做检查吗？

无论如何，这一次政府不会那么容易就通融的。亨利立马要求见上级领导，但那是不可能的。

“你要知道，我们不可能掩盖……所有事情。到目前为止，这都是些技术上的小问题。尽管如此，还是……”电话里的人向他解释道。

电话的另一头，声音变得越来越尴尬、沉闷，就好像在说秘密一样，生怕旁人听到。

“……木棺不符合合同里提到的规格……”

“你听我解释！”亨利大声吼叫道。

“是的，我知道！制造的错误嘛，当然……但是这一次，你要明白，默兹河畔蓬达维尔却不一样，有十来个埋在土里的士兵和他们本来的名字完全不一样，这已经够尴尬了，然而弄丢他们的个人价值……”

“噢，啦啦！”亨利放声大笑起来，“你现在是指责我抢劫了这些尸体吗？”

随之而来的安静吓住了他。

麻烦会变得更加严重，因为这不是一个对象的问题，不是两个，或者更多……

“这涉及制度体系的问题……以及公墓排列组织工作的问题。汇报十分严重。所有这一切你都没有亲力亲为，当然，不是说怀疑你的个人能力！”

“哈，哈，哈！幸好！”

缺少热情和激情，个人或者非个人，这样的批评太重了。他要抓住迪普雷，好好拷问一下他；再说，没有什么好失去的。

于是，亨利想到了战略的改变使得拿破仑战争获得了胜利。

“你真以为政府给的那些钱就可以让我们去挑选能力无懈可击的人吗？难道用这个价钱，我们就有能力去严格招聘或者精心挑选了吗？”他问道。

在内心深处，亨利知道自己在招人的速度上表现得有些太快了，而且总是追求低价，毕竟迪普雷向他证明那些工头是严肃可靠的，见鬼了！而且操作也是合理的，符合条条框框的要求的。

那个政府的人员突然看起来有些急，对话一下就在一句“黑色”消息上结束了，就像乌云密布的天空：

“奥尔奈·普拉代勒先生，中央政府不再管理这份文件。现在应该已经递到了部长先生的办公室了。”

真是一个按照规定格式的背信弃义啊！

亨利粗暴地挂断电话，大发雷霆。他抓起一个中国瓷器，一把撞碎在一个细木镶嵌的小桌子上。什么？难道他贿赂这些人的钱还不够让他们撑起保护自己的伞吗？他反手一扔，就将一个水晶玻璃瓶打碎在墙上。难道要给部长解释说明那些高级官员是用什么样的方式获得了他的慷慨赠予吗？

亨利恢复了平静。愤怒是和情况的严重性成正比的，因为在这些理由上，他自己也不相信自己。他确实送过不少好处，比如：大酒店的高级房间、好些漂亮的姑娘、奢华的宴席、一盒盒的雪茄以及买单，但是提出一场渎职的控诉，其中还间接承认自己贿赂官员，这就是搬起石头砸自己的脚。

听到声音的玛德莱娜没有敲门就走了进来。

“怎么了，发生什么事了吗？”

亨利转过身来，发现她站在门框处，身体十分庞大。用专业术语来说，她怀了六个月的身孕。他觉得她很丑，到今天为止由来已久，在很长一段时间里，她都无法再勾起他任何的欲望。另外，相反的一面却是真实存在的，玛德莱娜的激情得追溯到一个已经被遗忘的时期，那时的她表现得更像是一个情妇，而不是一个妻子，源源不断的欲望，她一定是饥渴到了极点！这都是很久以前的事了，然而，对亨利来说，就像还在昨天一样。确切地说，他想到的不是她，而是那个他期望的未来儿子的母亲。一个小奥尔奈·普拉代勒将会以他的名字、他的财富、家族产业为荣，而他和自己不一样，不用去为了生存而奋斗，但是应该要利用好遗产，因为那是父亲始终不渝地渴望的东西。

玛德莱娜抬高头，皱着眉头。

在困难的情况下，亨利总是能够在下一秒就做出决定，这是他自身的优点。风驰电掣地，他就认真研究起那些可以帮助自己的解决办法来，一下就明白自己的妻子才是他唯一的救赎。他采取了自己最讨厌的脸色，最不像自己的样子，一种在突发事件面前无能为力的表情。他叹了一口长长的气，身体陷到扶手椅里，双臂往下垂着，十分泄气。

玛德莱娜一上来就感到了那种氛围。她比任何人都更了解自己的丈夫，这种不安的装模作样几乎起不到什么作用。但是，他毕竟是孩子的父亲，他们是连在一起的。在生孩子的几个星期前，她不想要遇到新的麻烦，只希望一切安宁。她要的不是亨利这个人，而是一个丈夫，在这个时刻，他还是有用的。

于是，她便问了发生了什么事。

“生意的事。”他支支吾吾地回答道。

这同样也是佩里顾先生说话的方式。当他不想要解释的时候，就会说“生意上的事”，这意味着一切，这是一个男人的词语。没有更实际的了。

亨利抬起头，咬着嘴唇，玛德莱娜认为他这个样子仍然很俊俏。

和他希望的那样，她继续问着。

“是吗？然后呢？”她一边靠过去一边说道。

他决定坦诚这个严重的后果，但是通常，只要目的是好的，就可以不择手段。

“我需要你父亲……”

“为了什么？”她询问道。

亨利挥挥手，要解释似乎太困难……

“我明白跟我解释太难，但是向我求助就很简单……”她笑着说道。

亨利，这个被困难压倒的男人，用他那动人心弦的、常常用来勾引女人的眼神回答着。这个笑容给他带来了宝贵的财富……

如果玛德莱娜坚持下去，亨利就得再一次骗她，因为他总是在不断地欺骗，即便是没有用，这也是他的天性所在。她将一只手放到他的脸颊上。即使是在欺骗的时候，他也一样英俊，假装不安的样子让他变得年轻，反而突出了脸部轮廓的清秀。

玛德莱娜陷入了一小会儿的沉思。她从来没有听到丈夫说这么多的话，甚至是在一开始，她和他交谈得也不频繁。但是自从怀孕以来，他说的那些话飘散在空中，就和毫无重要性的雾气一样。而且，每当他玩着这种慌乱不安的装模作样的把戏时（她希望和情妇一起，他能更加机灵一点儿），她就用一种心不在焉的爱抚注视着他，就和对着别人的孩子展现温柔一样。他长得真是俊俏，她十分想要一个和他一样的儿子。少一些谎言，多一些英俊。

接着，她什么也没有说就离开了房间，同时还带着微微的笑容，就和每一次婴儿踢她肚子一样高兴。她马上就出现在了父亲的房间里。

现在已经早上10点了。

一辨认出那个敲门的方式，便得知是女儿，于是，佩里顾先生站了起来，走到女儿面前，吻了一下她的额头，笑着看了看她的肚子，说道："一些都还好吗？"玛德莱娜轻轻地表示了一下，马马虎虎吧……

"我希望你能见见亨利，爸爸，他遇到了些困难。"她说道。

只是女婿的名字，这很难引起佩里顾先生的注意。

"他自己不能解决问题吗？再说，什么困难？"

亨利认为玛德莱娜不知道这件事情，而事实上她却知道得很多，只不过这也无法说动父亲。

"那个政府的评定报告。"

"那又怎样？"

佩里顾先生坚定地回答着，每当坚持自己的观点时，他总是有这样坚硬如刚的语气。在这样的情况下，很难去影响他，这个固执刻板的人。

"爸爸，我知道你不喜欢他，你也告诉过我。"

她的话语中没有表现出怒气，甚至还十分温柔地笑着，就和从来没有求过任何事情一样，她摊出她最好的王牌：

"爸爸，我请求你帮帮他。"

和在其他的场合下一样，她没有故意将手指交叉放在肚子上。那时，父亲做了一个手势，表示同意，让他上来吧。

当女婿敲门的时候，佩里顾先生假装在工作。从房间的另一头，亨利看到他的岳父正端坐在书桌前，就和上帝一样。访客坐的椅子离他十分远。在艰难的状态下，亨利鼓起勇气，向前冲了上去。阻碍越大，他就表现得越是粗鲁，可能还会见人就杀。但是那一天，他希望执行的事正是自己需要的，不过他讨厌这种从属的关系。自从认识那一天开始，两个男人就打响了一场互相藐视的战争。佩里顾先生只是点了点头问好，亨利也用同样的方式回应了他。

从第一次见面的第一分钟开始，每个人都等待着自己能够占得先机的那一天，子弹从一方飞到另一方，这边亨利勾引了他的女儿，那边佩里顾先生就立马强迫签下婚前协议书……当玛德莱娜向父亲宣告她怀孕的时候，在亲朋好友之间，亨利被剥夺了出席的机会，但是他认定这就是一个转折点。现在状况看起来似乎颠倒了：玛德莱娜怀的孩子会让亨利的麻烦过去，而他将会活下去。这个孩子的出生使得佩里顾先生有义务去给他提供帮助。

前者偷偷地笑着，好像知道他的女婿脑子里都在想些什么。

“嗯？……”他有节制地问道。

“你可以找战争抚恤金和安置事务部部长通通关系吗？”亨利用清脆的嗓音问道。

“当然，他是我的一个亲密好友。”

佩里顾先生陷入一小会儿的沉思中。

“他欠我很多。从某种意义上来说，是人情债。毕竟，那都是一段关于名声的历史，已经过去有点儿久了。总之，这个部长，恕我直言，他是我的人。”

亨利没有预想到胜利来得如此简单。他的判断得到了证实，超出了预期的设想。佩里顾先生不情愿地确定着，接着又垂下了眼帘，看着桌子上带有吸墨纸的垫板。

“是什么事？”

“一件小事儿……就是……”

“如果是件小事儿，为什么还要去烦部长？或者我呢？”佩里顾先生抬起头打断了他的话。

亨利欢乐地沉浸在这个时刻。敌人在反抗，试图让自己处于困惑中，但是最终都会被迫放弃挣扎的。随着时间的过去，他可以继续延续这个令人愉快的对话，但是当下的情况刻不容缓。

“是一份必须埋葬的汇报。是关于生意的事情，它捏造了……”

“如果是捏造的，你担心什么？”

亨利忍不住内心的情感，想要笑。老东西到底要斗争到什么时期？难道他需要在脑门上来一枪才会闭嘴和行动吗？

“这是件复杂的事情。”他说道。

“然后呢？”

“所以我请求你的介入，找部长帮帮忙，隐瞒这件事。我这边可以向你保证这种事情不会再次发生。这都是玩忽职守的结果，没有别的了。”

佩里顾先生看着女婿的眼睛，等了好长的时间，像是在说，就这些吗？

“没有别的，我向你保证。”亨利确定道。

“你的保证……”

亨利感觉到自己的笑容慢慢消失，开始把对方看成狗屎一堆，这个老东西满嘴都是责备的话！但是说到底，他有选择吗？他女儿怀孕，肚子都大到了眼睛，不是吗？很有可能还杀了他的儿子？真是天大的笑话！普拉代勒做出了最后的让步：

“我以我家族的姓名和你女儿的名字请求你……”

“请你别把我女儿掺和到这件事情中去！”

这一次，亨利简直是受够了。

“然而，这确实涉及她！我的名声、生意，还有你女儿的姓名以及你外孙的未来……”

其实，佩里顾先生同样也可以提高声音。然而，他只是偷偷地用食指的指甲敲着垫板。这发出了干巴巴的声音，就和一个小学教师让一个淘气的学生遵守秩序一样。佩里顾先生表现得十分安静，他一点儿笑容都没有，声音就表明了他的泰然自若。

“先生，这件事只和你有关，不关其他人的事。”他说道。

亨利感觉到了一股焦虑的波动，但是想了也是白想，他知道岳父不管怎样都会去介入这件事的。他可能会不管女儿吗？

“我已经听说了你的问题。可能比你还先知道。”

对于亨利来说，这样的开头似乎是个好的征兆。如果佩里顾想要羞辱他，那他已经准备好了立马屈服。

“我一点儿也不惊讶，我一直都知道你就是个浑蛋。你白有这个贵族的名字，什么也改变不了。你是个做事欠考虑的人，简直就是贪得无厌，我告诉你，结果可能很糟糕。”

亨利做了个手势，表示起身离开房间。

“不，不，先生，听着，我预料到了你的行为，我好好想了想，我要告诉你我是怎么看待这件事的。几天后，部长会扣住你的材料，我将会阅读所有关于你工作上的报告，然后再撤销你和政府签订的所有合同。”

从见面一开始就败下阵来的亨利惊恐地看着他，就好像看着一座烂房子被洪水冲垮一样。而这座房子属于他，是他的生命。

“你在合同上弄虚作假，这影响到了大家的利益，政府会敦促调查，查清政府财产的具体损害达到了多少钱，而你就必须得用个人财产去还这笔债。如果你没有足够资金的话，和我估计的一样，你就会被迫来向你的妻子求救，但是这是我不支持的，从法律的角度来说，我有这个权利。因此，你不得不交出你家的房产。另外，你也不再需要它，因为政府会向法院对你提起诉讼，而且起诉方为了保护正义，将会逮住你，那些老兵协会和家族联盟必然不会放过控告你的机会，接着便送你进监狱。”

亨利决心要这个老家伙帮忙处理，他知道自己处于一个微妙的地位，但是所听到的这一切简直糟糕到了极点。烦恼一下就占满了整个身体，他完全没有时间做出反应。他产生了怀疑：

“是你……”

手下拿着一把武器，那不是他想要的答案。

“不，为什么你不愿意？你不需要任何人来将你陷入一个尴尬的境地。玛德莱娜向我请求见一见你，我让你来了，就是要告诉你这件事：不是她，也不是我，我们都和你的生意永远扯不上关系。她想要和你结婚也就算了，但是你不要拖她下水，我会继续看着的。至于我，你要丢了生命或者财产，这都很好，我半根手指头都不会动一下。”

“你是想吵架，是吧？”亨利吼叫道。“先生，不要在我面前大吼大叫的。”

亨利等不及说最后一句话就想离开，还大力地往后摔了门。声音让房子从顶到底震动着。哎呀，戛然而止。那个门有一个充气的装置，使得门缓慢地关闭，发出断断续续的声音，呼……呼……呼……

当门最后关上，发出沉闷的声音的时候，亨利已经走到了底楼。

办公室里的佩里顾先生一直没有改变姿势。

# 33

“这儿真不错……”波利娜看着四周说道。

阿尔伯特想要说点什么，但是话到了喉咙就卡住了。他只是摊开双手，来回挪动着脚，显得很尴尬。

自从他们相识以来，就总是在外面见面。她住在佩里顾府邸，在主人们家里，她有一间位于阁楼的房间，职业介绍所已经说得很清楚了：“小姐，所有的来访是严格禁止的！”这种表达是用来向仆人们表示如果他们想要和谁上床，就得到外面去，不能在这个家里，这里是端庄得体的住宅等等。

在阿尔伯特这边，他也不能够带波利娜到家里去，因为爱德华从来都不出门，再说了，他能到哪去呢？而且，在必要时，就算是他同意腾出房间一个晚上，可是阿尔伯特从一开始就骗了波利娜，现在要怎么做呢？他曾经声称：我住在寄宿家庭，房东是个脾气不好的人，猜疑心很重，不能带人回家，这是禁止的，就和你一样，但是我会改变这样的情况，找找其他办法。

波利娜既不惊讶也不焦急，更多的是安心。她说无论如何自己都不是“一个这样的女人”，意思就是：我不随便和人上床。她想要一段“认真的关系”，即所谓的婚姻。在这部分上，阿尔伯特分不清楚真假。所以就是说她不想要那样，没问题，只不过现在每次送她回家，和她分开的那一刻，互相拥抱的那种狂吻让他受不了；两人的身体蜷缩成一团撞到大门上，疯狂地在对方身体上来回磨蹭，站立着，双腿相互纠缠在一起，波利娜抓住阿尔伯特的手，舍不得放手，一次比一次晚，有一天晚上，她整个人倒在阿尔伯特身上，发出一段很长的、嘶哑的叫喊声，牙齿还咬着他的肩膀。当他跳上出租车时，就像一个身上装满了炸药的男人。

时间转眼就接近6月22日，他们就像这样直到纪念建筑物的生意最终开始。

突然，天上开始掉钱。

倾盆大雨般倒了下来。

一周内，钱就翻了四番，现在收到了三十多万法郎。五天后，他们就进账五十七万法郎；到6月30日，共收到了六十二万七千法郎……财源滚滚，停不下来。他们登记了一百个十字架、一百二十个火炬、一百八十二个法国兵半身像、一百一十一个纪念建筑组合的订单；朱尔·德普雷蒙甚至还获得了他出生大区的纪念建筑的投标，市政府按照分期付款的方式支付了十万法郎……

每天还有其他的订单，相应也有新的支付方式。每天的整个上午，爱德华都在写收据。

这个意外的礼物让他们感到惊讶，就好像现在仅仅只是意识到自己行为的意义似的。他们已经有了很多钱，爱德华追求的百万法郎也是有可能的，这完全不再是幻想，因为离7月14日的截止日期还远得很，而纪念建筑物的账户数目还在不断地增长……每天，一万、五万、八万地增长，简直不可思议。甚至有一天早上，一下就进账十一万七千法郎。

首先是爱德华高兴地叫了起来。当阿尔伯特回来的时候，这是第一个晚上，他带着一箱子满满的钱回来，然后双手将钱整个扔到空中，犹如天降甘露一般。在那儿，爱德华立马就问道是否可以立刻从自己的那部分钱里拿一点儿出来；欢笑着的阿尔伯特说到当然可以，完全没有问题。第二天，爱德华又制作了一个精美的旋螺状面罩，全是由钱粘贴而成，一共用了两百法郎。效果是特别好的，钱成卷形，就好像被烧掉的钱盖满了整张冒着烟、全是光晕的脸。阿尔伯特看得入了迷，又有一些被吓到，人们是不会用钱来这样做的。他诈骗了百来个顾客，但是还没有完全丧失理智。

爱德华却欢笑着，跺着脚。他从来不计较钱，但是却珍藏着订货的信件，就像保留战利品一样，到了晚上就拿出来再读一遍，同时还用橡皮管子喝着白酒；这些纸张，是他的“日课经”。

财富以这样的速度积攒让人惊叹不已，阿尔伯特意识到了危险。钱越是大量流进，缠在自己脖子上的绳子就越来越紧。一达到三十万法郎，脑子里就不再只有一件事，必须要立马逃跑。爱德华极力反对，他要的百万法郎不可争议。

而且这儿还有波利娜。怎么办呢？

陷入恋爱的阿尔伯特渴望得到她，然而年轻女人强迫禁欲的行为使得强烈的欲望成倍地增加。他还没有要放弃。只不过他和这个年轻女人的开始建立在一个不好的基础上：一个谎言牵扯到另一个谎言。为了不冒风险失去她，难道他会对她说：“波利娜，我在一家银行做会计，唯一的目的就是为了得到钱，因为我有一个战友（他有一张完全无法直视的、相当可怕的、被炸烂的脸），我们正在以十分不道德的方式诈骗大半个法国，如果一切顺利的话，那么十四天后，也就是七月十四日，我们就要逃到地球的另一端，你想要和我一起吗？”

他是爱她的吗？他已经失去了理智。然而却无法知道在他心里到底是什么占了上风，是对她强烈的欲望还是对被抓、起诉、判刑的害怕。自从1918年的那些日子以后，他就再也没有梦到过被送到行刑队处决。而那时，在普拉代勒上尉那难以对付的眼神下，他被莫里厄将军召见，此后，几乎每天晚上这些梦都会重现。当没有波利娜作伴的时候，他就会被普拉代勒上尉的十二个化身小团队枪决。无论是享受还是死亡，结果都是一样的：大叫着突然地惊醒过来，浑身是汗，疲惫不堪。他总是费尽力气地摸索着他的马头，这个唯一能平复他焦虑的东西。

他们事业的成功所带来的巨大喜悦，在两个人之中以不同的理由立刻变成一种奇怪的宁静，这种当完成重大任务所感受到的快乐需要很多的时间才能形成，而实际上随着时间的流逝，这看起来并不是人们所希望的那么重要。

有没有波利娜，阿尔伯特都打算离开。现在大量地，接二连三地收到钱，爱德华也几乎不再找理由来反驳。他勉强地让步了。

他们约定关于纪念建筑物的商业促销在七月十四日就得完成，十五日一到就逃走。

“为什么要等到第二天呢？”阿尔伯特慌张地问道。

“好的，那就十四号吧。”爱德华写道。

阿尔伯特急忙地翻动着航运公司的目录。眼神随着手指移动，找着从巴黎出发的路线，最后发现了一辆白天最早时间到达马赛的夜班火车，然后是第一班即将前往的黎波里的邮轮。他感到很庆幸自己还保留着那个可怜的路易·埃夫拉尔的军官证，那还是停战后的几天从行政大楼里偷出来的。第二天一到，他就买了票。

一共三份。

一份是给欧仁·拉里维埃，另外的是给路易·埃夫拉尔夫妇。

要怎样带走波利娜，他一点儿办法都没有。在这十五天里，难道就能确定一个女孩会放弃一切，然后跟你逃到三千公里以外的地方吗？他越来越怀疑自己。

这个六月对情侣来说，真是创造了一段属于天堂的美妙时光，当波利娜不工作的时候，那就会是他们没有休止的夜晚，或者是坐在公园长凳上那每时每刻都停不下来的相互抚摸和交谈。波利娜任由自己那些少女的幻想，描绘着自己期望的房子、孩子以及丈夫，她如此熟悉的阿尔伯特也越来越像自己幻想的那个人，而越来越远离那个真实的阿尔伯特，那个真正的想要逃到外国去的骗子。

在等待中，还有钱的问题。阿尔伯特开始寻找一个寄宿家庭，以便能够接待波利娜，如果她同意到家里来的话。他排除了酒店，因为在这样的情况下，他认为那不能体现一个好的品味。

两天后，他就找到了一个干净的寄宿家庭，这儿位于圣拉扎尔街区，房东是一对姐妹，这两人都是寡妇，人也很随和，出租了两间公寓给了十分可靠的公务员，但是她们保留了很小的房间给前来偷情的已婚男女，时常都是会心一笑就接收了这些人，日以继夜，因为她们会在床旁边的隔墙上凿出两个同一高度的洞，一人一个。

波利娜有些犹豫。总是说着套话“我不是那样的女人”，然而最终她还是答应了。他们上了出租车。阿尔伯特打开了房间的大门，完全和波利娜想象的一样，这是一间带家具的出租房，帷幔很重，显得十分有钱，墙纸贴满墙壁，这儿还有一个独脚小圆桌，一张矮的安乐椅，这些甚至让整个房间看起来不那么像一个只是睡觉的地方。

“真漂亮……”她说道。

“是的，还不错。”阿尔伯特大着胆子说道。

他彻底疯了吗？无论如何，他什么也看不到。你可以数三分钟，进到房间，看到一切，脱下大衣，接着再多想一分钟，解开鞋带，脱下皮鞋，然后你就会发现这时的波利娜已经全裸，正站在房间的正中，面带微笑，展现出自己的身材，一脸自信的样子，无辜的两个乳房正在哀叹着，胯部的曲线十分动人，还有那完美无缺的、顺从的女性三角洲……所有的这一切都说明了这个可爱的女人早已失去了她的第一次，在说明了她好几周期间都没有打破这道防线之后，她便献出了自己的身体，如此急于地想要靠近看看究竟。阿尔伯特完全忍不住自己的欲望。你可以再多思考四分钟，接着就会发现阿尔伯特狂怒地欢笑起来。波利娜抬起头，有些疑惑又有些担心，但是很快又闭上眼睛，平静下来，因为阿尔伯特的下体储存着很多欲望。自从退伍以来，他没有享受过和这种状态一样的快乐，和塞西尔一起那都是好几个世纪以前的事了，而他的欲望是如此多得用不完，以至于波利娜最后说道，亲爱的，现在已经凌晨两点了，我们应该要睡了吧，是吗？他们缠在一起，身体一个抵着另一个，像勺子一样。波利娜已经睡着了，这时，阿尔伯特开始轻轻地哭泣，因为他不想吵醒她。

在离开他的波利娜后，他很晚才回到家。自从她在那间小房间里和阿尔伯特睡到一起的那天开始，爱德华见到他的次数就更少了。在和她再次相聚之前，那些她不工作的夜晚，阿尔伯特就会把一箱箱的钱带到原来住的地方去。几万、几十万的法郎堆积在一个行李箱里，被放到床下，而那张床他不再睡在上面。他检查着爱德华的饮食，在再次出去之前，他会拥抱路易丝，而路易丝总是漫不经心地看着面罩，眼神中充满了仇恨，就好像是在责难某人把他们俩抛弃在家。

某天晚上，大概是7月2号那天，一个星期五，当阿尔伯特回到家来的时候，手上还提着装着七万三千法郎的箱子，他发现房间空空荡荡，一个人也没有。

墙上仍然挂着许多各种样式的、各种颜色的面罩，整个房间空了出来，就好像要用来给博物馆储存东西一样。其中有一个加拿大驯鹿死死地盯住他，鹿身上有好多细小的木质片状外壳，还有两个巨大的鹿角。阿尔伯特转着身体，看着整个房间，从那个花花绿绿的印第安样式的玩意儿看到那些用珍珠和玻璃珠做成的蛇嘴，或者是从那个因为羞愧而痛苦的东西看到那个巨大的鼻子，就好像一个照着实物做成的骗子，给你一种想要宽恕他所有罪恶的想法，这些人物仁慈地观察着他，盯着他放在大门脚下的帆布包。

可以想象得到他的恐慌；从他们迁到这里以来，爱德华就从来没有出去过。路易丝也不在这里了。桌子上没有留下一张字条，也没有任何能说明要提前离开的东西。阿尔伯特伸头到床下，行李箱依然在那里放着，如果说他失去了钱，那么这是看不到的，这里放了太多的钱，你要是拿了五万法郎，甚至是察觉不了的。现在已经晚上七点了。阿尔伯特重新放好箱子，接着就冲到了贝尔蒙夫人的家里。

“他周末过来带走了路易丝。我说好的……”

她的声音像通常一样，没什么说话的腔调，这都表现出了她那种传达信息的神态，和那种只会出现在日报里的简短冷淡的语气。这个女人完完全全没有了灵魂。

阿尔伯特十分担心，因为爱德华什么都做得出来。当想象他自由自在地在城市里的时候，你不禁会感到恐慌……阿尔伯特已经上千次地解释过他们所处的状况是怎样的危险，要尽可能快地逃离！如果说一定要等的话（在拿到百万法郎之前，爱德华是绝对不会离开的！），他们就应该随时保持警惕，特别是不能被别人发现。

“当他们明白我们做的这些事，那么调查是不会持续太久的，你知道吗？银行会查出我诈骗的痕迹，每天都有人看到我去卢浮宫邮局，邮递员到这里来送过很多的信件，我们还去了打印店打印样册，一旦老板明白我们是怎样把他牵扯到这件事里来的，虽然不是出于本意，他一定会去告发我们的。警察要不了几天就会查明所有事。甚至还有可能几个小时就搞定了……”他解释道。

爱德华是答应过的，只不过答应了几天而已。瞧吧，得多注意才行啊。这就是在他们逃跑前两天里发生的事，他离开房间，和那个淘气鬼一起在巴黎闲逛，也许还在更外面的地方，与我们在外面所看到的所有的脸相比，那张被炸烂的脸似乎不再难看和引人注意……

他到底能跑到哪儿去呢？

# 34

“有人写信告诉我说艺术家现在人在美洲……”

拉布尔丹总是用复数来表示“美洲”，相信这样一个大陆整体的组合表达能让他的身份显得更加重要。佩里顾先生十分不快。

“他七月中旬会回来！”大区市长向他确定地说道。

“这太晚了……”

拉布尔丹预料到了这样的回答，于是笑了笑。

“当然不会晚，我亲爱的会长！您可以想象一下他对这个订单是多么兴奋，因此他会很快就开始工作的！他可是大步向前着呢！这不难想到！我们的纪念建筑物会在纽约设计好，”拉布尔丹用法语发音方法发出了“纽约”，“接着在巴黎制造出来，真是多么宏伟的象征啊！”

他的脸上还带着一副往常点菜或者偷摸秘书屁股时美味的表情，接着从衣服里面的口袋里掏出了一个大信封。

“这是那位艺术家寄给我们的其他草图。”

当佩里顾先生伸出手时，拉布尔丹情不自禁地捏着信封，持续了一小会儿的时间。

“这些更加漂亮，会长，这更具代表性！”

这种逐字叠加的表达意味着什么呢？没有办法弄明白。拉布尔丹在音节上下足了功夫，而精心炮制出来的句子却很少能说明其观点。另外，佩里顾先生不会在这件事情上停留很久，拉布尔丹就是一个肥胖的蠢货：无论你把他转到什么方向，他总是很快就暴露出自己的愚蠢，什么也不懂，什么都不盼。

在打开信封之前，佩里顾先生就打发他离开了，他想要一个人。

朱尔·德普雷蒙画完了八幅作品。其中有一套两面的作品，画的角度十分罕见，就好像你观察建筑物时无限地靠近它，站在下方往上看一样，这太出人意料了。第一面位于三折画的右边，取名为《法兰西率领军队作战》，第二面位于左边，取名为《骁勇的法国士兵攻向敌军》。

佩里顾先生看入了迷。到目前为止，本是静止的纪念建筑物完全变成了另外一回事。难道是这些配景太不寻常了吗？或者说俯视你，使得你变小的这个事实彻底地压垮了你？……

他试图形容自己的感觉。于是一个词就诞生了，虽然朴实、简单，但是却说明了他想的一切："有生命力。"瞧，这是一个好笑的修饰语，这本来是拉布尔丹的话，但是这两幅场景展现出了一种完全的写实主义，尽管在杂志报纸上的某些战争照片也表现出了战场上那些英勇的战士，然而，这里的画却更加真实。

另外的六幅画很大，平面图的细节构思很多，比如蒙着黑纱的女人的脸、一个战士的侧面像；那张脸决定了佩里顾先生的选择，他不再认为这个草图会……令人愤怒。

他翻动着画纸，将它们和放置好的木板贴在一起，接着花很长时间试图去想象自己正围着一个真实的建筑物转动，甚至是进到里面去。换句话说，佩里顾先生开始活在了他的建筑物中，于是他有了两重生活，就好像将一个情妇安顿在了自己家，瞒着所有人在那里度过所有的时间。几天之后，他终于能够想象到那幅草图的角度不是专门构思出来的。

他没有瞒着玛德莱娜，这没有用，他生命里的这个女人第一眼就能猜中他的心思。当她走进办公室时，父亲直立站在房间的正中间，所有的画展开在地上，在他四面围成一圈，要不然他就坐在扶手椅上，手上拿着放大镜，仔细地观察着草图。因为担心这些画会有所损坏，他便小心翼翼地保护着。

镶框工人来量了尺寸（佩里顾先生不想离开这些画），第二天，他们带来了玻璃、框架；晚上，所有的装镶工作就完成了。在这期间，又有两个工人还来拆卸了书架的好几个壁板，以便能够腾出悬挂的空间来。镶框工作让办公室从一间画室变成了一间展览厅，而这里只用来展示唯一的作品，即他的纪念建筑。

然后，佩里顾先生继续工作，参加会议，主持董事会，在市里的各大办公室里接见他的股票经纪人、分行经理，但是和以前相比，现在他更想回家，把自己关在房间里。通常，他都独自一人吃饭，仆人们会把饭菜送上去。

一种理解的能力正在他的身体里缓慢地成熟。最终，他明白了一些事情，曾经的那些情感又一次出现了，那是和经历妻子死亡同样的一种伤心，那个时候他遭受了空虚和宿命的折磨。关于爱德华，他也责备得越来越少。和儿子言归于好，同样也和现在的自己以及以前的那个自己握手言和。

这个平静同时也是一种发现。一边是战争中的爱德华笔下的那本画册，另一边是纪念建筑物的草图，在这之间，佩里顾先生终于能够从身体上感受到从来没有体会过的战争。他从来就没有想象力去感受一个源于士兵脸上或者巨型画作的情感……这里出现了一种情感的迁移。既然他不再过多地自责自己是一个丧失理智、冷漠的父亲，既然他选择接受日子和他的生活，那么就更要忍受他的死。最难熬的是停战前的那几天！就好像这已经是不公平的事情，爱德华死了，而其他那些人却活着回来！他是否像马亚尔先生发誓的那样死在了战场上呢？有时候，佩里顾先生会克制住自己不再去传唤这个在自己银行某个地方工作的法国老兵，以便迫使他说出真相。但是说到底，这个同志本人，他真正知道些什么呢？爱德华死的那一刻他的感受又是怎样的呢？

在不断地仔细观察他的纪念建筑画作中，佩里顾先生越来越被画中的情景吸引住，虽然记忆中清楚地记得玛德莱娜向他指明过，并不是这张格外熟悉的脸，而是左面那幅画里平躺着的死了的士兵以及那个向他投来的孤独胜利的眼神。艺术家抓住了简单又深刻的东西。佩里顾先生感到眼泪从心底涌了上来，他明白这些情感的出现是因为主角的身份发生了变化：现在，死亡的正是他自己。而胜利的那一方变成了他的儿子，这个儿子向自己的父亲投去了悲痛、忧愁、足以让你心碎的眼神。

现在已经过了下午五点半，然而气温仍然没有下降。出租马车里很热，即便是敞开靠着大街的玻璃窗也没有一点儿凉爽的感觉，什么也没有，只有温热的风吹来，令人十分难受。亨利使劲地敲打着他的膝盖，脑子里全是佩里顾先生对萨勒维耶的老房子会被卖掉的暗示。如果这件事情发生了，他一定会亲手掐死他，这个老不死的！他思忖着，让他介入到底有什么困难的？他有勇气去解决这些问题吗？为什么那个政府的小职员突然就这样出现，还如此固执和顽强？他的岳父真的就什么也做不了吗？亨利在个中猜测中都无法找到答案。

忧郁的想法、内心抑制的愤怒也无法阻止他的眼神，他一下就注意到了人行道上的迪普雷，在那边，他正大步谨慎地走着，那样子就好像一个男人企图掩饰自己的优柔寡断。

为了不被其他人发现和认出来，亨利摇上了车窗，真是非常有必要借助出租马车，这样就不会在大街第一个转角处被别人发现自己的身份……他喉咙像打了结似的说不出话来。至少，战争的时候他知道该责怪谁。当尝试集中精神思考即将到来的不幸时，出于非本愿的，他会不断地想到萨勒维耶的老房子。要放弃这个，他永远办不到。他上一周还去了那儿，这次重建的工作十分理想，整个房子的外形不可思议。这使人立马就能联想到在那个巨大的正门前，一大队人正整装出发去围猎，或者是他儿子婚礼的随行队伍陆陆续续地回来等等。要放弃这样的期待是不可能的，没有人能夺走他的梦想，也永远不能发生这件事。

在和佩里顾会面后，他只剩下了一颗子弹，唯一的一颗。

他辨认着方向，以便让自己安心：我枪法很准的。

只有三个小时来准备他的反击，组织一队力量微弱的战士，而这个队伍里只有迪普雷一个人。真够倒霉的，要战斗到底。如果他这一次获胜的话——这可能很困难，但是他有那个能力去做，那么他唯一的目标就是佩里顾这个老浑蛋。他思忖着：这需要一定的时间，但是我会击败他的。正是这样的誓言让他恢复了斗志。

迪普雷猛地抬起了头，急急忙忙地穿过大街，朝反方向走去，接着越过了内阁门厅，抓住了一个男人的胳膊，这个人正转身看着他，一脸的诧异。亨利远远地观察着这个场景，估量着这个家伙的行为。如果这个人能自己解决问题，那么一切都是有可能的，但是他完全像一个流浪汉。情况可能有些复杂。

他在人行道正中一动不动，一脸迟钝的样子，还比迪普雷高出一个头来。他有些犹豫，接着转过头来看向了偷偷给他指的轿车，在那里面，亨利正等着。他觉察到了他的那双脏鞋，又大又旧；这是他第一次看见有人穿跟自己一模一样的鞋。最后，两人折返，缓慢地走了过来。对于亨利来说，第一局他获得了胜利，而这离付装修轿车的预付款还很远。

当梅兰一上轿车就确定了这件事。他感到十分不快，脸上一下就出现了暴躁的表情。为了进到车里面，他就必须要努力地俯下身来，接着将头缩进肩膀里，就好像预料到了一场枪林弹雨的到来。他将一个巨大的皮包放到双脚间的地上，这个包曾经度过了一段美好的岁月。他也老了，马上就要面临退休。这个男人又老又丑，带着胆怯、好斗、草率的神情，寻思着自己为什么被扣住。

亨利伸出手去，但是梅兰没有回应，只是盯着他看。现在最好是立马就进入主题。

于是，亨利装出一副亲切的表情问了他，就好像他们彼此认识很久，准备要说一些无关紧要的事一样：

“你写了两份报告……一份是关于夏齐埃-马尔蒙公墓的，另一份是蓬达维尔的，是不是？”

而梅兰只是低声嘟囔着。他不喜欢这个看似有钱的人，这个人不过只是在弄虚作假而已。另外，为了找到自己，只能像这样在车内偷偷摸摸地见面……

“三份。”他说道。

“什么？”

“不是两份，是三份。我马上还要交上去一份新的。这一份是关于达尔贡-勒-格兰的。”

正如他说话的方式，普拉代勒明白了他的生意刚刚又遭遇了一场严厉的打击。

“但是……你什么时候去的呢？”

“上周。那边看起来可不好。”

“什么意思？”

刚准备对之前那两个事件辩解的普拉代勒现在却必须要努力解决第三个。

“嗯，是的……”梅兰说道。

他的口臭和带鼻音的口音令人十分讨厌。通常情况下，亨利都会保持微笑和亲切，让自己看起来是一个修养很好的人，但是现在，达尔贡已经超出了他的范围……这是一个不太大的公墓，两三百来个墓地，这里的尸体都是从凡尔登战线带回来的，几乎不会比这更多了。在那儿又能干出什么蠢事呢，并没有听说过任何风声啊！他不由自主地看着外面：迪普雷又转回了刚才的方向，朝向另外一边的人行道，双手放在口袋里，一边抽着烟，一边看着玻璃橱窗，他也有些紧张。

“你得管着点儿你的人……”他的语气十分强烈。

“这是当然的！亲爱的先生，这就是问题所在！但是这么多的工地，你又想要怎样呢？”

梅兰没有任何想要同情的意愿，只是沉默不语。对于亨利来说，诱使他透露实情十分重要，不能一个字也问不出来。于是，他用了一种事不关己但又好奇心很重的口吻问道：

“因为，呃……在达尔贡……说真的，到底发生了什么呢？”

梅兰很长时间都没有回答，亨利心想着他是不是没有听清楚问题。当梅兰开口时，他只是嘴唇动了动，脸上的表情一点也没有；很难猜测出他说话的意图：

“你每个都付了钱，是吧？”

亨利大大地摊开双手，手心朝上。

“当然。这很正常，付钱就是为了工作嘛！”

“你的每个工人都拿到钱了……”

亨利撇着嘴：“是的，当然，不然呢？……”他想到哪儿去了？

“正是这样，木棺里全是土。”梅兰说道。

亨利睁大眼睛，这他妈的到底是什么？

“有好多木棺都是空的，一具遗体也没有。为了赚到更多的钱，你的员工转移和掩埋了这些木棺，而里面一个人影也看不到。那里只有泥土，就是为了达到一定的重量。”梅兰补充道。

普拉代勒的反应出人意料。他心想：真是群蠢货，我简直受够了！受够了胡乱地将迪普雷和现场那些蠢货弄到一起，就连他们也想要多赚些钱，不论是做什么。就在他们也想要摆脱烦恼的那几秒间，这件事就变得和他不再有关，这真是让他受不了了！

梅兰的声音让他回到现实中来，事实上，作为公司老板，他完全地陷了进去；这些不用负责任的员工，还不会那么快遭殃。

“而且……这儿还有些德国佬的尸体。”梅兰加重语气说道。

他还是只动着嘴唇。

“德国佬？”

亨利在座椅上挺直了腰板。有了一丝希望。因为如果问题是这个的话，那么他在这方面可是专家。就德国佬这个问题来说，没有人能和他匹敌。梅兰摇了摇头，不，那个动作如此细微，以至于亨利一开始完全觉察不到。接着疑惑便产生了，德国佬，真的吗，什么德国佬？他们来这儿干什么？梅兰的脸上应该要表现出他的思想状态，因为他回答得就好像是明白对方的怀疑似的。

“如果你去了达尔贡那儿的话……”他开始说道。

接着他立马就停止了说话。亨利的下巴动了动：“快，快说，这到底是什么？”

“法国兵的墓地里装的都是些德国佬。”梅兰补充道。

这消息让亨利惊呆了，他像一条鱼一样张大着嘴。这是一个大灾难。一具尸体就是一具尸体。对于普拉代勒来说，人一旦死了，无论是法国的、德国的、塞内加尔的，他都完完全全不在乎。在这些墓地里，要发现一个外国士兵的尸体，一个走错地方的人，有时甚至还很多，一群攻击部队的士兵或者侦察兵，这情况并不罕见，军队总是来来回回地移动……因此，在这件事情上，那些规则就太过于严厉了：德国兵的尸体必须要和胜利英雄们的遗体严格地分隔开来，还得专门为他们准备由政府规定的特殊方格，以便存放遗体。如果德国政府以及负责军事公墓维护的德国战争墓地安置会同法国高层讨论关于上万具“陌生遗体”的最后命运的话，在此期间，那么将一具法国兵的尸体和一具德国兵的尸体混在一起，这将会是亵渎圣灵的。

在法国兵的墓地里安葬一个德国佬，这不免让人联想到这样的画面：死亡家属们站在墓地前哀悼，在那里埋葬的是敌人的尸体，是那些杀死他们儿子的人，这确确实实让人难以忍受，近乎于玷污了墓地。

这是毫无疑问的丑闻。

“我会留意这件事的……”普拉代勒低声说道。他一点办法也没有，既想象不到这个灾难的程度，也想象不到有什么办法可以补救。

那么弄错的到底有多少呢？将德国佬弄到了法国兵的木棺里，这件事到底是从什么时候开始的呢？怎么去重新找回那些遗体呢？

比以往任何时候，他都需要这份报告立马消失。

没有任何可商量的余地。

亨利看着梅兰这个老家伙，尽管一开始就看到他的那凹陷的脸颊和已宣告白内障的呆滞神情，他还是觉察到他更老了。还有那个实在是太小的脑袋，就像某些昆虫的一样。

“你做公务员很多年了？”

这个问题的提出带着一种断然的、命令的口吻和一种军人的语气。对于梅兰来说，话中有责备的声音。他十分讨厌这个奥尔奈·普拉代勒，他和想象中的简直一模一样，一个光说不做的人，一个狡猾多端、有钱、玩世不恭的人，接着，他的大脑里一下就闪过了“奸商”这个时下最流行的词。梅兰答应上这辆车的原因是想知道到底是什么事，但是，车里的气氛就和木棺里的一样，让他感到不舒服。

“公务员？我做了一辈子。”他回答道。

这样的表达没有自豪，也没有心酸，这是一个简单的确定，只是用来说明这个人从来没有去幻想过其他的职业。

“梅兰先生，请问一下你的官阶是哪一级？”

这显而易见，但是却又是伤人的，还有一点儿尴尬，因为就梅兰而言，在退休前的几个月，由于处于政府金字塔的最底层，那种一蹶不振的状态留下的是一道伤口，一个耻辱。他地位的上升取决于唯一的因素，那就是工龄的增加，而他就是那个队伍里的一个小兵，穿着二等制服结束职业生涯……

“你在这些审查工作中干得真是出色啊！”

他仰慕着他。梅兰本该是一个女人，而普拉代勒应该拉住他的手。

“多亏了你的努力和警惕，我们才可以使一切重新有了次序。那些耍小手段的员工……我们会将他们扔出去的。你的报告会给我带来最大的好处，这些汇报能让我们坚定有力地恢复施工。”

梅兰寻思着普拉代勒嘴里的这个“我们”到底是什么。答案立马就有了，这个“我们”就是普拉代勒的权力，是他本人、他的亲友、他的家庭、他的关系等等。

“部长本人也会注意到的，我甚至可以这样说：他会十分感激的！对，就是对你的能力和判断感激涕零！当然要知道，你的报告对我们来说是必不可少的，但是，要是事情传开了对任何人来说都是不好的，我想是这样的吧……”亨利继续说道。

这个“我们”集聚了一群有权力的、有影响力的、有高层好友关系的、有决策力的人，这些精英分子几乎就是梅兰厌恶的那些人。

“梅兰先生，我会亲自向部长讲述这件事的……”

然而，无论如何……所有这些肯定都是最令人难过的：梅兰感觉到内心有什么就要爆发出来，那情感的涌动是无可奈何的，如同无法控制的勃起一样。在许多年的羞辱后，最终一个好的晋级就必须要咽下那些难听的话，甚至是请求有人能来羞辱自己……几秒的时间内，他体验到了什么叫作扣人心弦的疯狂。

普拉代勒清楚地看到在这个一事无成的人的脸上，无论任命是多么肯定，或者又是多么引人注目，那不过就像是殖民地的黑人一样。

“我会专注到你的功绩和工作效率上去，这些我都不会忘记的，相反，理所当然地，我会报答你的！”

梅兰表示赞同，于是点了点头。

“瞧，既然你都在这儿了……”他低沉地说道。

梅兰俯下身，靠近他的公文皮包，伸手在包里翻了好长一会儿。接着亨利松了一口气，他找到了重点。现在必须找回那个反对授权、官阶、受贿赠品的报告，这都是些微不足道的东西，然后全部销毁，同时还要重新编写新的赞扬的汇报，无论麻烦是怎么样的。

梅兰仍然一直在包里胡乱地翻着，接着他掏出了一张被弄得皱巴巴的纸。

“既然你都在这儿了，就也请你顺便让这里面的一切都井然有序吧。”

亨利拿过纸张看了起来，这只是一张广告纸。他脸色一下就变得苍白起来。纸上写着费帕斯公司的广告词：用一个好价钱就可以修补所有旧的假牙，甚至是那些已经坏掉的或者无法使用的。

审查报告会引起丑闻的发酵。

“这玩意儿是好用的。对于地方官员来说，好处也不太多，每颗假牙就要好几生丁，但是无论如何，积少总会成多的。”梅兰说道。

他指了指递给普拉代勒的纸张。

“你可以保留着，我报告里还有另外一份广告单。”

他一边抓起大包一边告诉普拉代勒，话语中带着一种不再对交谈感兴趣的语气。然而确实如此，因为刚刚昙花一现的东西来得太晚了。这个闪现的愿望和升职到新的阶层的美好前景宣告失败。他马上就要离开公共部门，成功的希望早就扔到一边儿去了。没有什么可以擦去这四十年的职业生涯，他亲身经历了这一切。再者，他要怎么做，难道要坐在行政部门领导的扶手椅上，去管理那些他一直以来就鄙视的人吗？他拍了拍大包：瞧吧，不是我感到厌倦了。

突然，普拉代勒抓住了他的前臂。

他感觉到大衣下消瘦的身体，立马就能碰到骨头，这带来了一种令人十分不快的感受，这个男人巨大的骨架不过只是包裹在拾荒者的身躯里。

“你每个月要付多少房租？你又赚多少钱？”

这些问题犹如威胁恐吓一下就爆发了出来，显然这是很好的方法，这让争论变得清晰起来。就连不易动情感的梅兰都有些退却。普拉代勒整个人都表露出暴力的情绪，他用可怕的力气紧紧地抓住他的前臂。

“你赚多少钱？”他重复道。

梅兰试图恢复理智。当然，他心里是知道那个数字的，每个月一千零四十四法郎，一年一万两千，这点儿钱让他的整个生活都不顺利。他什么也没有，最后还会默默无闻，贫困潦倒地死去，也没有任何东西可以留给后人的，不管怎么说，他身边都没有任何人。尽管身份地位和被排斥在内阁之外的问题依然存在，但是待遇的问题却更加令人感到耻辱。折磨是另外一回事，你总是会带着它到处走，而它编织了你的生活网，完完全全地影响着你的整个人生，每一分钟它都会在你的耳边说上几句话，无论你干什么它都会跑出来。即便有不幸的人生，但更糟糕的还是贫穷，因为就算是在毁灭中找到方法保持强大，但是，贫乏的状态仍然会导致你变得渺小和心胸狭隘，而且还会变得卑鄙和吝啬；它使得你受轻视，因为面对它，你不可能完好无损，也没有办法保留你的自尊和高尚。

梅兰就正处在这样的状态下，他的视觉变得模糊起来；当恢复理智时，他感到头晕目眩。

普拉代勒拿出一个塞得满满的大信封，里面的钱多得就跟梧桐树的叶子一样，都快要将信封撑开了。他对待他的方式不再优雅，反而十分粗鲁。这位老上尉不需要阅读康德的学说，他相信所有人都可以被收买。

“我们也就不要拐弯抹角了。在这个信封里，有五万法郎……”他坚决地向梅兰说道。

这一次，梅兰不知所措。对一个一事无成的人来说，到最后还能得到相当于五年工资的钱。在这一大笔钱面前，没有人能够无动于衷，没人能忍住不要，眨眼间，你就会想到那些画面，你的大脑开始计算起来，想着同等的价值，到底是多少钱，一栋房子还是一辆汽车等等。

“这儿还有一个（普拉代勒从衣服里面的口袋掏出了第二个信封），总数是一样的。”

十万法郎！十年的工资！这个提议立马产生了效果，就好像梅兰一下年轻了二十岁似的。

他连一秒钟都不考虑，迅速从普拉代勒手中夺过了那两个信封。

接着，他俯身朝向地面，看到包被信封塞得满满的，可以说他开始哭了起来，还擤了擤鼻子，就好像包有个窟窿，必须要用这些钱封住底部一样。

普拉代勒本人也是个急性子，但是十万法郎的数目是巨大的，他就是看中了自己的钱。他再一次抓住梅兰的前臂，力气大得快要捏碎他的骨头。

“你把报告都给我扔到车上。你记住你自己的身份地位，不要再搞错了，我不在乎你要说什么，但是，你要承担你所有的责任。懂了吗？”他咬牙切齿地说道。

这十分明了，完全理解。梅兰泪流满面，结结巴巴地说着：“好的，好的，好的。”现在，他从车里冲了出去。迪普雷看着这个走在人行道上的巨大身躯，那样子就像一个香槟塞子。

普拉代勒满足地笑了起来。

接着，他立马就又想到了自己的岳父。既然前面的道路已经畅通无阻，他就要去研究那个最初的问题：要怎样才能取那个老东西的命？

迪普雷俯下身来，透过汽车的玻璃窗户想要探寻到老板的眼神，脸上还带着一种疑惑的神情。

而普拉代勒却仍然沉浸在刚才的思考中，心想：我要重新将他控制在我手中……

# 35

作为一个初出茅庐，从事“马戏艺术”的女仆人，她有一种不舒服的感觉。一个巨大的、难以忘记的黄色柠檬不停地在银白色的托盘上旋转，马上就要掉到地上，然后滚下台阶了；当然，它似乎就要像这样一直翻滚到主管办公室。她心想到，要挨骂，没有比这更好的了。因为没有人看见，她便将柠檬放到自己的口袋里，胳膊夹着托盘继续往楼梯上走（在鲁特西亚，员工是没有权利使用电梯的，不然还想怎么着！）。

通常，遇到那些要柠檬的客人，还要走路上七楼，她就会表现出不愉快的情绪。但是，显然她不会这样对欧仁先生。欧仁先生，那是另外一回事。这是一个从来都不说话的人。当需要什么东西的时候，他就会将一张写着大字的纸放到他的豪华套房的门毯上，以便让服务生看见。他总是如此，十分礼貌，也十分得体。

但是，这样的行为却又非常奇怪。

在酒店里（可以理解为“在鲁特西亚”），只需要两三天欧仁先生就赫赫有名了。他总是用现金支付房间费用，好多天前，都还没有送去账单，他就已经结了账。没有人见过他真实的样子；至于他的声音，只听得到一些类似于咕噜咕噜的叫声，或者是刺耳的笑声，要么让你哈哈大笑，要么让你毛骨悚然。没有人知道他到底在干些什么，他总是戴着巨大的面罩，而且没有重复的，一股脑地沉溺在自己的幻想中：在走廊上跳舞的动作常常让女仆人们扑哧一声就笑了出来，还有送花的次数多得数也数不清……他让跑腿的服务生去酒店对面的乐蓬马歇百货公司买各种各样不妥当的东西，这些小玩意儿都被用到了面罩上，比如鸡毛掸子、金箔纸、毡制品、颜料等等，而且还不止这些呢！上周，他还叫一队八人室内乐团来这里。一被通知他们的到来，他就立马下了楼，面对着接待大厅，直立站在第一个台阶上，打着拍子。乐队演奏了吕利的《土耳其庆典进行曲》，接着，他又回到了房间。欧仁先生给每个仆人发了五十法郎，作为打扰他们工作的补偿。人事部主管还专门到房间里去感谢他的慷慨，但是，他的那些爱好却……“欧仁先生，你住在豪华酒店里，应该要考虑到其他的客人和我们的名声。”欧仁先生表示同意，令人不快并不是他的风格。

面罩的事特别让他为难。一到这里，他就戴上了一副几乎还算正常的面罩，那张脸长得足以让人确定这个人患了面瘫。脸部轮廓是僵化的，但却又是生动活泼的……这和格雷万蜡像馆里那些不动的面罩一模一样。每当他出去都会戴着这个东西，很少戴别的样式。人们几乎就只见过他两三次将鼻子露在外面，而且还总是在夜晚；明显地，他不想撞见任何人。某些人说他常去下流的场所，就这么一个小时的时间，你在想什么，他不会是出去做弥撒了吧！

谣言传得很快。当一个员工从他的套房出来后，就有人急忙询问：“这一次你看到什么了？”当得知是要了柠檬，才明白她必须得给他拿上去。她重新下了楼，女仆人们围了上去，问着各种问题，因为其他人也遇到过各种令人诧异的场面，有时候她们面对的是站在大开的窗户前手舞足蹈发出刺耳声的非洲鸟；有时候，又是亲临其境地处在一场悲剧表演中，那儿摆着大约二十来张盛装的椅子，用来象征观众，然而，这一间房间里就只有这么一个似乎还踩着高跷的演员，大声地说着没人能懂的台词……于是，问题来了：欧仁先生是不是有些不正常，这毫无疑问，但是说真的，他到底是谁呢?

即使他发出咕咕哝哝的声音，而且还在活页纸上写下他的要求，还是有一些人声称他是哑巴；另外的断言他的脸受了伤，但是这也太难弄明白了，所有这些我们知道的人都是卑微的，从来就不是和他一样的有钱人，所以她们会说，是的，太好笑了，你说得对，我从来都没见过。然而，有着豪华酒店三十年工作经验的洗涤缝补部女主管反驳着，完全不是这样，我认为这绝对是一场恶作剧。她主张这是一个逃跑的强盗，一个发了横财的囚犯。女仆人们暗笑着，相信欧仁先生更像是一个美洲的著名演员，现在不过只是隐姓埋名旅居在巴黎而已。

尽管警察很少会来检查这种级别的酒店，但是因为必须要表明身份，所以他向酒店前台出示了军官证。欧仁·拉里维埃。名字是不会向任何人透露任何事的。有人认为它甚至听起来还有一点儿假……没有人会相信。洗涤缝补部的女主管接着说，要伪造一个军官证，没有比这更简单的了。

除了他的那些令人好奇的、少有的夜晚外出，每一次酒店员工到那里去，都会看到欧仁先生总是待在七楼的房间里，身旁还有一个古怪又沉默寡言的小姑娘，这个女孩有一种女统治者的严肃表情，刚到这里来的时候她就跟着他。所以，大概都是靠她来向酒店解释一些事情，但是，她也一样是个哑巴，也许只有十二岁。下午结束后她就会露脸，总是很快地从前台前走过，一个招呼也不打，但是在这么一点儿时间里，还是可以发现她有多么可爱，一张倒三角形的小脸，一对高高的颧骨，一双又黑又亮的眼睛，穿着朴素，但是却十分干净利落，能感觉到她是受过一些教育的。一些人说那是他的女儿。另一些人暗示她更像是被领养的，在这一点上，谁也不知道真实情况。晚上，他会点各种各样的异国菜肴，不过总是肉汁浓汤、水果汁、果泥、果汁冰激凌和流质食物。接着到了晚上十点的时候，人们就会又看到她下楼，一声不吭，动作也十分缓慢；她会在拉斯拜尔大道的拐角处拦下一辆出租车，而且总是在上车前询问价格。要是价格太过分的话，她就会讨价还价，然而到了目的地后，司机才意识到用她口袋里的钱大概都可以付三十次行程了……

在欧仁先生住的豪华套房的门前，女仆人从她的围裙里掏出了那个柠檬，再将它平放在银白色的托盘内，接着按下门铃，再轻轻地拍了拍她的制服，以便给人一个不错的印象，然后就等着有人来应门。可是，什么都没有。她又敲了第二次门，更加谨慎，希望自己能做好服务的工作，而不是打扰到客人。依然什么声音都没有。她说不准，可能是有人的。接着，一张纸就从门缝中递了出来："请将柠檬留在这里，谢谢！"她有些失望，但是这种感觉没有持续太久，因为当弯下腰摆好装有柠檬的托盘时，她就看见一张五十法郎的纸币向她伸了过来。她把钱放进口袋，立马跑开了，就好像一只胆小的猫看到有人给它拿来一根鱼骨头。

爱德华把门打开了一点儿，伸出手，拿起托盘，关上了门，接着走到桌子前，放好柠檬，拿起一把刀将柠檬切成了两半。

这件套房是酒店最大的房间，大大的窗户面朝着乐蓬马歇百货公司，从这里就能俯瞰整个巴黎，但是必须要很多的钱才能住进来。首先，爱德华在一个大汤勺底部放了足够多的海洛因，接着灵巧地将柠檬汁挤到里面，一束又一束的灯光落到了果汁上，那颜色十分漂亮，有彩虹般的美丽，还带着一点点的蓝色。这是两天晚上出去得来的东西。价钱嘛……要说让爱德华意识到价格的话，那么可以说一定是很贵的。但是从另一方面来说，这也不重要。在他的床下，退伍的背包里有大把大把的钱，那还是从阿尔伯特的行李箱里弄来的，塞得满满一行李箱的钱正是为了他们离开而准备的。如果女佣趁着打扫的机会偷走这些钱的话，爱德华也不会发现，再说了，是人都想要好好地活着。

四天后，他们就要离开了。

爱德华小心翼翼地搅动着褐色的粉末和柠檬果汁，仔细检查着是否有结晶的颗粒或者还没有溶解的状态。

还有四天。

打心底来说，他意识到了这件事情，从来就没有认为自己会离开，永远都没有。所有关于那个不可思议的纪念建筑设计都是滑稽的代表作，像这样一个骗局，一件既不能让人兴奋也不能让人快乐的事情，他却沉溺于此，除了死亡，别的都没有准备。他甚至不想让这件疯狂的事情牵连到阿尔伯特，认为早晚每个人都会从中得益。

精心搅拌完粉末后，手已经开始发抖了，然而他仍然试图将勺子平放到桌子上，而不是打翻它。他拿起火绒打火机，转动布条，接着用大拇指开始滑动火绒打火机的滚轴，火花一下就飞了起来，布条也点燃了。尽管要耐心等待，整个滚轴仍在不停地转动，但是他却看着这个宽敞的套房。这里的感觉就和家里的一样。以前生活的地方总是有很多大的房间；这里，整个世界就只有这么大。父亲不能看到他在这豪华的房间里真是太可惜了，因为总的来说，爱德华赚钱的速度比他快很多，而且方法并不比他更卑鄙。事实上，他也不知道父亲到底是怎样积攒财富的，但是，他却对所有钱财背后总是隐藏着罪恶的理论深信不疑。至少，自己没有杀人放火，他只是帮助一些人，让他们的幻想早些破灭，将时间不可避免的影响大大加速，没有别的了。

火绒布最后全部烧完，也不再散发出温度，爱德华放下勺子，混合物微微滚动起来，吱吱作响；必须要十分小心，一切都在这里了。当混合物准备好的时候，爱德华还得再等着它凉下来。于是，他站起来，走到了窗户边。一束漂亮的光线在巴黎延伸开来。当独自一人的时候，他都不会戴面罩，这时玻璃窗反射出来的样子总是会让他感到惊讶，这和1918年看到那张脸一模一样，当时他被送进医院，阿尔伯特还认为他走到窗户边只是想要看看自己的样子。真是多么震惊啊。

爱德华自己开始仔细地想起那些往事。他不再惊慌，习惯就成了自然，但是伤心的情绪却仍然没有改变过，随着时间的流逝，内心的那个本来就裂开的伤痕在扩大，而且还在不断地变大。他又是多么热爱生活，这就是问题所在。越不珍惜生活的人，事情就会变得越简单，然而，他却……

混合物达到了一个很好的温度。为什么父亲的画面仍然不断地纠缠着自己呢?

因为他们之间的故事还没有结束。

这个想法让爱德华一直保持着他现在的姿势。就像事情被揭露出来令人惊讶一样。

每段故事都应该有它自己的结尾，这是生命的次序。即使是悲剧的，是难以忍受的，是微不足道的，那也必须要有一个完完全全的结果。和父亲，他却没有结束，这两个人是以宣告敌对的状态分开的，从此以后再也没有相见，一个死了，另一个活着，但是没有任何一个人说出结束的话。

爱德华将压迫血管的带子紧紧地拴到手臂上，当将液体注射进自己的静脉时，他情不自禁地开始赞美这座城市，还有那美妙的光线。突然，一道闪电闪过，使得他有些喘不过气来，光线射进眼睛，在视网膜上投下影像，他从来都没有期望过，这会是如此美丽。

# 36

吕西安·迪普雷正好在晚饭时突然到访，玛德莱娜也已经下了楼，刚刚坐好。亨利不在家，她就一个人吃晚饭，父亲会让人送饭到房间里去。

“啊，迪普雷先生……”

玛德莱娜是个非常有教养的人，她是由衷地高兴见到他。在宽敞的大厅里，他们面对面看着对方，迪普雷将大衣反挂在肩膀上，手拿着帽子，整个人僵硬地站着，由于地板是黑白相间的方格子，他看起来就像是立在国际象棋棋盘上的一颗棋子，跟真的没两样。

除了让自己害怕，他从来就不认为她是个沉着而又果断的女人。

“请原谅我打扰您了，我是来找先生的。”他说道。

玛德莱娜笑了笑，不是因为这个问题，而是他说话的方式。这个男人是她丈夫重要的助手，可是却表现得像一个仆人。她仅仅只是无能为力地笑着，心里想要回答他，但是就在这一刻，肚子里的孩子突然踢了一脚，让她有些喘不过气来，膝盖弯曲了一下。迪普雷立马冲上前去扶住她，场面有些尴尬，他不知道要将手放到哪里。在这个瘦瘦的但却十分强壮的男人的胳膊上，她感到自己有了安全感。

“您要我叫人过来吗？”他一边说着一边将她扶到大厅边上的一张椅子上，让她坐下。

她果断笑着表示不用。

“可怜的迪普雷先生，不需要麻烦别人！这个婴儿真是一个淘气鬼，他十分好动，特别是一到晚上的时候。”

她坐了下来，恢复着正常的呼吸，双手紧紧地贴在肚子上。迪普雷仍然弯着身子扶着她。

“谢谢你，迪普雷先生……”

她对他一点也不了解，早上好，晚上好，你好吗，但是她从来没有听到对方的回答。然而，她突然意识到：尽管他因为太过顺从而表现得十分谨慎，但是却知道许多关于亨利的生活和他们夫妻之间的事。一想到这点，她就十分不高兴。她咬紧了嘴唇，觉得丢脸，并不是因为自己的男人而感到耻辱，而是当下这样的情况很难堪。

“你是来找我丈夫的……”她开始说道。

迪普雷挺直了身体，他的本能告诉自己不要再坚持下去，要尽可能快地离开这里，但是现在已经太晚了，就好像点燃了炸药线，却碰到了两面都锁死的应急出口。

“事实上，我也一样，不知道他现在在哪儿。你去找了他的那些情妇了吗？”玛德莱娜继续说道。

这是一种恳求，寄希望于对方站在你的角度去思考，真心为你效劳。迪普雷扣上了大衣的最后一颗纽扣。

“我可以给你写下你想要的地址，但是这需要一点儿时间。如果你没有在这些女人的家里找到他，那么我建议你到所有他经常去的地方找一找。你可以从洛雷特圣母教堂大街开始找起，亨利很喜欢待在那儿。如果他不在的话，那么就去圣普拉西德大街，接着是于尔叙勒街区，我已经记不起街道的名称了。”

她沉默了一小会儿，接着说道：

“我不知道为什么他妈的这些脏东西都在神圣的大街上……毫无疑问，这是恶对善的敬意。”

从这个有着良好教养的、怀孕的女人嘴里冒出“他妈的”这个词，在这样一间大房子里并不会令人不快，而是十分伤感。她忍受了怎样的痛苦……迪普雷在这件事情上搞错了。玛德莱娜没有任何的痛苦，不是因为爱情而受伤（她的爱情早已消失），而是自尊心受损。

迪普雷骨子里就是一个士兵，从不认输，他对此很镇定。玛德莱娜对自己扮演的角色很无奈，那是荒谬的，于是，她做了一个手势，而他打住了她，没关系，不用道歉。真是糟糕透了，他理解她。接着，她便离开了大厅，嘴里还嘀咕着“再见”，几乎听不见声音。

亨利打出了四个五，像是在说，我有什么办法呢，事情就是这样的，你早晚也会赢的。围着桌子的所有人都哈哈大笑起来，特别是输得最惨的莱昂·雅尔丹-博勒，他的笑声是在表达对愿赌服输的比赛规则的尊重和超脱，什么，一个晚上五万法郎，真是一笔好买卖……再说了这也是事实。比起忍受亨利那咄咄逼人的胜利，失去一点钱要好很多。这个男人已经拿走了他的一切，他们相互之间想的都是同一件事。五万法郎，亨利一边计算着一边收好牌，像这样再来一个小时，我就可以收回贿赂那个碌碌无为的政府官员的钱。这个穿着巨大皮鞋的老东西，这下可以买双新的了……

“亨利……”

他抬起了头。有人叫着他的名字，现在该他说话了。我过。在这笔生意上，他有一点后悔，为什么要给他十万法郎呢！本来用一半的钱就可以获得相同的结果，也许还不用一半呢。但是他很紧张，太仓促，真是沉不住气啊！很有可能用三万法郎就……幸运的是，这个被戴绿帽子的莱昂来了。在牌上面，亨利也嘲笑他。莱昂会把总数如数付清，当然不是全部，至少是一大部分，但是如果算上他的妻子和高级古巴雪茄的话，那么就扯平了。选择合作的这个好想法，并不是说要拔了这只“大鸟”的毛，而是说这是一种特别的乐趣。

几手之后，就只剩下四万法郎了，刚才赢的钱又输了一些出去。直觉告诉他最好立马收手，于是，他便不加掩饰地伸着懒腰，所有人都明白，有人假装很累，要求拿来大衣，离开这里。当亨利和莱昂出来的时候，已经凌晨两点了，他们俩径直地走向了各自的小轿车。

“说真的，我累死了。”亨利说道。

“现在很晚了……”

“亲爱的伙计，更确切地说，这个时候，我要去找那个迷人的情妇（一个已婚的女人，要保持隐秘），那个年轻又淫荡的女人，你无法想象她的那种下流！那孜孜不倦的欲望！”

莱昂放慢了脚步，激动得话都说不出来。

“恕我冒昧说一句，我建议应该给被戴绿帽子的男人们都发一块奖牌，这是他们应得的，难道你不这样认为吗？”

“但是……你的妻子……”他支支吾吾地说道，声音十分苍白。

“噢，玛德莱娜啊，那是另外一回事，她已经是母亲了。到你身上你就会意识到了，和一个女人一起又不是什么大事。”

他点燃了最后一支烟。

“亲爱的伙计，你……夫妻生活还幸福吗？”

这一刻，要让他自己的幸福真真切切地完整，那么要做的就是，丹妮丝必须找个借口说要去见一位朋友，然后出现在本来该汇合的酒店，就是这样，必须立刻就去。如果不行，他计算过从洛雷特圣母大教堂绕道则不会比这样一个路线花掉更多的时间。

无论如何，这也花了他一个半小时的时间……这总是一样的，人们都认为只会待一小会儿的时间，可是这里有两个自由的女人供你选择，你得两个都照顾到，还得慢慢地来……

当到了库尔塞勒林荫大道时，他还是笑容满面，但是当看到迪普雷的时候，笑容便僵住了。在夜晚的这个时间，他的出现可不是一个好的兆头，他等了多久呢？

“达尔贡被封锁了。”迪普雷没有问候就直接说出了口，就好像这七个字足以解释所有情况似的。

“什么，封锁了？”

“唐皮耶也一样。还有默兹河畔蓬达维尔。我已经给各处都打了电话，但是没有成功联系上任何人，我想应该是所有的工地都关闭了。”

“但是……谁干的？”

“应该是市政厅吧，有人说是更高层的领导下的命令。在我们的每一个墓地前都有一个宪兵把守着。”

这个消息使亨利深受打击。

“宪兵？什么乱七八糟的东西。”

“是的，好像还要来一些审查员。在此期间，一切都暂停。”

发生什么事了呢？那个碌碌无为的政府官员不是已经退回了他的报告了吗？

“你是说，所有的工地吗？”

事实上，重复一遍也没有用，他的老板已经一清二楚了。只是还没有注意到问题的严重性。于是，迪普雷的声音变得更加清楚：

“我还想告诉您，我亲爱的上尉……接下来的好多天，我可能都不在。”

“老伙计，这个时候可千万不能这样啊。我需要你。”

亨利给了一个符合正常情况的回答，但是迪普雷的不作声却看起来不像他一贯的、顺从的沉默。这是一个十分确定的声音，是他指挥工头的口气，却又更加明确，比起正常状态下的话语，这句话没有那样毕恭毕敬，接着，他继续说道：

“我需要回到我自己的家里去。我不知道要待多久才能回来，您知道的，这个……”

亨利用工业巨头的严肃表情盯着他，迪普雷的反应让他担心。他明白这一次情况变得比想象的还要严重，因为迪普雷什么也没做，等也没等，只是动了一下头，转身就走开了。消息已经带到，他的任务也完成了，彻彻底底地结束了。这是另外一个让自己受辱的人，普拉代勒咬紧了牙齿。他重复着曾经无数次心里所想的事情：自己犯了错，给他发的工资太低了。一定是忠诚鼓舞了他，才坚持下来的。现在已经晚了。

亨利看了看表，2点半。

看时间的时候，他注意到了底楼那儿传来了一道光线。他正要推开门的时候，她也打开了门，就这样他撞见了那个漂亮的棕色头发的女仆人，怎么回事啊？波利娜，就是她，真是美极了，为什么没有睡过这个女人呢，他没有过多的时间去思考这件事情。

“雅尔丹-博勒先生来了好多次电话……”她说道。

亨利吓到了她，她的胸部快速地涌动着。

“……但是电话铃声吵醒了夫人，于是，夫人便挂断了电话，让我等着你回来，然后告诉您，记得给雅尔丹-博勒先生回电话，您一回来就要马上通知你。”

迪普雷走后，来了两个小时之前才和自己分开的莱昂。

亨利不自觉地盯着漂亮女仆的胸部，但是他开始有些不知所措。莱昂和所有工地被关闭是不是有什么联系？

“好的，好的！”他说道。

自己的声音让他安下心来。惊慌失措太愚蠢了。再说，他也要好好核对一下，可能是临时关闭了一两个公墓，但是要关了所有的，这可能性太小了，这会让本来不足挂齿的事情变得更加难堪。

波利娜可能还在椅子上睡着了，因为现在站在大厅里的她，脸有一些浮肿。亨利盯着她，想着其他的事情，那个眼神就和他看所有女人一样，能让你感到不舒服。她向后退了一步。

“先生，您还需要我吗？”

他摇了摇头，于是她立马就跑走了。接着，他脱下了大衣。

给莱昂回电！这个点儿！就好像还没有做够像这样的工作一样，他还得去处理这个侏儒！

他来到办公的房间里，拿起电话，让接线员转线，对话几乎就是这样开始的，他大叫了起来：

“什么？这个报告的事儿到底有完没完？”

“不，是另外一个……”莱昂说道。

莱昂的声音没有表现出担心，看起来还能够控制住自己，在那些状况下，他早就惊讶够了。

“是关于，呃……嘎尔贡。”

“不！不是嘎尔贡，是达尔贡！”亨利愤怒地说道，“另……”

刚刚只是感到震惊的亨利，现在被这个新的消息给击倒了，什么也说不出来。

为了解决报告的事，他已经花了十万法郎了。

“八厘米厚的一叠钱。”莱昂总结道。

亨利皱了皱眉头。那上面都写了些什么，这个拿了十万法郎跑走的政府浑蛋，这么一大笔钱，都换来些什么东西?

“在内阁里，我们永远见不到同样一件东西：报告里有十万法郎，如此多的钱。钱全部整整齐齐地贴到了那些纸上。甚至后面的附页还详细概括了数字。”

那家伙上交了钱。这真是让人目瞪口呆啊!

面对这个消息，亨利无言以对，怎么也拼凑不起这个谜题：报告、内阁、钱、关闭的工地……

莱昂说出了相互的关系：

“审核员描述了达尔贡公墓严峻的情况，检举了企图向已经宣过誓的政府官员进行贿赂的行为，这十万法郎就是证据。他们进入到了一个必须招供的状态。这就意味着报告的指控是成立的，因为不能没有任何原因就收买一个政府官员。特别还是用这样一笔钱。”

大灾难来了。

莱昂沉默了一小会儿，这无非就是为了让普拉代勒思考这件事情的后果而已。他的话是如此平静，亨利有一种和陌生人说话的感觉。

“晚上的时候，我父亲知道了这件事。”莱昂回答道，“部长一秒也没有犹豫，你想想看，他也要自保，立马就下令关闭了工地。按理说，他会花上一些时间来整合所有的原因，以便能够提起控诉或者开展某些公墓的检查工作，像这样的话，就会有十来天的时间，接着才会传唤你的公司上法庭。”

“你是说‘我们的’公司吧!”

莱昂没有回答他的话。明显地，在这个晚上，重点都在沉默中流走。先是迪普雷的话，这个……接着是莱昂的话，语调非常柔和以及克制，像是在说一个秘密一样。

“不，亨利，是我的错，我忘了告诉你……上个月我已经转卖了所有的股份。另外，对那些指望着你成功的小股东，我希望你不要让他们失望。这个生意和我个人再也没有关系了。我这样来通知你，那是因为你是我的朋友……”

一阵沉默，十分震撼人心。

亨利想要杀了他，亲手剁了这个侏儒。

“费迪南·莫里厄也同样卖掉了他的部分。”莱昂补充道。

亨利没有反应，十分缓慢地放下了电话，他完全被这个消息掏空了身体。他本可能会杀了雅尔丹–博勒，但是现在连拿起刀的力气都没有。

部长、工地的关闭、贿赂的控诉，所有这一切都变得更加严重了。

他完全无法控制住当下的情况了。

他没有时间去思考，甚至去看时间。差不多已经凌晨三点了，这会儿，他冲进了玛德莱娜的房间。她没有睡觉，坐在床上，这个晚上家里有太多杂乱的事情，不可能闭得上眼睛！莱昂每过五分钟就打来一次电话，一直在说，你要告诉他……而她挂断电话说道，你给他回电话了吗？接着，看到疯狂的亨利后，玛德莱娜被吓住了。她明白他的担心、愤怒、耻辱、忧虑，甚至是痛苦，比如上周那些乱七八糟的事情已经把他逼到了绝境，但是一到第二天就完全好了，他还解决了麻烦。然而这个晚上，他的脸十分苍白和僵硬，声音从来没有如此颤抖过，担心害怕到了极点：这一次没有谎言，一点也没有，脸上也没有流露出平时那种机灵和弄虚作假的神情。通常，二十步之内，你就能够感受到那种装模作样，然而现在，他却是一种十分真诚的样子……

这是单纯的，玛德莱娜从来没有见过他这种状态。

丈夫没有为突然闯进她的房间道歉，现在正值深夜，他坐到床边，说了起来。

他仅仅只是说着能说的，不想破坏自己的形象。但是即使是如此有节制的讲述，所说的话仍然让自己十分不高兴。太小的木棺、无能又贪财的工人、所有不会说法语的外国人……还有工作的难度！怎么想也想不到会这样！但是他应该意识到这件事情：德国佬睡到了法国兵的坟墓里，木棺装的都是土，现场偷鸡摸狗的买卖，还有那些报告，他相信用钱买通政府官员的建议能起到好的作用，当然，这是愚蠢的行为，但是最终却……

玛德莱娜点着头，听入了迷。对她来说，所有这一切都不是他的错。

“亨利，说到底，为什么要你一个人来承担这个责任？谁都可以容易地说……”

亨利十分震惊，首先是他被自己吓住了，要说出所有的这些事情，意识到自己干得很差，接着又被玛德莱娜吓到，因为她是那么认真地在倾听，尽管没有反驳他，但是她是明白的。最后是因为两个人一起的这种状态吓住了他，因为这是从相识以来第一次两个人表现得像成年人一样。他们之间的谈话没有愤怒，没有激动，就好像他们在交换对房子施工的意见，或者是谈及一场旅行和家庭的问题，总之，他们第一次相互理解对方。

亨利用另一种眼神看着她。让人震惊的正是她那大得惊人的胸部。她穿了一件薄的睡衣，还看得见那对大大的、深色的乳晕像花朵一样绽放开来，还有圆圆的肩膀……亨利停下来凝视了一小会儿，这一秒神圣的时刻，他是极度想要得到她，这股欲望让他有了巨大的幸福感。这种性欲的强烈感同样取决于母性的、保护的态度，玛德莱娜采取了这样的方式，这在她的内心产生了一种希望被庇护、被接受、被融化的想法。问题是严重的、严肃的，但是她的倾听方式却是轻松的、简单的、使人安心的。于是，亨利的心情渐渐地平息下来，声音也变得更加温和，谈吐也更加缓慢。他看着她，心想着：我拥有这个女人。内心感受到一种新的、意外的自豪。他伸出手，放到她的乳房上，她优雅地笑着，接着，他的手沿着肚子往下滑，玛德莱娜开始用力呼吸起来，可以说是急促的呼吸。在亨利的动作中，看得出有一丝丝的盘算，因为在和玛德莱娜上床这件事情上，他是很有经验的，但是这个行为也不仅仅局限于如此。这就好像是和一个再也没见过的人重逢一样。玛德莱娜分开双腿，但是却又用手抓住他的手腕。

“现在不是时候。”她叹了一口气，然而那声音又像是在叫喊着继续。

亨利同意，手上的动作慢慢地停了下来，他感到很强烈的情感，又一次找到了自信。

玛德莱娜缓过气来，背压着枕头，找着一个姿势，当摆好动作时，她慨然长叹，沉浸在抚摸的欢愉中，在听着对方说话的同时，乳房慢慢地凸起，欲望越来越强烈，他有一双十分灵巧的手。亨利全神贯注着，但是又必须要回到主题上来：

“莱昂背叛了我。我也无法期待你父亲的任何帮助。”

玛德莱娜快疯掉了，惊讶莱昂居然没有帮助他，他不是也参与了吗？

“不，现在，他不在这里面了。费迪南也一样。”他说道。

玛德莱娜的嘴张着一个圆形——一个无声的“啊”。

“这件事说来话长了。”他直率地说道。

她笑了笑，丈夫最终还是回到了自己的身边，完好无损地回来了。她抚摸着他的脸颊。

“我可怜的爱人……”

她温柔地、亲密地问道：

“我知道这一次很严重，然后呢？”

他闭上眼睛，表示同意，接着再一次睁开，放声说道：

“你父亲总是拒绝帮助我，但是……”

“是的，要是我再一次请求他，他还是一样会拒绝的。”

亨利握着玛德莱娜的手，现在，他们的手臂都放在膝盖上。他想要说服她，如此拒绝是绝对荒谬和无法想象的。佩里顾这个老东西就是为了想要让自己受辱，既然他已经成功办到了这件事，那么他就有责任（亨利想要找到一个词来形容），就是这样！有义务去表现出现实。说到底，如果丑闻爆发，除了看着自己的名字被扔进阴沟里，他还能得到什么呢？不，这不完完全全是一个丑闻，没有理由变成这样，应该说是一个意外？可以明白他不愿意跑来拯救自己的女婿，但是让女儿高兴这也不是什么难事，难道不是吗？他不断地在两人之间斡旋，在那些并没有如此近距离涉及到自己的生意中调停着各种麻烦。玛德莱娜表示同意：

“这是事实。”

但是亨利觉察到在她内心有那么一点儿抵抗。他弯下了腰。

“你不想找他帮忙……因为你担心他会拒绝，是这样的吗？”

“噢，不！亲爱的，完全不是这样的！”玛德莱娜急忙回答道。

她放开手，放到肚子上，手指缓缓地张开。接着，她对着他笑了笑。

“我不介入进来是因为我不想介入。亨利，事实上，我洗耳恭听着，但是，所有这些事情我都完完全全地不感兴趣。”

“我十分理解。再者，我也不请求你对这个感兴趣，我……”亨利说道。

“不，亨利，你没有明白我的话。不是你的生意不让我感兴趣，而是你。”

她没有改变任何的态度，总是如此简单、愉快、亲密，还十分亲近。这真是泼了亨利一身冷水，以至于让他怀疑这还是不是自己期待的东西。

“我不明白……”

“不，亲爱的，我确定你完全理解了我的话。不是你所做的引不起我的兴趣，而是你这个人。”

这一刻，他似乎想要站起来离开这里，但是玛德莱娜的眼神扣住了他。他不想再听下去，但是却又无法逃避当下这样一个局面，就像一个嫌疑犯被法官强迫听取关于自己的判决。

“我对你是一个什么样的人从来就没有太多的幻想。”玛德莱娜解释道，“对我们会变成什么样也同样没有想法。我曾经一度陷入过和你的爱情中，我享受过了那样的时刻，但是我又很快地就明白一切是怎样结束的。我这样拖着是因为我需要你。嫁给你是因为我当时的年纪也不小，然后你向我求婚，奥尔奈·普拉代勒这个名字也听起来很不错。如果说作为你的妻子不是如此荒谬的话，你要知道，你的那些情事让我一直受到侮辱，那么，我想我可能会喜欢称呼自己为奥尔奈·普拉代勒。真是不幸。”

这时，亨利站了起来。这一次，他没有装出一副要面子的神情，也没有想要争吵，更没有试图编造更多的谎言：玛德莱娜的语气十分节制，所说的都是确切的事实。

“亲爱的，到目前为止，你还活着的原因是因为你有一张英俊的脸庞。”

她坐在床的最里面，双手放在肚子上，像这样赞美着马上要离开房间的丈夫，她和他说着话，似乎是要在今晚就分手，只不过是通过一种亲密的、温柔的交流方式来结束。

“我肯定你给我的是一个漂亮的孩子。我从来就没有期待你给我更多的东西。既然他已经在这儿了（她温柔地拍了拍肚子，用深沉的声音说道），你可以变成你想要的那样，或者说甚至什么也不是，这对我来说完完全全无所谓。我很失望，但是我会恢复的，因为我得到了安慰。对于你，如果根据我所知道的那么一点情况来判断的话，我想灾难已经到来了，你可能无法再爬得起来。然而，这个灾难和我再也没有关系。”

在相同的状况下，亨利打烂过二十次家里的东西，比如一个花瓶、一个家具、一面玻璃窗和一件古玩。这天晚上却完全相反，他起身，离开，轻轻地关上妻子的房门。

走在走廊上，他看到萨勒维耶的画面出现在眼前，同他几天前幻想过的一样，那个巨大的、令人赞赏的正门已经修复成功，园艺家们也已经重新开始构思宽敞的法式花园，画家们正在准备着手大厅和房间天花板的创作，工人们就快要修好小天使雕塑并重新砌好墙裙了……

几个小时之内，突如其来的一连串背叛深深地打击了亨利，为了这个灾难，他不顾一切地努力反抗着，但是什么也没有，最后得到的只有几句话，几个画面，没有一样是真实的。

一切都没了，失去和得到一样快，他最终也没能想象到这件事。

他独自站在走廊上，最终一个听天由命的声音从天而降，大声地说道：

“我完了。”

# 37

加上最近几次的存款，爱国纪念物的银行账户达到了十七万六千法郎。阿尔伯特做了一个快速的计算，得想一些办法，不要再安排大量的支出才行，但是，在这个银行里却又有太多的生意进进出出，以至于白天有很多取走七八百万的情况出现，而一大批巴黎的商家和大商店存进来的现金也不过只是每天在四十万到五十万的范围内浮动，有时候会更多一些。

从6月底以来，阿尔伯特就再也没有为自己设身处地地考虑过了。

早上，他在筋疲力尽和被德国袭击后疲惫不堪的两种恶心的事物之间，带着一种快要崩溃的状态去上班。他也不会感到惊讶，正义的力量可能已经使得一个断头台被安置到了公司前的广场上，面对着银行所有的职员，自己会在未经审判的状态下被斩首，领头的正是佩里顾先生。

每天上午，他都表现得很迟钝，总是在这种模模糊糊的状态下做着事，要过很久才能听得到一点儿声音；每当人们和他说话的时候，他就必须穿过自己那道焦虑的墙。阿尔伯特看着你，就像是你用一把消防水枪冲向他。他一开口总是这样：“啊，干什么？”人们也不再注意他，大家都明白。

在上午的时间里，他会将前一天收到的钱存进爱国纪念物的账户里，陷入淹没大脑那沸腾的蒸汽里，他试图取出需要提取的现金总额。接着，当开始轮班，每个柜台到了中午休息的时候，他就会利用每一次路过一个窗口的机会，用滚烫的手签上朱尔·德普雷蒙的名字，以便借出钱来，就好像是午餐时间客户本人真的会出现在银行似的。随着钱被提出来，他把现金塞进包里，下午刚一开始，包就被塞得特别鼓，大概是早上的四倍之多。

晚上，如果走向旋转门时被一个同事叫住，或者认为自己的行为引起了一个客户的怀疑时，他就会尿裤子，不得不叫来一辆出租车送自己回家。

其他几次，在离开前，他都会伸出脑袋去看人行道，只是为了检查早上那个不存在的断头台有没有在地铁站前立起来，什么事情都有可能发生。

在他的包里，这个一般大多数员工都用作带午餐到办公地点的工具，而阿尔伯特那天晚上却装进去了九万九千法郎的现金。为什么不是十万，你可以认为这是个迷信的问题，好吧，也不完全是这样的，这是一种有风度的行为。这是会计美学，当然必须要除去夸张的部分，无论如何这都是一种审美，因为有了这么一笔钱，以爱国纪念物的名义就可以诈骗到一百一十一万法郎，这是一件值得骄傲的事。对于阿尔伯特来说，这样一串以“一”连在一起的数字十分漂亮。而这也会大大地超过爱德华的最低目标，以个人名义来说，在阿尔伯特眼里，这是胜利的一天。现在是7月10日，星期六，借着国庆节的机会，他向上级申请了一个四天的特殊假期，银行在7月15日重新开门的时候，不出意外的话，他就已经坐上去的黎波里的船了，因此，今天是他在银行的最后一天。这就好像1918年停战日的那一天侥幸逃离死亡的状况，让他惊慌失措。那一次他自认为自己是不死的。但是阿尔伯特无法想象第二次存活的机会。尽管登船的时间快到了，他的确完完全全地不相信这件事情。

“下周见，马亚尔先生！”

“嗯？什么？呃……好的，再见……”

即使现在还活着，标志性的一百万也已经达到，甚至还超过，但是阿尔伯特却寻思着要是改火车票和船票提早离开，这样做到底是不是明智的。然而，在这个问题上，他不再心痛欲裂地去思考剩下的那些麻烦。

出发，是的，必须赶快，立马就离开，尽管这可以办到……但是波利娜怎么办？

他对自己说了一百次，可是同样又放弃了一百次。波利娜是如此的美妙，外面是丝滑的绸缎，内在是柔软的天鹅绒。但是她也是那些组成中产阶级家庭的女人之一。白色婚礼、公寓、孩子（三个，可能是四个）这就是所有的未来。如果这放在他身上的话，那么和波利娜一起，未来将会有一个平静的生活，四个孩子，为什么不呢，阿尔伯特多半会同意这样的生活，甚至还会留住银行的工作。但是，既然自己成了骗子，当然不久后就会被公众知道，如果这是上帝的意愿的话，那么在世界范围内，这个前景就将消失，波利娜、婚姻、孩子、房子、银行。只剩下一种解决办法：向她全部坦白，三天后，带着装满一行李箱的一百万现金以及一个脸像是被切成两半的西瓜的伙伴一起离开，身后还追着半个法国的警察。

也就是说，这是不可能的事。

要不就自己独自逃走。

至于爱德华的意见，那就像是对着一堵墙提问。他非常喜欢他，但出于一些极其矛盾的原因，阿尔伯特发现爱德华终究是自私的。

每两天，在藏钱和再会波利娜之间的那些时间里，他都会回来看他。位于佩尔斯大街的公寓现在已经空了，阿尔伯特无法想象应该怎样安置这笔决定他们未来的财富。他寻找着出路，应该在银行里租一个保险箱，但是却又不放心，他宁愿寄存在圣拉扎尔火车站。

每天晚上，他都会取出行李箱，坐在车站餐厅的盥洗室，放好白天弄到的钱，然后再把箱子交给车站员工寄存。人们都认为他是一个商务代表。除了申报里面装的是外套和女士紧身衣，他找不到其他的办法。车站员工心知肚明，做了一个小小的暗示，向他投去一个眼神，当然，这个动作是保证他的信誉是得到支持的。对于这种必须要全速逃离的情况，阿尔伯特同样还寄存了一个帽盒，用来存放爱德华设计的那个马头画框，他一直没有装上玻璃保护框，在这上面，放着一个包裹着薄纸的马头面罩。仓促逃离是不可避免的，他知道自己宁可留下钱，也不要丢了这个盒子。

在火车站存放好箱子后，在去和波利娜再次会面前，阿尔伯特还去了鲁特西亚，在那儿他遇到了一个很糟糕的情况。要不引人注意，一个巴黎的豪华大酒店……

“别担心！越是明显，就越是不会被发现。想象一下朱尔·德普雷蒙吧！没有人见过他，然而，所有人都信任他。”爱德华写道。

他爆发出一声大笑，像马一般的叫声，足以让你头发都竖起来。

最初，阿尔伯特都是以周来计算日子，然后才是天。但是现在，在欧仁·拉里维埃这个真真假假的名字下，自从爱德华下榻到这个豪华酒店里，做出那些古怪的行为后，他就以小时，甚至是分钟来计算离开之前还剩下的时间。七月十四日下午一点的火车，从巴黎出发去马赛，以便能在第二天赶上法兰西邮轮公司的达尔达尼央SS号，最后到达的黎波里。

三个人的票。

这天晚上，在银行里的最后那几分钟是很难度过的，就如同分娩一样，每一步都得花费很大的力气，终于他走了出去。他确确实实应该相信这件事情吗？天气不错，包却很沉。往右边一看，没有断头台，再往左边一看，也没有宪兵队……

除了对面人行道上路易丝小小的身影，什么都没有。

这个画面让他震惊，有那么一点像是当你在街上和一个商人交错而过，只看到了身后的货摊，你认出了这里，却感觉到一切都不对劲。路易丝从来没有来过这里找他。他一边急急忙忙地穿过大街，一边心想着她是怎么找到银行地址的。这个小女孩儿花了很多时间来偷听，关于他们的生意，她甚至应该已经知道很久了。

“是爱德华……我们得快点儿。”她说道。

“什么，爱德华，出什么事了吗？”

然而，路易丝没有回答，接着，她伸出一只手，拦下了一辆出租车。

“到鲁特西亚大酒店。”

在出租车里，阿尔伯特将包放在两只脚的中间。路易丝直视前方，就好像是她自己在开出租车一样。对于阿尔伯特来说，这是一次机会，波利娜今天晚上要干活儿，工作很晚才会结束，因为她要第二天一大早就起床，所以就睡在“自己家”。就一个仆人而言，这意味着不是在自己家，而是别人的家里。

“究竟……发生什么事了，爱德华……”过了一会儿，阿尔伯特问道。

他被后视镜里司机的眼神吓到了，然后急忙改口道：

“出什么事了，欧仁怎么了？”

路易丝的脸色灰暗，就和她母亲的一样，或者说和结婚女子脸上的焦虑一样。

她转过身来，朝向他，摊开双手，眼睛已经湿润了。

“他好像死了。”

阿尔伯特和路易丝穿过鲁特西亚的大厅，向前迈着步子，希望一切都正常。没有比这样的动作更加明显的了。电梯员假装没有注意到他们紧张的情绪，他是个年轻人，但是已经十分老练了。

他们发现爱德华背抵着床，双腿伸直坐在地上。整个人的状态十分差，但是还没有死。路易丝表现出一贯的沉着冷静。房间散发出一股呕吐物的臭味，她便将窗户一扇又一扇地全部打开，接着，用在浴室找来的所有毛巾做成了粗布拖把。

阿尔伯特跪下来，俯身靠近他的朋友。

“啊，伙计，你是不是不舒服？”

爱德华轻轻地摇了摇头，眼部肌肉痉挛，使得眼睛一开一闭的。他没有戴面罩，脸上的大口散发出一股十分刺鼻的腐臭味，这让阿尔伯特向后退了一下。他深深地吸了口气，接着扶住战友的腋窝，成功地将他放到了床上。一个没有嘴，没有下巴，除了一个大洞和上排牙齿，什么也没有的人，你是不会知道要怎样去拍打他的脸颊的。阿尔伯特叫着要爱德华睁开眼睛。

“你听得见吗？说啊，你听得到我吗？”他重复地说道。

因为一个回应都没有看到，于是，他的动作变得猛烈起来。他挺起身子，径直地走到浴室，接了满满一杯水。

当正要转身回到房间的时候，他惊讶得松开了手上的玻璃杯，整个人十分难受，不得不坐到了地上。

有一副面罩挂在门背后，就像挂在挂衣钩上的晨衣。

那是一张人脸，是爱德华的脸。真真实实的爱德华。在这之前的那些都是仿制的。他只是缺了眼睛。

阿尔伯特晕头转向，不知道自己身在何处，在战壕里，所有人都装备齐全，走在木板上，身前身后都是人，每个人的身体都弯成弓形，准备着冲向113号战役的前线。就在那儿，普拉代勒中尉正用双筒望远镜监视着敌军。在他前面是贝里，在贝里的前面站着那个不经常见到的人，这个人转过身来，正是佩里顾，他正对着自己笑，笑得很灿烂。阿尔伯特发现他的脸上有一种淘气小孩的神情，甚至没有时间回应他，佩里顾就已经转了回去。

这天晚上出现在自己面前的正是那张脸，只是少了笑容而已。阿尔伯特吓得僵住了身体，他没有再见过这样的他，当然除了在梦里，而现在，他就在那儿，出现在门口，就好像爱德华整个人显身，如同一个鬼魂。一连串的画面滚动起来，两个背部中枪的士兵倒下，113号战役开始，普拉代勒中尉猛烈地撞上自己的肩膀，弹坑，如浪潮般的泥土飞来掩埋了自己。

阿尔伯特大叫了一声。

路易丝十分慌张地出现在了门口。

他用鼻子喷出气息，打开水龙头，将水浇在脸上，再接满一杯水，直接回到房间里，不去看那副爱德华的面罩，接着一下将水倒进战友的喉咙里，战友马上就用双肘支撑着挺直了身体，然后开始要命地咳嗽起来，就和自己以前在土里咳嗽，最后又活过来的情形一样。

阿尔伯特让他向前弯下腰，以防他再次呕吐，然而，咳嗽却持续了很长的时间，他才渐渐恢复了正常。爱德华回过神来，从黑眼圈和因为身体瘫软而再次倒在床上陷入神志不清的状态中看得出，他一点儿力气都没了。阿尔伯特听着他的呼吸声，感觉到他恢复了正常。他一点儿也不关心路易丝在不在这里，就脱下了战友的衣服和裤子，让他躺下来，盖上被子。床十分大，他可以靠着爱德华，在枕头的一边坐下，而路易丝则坐在另一边。

就这样，他们一人坐一边，好像一对挡书板。每个人都握着爱德华的一只手，而爱德华昏睡着，喉咙里发出令人担心的声音。

从他们所在的地方，可以看到房间正中的大圆桌上，有一只细长的注射器、一个被切成两半的柠檬、一张纸，上面残留着一些棕色的粉末，像是泥土的颜色，一个火绒打火机，布条打了节，卷在一起，那样子看上去像是放了一个逗号在一个字下面。

桌脚处还有一根压迫血管的橡皮带子。

他们俩一言不发，沉浸在自己的幻想中。阿尔伯特虽然不太懂这些，但是这东西十分像是不久前当他在寻找吗啡时，别人向他推荐的东西。这就是效果更强的毒品：海洛因。爱德华甚至都不需要中间人就弄到了这个东西……

阿尔伯特感到很奇怪，思忖着：那么，我又能干什么呢？没有能解决这件事他感到抱歉，不仅仅是这一切。

爱德华吸海洛因到底有多久了？阿尔伯特现在正处于这种状态：控制不住局面的父母看不到任何出路，突然去面对既定的事实，但是却已经晚了。

在离开的四天前……

再说，不管是四天前还是四天后，这又能改变什么呢？

“你们要离开这里？”

路易丝的小脑袋想到了同样的事情，她的问题中有一种沉思的语气，声音似乎是从远处传来的。阿尔伯特用沉默代替了回答。

“是的。”

“什么时候？”她仍然没有看他，然后问道。

阿尔伯特没有回答。那就是“马上”的意思。

于是，路易丝转过来朝向爱德华，伸入她的食指，和第一天见面时一样：她漫不经心地抚摸着那个巨大伤口周围以及犹如黏膜裂开般浮肿的、淡红色的肌肤……接着，她站起来，穿上外套，再回到床边，这一次她走到阿尔伯特那一边，俯下身，在他的脸颊上深深地吻了一下。

“你要和我说再见了吗？”

阿尔伯特点头表示“是的，当然”。

他想说“不”。

路易丝示意了一下，表示明白了。

她再一次亲吻了他，接着就离开了房间。

她的离开造成了一个巨大的气涡，像在飞行中我们感受到的那样。

# 38

这实在是太神奇了，雷蒙小姐惊呆了。总之，自从她为大区市长工作以来，甚至从未见过这件事。三次进到办公室，他都没有色眯眯地窥视她，好吧，还难说呢……但是，自己已经三次来来回回进出办公室，而对方却没有将手从下面伸进她的裙子里，用食指……

几天以来，拉布尔丹不再是他自己，呆滞的眼神、下垂的嘴巴，就算雷蒙小姐跳七面纱舞，对方也不会注意。他脸色苍白，移动笨拙，就像一个将要心脏病发的人。她心想着，太好了！断了气，死了最好。因为老板这种突然的低迷状态，从被雇用以来，她第一次感到欣慰。这是上天的恩赐。

拉布尔丹站了起来，慢吞吞地穿上外套，戴好帽子，一个字也没有说就走出了办公室。衬衣的下摆从裤子里露了一节出来，从这样的细节看得出，无论是怎样的人，最后都变得肮脏不堪。在他沉重的步伐中，有一种牛走向屠宰场的感觉。

在佩里顾的府邸，他告诉佩里顾那位先生现在不在国内。

“我会等……”他说道。

接着，他推开客厅的大门，坐到第一个长沙发上，眼神放空，一直保持着这样的姿势，直到三个小时后，佩里顾先生才发现他还在那儿。

“你在这儿干什么？”他问道。

佩里顾先生的出现让他陷入了尴尬的局面。

“啊！会长……会长……”拉布尔丹一边试图站起来，一边说道。

这就是所有他能想到的，坚信“会长”二字就可以说明一切，解释清楚。

尽管不开心，面对着拉布尔丹，佩里顾先生还是表现出一种亲切感，像是农民赠送他们耕作的成果给其他人。他说：“你给我解释一下这件事。”这种耐心，他时常都只对着懒鬼和傻瓜才表现出来。

但是在这天，他处于冷漠的状态，这迫使拉布尔丹付出双倍的力气，才能从长沙发里站起来解释：让我这样说吧，会长，没有什么好暗示的，您自己，我确定，所有人，怎么想象一件同样的事情呢等等。

他的对话者就这样任由他说出这么一连串没用的话。而且，他根本就没听进去。没必要知道更多的细节。拉布尔丹继续着他的哀诉：

“会长，这个朱尔·德普雷蒙，他根本就不存在！”

他钦佩自己想到了这件事情。

“啊，什么！一个在美洲工作的法兰西学会会员，怎么可能不存在！这些草图、这些赏心悦目的作品、这个卓越的设计方案，不管怎么说，这绝对是某个人完成的！”

到了这个阶段，拉布尔丹迫切地需要说得更加明白，否则大脑要开始打转的话，那就要花上好几个小时了。

“好吧，他不存在！”佩里顾先生总结道。

“是的，就是这样！那个地址，卢浮大街52号，这同样也不存在！您知道这是什么吗？”拉布尔丹叫喊道，因为对方完全理解而由衷地感到高兴。

房间里一阵沉默。无论当下的环境怎样，拉布尔丹都迷恋猜谜，傻子都喜欢这件事情的效果。

“邮局啊！邮政局！这儿没有地址，只是一个邮箱！”他大声说道。

他被精妙的策略冲昏了头脑。

“那么，你现在才发现……”

拉布尔丹把责备解读成一种鼓励。

“的确是这样的，会长！要知道，”他竖起食指，强调自己对这件事情精妙的研究，“我有一点儿疑惑。当然，我们收到了收据，一份说明艺术家身在美洲的打印信件，以及所有您知道的画，但是说到底，我……”

他疑惑地嘟着嘴，同时头部晃动，这些词都不足以表达他深邃的洞察力。

“那你付钱了没有？”佩里顾先生仍然十分冷漠，一下就打断了他的话。

“但是，但是，但是，但是……您希望怎样呢？当然，会长，我们付了钱！”他肯定地说着。

“不付钱，就不能下单！不下单，就没有纪念建筑物！没有其他的办法！我们向爱国纪念物账户分期付了款，这是完全不可避免的！”

一边说一边做着动作，他从口袋里掏出了一份类似杂志的册子。佩里顾先生从他手上拿了过来，使劲地翻动起来。拉布尔丹甚至都没让他说出已经到了嘴边的问题。

“这家公司，根本就不存在！这是一家……”突然，他停止说话。两天以来，他都反反复复地考虑着这个词，现在它一下就蹦了出来。他大叫道。

“这是一家……想象的公司！是的，想象的！”他重复道。因为他注意到自己的脑袋有一点儿像汽车发动机那样在运作，而时常还得重新启动。

他笑得露出了所有的牙齿，对自己克服这种语言的障碍感到相当自信。

佩里顾先生继续翻阅着这本商品样册。

“但是，这些都是工业生产的模型。”

“呃……是的。”拉布尔丹回答道，然而却不明白会长想要说些什么。

“拉布尔丹，我们，我们订购了一个原创作品，是不是？”

“啊，啊！当然是的，亲爱的会长，而且十分新颖！这就是，您看，朱尔·德普雷蒙先生，法兰西学会会员，同样也是机械制作和艺术作品模型的作者，换句话说，这就是‘订制’！这个人，他无所不能！”拉布尔丹大叫道，他都忘了这个问题，但却又记得自己准备过这个回答。

他这会儿才想起来说的是一个完完全全虚构的人。

“总之……他什么都能做。就好像是一个死了的艺术家，因此，是不可能如期交付订单的。”他降低声音补充道。

一边翻着商品样册，一边看着介绍的各种模型，佩里顾先生估量着这个诈骗的程度：全国性的。

丑闻将会十分严重。

佩里顾完全没有注意拉布尔丹双手拉裤子的动作，便转身离开，回到了办公室，发现自己正面对着失败这件事。

一切都围着他，镶了边的画、各种草图、纪念建筑的方案，这一切都在宣示着他的耻辱。

这不是因为付了太多的钱，甚至不是说像他这样一个人被骗了所有钱财，不，那些扰乱他心智的，是别人根本就不把他的不幸放在眼里。他的钱和名声，好吧，他还能剩下一点儿，商业的世界让他学会了仇恨是一个多么坏的主意。但是奚落他的不幸，这又回到了对儿子死亡不在乎的这件事情上。现在的情形就和过去自己所处的状态一样。这个战争纪念建筑，没有弥补自己带给儿子的伤痛，反而增加了对这件事的赌注。期望的赎罪转变成了滑稽的事情。

爱国纪念物的商品样册介绍了一系列的机械制造商品，价格诱人。到底他们卖了多少座假的建筑物呢？多少家庭为了这个空想付了钱呢？又有多少城镇被抢劫，就像在这个不易察觉又十分危险的地方遇到小偷，成为他们自己性格天真的受害者呢？他竟敢这样做，甚至是想要对这么多的不幸之人拦路抢劫，这的的确确是令人震惊的。

佩里顾先生不算是一个慷慨大方的人，还不足以能感受到那些他预料到的大量受害者的心情，也没有想要来帮助他们。他只关心自己，只考虑自己的不幸和儿子以及他的人生。他遭受的痛苦，首先是作为一个和他本人完全无关的父亲的角色，而他也永远变不成这样的人。但是，从更自私的角度来说，他认为这伤了自尊，就好像这件事直接关系到了他本人一样：为这个机械制造模型付钱的人正是公认的笨蛋，而他，因为这个订制的纪念建筑物，而成为了个人勒索的对象。

这个挫败深深地伤害了他的自尊。

疲惫不堪又沮丧的他坐到办公桌前，想也没想，再一次打开在手里来回摩擦的商品样册。他仔细地阅读了那份长长的信，那封骗子写给各大城市、乡镇市长的信。言词构思精妙，话语使人安心，还十分官方正式！佩里顾先生的思绪暂停了一小会儿的时间，以便思考那个可能保证成功骗取信任的理由，这个特别的折扣对于那些预算不足的城市来说必然是十分诱人的，是一个意外的收获。同样，7月14日这个时间是如此有标志性……

他再次抬起头，伸出手臂，查阅日历。

骗子们几乎没有给顾客时间来反应和检查他们做的事。只要差不多收到一张合乎法律规定的、用来领取订购货物的收据，那么在7月14日这个所谓的促销期限之前，他们就没有理由去担心。现在是十二号。这也不再只是一个关于日子的问题。尽管没有人谈及，骗子们还是期待着这个妙计，在逃跑前偷光最后的预付款。至于顾客，那些最深思熟虑的、最警觉的人可能会试图马上去检查他们的信任是否放到了对的地方。

那么，到底会发生些什么事呢？

丑闻会爆炸开来。

一天后，或者两天，又或者三天。这甚至可能只是时间的问题。

然后呢？

各大报纸就会在情感上添油加醋，警察也可能会忙得不可开交。宣称国家名字遭到玷污的议员们也会披上一件爱国道德的外衣来谴责这件事……

“废话。”佩里顾先生低声嘟囔道。

即使再见到这些流氓浑蛋，或者逮住他们的时候，那又会是什么样子的呢，三年或者四年的教育、一次诉讼，而那以后，所有人都会冷静下来。

他心想，甚至是我也一样。

这个想法没有缓和他的心情：明天不算数，今天才是让人感到折磨。

他合上商品样册，用手掌平平地压住。

朱尔·德普雷蒙和他的同伙，当他们被逮住的时候（如果有那么一天的话），他们就不再是一个个体的存在，而是会变成新闻现象、让人好奇的对象，就像是曾经的拉乌尔·维兰和朗德吕那样的人。

在全民的愤怒下被送进监狱，罪犯就不再属于他们的受害者。而他，佩里顾，当这些强盗成为全民的责任时，他又能仇恨谁呢？

糟糕的是，他的名字也会出现在这场诉讼中。而不幸的是，如果自己是唯一一个订购这些订制作品的人的话，那么人们就只会谈论他：瞧瞧这个人，他投资了十万法郎，因为这个蠢事才成了今天的样子。这个想法让他透不过气来，因为在众目睽睽下，他成了一个天真、容易上当的人。作为一个成功的工业家、一个忧心忡忡的银行家，他被底层的骗子们从头到地尾敲了竹杠。

他说不出话来。

自尊心受损让他失去了判断力。

一件神奇的、确定性的事情在内心萌芽：要抓住那些犯了罪的人，他很少期待什么事情，这一次却是如此强烈。他不知道自己会怎么做，但是就想要抓住他们，就是这样。

这一群浑蛋，这个有组织的团伙。他们已经逃离法国了吗？可能还没有。

能在警察之前抓到他们吗？

现在已经正午了。

他拉了拉绳子，命令仆人去叫他的女婿。

让他快来，其他事情先放一放。

# 39

下午的时间刚过一半，亨利·奥尔奈·普拉代勒就走进了位于卢浮大街的邮政局大厅，选择坐到了一个长椅上，从这里可以看到墙上铺满了一排邮箱，他坐的位子离那个壮观的、通向楼上的楼梯不远。

52号邮箱就放在离他十五米远的地方。他装出一副正在阅读报纸的神情，但是很快又意识到自己不能在这儿待很长时间。在再次打开邮箱前，那些投机的商人大概会观察很长一段时间，以便不让任何不正常的情况发生，他们肯定不会大中午就跑到这里来，一般都会是早上来。不过，既然出现在了现场，那么就很有可能会陷入自己担心的最糟糕的境地：对于那些诈骗者来说，比起坐火车逃到欧洲的另一边或者是坐船到非洲，今天来这里来取预付款的风险更大。

他们可能不会来了。

或者他应该要计算一下时间才行。

这个想法摧毁了他的精神状态。

员工的离开、合伙人的背信弃义、岳父的不认可、妻子的抛弃，在可能的大灾难前没有了任何一个希望……在这个最后时刻被传唤之前，他经历了三天最糟糕的日子，跑腿的人急匆匆地来找自己，还有那句草草写在马塞尔·佩里顾名片上的话:“让他立马来见我。”

于是，他叫来出租车，在库尔塞勒大道下了车，上楼和玛德莱娜擦肩而过……仍然面带天使般笑容的她就是一只马上要下蛋的母鹅。脸上甚至都没有两天前她冷冰冰斥责自己的神情。

“啊，总算找到你了，亲爱的。”

这还真让人感到欣慰。真是个婊子。她派了一个跑腿的，在马蒂尔德·德·博塞尔让的床上找到了他，他不免好奇她到底是怎样得知自己在那儿的。

“我希望他没有打断你的高潮！”玛德莱娜问道。

因为亨利站在自己面前什么也没回答，于是，她继续说道：

“对，你是来见爸爸的……他也是个商人，有你好受的了……”

接着，她交叉双手，放在肚子上，回到自己喜欢的事情上，去猜测是否脚上、脚跟、肘部有肿块，而他就像一只摆动着尾巴的鱼，这个可怜的小动物。她很喜欢和他交谈。

随着时间的过去，营业窗口前挤满了客户，大厅人山人海的，除了他监视的那一个邮箱，其他所有的都被打开了，亨利换了位置和长椅以及楼层，他走了上去，在那里，人们可以吸烟，而且还能看清楚底楼的一切。这种无所事事的行为慢慢地折磨着他，但是又能怎么办呢？他开始咒骂佩里顾那个老家伙，害他白白在这里等了很久，什么也没有得到。他认为这是他的一个骗局。他站得快要死了，疲惫不堪的样子依然在他的身上、下陷的肩膀上、黑眼圈上流露出来……当然，离昏厥迹象出现的时候还要再等上一会儿，但是他的精神状态在渐渐地变差。自从11月烦恼出现以来，赛马俱乐部里的人们就开始窃窃私语，他不再是原来那个他了。布朗什医生，无论如何，这都是一个像斯芬克斯一样的人，每当人们谈论马塞尔·佩里顾的时候，他都会垂下眼帘，这不需要再多讲了。在证券交易所里，指数是不会骗人的，他集团下的某些股票已经呈现出下降的趋势。过了一段时间后，股票又涨了上来，但是，无论如何……

当那只老螃蟹死的时候，亨利早就破产了，也就是说一切都太晚了，这令人难以忍受。比起六个月后或者一年后，要是他现在死，那该多好啊……当然，遗嘱会被封起来，完全和婚前协议一样，但是，亨利却可以靠着获取女人芳心这样一种持久不灭的能力来保留他的自信心，这种能力是不会中断的（这已经达到了顶点）。但是如果有必要的话，他会掏出身体里积攒的欲望，而玛德莱娜，他会贪婪地吃了她。老东西的财产，他也会分到自己的那部分，作为军人，他也有发言权。现在，真是一团糟。他的希望太多，也太快……要回到过去是没用的，亨利是个实干家，同样，唉声叹气也没用。

“你就要遭殃了。”老家伙佩里顾说道。亨利就正对着他坐着，手上仍然拿着那张通知自己到这里来的名片。

亨利没有回答，因为他说的是事实。那些还能够补救的——不过是一些关于公墓的小问题，在被指控贿赂政府官员的情况下变成了一种几乎不可战胜的困难。

几乎不可能。也就是说完全不可能。

然而，如果佩里顾正好还需要他，或者放低身段去乞求他，或者说派人到他其中一个情妇的床上来找他，那么也就是说他现在迫切地需要他。当他叫亨利·奥尔奈·普拉代勒这个名字的时候都是带着藐视的态度的。

那到底又是什么原因让他传唤了他呢？在这个问题上，亨利一点儿想法也没有，除了不再站着而是能坐在那里，在这个老家伙的办公室里，他没有任何想要乞求的想法。要把握住刚刚出现的一丝希望。他没有提一个问题。

“没有我，你的麻烦是解决不了的。”

因为自尊心，亨利已经犯了第一个错误，他让自己撇着嘴，抱着怀疑的态度。佩里顾先生暴力地回应着，他的女婿完全认不出他来。

“你死定了！你懂吗？死！靠着人们在背后监视你的一切，国家立马就能逮捕你，没收你的财产，取缔你的社会地位，所有的一切，你不会再爬得起来！只能在监狱里度过余生。”他大叫道。

在主要的战略上犯了一个错误后，亨利成为了那一类有很强能力去预感事件的人。他站了起来，走出了房间。

“站住！”佩里顾大喊道。

亨利不假思索地转过身来，迈着坚定的步伐走回房间，将手平放在他岳父的办公桌上，俯身说道：

“够了，别烦我了。你还需要我。我不知道是为了什么，但是事实是明摆着的，不管你要我做什么，我的情况都不会变。部长是你的人？太好了，那么你就亲自去找他解决这件事，让他把你对我所有的指控全部扔到垃圾桶里去，不要让任何的罪名落到我头上。”

就像这样，他坐回到了他的扶手椅上，还跷着二郎腿，敢说他现在已经到了赛马俱乐部，正等着管家拿来白兰地。无论是谁在这种情况下都会担心，都会想可以用什么来交换，但是亨利却没有。从预料到会破产的三天以来，他认为自己准备好了一切。说，告诉我要杀谁。佩里顾先生一定会这样解释：关于他的纪念建筑物的委托工作，欺骗了全国上上下下，但是在这当中，他可能也是最大的、最明显的受害者。

亨利有一种想要笑出来的心情。于是，他开始明白岳父要求他做的事情。

“丑闻马上就会被所有人知道。如果在跑之前他们被警察抓住，那么所有人将会控制他们，神父、法院、报纸、协会、老兵等等，我不希望是这样的。你给我先找到他们。”马塞尔·佩里顾解释道。

“你到底想要怎样？”

“这不关你的事。”

亨利确定佩里顾自己也不知道怎么办，但是这毕竟和他无关。

“为什么要我去做？”他问道。

他立马就后悔不该这样说，但是这都太晚了。

“要逮住这些坏蛋，就需要一个同样的坏蛋。”

亨利挨了一耳光。佩里顾先生后悔侮辱了他，但是，这并不是因为他扯得太远，而是因为害怕这个耳光可能会产生相反的效果。

“再者，时间紧迫，这是时间的问题。我手上也只有你。”他语气随和地补充道。

大约傍晚6点，在换了十二来个位置后，他不得不承认事实：在卢浮宫邮局守株待兔的这个策略没有起到任何作用。无论如何，这一天不行。也没人知道第二天行不行。

除了在卢浮宫邮局等待，幻想着那个52号邮箱的所有者的到来，亨利还有什么办法呢？难道要去找那个打印商品样册的打印店吗？

“你不要去。你必须去打听一下消息，要是我们去找这家打印店，消息传开了的话，那么人们就会去追问他的顾客和这家公司以及欺诈的事情，然后这就会成为丑闻。”佩里顾说道。

除了打印店，就只剩下银行。“爱国纪念物”收到了客户的钱，但是，要知道他们将募集到的钱存进了哪一家银行，这还需要时间和调查许可，而所有这些东西，亨利都没有。

他总是要回到这个问题上来：是去邮局还是什么也不做。

他服从了内心，选择了违抗命令。尽管佩里顾先生禁止他这么做，他仍然叫车去了位于阿贝斯街的龙多打印店。

坐在出租车里，他再一次翻阅了那本爱国纪念物的商品样册，这还是岳父之前给他的……佩里顾先生的反应超出了一个受过骗的商人的范围，他让这成了个人的问题。那么，到底是怎么回事呢？

出租车在克里南柯特大街停留了很长一段时间。亨利再次合上商品样册，隐隐约约露出一丝赞赏的神情。他要寻找那些老练的骗子，一个有组织的、经验丰富的团伙，相反的是机会并不多，因为关于调查，他拥有的要素太少，而时间也不多。对于这个诈骗的技术，他情不自禁地感受到一种肯定的赞赏。这个商品样册近乎杰作。如果不是因为结果关乎生死，他简直可以笑对一切了。相反，他发誓要是这涉及到了自己的性命，有必要时他会用手榴弹、芥子毒气、机关枪去消灭这个小团伙，只留下一个老鼠洞让他去钻，他一定会大开杀戒的。他感到腹部、胸部变硬，嘴唇也咬得更紧了……

他心想着，就是这样，给我一个万分之一的机会，你们就死定了。

# 40

在鲁特西亚酒店里，阿尔伯特对着所有那些没有得到任何新消息，前来打听状况的人说道："他有点儿难受。"这两天，人们都没有再见到他，他也没有再叫谁来。人们习惯了那么多的小费，像这样一下子什么也没有了，难免会引起失望的情绪。

阿尔伯特拒绝让酒店的医生来。然而，他还是来了。阿尔伯特将门开了一个小缝，说他很好，谢谢，他在休息。接着就再次关上了门。

爱德华的身体状况没有变好，他也没有在休息，还吐了所有吃下去的东西，喉咙里发出一声锻造风箱工作时的声音，烧一直没有退。他花了很多时间来退烧。他能够长途跋涉地旅行吗？阿尔伯特反问道。真是见鬼了，他是怎么弄到海洛因的？阿尔伯特不知道量是不是很大，他什么都不清楚。如果不够的话，或者如果在好几天的横渡中，爱德华需要新的剂量的话，他们应该怎么办呢？从来没有乘过船的阿尔伯特担心自己会晕船。如果他都不能照顾战友的话，那谁又能来照顾他呢？

当爱德华不睡觉的时候，或者当他不将阿尔伯特勉强灌进他喉咙里的那一丁点食物吐出来的时候，他会睁大眼睛看着天花板，一动不动，只有上厕所时才会起来，阿尔伯特总是守在他身边。他说着，不要锁门，如果发生了什么事，我能来救你。直到走在厕所，他都还在说……

他晕头转向，不知道怎么办才好。

整个周日，他都在照顾战友。爱德华大部分时间都躺着，身体冒着汗，在剧烈的痉挛后，总是跟着一阵嘶哑的喘息声。阿尔伯特在房间和浴室来来回回好几趟，拿来了新的毛巾，要了一些蛋奶酒、肉汁、水果汁。傍晚一到，爱德华就恳求一剂海洛因。

“救救我吧！”他焦躁不安地写道。

由于心软，再加上战友的状况和离开的期限让他很恐慌，于是，阿尔伯特便答应了他，但是又立马后悔了：他完全不知道应该怎么说才行，他再次被牵扯进了这一连串的麻烦事中。

虽然爱德华激动而近乎疲惫不堪，但可以看出他早已依赖上了这一切。阿尔伯特发现了一种前所未有的痛苦，这让他很受伤。尽管如此，他还是充当着助手，手拿着注射器，转动起火绒打火机的滚轴……

这非常像当初的情形。鲁特西亚的豪华套房和军事医院完全不一样，两年前，等着转移到巴黎医院的爱德华险些死于败血症，两个男人变得亲密无间，阿尔伯特犹如父亲慈爱般地给予爱德华关怀，爱德华的依赖和极度不幸的遭遇，阿尔伯特的慷慨大度、愧疚和笨拙以及他试图去阻止的困境，这一切都唤起了两个人相同的回忆，只不过很难说清楚到底是让他们感到宽慰，还是感到担忧。这就像一颗自己扣上的纽扣，又回到了起点。

注射后，爱德华紧接着抖动起来，就和某个人冷不防地击打了他的背、抓起头发将脑袋往后拉一样……颤抖只持续了一小会儿，接着，他侧着身体躺下，脸上流露出舒适的神情，进入了一种有效的昏迷状态。阿尔伯特垂着双臂站在一旁，看着他睡觉。他感觉到悲观的情绪即将获得胜利。除了从来不相信自己会同时成功诈骗银行和骗走募捐的钱之外，他还不相信会有成功逃离法国的那一天，弄不明白带着这个身体糟糕的战友，要怎样才能坐上去马赛的火车，接着还要坐船横渡大洋好几天，而且不能被发现。这一切还不包括那个总是给他带来可怕问题的波利娜：坦白？逃离？还是失去她？战争带来的是孤独的巨大考验，但是，这并不能和犹如坠入地狱般的退伍的日子相比。在某些时候，他认为自己准备好了要去自首，一劳永逸地解决所有问题。

但是必须要采取行动，所以下午一过，阿尔伯特利用爱德华睡觉的时间，向前台确认拉里维埃先生十四号中午要退房。

“怎么是您来确认？……”门房询问道。

这是一个表情严肃，身材高大的男人，他打过仗，近距离看得见弹片的划痕，和消失不见的一只耳朵。从离他几厘米近的距离看过去，他的脑袋呈现出大概和爱德华一样的情形，但是却要幸运很多：一根胶带把眼镜右边的支架贴在脑袋边上，胶带的颜色和衣服的垫肩非常协调，那块弹片从头上射了进去，打穿了一个洞，而垫肩正好就遮掩了它的痕迹。阿尔伯特想起了那个谣言，关于那些被弹片击中而存活的士兵，而弹片始终没有被取出，但是从此以后没有人再亲眼见过这些受伤的人。也许这个门房就是那些活着的死者之一。如果是这样的话，他的伤不是很重。他还保留着区分上流社会和下层人民的能力。他撇了一下嘴，几乎觉察不到。不论阿尔伯特怎么说，不管他穿着多么整洁的衣服、多么油亮的皮鞋，他的行为举止都是如此平凡，这大概可以从他的动作，或者是从某一个口音，又或者是从他对人尊敬的态度中看得出来，因为他总是情不自禁在那些穿着制服的人面前肃然起敬，比如这个门房。

“那么，欧仁先生要离开我们了吗？”

阿尔伯特确认道。同样连爱德华都没有预料到他自己要离开。难道他从来就没有想要离开的心吗？

“不是的！”爱德华写道，他被问得惊醒过来。

他的字写得歪歪倒倒，但清晰易辨。

“当然，我们14号就离开！”

“但是你什么都没准备好……我想说，行李箱也没有，衣服也没收好……”阿尔伯特强调道。

爱德华拍了拍脑门，我都干了些什么愚蠢的事儿……

和阿尔伯特在一起，他几乎就再也没有戴过面罩，喉咙和胃里散发出来的臭味让人难以忍受。

过了一阵，爱德华的身体状况渐渐好转。他重新开始进食，如果不是一直感到疲惫不堪的话，那么到了周一，他身体状况似乎是真的改善了，完全能令人放心了。阿尔伯特在出门的同时犹豫要不要将注射的器具、海洛因、剩余的安瓿瓶锁起来，但是又认为这样做太麻烦了。首先，爱德华一定不会让自己这样做，然后，他也没有那个胆子，能力也不足，他把这些东西完全寄托在离开的希望上，都计算好了时间。

尽管爱德华什么也不期待，阿尔伯特还是给他在乐蓬马歇百货公司买了一些衣服。为了确定自己不要在服装搭配上犯错误，他询问了一个三十来岁的店员，这个男人从头到脚打量了他一番。阿尔伯特想要“非常雅致”的东西。

“你想要怎样‘雅致’的风格？”

从表面上看，店员似乎对回答很关心，向阿尔伯特靠近，死死地盯着他的眼睛。

“那么，雅致，也就是说……”阿尔伯特支支吾吾地说道。

“嗯？……”

阿尔伯特思考着……他从来就没有想过“雅致”还能听起来和“雅致”本身有不一样的意思。他指了一下右边那个从头到脚都穿戴起来的模特，从头顶的帽子到脚下的鞋，还有身上的大衣。

“就是这个，我觉得这个很别致……”

“我明白了。”店员说道。

于是，他小心翼翼地将整套衣服取下来，平放在柜台上，往后稍稍小退了一步，出神地盯着它，就好像是在欣赏大师的油画一样。

“先生的品位不错啊。”

他又推荐了其他的领带和衬衣，阿尔伯特假装拿不定主意，接着买了所有东西，然后整个人舒坦下来，看着店员给整套服装打包。

“还需要……第二套适合当地的服装。”他说道。

“适合当地的，好的，但是当地的，是指哪里呢？”刚用绳子捆好包裹的店员重复道。

阿尔伯特不想要说明他要去的地方，一定不能说，相反，必须得想点儿策略来对付这个问题。

“殖民地。”他宣称道。

“好……”

店员突然看起来十分好奇。也许，这个人自己最近也有想法和计划吧。

“那么，您想要什么样风格的服装呢？”

阿尔伯特对殖民地的想法是东拼西凑的，是从明信片上得到的，是道听途说的，是从杂志上的图片看来的。

“要十分适合那里的……”

店员噘起嘴，一副听明白的神情。“我想我们正好有您需要的，但是这一次我们没法向您在模特身上展示整套衣服，瞧，这件外套，来，您摸一摸这个材质，看，那条裤子，没有比这个更加优雅的，而且还更加实用的了，当然，还有帽子。”

“您确定吗？”阿尔伯特大着胆子问了问。

店员是确定的：帽子成就男人。阿尔伯特认为鞋子才是男人的门面，不过他买了店员推荐的东西。店员笑得十分开心，是因为殖民地的召唤，还是因为卖出了两套成衣，还是他身体散发出贪婪的味道，着实觉得奇怪。阿尔伯特在银行的某些负责人身上看到过这个东西，他完全不喜欢，但是不能在这儿闹事，离酒店就两步的距离，还有不到两天就要离开了，没有必要因为一个错误而毁了所有的努力。

阿尔伯特还买了一个浅黄褐色的皮箱，两个配套的、崭新的行李箱，其中一个用来装钱，另一个是作为装他的马头的新帽盒，他让商店把所有东西都送到鲁特西亚酒店里。

最后，他选了一个十分女性化的黄色盒子，在那里面，他装进去了四万法郎。在回来叫醒战友前，他路过了位于塞福大街的邮政局，给贝尔蒙夫人寄去了整个行李箱，还写了一句简单的话，指明这笔钱是给路易丝的：“当她长大了再给她”，以及说明爱德华和他信任她，“要将钱用到对的地方，当然是等到小姑娘到了得到这笔钱的年纪后”。

当商品全部送到的时候，爱德华看到了衣服，满足地点了点头，竖起大拇指，好样的，漂亮。阿尔伯特心里想着，没错，他完全不在乎。然后，他又去找了波利娜。

在出租车里，他一遍又一遍地重复着要说的话，有时候一个好的解决办法能让人感到自信满满，这个办法就是向她说清楚事情的真实情况，因为这一次，他无处可逃，现在是7月12日，如果还能活着，那么14号就要离开，要么现在说清楚，要么永远不说。他的决定是一个咒语，因为在自己内心深处，他是知道自己没有办法成为那个坦白的人的。

他思考着那些理由，而直到现在也没能下定决心。所有的一切都归咎到一个他认为难以克服的道德问题上。

波利娜是个谦逊正直的人，人生充满了各种信条，她是一个机械工和一个普通工人的女儿，对于道德和善良品格来说，没有比她这一类穷苦人家要求更高的人了。

因此，他觉得她迷人到了极点。阿尔伯特还给她买了一顶帽子，希望能烘托出从她完美倒三角的脸上或是灿烂的、动人心弦的笑容中散发出来的优雅气质。

波利娜感觉到阿尔伯特有些局促不安，同往常相比，没有比这个晚上更加安静的了，而他总是准备好要说些什么的时候，话就立马咽了回去，她感受到了这个和他亲密的最美妙的时刻。她十分自信，认为他是想要向自己求婚，可是又不敢大胆说出口。她心想到，阿尔伯特不仅仅是害羞，还有些胆小。那样子可爱又十分礼貌，不过如果你想要挖出他的秘密的话，那不知道是要到猴年马月了。

就在这一刻，她非常喜欢他的含糊其辞，感觉到自己有所期盼，既不后悔屈服于他的勾引，也不遗憾放弃自己的渴望。她享受着消遣带来的快乐，但又坚信这一切是认真的。几天以来，看着阿尔伯特忸忸怩怩的行为，难免给她带来了一些快乐，而她却假装视而不见。

这一天晚上（他们在位于商业大街的一家小餐馆共进晚餐），他说话的方式还是那样：

“事实上，波利娜，你看，我不太喜欢银行的工作，我寻思着是不是要尝试一下别的什么事情……”

她心想，确实如此，要是有了三四个孩子后，是不会考虑这个工作的，应该在还年轻的时候去干一番事业。

“是吗，那么，你想要什么呢？”她漫不经心地回答道，眼睛盯着那位端来前菜的服务生。

“嗯……我也不知道，我……”

可以说他在这个问题上想了很多，但是一直都没有答案。

“也许是某种生意吧。”他大胆地说道。

这时，波利娜满脸通红。开家商铺……达到成功的顶峰。你想想看……“波利娜·马亚尔，巴黎时髦有趣的小玩意儿和商品。”

“噗……那么首先，这是什么样的商店呢？”她回答道。

甚至还不用走得那么远：“马亚尔店铺。杂货店，或者缝纫店，或者酒铺。”

“嗯……”

阿尔伯特通常都是这样开始他的计划的，但是他的想法，她却没办法理解。

“也许一家真正的商店……更确切地说，一家公司。”

对于波利娜来说，本来就不明白自己看到的东西了，公司的概念就更加不清楚了。

“什么样的公司？”

“我想是进口木材。”

波利娜停住她的动作，拌沙拉的叉子停在了嘴唇边几厘米的地方。

“这是做什么的？”

阿尔伯特立马反应了过来。

"或者是进口香草、咖啡、可可，类似这一类的东西……"

当她不明白的时候，波利娜就会十分赞同那些她愿意做的事情，但是"波利娜·马亚尔，香草和可可"，不是这样的，她看不到这意味着什么，也引不起她兴趣。

阿尔伯特明白自己采取了错误的表达方式。

"这只是一个想法而已……"

这样，一点一点地，他走进了自己矛盾的争辩中，渐渐远离了自己的意图，于是最后只能放弃。波利娜要离开他了，他十分后悔自己说了这些话，现在有一种想要起身，接着离开，或者被活埋的想法。

天啦，活埋……

一切总是回到这个问题上来。

# 41

从7月13日开始，发生的事情可能会被提上拆弹专家和扫雷人员的教育议程，这完美地诠释了当前正逐渐被激起的紧张局势。

早上《小报》便发行出版了当天的日报，大概6点半，这还仅仅只是一则措辞谨慎的小新闻，然而却刊登在了头版。标题只是提及了一个假说，但十分引人注目：

虚假的战争纪念建筑……

会是一场国家丑闻吗？

文章只有三十行字，但是，“没有得到结果而延长会议时间的斯帕会议”、战争的总结：“欧洲死亡人数为三千五百万”、少得可怜的“7月14日的庆典项目”，在所有的这些汇报和总结中，人们不厌其烦地谈论着，这和上一个7月14日毫不相关，以前是不平等和强迫性的，这篇消息十分惹眼。

文章到底报道了什么呢？什么都没有。这是它施加的压力，是一种在空闲时间里猛然出现的共同幻想罢了。人们并不理睬，但是也有人怀疑，“也许”各大市政“会”向一家“人们担心的”公司订购战争纪念建筑物，而它正好就是“伪造的”。要显得更加严谨，那是办不到的。

亨利·奥尔奈·普拉代勒是第一批看到报纸的人。当下了出租车，在等着打印店开门的时候（还没有到早上7点），他买了一份《小报》，一下就注意到了那则小新闻，狂怒得差点将日报扔进排水沟，但又马上恢复了镇定。他读了一遍又一遍，斟酌着每一个字。留给他的时间还剩下一些，这消除了他的疑虑。但是时间并不多，不免让他的狂怒倍增。

穿着工作服的工人拔去打印店大门的门闩，亨利已经抬起脚往前走去，你好，他递过爱国纪念物的商品样册，这是你们打印的，顾客是谁。但是，这个人不是老板。

“瞧，他来了，在那儿。”

那是一个三十来岁的男人，正提着他的饭盒，这个娶了女老板的前工头手上拿着卷成一卷的《小报》，但是幸运的是，他还没有打开。亨利的形象让这些工人印象深刻，因为在他身上散发出一种“尊敬的先生”的气质，像这样一个讲究和有钱的顾客是不会看价钱的。接着，亨利询问是否可以和他谈一谈，前工头回答着，当然没问题。而这时候，排字和印刷工人开始了他们一天的工作，接着，他指了指办公室的玻璃门，那儿是他接待顾客的地方。

工人们正斜着眼睛偷看着，亨利不想被看到，于是转过身去，一下就掏出了两百法郎，放到了桌子上。

工人们只能看见顾客的背，这个人很镇定，而且他马上就离开了，谈话没有继续，这不是好兆头，他不是来订购什么的。然而，老板走了过来和他们会和，表现出一副满意的神情，甚至一副更加惊讶的模样，因为他不愿意错过一桩好买卖。他已经得到了四百法郎，不可能还回去，只能向先生解释，不知道顾客的名字，那个人中等身材，神经有些紧张，大概还很不安，也很激动，而他已经付了一半的现款，剩下的在送货前一天付清，但是我们不知道商品的渠道，因为送货员已经过来取了包裹。他单臂拉了一个手推车，还是个年轻小伙子。

“他来过这里。”

这就是亨利得到的全部消息。谁也不认识这个拉手推车的送货员，但是人们却见过他。除了只有一只胳膊，并没有任何特别的地方，但是单手就能拉一个小推车，那就太稀奇了。

“可能不全是这里，我是想说，他不是这个街区的人，至少应该是附近的……”印刷工人说道。

现在已经7点一刻了。

在大厅里，喘着粗气、满脸苍白、近乎中风的拉布尔丹站在了佩里顾先生的面前。

“会长，会长（甚至没有问好），要知道这个不关我的事啊！”

他一把就摊开了《小报》，似乎像是在发怒。

“真是悲剧啊，会长！但是我向你保证……”

似乎他的话从来就没有被当成一回事。

他快要哭了。

佩里顾先生抓起日报，把自己关到了办公室里。拉布尔丹仍然待在大厅里，不确定应该怎么做，应该离开吗？还有什么事情要做吗？但是又想起会长时常对自己说的话：“别自作主张，拉布尔丹，等着别人通知你……”

于是，他决定等着命令的下达，他来到了客厅，女仆人也走了过来，她正好就是前不久被自己捏过乳房的那个女人，这个棕色头发的年轻女子，真是太讨人喜欢了。她站在和他有一定距离的地方，然后问了问他，是否想要来点什么。

“咖啡。”他用一种无心应战的语气说道。

拉布尔丹一点心情都没有。

佩里顾先生再一次阅读了文章，丑闻今晚或者明天就会爆发。他将日报丢在办公室里，没有一点愤怒，已经太迟了。大概可以认为他每得知一次坏消息，腰围都会瘦一厘米，肩膀往下垂，背也驼了，整个人都变小了一圈。

他坐在办公室里，看着报纸的背面，同时思考着，文章引起的火花足以点燃导火绳。

另外，《小报》的同行一得知这则新闻后，《高卢人》《强硬报》《时报》《巴黎回声》的记者们就会猛然冲向前线，叫来出租车，联系各方。虽然政府被询问，但是仍然保持缄默，只是说当中定有蹊跷。所有人都严阵以待，坚信当战火爆发的那一刻，得利的一定属于那些站在前哨的人。

前一天，爱德华打开了乐蓬马歇百货公司的高级礼盒，移走薄纸，进而发现了阿尔伯特给他买的那套令人目瞪口呆的衣物，就在那一刻，他发出了一声愉快的叫声。他一眼就喜欢上了它。一条卡其色的齐膝短裤，一件米色衬衣，一条有流苏的皮带，就和在插图里看到的那些牛仔们身上的流苏一样，这儿还有一双象牙色高帮袜子、一件浅栗色外套、一双丛林帆布靴、一顶阔边帽（说是要为了遮挡阳光，这似乎担心过头了）。衣服和裤子上到处都是口袋，叫人看了恐慌。一套假面舞会的狩猎远征服！现在只缺子弹和一米四长的步枪，这定能让他成为一个真实得不能再真实的人，一个冒充好汉的人。他立马就穿上了衣裤，欣赏着镜子里的自己，幸福地喊叫了起来。

这就是鲁特西亚的服务生看到的那身奇特的装扮，那个时候，她正送去他点的东西：一个柠檬、一瓶香槟和蔬菜浓汤。

就连在注射吗啡时，他都还穿着这身衣服。他不清楚这一连串效果，吗啡、海洛因，接着又是吗啡，也许是会引起灾难的，谁知道呢，但是就目前而言，他感到身体状况有改善，精神放松，心情也平静下来。

他转身朝向旅行的行李箱，那个游历世界的箱子，接着便将窗户大大地打开。他对法兰西岛的天空有了一种特别的热情，这和自己想的不一样，不应该有那么多相似的地方。他一直都很喜欢巴黎，仅仅是要入伍才离开了她，从来也没有想过要住到其他地方去。就算是现在也一样，这真是很奇怪。大概是毒品的效果吧：没有任何东西是完全真实的，也不是完全能确定的。你所看到的并不完全是真实的一面，你的思想是变化无常的，你的计划也犹如幻影一般，你住在梦里，活在一段完全不属于你自己的历史中。

而明天将不复存在。

这些日子，阿尔伯特可能并没有太多去思考这件事情，一切都让他惊叹不已。你想想看：波利娜坐在床上，平坦的腹部上那个美妙动人的肚脐，完美丰满的乳房，洁白得犹如白雪，那浅粉红色的、娇滴滴的乳晕，还有那个不知要跑到哪儿去的十字架饰物，这个扰乱人心的东西……她有些分心，没有注意到自己散乱的头发，这让眼前的景色更加动人，因为就在刚才，她才和阿尔伯特在床上云雨了一番。她一边笑着一边扑上去："战争开始了！"她冲到前线，和某些勇敢的人一样，很容易地就占得了上风，不需要太多的时间，他就会缴械投降，被打败，幸福地认输。

他们从来没有像这一天那样窝在床上。这也就只发生过两三次而已。在佩里顾的府邸，波利娜常常要工作到十分荒谬的时间，而这一次却不一样。而阿尔伯特也正式“休假”了。他解释道：“7月14日，银行暂停营业。”如果说波利娜不利用她整个人生来做一个打杂的女佣的话，那么就会惊讶地看到不管是什么，银行都会给你，她认为这是雇主的骑士行为。

阿尔伯特下楼找了些牛奶面包和一份报纸；房东允许房客用炉子，但是“只能用来烧热水”，所以煮咖啡是可以的。波利娜像一只虫一样，一丝不挂，在战斗中，她表现出高超的技艺，这会儿，她喝着咖啡，详细地说着明天庆典的活动。她扯了扯日报，开始阅读起庆典计划来。

“公共建筑和主要的纪念建筑物上将挂满彩旗和灯饰。这一定会很美，这……”

阿尔伯特刚刚剃完了胡子。波利娜喜欢有胡子的男人，这个年代，只剩下这一样东西了，但是她却又讨厌凹凸不平的脸颊。她说这很扎人。

“我们一大早就去。阅兵8点就开始了，万塞讷，不是一打开门就能到的……”她专注着报纸说道。

从镜子里，阿尔伯特观察着波利娜，美丽得犹如爱神一般，这个不知羞耻的年轻女子。他心想着，我们走到游行中去。她去工作，接着，我永远地离开她。

“礼炮将会在荣军院和巴黎瓦勒里昂山连续发射！”她补充道，同时还咽下一口咖啡。

她可能还会去找阿尔伯特，或者会来到这里，也许会询问，不，没人见过马亚尔先生；她可能永远都不会明白，也可能十分痛苦，幻想出各种各样突然消失的理由，逃避阿尔伯特可能欺骗她的想法，不，不可能，结局应该是更加浪漫才对，他会不会被绑架了，或者被分尸了，身体再也找不到了。

“哦，我真是太走运了吧……‘以下剧院下午一点演出全部免费：国家剧院、法兰西喜剧院、巴黎喜歌剧院、奥德翁剧院、圣马丁门剧院……’可是1点我得回去工作。”

阿尔伯特喜欢这种他神秘消失的假说，她会把自己当成一个哑角和充满传奇色彩的人，而不是真实的那样恶劣。

“‘民族广场还有舞会’！我晚上10点半才会结束工作，你说，那个时候去的话，差不多就结束了吧……”

这不是遗憾的事。看着坐在床上的她正在狼吞虎咽地吃着小面包，阿尔伯特自问道：她已经成了一个郁郁不乐的女人了吗？不，只要看一眼她美丽的乳房、贪吃的小嘴就够了，这个不现实的希望……这坚定了他认为自己会带给她痛苦的想法，但是不会持续太久，他沉思在这样的想法中：自己是一个不会让人一直痛苦的男人。

“天啦，这太过分了！真是太糟糕了！”波利娜突然说道。

阿尔伯特转过头，不小心割伤了下巴。

“什么？”他疑惑地问道。

他立马找着毛巾，这个地方的伤口会流很多血。去除体味的明矾石，他至少得有吧？

“你知道吗？有人在卖战争纪念碑（她抬起头，不敢相信），还是假的！”波利娜继续说道。

“什么，什么？”阿尔伯特翻身回到床上问道。

“是啊，这些建筑物都是不存在的！小心，我的天使，你在流血，弄得到处都是！”专注在报纸上的波利娜说道。

“让我看，快让我看！”阿尔伯特大喊道。

“但是，我的小淘气……”

一递过报纸，她就被亲爱的阿尔伯特的反应给吓到了。她似乎明白了什么。他打过仗，失去过战友，接着，发现有人在干这个诈骗的勾当，毕竟到了这样的程度，一定会激起他的反感。她用手擦着他正在流血的下巴，而他，却将那则短新闻读了一遍又一遍。

“别再难过了，亲爱的，加油！不要让自己陷到这样一种情绪中去！”

亨利白天跑遍了大区。他被告知送货员住在拉马克大街，16号或者13号，大家都不清楚具体是哪一个，但是根本没有人，没有13号，也没有16号。亨利上了出租车。另外有个人说，似乎看到有一个拉着小推车的男人在科兰库尔特大街的上面运送货物，但是那里是一幢老房子了，现在已经关闭了。

接着，亨利走进了街角处的一家咖啡馆。现在已经早上10点了。一个用一只胳膊就拉起小推车的人？送货员，什么？不，没有谁会相信。他继续找着，在街道号码是双号的那一边下了车，需要的话还得到单号那边去找找，然后，他走遍了大区的所有街道，说不定就找到了。

“用一只胳膊，不管怎么说，这应该不容易，你确定吗？”

快到11点的时候，亨利已经到了当雷蒙大街，就在那儿，有人向他确定说奥德内大街街角的煤炭商就有一个小推车。至于他是不是只有一只胳膊，没有人能够给他肯定的答案。他要花上超过一个小时的时间才能走完整条街，就在蒙马特公墓的一角，一个工人很自信地告诉他：

“当然，我们都认识他！这人可是个奇怪的家伙！他住在迪埃姆大街44号。我知道他，他是我堂兄的邻居。”

但是迪埃姆大街44号并不存在，这里不过是一个建筑工地，没有人能告诉他说现在这个人住在哪里，另外，他的两只胳膊都还在。

阿尔伯特像一阵风似的，猛地就冲进了爱德华的豪华套房。

“看，快看，你读一读！”爱德华赖在床上，不想醒过来，阿尔伯特在他的眼前一边挥动着皱巴巴的报纸，一边说道。

他心想着，现在都已经早上11点了！他知道睡到这个点和昏昏沉沉的状态是没有多大关系的，即便是发现了床头柜上的那只注射器和空空的安瓿瓶。近两年以来，要时常给战友注射药物，这让阿尔伯特的经验变得十分丰富，第一眼就能分辨出即便是很少的量也能造成的损害。他发现以爱德华抖动身体的状态来看，这一次的剂量刚好达到了舒适的程度，抵消了缺乏带来的毁灭性影响。尽管如此，在用了这么大量的药物，而且还让路易丝和自己感到震惊后，具体是多大的剂量，又注射了多少呢？

“你还好吗？”他有些担心地问道。

为什么他还穿着从乐蓬马歇百货公司买来的那套为殖民地准备的套装呢？在巴黎，这身装扮完全不合适，甚至还很滑稽可笑。

阿尔伯特没有提什么问题。关键和紧迫的事，就是看报纸。

“快看！”

爱德华挺起腰板，读了起来，他一下就被完全惊醒了，接着便将报纸扔到空中，同时还发出“哈哈啊啊”的声音，对他而言，这是一种狂喜的表现。

“但是，你明白了吗？他们什么都知道，现在就要来找我们了呀！”阿尔伯特支支吾吾地说道。

爱德华从床上跳了起来，抓起大圆桌上装在冰块桶里的香槟，接着往喉咙里使劲地倒，发出了一阵又一阵的声音！他一边捂着肚子，一边剧烈地咳嗽起来，但又继续跳着舞，大叫着，哈哈啊啊！

就像在某些夫妻中，角色时常是颠倒的。爱德华发现了战友的不安，于是拿起那个聊天用的大本子写道：

“别担心！我们会离开！”

阿尔伯特心想：他真是完全没有责任感。于是，他将报纸挥动了起来。

“天啦，好好看看吧！”

听到这话，爱德华激动地划了好几遍十字，他喜欢开这个玩笑。接着，他又拿起了铅笔，写下：“他们不知道任何事情！”

阿尔伯特很疑惑，但又不得不承认：报纸说得太含糊不清了。

“这有可能，但是我们是在和时间赛跑啊！”他坦白道。

战争以前，他在原赛马俱乐部跑马场就见过这个：自行车选手们相互追赶着，人们不知道谁跟在谁后面，但是，那场面却让观众十分激动。现在，爱德华和他就必须要在狼牙咬到他们的背之前，跑得越快越好。

“现在就得走，还等什么呢？”

他跟他都说了好几个星期了。为什么要等呢？那是因为爱德华等着他的一百万，所以呢？

“我们要等着船。”他写道。

这是显而易见的事情，然而，阿尔伯特却没有想过：即便他们立马去马赛，船也不会提前两天就起航。

“换票去别处！”阿尔伯特表示道。

“要是让别人发现……”爱德华写道。

虽然省略了后面的话，但是意思一目了然。这会儿，警察可能就要来找他们了，或者报纸会拼了命地报告这件事情，阿尔伯特多半会不冒风险地对着海运公司的员工说：“我打算去的黎波里，但是如果您有早一点去科纳克里的票，我也是可以的，对了，我能用现金付差额吗？”

这些都不包括波利娜在内……

他脸色一下就变得苍白起来。

如果向她坦白了真相，愤怒的她会去告发自己吗？她不是都已经说过了：“这真是太糟糕了！”还有：“这太过分了！”

突然，鲁特西亚酒店的豪华套房变得静悄悄的。阿尔伯特感到各个角落都埋伏着敌人。

爱德华热情地搂过他的肩膀，紧紧抱住他。

他像是在说，我可怜的阿尔伯特。

阿贝斯大街打印店的老板利用中午休息的那一小会儿时间，打开了报纸。抽第一根烟，重新热饭菜的时候，他读到了那则新闻。他快要疯掉了。

天一亮，这位先生就来到这里，现在看到这份报纸，他妈的，商店的名誉要被这件事情彻底毁掉，因为是他打印了这份商品样册……人们会把他看成和那群强盗一样，认为他就是共犯。他灭了烟，关掉炉子，穿上外套，叫了商店经理，计划周四就离开，弄得似乎明天就是节假日一样。

亨利从一个出租车跳到另一个出租车上，他不知疲惫、愤怒不堪、疑心重重，同时还问着越来越生硬的问题，而得到的答案却越来越少。于是，他使尽全力，装出一副温和相。快到下午两点，他就已经走遍了波托大街，接着又回到拉马克大街，在去厄尔塞尔大街和勒托尔大街之前，还给了指路人一些小费，十法郎，二十法郎。到了蒙塞尼大街，又给了一位说话毫不含糊的女人三十法郎，因为她说他找的那个人叫作帕若尔，就住在夸瑟沃大街。然而，亨利却白跑了一趟，现在已经下午三点半了。

在这个时间里，《小报》的文章已经慢慢开始在暗中搞破坏了。人们相互打着电话，问这里问那里，你看报纸了吗？下午一开始，好几个外省的读者就打电话来编辑室，解释说他们给建筑物捐了钱，询问着是否事实不像人们说的那样，因为要是这样的话，他们便成了受害者。

《小报》贴了一张法国的地图，在上面给打来电话的各大城市和乡镇扎上了彩色的图钉，有阿尔萨斯的，有勃艮第的，有布列塔尼的，有弗朗什-孔泰的，有圣-维齐耶-德-皮埃拉的，有维勒弗朗什的，有加龙河畔蓬捷的，甚至还有奥尔良一所中学的，等等。

到了五点才从一个市政府那里得知消息（之前都没有任何回应；在拉布尔丹想象的画面里，那些市政官员的牙齿正在格格作响着），记者们最终知道了爱国纪念物的公司名字和所在地址以及打印店的信息。

他们惊讶地站在卢浮大街52号前面，这里没有什么公司。于是，记者们又跑到了阿贝斯大街去找人。到了晚上六点半，第一个到达的记者发现那儿已经关门了。

白天结束的时候，报社出版了各种日报，虽然没有很多具体的细节被报道出来，但是比起早晨来说，大家都明白这已经足够去说明更加确切的事实了。

报纸上登出了明确的信息：

投机商人贩卖

虚假的战争纪念建筑

目前诈骗规模尚不得而知

几个小时的研究、致电、回答、询问，各大晚报就能毫不含糊地报道：

纪念建筑物：一段嘲讽我们英雄的记忆！

一群不知羞耻的不法牟利者

诈骗了成千上万的匿名募捐者

可耻的买卖

虚假的战争纪念建筑

有多少受害者上当？

偷窃记忆者可耻！

非常有组织的骗子团伙卖出了

百来个假想的战争纪念建筑物

可耻的战争纪念建筑物：

人们等待政府的解释！

服务生送来了欧仁先生要的报纸，他看到他正穿着那套殖民地的高级服装，还有好多的羽毛。

“怎么，还有羽毛？”他一出电梯大家就上前问道。

“是啊，好多羽毛！”年轻男子卖着关子，慢慢地解释道。

他手上还拿着五十法郎的跑腿小费，所有人的眼睛都只放在这笔钱上，但是不管怎么说，羽毛的故事，大家都想要知道。

“像天使背上的翅膀。两片绿色的大羽毛，很大很大。”

想了也是白想，太难去联想那个画面了。

“我认为是从某个地方拆卸下来的羽毛状的东西，然后再和真正的羽毛粘到一起。”小伙子补充道。

如果大家嫉妒这个年轻人，那不仅仅只是因为这段羽毛的故事，还有他收获的五十法郎，于是第二天中午，关于欧仁先生要离开的传闻不胫而走，拖出了一道犹如灰尘飘散的痕迹。每个人都幻想自己可能会失去的东西，一个像这样的客人，职业生涯中也就只能见得到一次，即便如此也行啊！每个人，男的、女的都在心里计算着同事们都赚到了多少钱，有人发牢骚地说着，是不是应该平分啊。大家都从对方的眼神中看出了遗憾和仇视……不知道欧仁先生什么时候离开，可是在这之前，到底还能有多少次可以为他服务呢？又是谁来做呢？

爱德华激动地撕毁了那些报纸。他重复地说着，我们又成了英雄！阿尔伯特大概正在做同样的事情，只不过可能想的是别的事情。

现在，报社已经知道了“爱国纪念物”。他们不是在抱怨，而是在向诡计和放肆致敬（“了不起的诈骗”），尽管他们表达出愤怒的情绪。就诈骗来说，这有待盘查。对于这件事，可能得要追溯到银行那里去，但是又有谁会在7月14日跑去让银行开门，然后查阅登记账目呢？没有人会这样做。警察要到15号那天天一亮的时候才会冲过去。那个时候，阿尔伯特和他早就走远了。

爱德华重复着，走远了。而在警察和报纸调查到欧仁·拉里维埃和路易·埃夫拉尔身上之前，这两个士兵已经在1918年就死了……在中东旅游的时间还多着呢。

一张张的日报铺满了地板，就跟过去的情形一样，那会儿，地上到处都是刚打印出来的爱国纪念物的商品样册。

突然，爱德华感到有些疲惫，还有些燥热。在注射后，每当脚再次放回到地上时，那种突然的发作总是让他感到不舒服。

接着，他脱下了大衣。两片天使的翅膀脱落，掉到了地上。

送货员叫可可。胳膊是在凡尔登战役中失去的，为了掩饰缺陷，他给自己做了一个特殊的背带，背带绕过胸前将肩膀圈起来，再连接上一根和小推车前端相连的木杆。许多残废的人，特别是那些只能靠国家补助过日子的人，他们都成为了发明的奇人。我们看到给双腿残疾人使用的小车，十分灵巧方便，还有用于替代手、脚、腿而设计的木质的、铁质的、皮质的房屋装置，国家创造性地安置了退伍的军人，只是很可惜大部分的人都没有工作。

所以，可可这个人不得不低着头，稍微倾斜着身体，使用背带拉动小推车，这个完全就像是马或者耕田的牛一般的人，亨利最终在卡玻街和马尔卡代街的转角处发现了他。因为跑遍大街，走遍整个大区，所以普拉代勒疲惫不堪，为了得到秘密情报，他花了一大笔钱。一发现可可，他就明白自己中了大奖，很少感觉到自己如此所向无敌。

人群（亨利在晚报上看到的）就要组织起来，声讨这个佩里顾十分关心的关于纪念建筑物的事情，然而，他却很有先见，足以击败所有人，同时还能给这只老螃蟹带来足够多的情报，以便得到部长的承诺，而几分钟内，部长就能抹去他欠下的债。

亨利的脸似乎又要变得和白雪一样白，这种新的洁白无瑕和新的开始，不计算他已经获得了什么，至少萨勒维耶的老房子正在重建中，而银行的账户也会像抽水泵一样不停地吸进国家的财富。他毫不掩饰地投身到这件事情中去。这样，既然他已经快要接近胜利了，那就来看看到底真实的亨利·奥尔奈·普拉代勒是谁吧。

亨利将手揣在包里，紧紧地捏着五十法郎，但是，就在看到可可抬起头的那一刻，他又将手放到了另一边的口袋里，里面装着二十法郎和几个硬币，因为只需要一点儿钱，就可以得到同样的结果。他将右手伸到裤子的口袋里，弄得硬币叮当响。他问了问题，是关于这个委托给阿贝斯大街打印店打印的商品样册的。可可回答道：是啊，那你又放到哪里去呢？四法郎。亨利将这四法郎放到送货员手中，他连声道谢。

亨利想到，没事。这会儿，他已经坐上了去佩尔斯大街的出租车了。

一幢大房子出现在了眼前，旁边有一圈木栅栏，正如可可描述的那样。他必须要把小推车挪到台阶下面，如果我还记得的话，我拉去过一个长沙发，只此一次，那就是他们要的啊……总之，长沙发，这个，过去很长时间，都有好几个月了，但是那一天，有人帮了我，然而他们的商品样册……我不知道是什么东西。可可目不识丁，正是因为这样，他才去干手拉车的工作。

亨利跟出租车司机说，在这里等我，然后给了十法郎，司机很高兴，您慢慢来，我的殿下。

接着，亨利推开栅栏，穿过院子。他现在站在了台阶的下面，往楼梯上看去，周围没有任何人。他大着胆子走了上去，有些多疑，但一切准备就绪，哎呀！这一刻，他多么希望有一个手榴弹，不过也不一定是必须的。他推开门，房间空荡荡的，应该是人走楼空了。到处都是灰尘和待洗的碗具，房间里乱七八糟的，但是却有一种没有家具的独特的空旷。

突然，身后传来一个声音，他转过身跑到门边。那是干瘪的声音，嗵、嗵、嗵，一个小女孩跑下楼去，逃走了，他只看到背影，至于几岁，亨利估计不出来，对他来说，孩子……

他上上下下地翻着房间，把所有东西都扔到地上，什么都没有，一张也没有，除了一份爱国纪念物的商品样册垫在木柜的脚下。

亨利笑了。大赦的那一天正大步地向他靠近。

于是，他急忙下了楼，围着栅栏走了一圈，接着回到街上，按了门铃，一次，两次，手上的纸张被捏得皱巴巴的，紧张，十分紧张，最后，一个看不出年纪的女人来开了门，她十分忧郁，一声不吭。亨利摊开商品样册，又指了指院子深处的那间大房子，说道，我是来找那里的住户的。然后，他拿出钱来。这一次可不是在可可的面前，于是他靠着直觉拿了一张五十法郎的纸币。女人盯着他，甚至连手都没有伸出来；亨利心想着她到底要不要，但是又很肯定，接着她抓过了钱。他重复了刚才的问题。

又传来一阵声音，但是很隐蔽，很小声，嗵嗵嗵。在那儿，靠右的地方，那个小姑娘急速地走向了街道的尽头，然后跑走了。

亨利对着这个看不出年纪的、不作声的、目光呆滞的、毫无个性的女人笑了笑，谢谢，好了，接着便将钱放回口袋，今天已经花了很多了，然后他回到出租车里，那么，亲爱的殿下，现在要去哪儿呢？

一百米远的地方，就在雷米大街停了一些四轮马车和出租车。看得出小姑娘和往常一样，对着司机说了一声，展示钱，一个像这样叫车的小孩子，老实说，你都会有些怀疑，但是也不会太久，她有钱，拉客就是拉客，上来吧，小妹妹，于是她爬了上去，接着，车就发动了。

科兰库尔特大街、克利希广场、圣拉扎尔，中间还绕过玛德莱娜教堂。为了七月十四日的盛典，到处都洋溢着节日的气氛。作为国家英雄，亨利感觉很好。就在协和桥上，他就想到了荣军院，明天在那附近会拉响礼炮。因此，绝对不能跟丢了出租车上的小姑娘，她在圣日耳曼大道下了车，接着又走到了圣父路上。亨利默默地庆幸着，你怎么也猜不到，小姑娘就这样猛地冲进了鲁特西亚大酒店。

谢谢，亲爱的殿下。亨利给了司机比可可多两倍的钱，当高兴的时候就什么也不计较了。

在这儿，小姑娘仍然和往常一样，一点儿迟疑也没有，付了来程的车费，冲向人行道，司机点了点头，对着路易丝打了个招呼，而这一秒，亨利正在思考着应对的方法。

两种办法。

一是等着小姑娘，在出口处迎接她，让她屈服，在第一个大门口就将她掏空，得到想要知道的，然后剩下的都扔进塞纳河里去。新鲜的嫩肉，鱼儿们会很喜欢的。

还有另外一种办法：进去打听一下情况。

于是，他便走进了酒店。

“请问是……”门房问道。

“奥尔奈·普拉代勒，”他递过名片，“我没有订房间……”

门房接过卡片。亨利摊开双手，表示无能为力和感到抱歉，做出一副会心的眼神，那是一种看了就会让你帮助其摆脱麻烦的神情，这种类型的人知道表现出感激，事先会让你知情。对于门房来说，只有那些高贵的客人才有如此巧妙的态度，如果……你懂的，有钱的客人。好歹这里是鲁特西亚大酒店。

“我认为没有问题……亲爱的……”他看了看卡片，“奥尔奈·普拉代勒先生。请进……您是要一个房间还是一整间套房？”

在贵族和奴才之间，总是存在着一个相互谅解的平台。

“一间豪华套房。”亨利说道。

真是简单明了。门房咕咕地叫着，但是，这却又是无声无息的，他清楚自己的职责，然后将五十法郎放进了口袋。

# 42

第二天早上，从7点开始，开往万塞纳的地铁、有轨电车、公交车上就挤满了人。在整条多梅尼大道上，整个纵列的车辆紧紧地挤在一起，出租车、马车、四轮游览车、自行车成之字形前进，行人也加快了脚步。没有注意到这一切的阿尔伯特和波利娜正在上演一场奇怪的演出。他走着，眼睛死死地盯着地面，就像一个固执的人，一个不高兴或者忧郁的人，而她，眼睛看着天空，不断地说着练兵场上空那只被系住的、缓慢左右摇摆的飞艇。

“宝贝，快点儿！我们要错过开场了！”她可爱地嘟囔着。

但是这没有什么意图，只是说话的方式而已。无论如何，人群已经冲向了看台。

“这群野蛮的人到底是几点钟就来了呀？”波利娜惊奇地欢呼着。

已经看得到一排又一排的队伍有次序地站在一起，他们一动不动，打着寒战，脸上挂满焦急的神情，那儿有特种部队、学生队伍、殖民地队伍，后面还有炮兵部队和骑兵部队。因为在远一点的地方都已经没有了座位，于是，那些精明的摊贩就搬出了一个个木箱来，以便让迟到的人能站上去，价格一到两法郎。波利娜讨价还价到了一点五法郎两个。

阳光已经洒满了整个万塞纳。黑色礼服和官方礼帽衬托出了色彩斑斓的女式服饰和军服。这大概是通常民众幻想的一种效果，但是仍然能看见不少社会精英，他们脸上挂着十分担忧的神情。可能还有些女人，不管怎样，她们中的某些都在第一时间看过了《高卢人》和《小报》。战争纪念建筑物的事情传到了每个人的耳朵里。正好在国庆节这一天，公众知道了这件事情，看起来并不是意外的收获，而是一个征兆，像一种挑战。某一些报纸将标题写作“受到侮辱的法兰西！”，另外一些则添油加醋地用大量的大写字母描述“被辱骂的我们光荣的死者！”。因为从现在开始，事情将会是真实可靠的：一家名叫爱国纪念物的公司，可耻地出售了某些纪念物，然后便带着钱人间蒸发了。有人说有一百万法郎，甚至还有说两百万的，但是没有人能够计算损失了多少。传闻变成了丑闻，在等着游行队伍过来的同时，人们相互交换着不知从哪儿得来的信息，无疑地，这仍然是“一场德国佬的攻击”。另一个不知道更多情况的人说着，不，诈骗者带着超过一千万法郎离开了，这是确定的。

“一千万，你想过吗？”波利娜向阿尔伯特问道。

“我认为这太夸张了。”他用很低沉的嗓音回答道，她几乎听不见声音。

人们已经要求相关人员引咎辞职，在法兰西这是惯例，同时，这也是因为政府也受到了“牵连”的原因。《人道报》强烈地阐明了它的观点：“战争纪念建筑的建造几乎总是需要政府的参与，而这必须是在政府补助的方式下进行的，再者，补助金少得可怜，谁又会相信高层中没有人知道这件事情呢？”

“无论如何，必须得是该死的熟手才能干得出同样的一件事情。”一个站在波利娜身后的男人肯定道。

在所有人的眼中，诈骗钱财似乎是可耻的，但是，没有人能够忍得住不去赞赏，真有胆量啊！

“确实如此，不管怎么说他们都很厉害，这一点必须得承认。”

阿尔伯特感到不舒服。

“宝贝，出什么事儿了吗？你感到乏味吗？是因为看到人群和军队勾起了回忆，是这样的吗？”波利娜捧着他的脸颊询问道。

“是的，就是。”阿尔伯特回答道。

共和国的卫兵吹响了桑布尔默兹行军曲的第一个声音，贝尔杜拉将军率领着队伍，伸出长剑，向贝当元帅以及围在其周围的由高级官员组成的全体幕僚致敬，而这时，阿尔伯特正思量着：一千万的收益，说什么呢，这个钱的十分之一就可以砍了我的头了。

现在是早上八点钟，12点半的时候他要和爱德华在里昂火车站会面（他坚持道：“不能再晚了，否则，你知道我会担心的……”），开往马赛的火车会在下午1点出发。而波利娜就会独自一个人。阿尔伯特也一样，到时就会失去波利娜。所以，这就是所有的收获吗？

在热烈的掌声下，游行队伍鱼贯而行，有巴黎综合工科学校的学生，有戴着蓝、白、红三色军帽的法兰西圣西尔军校的学生，有共和国卫兵队以及消防队伍，迎面走来的还有蓝色阵营的法国兵，他们都受到了群众的热烈欢迎。人们大喊着“法兰西万岁！”。

爱德华站在镜子前，这时，荣军院拉响了光荣的炮声。一段时间以来，在看到自己喉咙深处喷出如胭脂一般红色的黏液时，他十分担忧，也感到很疲惫。早晨从报纸中得知的消息并没有带来和前一天同样的喜悦。如同情感衰退得很快，他的喉咙也会变得很差！

当出现变老的迹象，那又会是怎么一番样子呢？大口几乎占据了所有的空间，剩下的脸上全是皱纹，而且只留在额头上。爱德华靠着这样的想法打发着时间，想着皱纹不再出现在缺失的脸颊上，或者是消失的嘴唇周围，而是全部转移到额头上，形成弯弯曲曲如河流般的纹路，这些沟壑寻找着出口，走向它们自己想要去的地方。衰老就是一个布满皱纹的额头，就像是在那个胭脂红的大口上方出现了一块练兵场。

他看了看时间，9点。已经开始觉得有些疲惫了。女仆人将他的整套殖民地男士西装铺开在床上。套服平平地摆放着，就像一具被掏空了的尸体。

“您想要的是这样吗？”她不确定地问道。

和他一起，仆人不再感到有任何的惊讶，但是无论如何，这套背部缝着绿色大羽毛的殖民地服装……

“是要出去……到外面？”她惊讶地问道。他一边回答，一边将皱巴巴的钱塞到她的手里。

“那么，我可以叫服务生来搬行李。”她接着前面的话说道。

快11点的时候，行李就先他一步被送出，装上了火车。他只留下了自己的军包，这个包里只装了一点儿他自己的东西。重要的物品，都是阿尔伯特拿着的，他说，我十分担心你会弄丢。

想着战友给自己带来的好处，他甚至感到了一种费解的自豪，就好像是从第一次他们见面以来，他成了父母，而阿尔伯特则成了孩子。因为说到底，阿尔伯特的恐惧、噩梦、惊慌，除了孩子，就再也找不到其他的来形容了。他和路易丝一样，而她，昨天突然回到这里，见到她真是如此幸福！

她还是气喘吁吁地跑来的。

有一个人到这儿来了。爱德华俯着身说：“跟我说说吧。”

他来找你，问这问那的，问了好些问题，当然，我们什么也没说。只有一个人。是的，坐出租车来的。爱德华抚摸着路易丝的脸颊，食指围着她的嘴唇滑了一圈，好了，这真好，你做得很好，快走，要迟了。他多么想要亲吻她的额头。她也一样。接着，她抬起肩膀，有些犹犹豫豫，终于决定要离开了。

一个人，坐出租车，应该不是警察。可能是一个比其他人更精明的记者。他找到了这里，那又怎样呢？没有名字，他又能干什么？就算是知道了名字也没用。为了找到阿尔伯特，他又是通过什么办法，找到那个家庭式膳宿公寓的呢？而现在，他居然到这里来了？他会是谁，几个小时后还要一起坐火车吗？

他心里想着，只有一点点，早上没有注射海洛因只有一点服用吗啡后的轻微效果。他应该要保持清醒，感谢酒店工作人员，向门房致敬，上出租车，到火车站，确定火车班次，然后和阿尔伯特会和。而那儿……却引来了让他欢呼雀跃的惊讶。阿尔伯特只给爱德华看了他的车票，但是他却到处翻，找到了另外的票，写着路易·埃夫拉尔先生及其夫人的名字。

那么就是说还有一位女士。爱德华一直在揣测，鬼知道阿尔伯特为什么要在这点上故弄玄虚？真是个毛头小孩儿。

爱德华开始注射。舒适感很快就来了，十分平静，有飘浮的感觉，他在剂量上很小心。于是，他便平躺在床上，慢慢地用食指在脸上那个大口周围画着圈。他心想："我的殖民地服装和我自己，我们就是两个躺在一起的死人，一个被掏空了身体，另一个凹陷了进去。"

除了早上和晚上都要仔细看的关于股票交易行市的内容，还有经济专栏，佩里顾先生就不会再阅读报纸了。有人会替他阅读，然后做总结报告，标记出重要的信息。他不想要打破常规。

然而，在大厅里，他却被放在备餐桌上的《高卢人》的一个标题给镇住了。这真是无聊的话。他预料到丑闻已经逼近了，也没有必要为了猜测他们写了些什么而去咨询日报。

他的女婿白白去搜寻了猎物，已经太晚了。然而却不是这样，因为现在他们正面对着面。

佩里顾先生没有提任何问题，只是在他的面前双手交叉着。他等着一个必要的时间，但是什么也没问。相反，却说出了一个刺激人的信息：

“你生意上的事情，我和战争抚恤金和安置事务部部长通了电话。”

亨利没有想象过以这种方式交谈，但是又为什么不呢。重点是能抹掉债务。

“他向我确定这件事是严重的，我有详细的信息……甚至可以说，是十分严重。”佩里顾先生继续说道。

亨利有些疑惑。难道老家伙试图要搞拍卖，和他，也就是亨利，和他找到的信息进行谈判？

“我找到了你要的人。”他的话脱口而出。

“是谁？”

话一下就喷了出来。是个好迹象。

“你的朋友，那位部长说我的事情很‘严重’，是什么意思？”

两个人都任由沉默延续着。

“实在是很难解决。你要知道，报告已经传遍了政府部门，这不再是一个秘密……”

对于亨利来说，放弃是不可能的，现在绝对不可以；就算出卖自己的生命，那也要卖个好价钱才行。

“很难解决，那么也就是说‘不能解决’。”

“这个人，他在哪儿？”佩里顾先生问道。

“在巴黎，就现在。”

接着，他闭上了嘴，看着他的手指甲。

“你确定就是他吗？”

“确定，绝对是。”

亨利在鲁特西亚酒店的酒吧度过了夜晚，犹豫着要不要通知玛德莱娜，但是又觉得没有用，她不会再来找他了。

最初的消息都是从酒吧的男招待那里得来的，大家都只在谈论他，这位欧仁先生是在十五天前到这儿来的。他的出现胜过了一切，时下的新闻、七月十四日的节日庆典，这个人独占了所有人的注意。酒吧男招待说出了他的怨恨：“您想想看，这个客人只给那些他看到的服务生小费，因此，当点香槟的时候，就是那个给他送香槟的人、那个完全没有准备的人能得到小费，如果您不介意的话，我想说，这是一个粗野的人。至少，您不是他其中一个朋友吧？啊！还有个小女孩儿，酒店里，人们也在谈论她，但是她没有来过这里，因为酒吧可不是小孩儿该来的地方。”

早上，亨利七点起了床，接着叫了服务，服务生送来早餐，还让女仆送来了报纸，趁着这个机会再见见其他人，再将所有信息汇合到一起。这位客人确实引人注意，似乎确定自己不会受到惩罚。

头天晚上来的小女孩儿和亨利尾随的那个小姑娘完全就是一个人，不过她去那儿，看的都是唯一的一个客人，同一个人。

“他要离开巴黎。”亨利说道。

“去哪儿？”佩里顾先生询问道。

“我认为，离开法国。中午他就会走。”

他让听话者慢慢地消化了这个信息，接着又说道：

“我觉得过了这个时间就会很难再找到他了。”

“我觉得”。只有他这种货色才用同样的一种表达法。奇怪的是，尽管在词汇使用的问题上不是那么严格，佩里顾先生仍然被震惊住了，因为这句庸俗的表达正好出自这个男人的嘴里，而自己却将女儿托付给了他。

窗外传来一段军乐，这迫使两个人都忍耐住厌烦的情绪。在那儿，应该有一小群人跟在游行队伍后面，还听得见小孩的叫嚷声和鞭炮的爆炸声。

接着，外面安静了下来，佩里顾先生决定要快速地结束这段谈话：

“我会去找部长……”

“什么时候？”

“从你告诉我我想要的东西开始。”

“他叫欧仁·拉里维埃，或者说人们这样称呼他。他住在鲁特西亚大酒店……”

明确信息和老实交代，这样做是合适的。亨利详细地说着：这个生活奢侈者的胡闹行为、室内乐团、为了不让人见到真实样子而戴的面罩、大量的小费，还有人说他吸毒。头天晚上，女仆还见过一套殖民地男士西服，特别是那个行李箱……

“什么，羽毛？”佩里顾先生打断了他的话。

“是的。绿色的，就像翅膀。”

佩里顾先生对诈骗有自己的想法，心里有自己那一套关于这类坏人的一切的想法，而这和女婿描述的完全没有任何联系。亨利知道佩里顾先生不相信他。

“他过着纸醉金迷的生活，花了很多的钱，这人是少有的慷慨。”

干得漂亮。谈及钱，这让老东西回到了道路上来，不要说乐队和天使翅膀的事情，说钱就够了。一个盗窃和奢侈的人，这才是他岳父可以理解的事情。

“你见过他吗？”

啊，遗憾。他应该要怎么回答呢？亨利出现在现场过，知道套房的房间号码是40号。首先，他想要看到那个男人的脸，甚至可能还会逮住他，因为就他一个人，所以也没有什么难的地方：他敲了门，小伙子来开了门，坐到地上，那么，然后呢，双手叉在腰带处……但是，接下来要怎么说才好呢？

佩里顾先生到底希望听到怎样的回答？难道要说自己还送他去了警察局？老家伙一点儿意图也没有流露出来，亨利就回到了这儿——库尔塞勒大道。

“他中午就要离开鲁特西亚了，你还有时间逮住他。”他说道。

佩里顾先生从来就没有想过。这个人，他只是想要见到他。他宁肯庇护那个人的逃跑，也不打算和其他人一起平分战果。这让他眼前出现了戏剧性的逮捕、漫无休止的审判以及诉讼的画面。

“好。”

从他眼里看得出，谈话结束了，然而亨利却没有动。相反，他分开交叉的双腿，又重新跷起二郎腿，以便让对方看到自己要持久地坐下去，告诉对方现在就要得到自己应该得到的，而且得不到就不离开。

佩里顾先生拿起电话，让接线员转接给战争抚恤金和安置事务部部长，打到他家里或者办公室，不管在哪里都可以，事情紧急，他想要立马和他通话。

必须安静地等待，那感受让人难受。

电话最终响了。

“好，请他立即给我回电话。是的，特别紧急。”佩里顾先生慢慢地说道。

接着又对着亨利说道：

“部长去万塞纳参加游行了，他一个小时后就会回家。”

亨利完全无法忍受待在这儿，等上一个小时或者更多的时间。接着，他站了起来。两个从来没有握过手的男人相互对了对眼神，最后一次仔细打量了一番，然后就分开了。佩里顾先生听到渐渐远去的女婿的脚步声，接着重新坐了下来，转过身看着窗户：天空是如此蔚蓝。亨利心想着，他到底应不应该去见一见玛德莱娜。

去吧，下不为例。

喇叭声响了起来，骑兵部队的行进带起了一阵阵灰尘，接着是鱼贯而行的笨拙的炮兵部队，牵引车拉着巨大的炮弹，接着走来的是机炮移动堡垒和装甲车队伍，最后是坦克方阵，现在已经十点钟，游行结束了。游行队伍给人一种奇怪的感觉，既笨重又空无，尤其是最后看到的几个烟花表演。人群缓慢地各自回家，几乎没有一点儿声音，除了一些高兴得跑起来的孩子。

波利娜一边走着，一边紧紧环住阿尔伯特的手臂。

“在哪儿能打到出租车？”他问道，声音苍白无力。

他们大概是要回到那个家庭式膳宿公寓，在那儿，波利娜会换好衣服，然后再去工作。

“啊，我们已经花了很多钱了。坐地铁吧，我们不是还有很多时间吗？”

佩里顾先生一直等着部长的回电。电话铃响的时候差不多11点了。

“啊，亲爱的朋友，不好意思……”

然而，部长的声音听上去并没有感到抱歉。好几天来，他都为这通电话感到担忧，惊讶这事儿还没发生，或早或晚，佩里顾先生都要为了女婿不可避免地来找关系疏通。

而这实在是让人厌烦：部长欠他的很多，但是这一次什么都做不了，公墓的事情超出了他的能力范围，作为委员会的会长，他自己都十分生气，那现在还能怎么办呢……

“是关于我女婿的事情。”佩里顾先生说道。

“啊，我的朋友，真是令人遗憾啊……”

“严重吗？”

“极其严重。这……这是控告。”

“是吗？怎么会这样？”

“是啊，就是这样的。在政府的买卖中弄虚作假，掩盖粗制滥造、偷盗、非法交易的行为，企图贿赂官员，没有比这个更加严重的了！”

“很好。”

“很好，怎么这么说？”

部长不明白。

“我想要知道这个灾难的程度。”

“很大，亲爱的佩里顾，这是一场确确实实的丑闻。先不提现在，这事儿都传遍了。就这个战争纪念建筑的事情，你得承认我们正在经历一段肮脏卑鄙的时期……而且，你明白，我是一直想要帮助你的女婿的，但是……”

“什么都不要做！”

部长不敢相信自己的耳朵……什么都不做？

“我想要的是知道情况，只是这样。我要为我女儿做好打算。然而，关于奥尔奈-佩里顾先生，就让正义来完成它的工作吧。这样最好。”佩里顾先生再次说道。

接着，他让话语的意思更加明确：

“对所有人都是最好的。”

对于部长来说，几乎什么都不用做就脱身了，这真是奇迹。

佩里顾先生挂断了电话。刚刚对女婿的宣判丝毫没有一丝犹豫，只不过，他心里产生了一个想法：现在，我应不应该通知玛德莱娜呢？

他看了看时间，晚一些再告诉她吧。

接着，他便叫了车。

“不要司机，我自己来。”

11点半，波利娜仍然沉浸在阅兵式、音乐、烟花爆竹以及所有汽车声的欢乐中。他们刚刚才回到家庭式膳宿公寓。

“一个不舒服的木箱子甚至还要收一法郎！”她一边脱下帽子一边说道。

阿尔伯特站在房间的正中，一动不动。

“怎么，宝贝，你生病了吗，脸色怎么这么苍白？”

“这就是我！”他说道。

然后，他坐到床上，僵直着身体看着波利娜，好了，要坦白了，他不知道是怎么想到这个突然的决定的，也不知道要怎么说才好。想也没想，话就这样脱口而出，就像话是出自别人的嘴一样。波利娜看着他，手上仍然拿着帽子。

“这就是我，什么意思？”

阿尔伯特看起来身体不舒服，她挂好大衣，又回到他身边。脸色苍白得和白雪一样。生病了，一定是这样。于是，她将手掌贴到他的额头上，是的，发烧了。

“你着凉了吗？”她问道。

“我要走了，波利娜，离开这里。”

他用惊慌失措的语调说道。对他身体健康的误解不会再持续多一秒钟的时间。

“你要离开……为什么你要离开？你要离开我？”她重复道，眼睛里充满了泪水，就快要掉下来了。

阿尔伯特抓起床脚的报纸，折了折，将关于纪念建筑丑闻的报道递给了她。

“这就是我。”他重复说道。

她还需要几秒钟来弄明白。她咬着拳头。

“我的天哪……”

阿尔伯特站了起来，打开衣柜的抽屉，拿出海运公司的船票，把她的那张票递给了她。

“你要和我一起吗？”

波利娜的眼珠一动不动，就像蜡像人的玻璃眼珠，嘴也张得大大的。她看了看票，又看了看报纸，但没有流露出错愕的神情。

“我的天哪……”她再一次重复道。

于是，阿尔伯特只能做唯一一件事情。他站起来，弯下腰，拉出床下的行李箱，放到鸭绒被上，然后打开，里面装满了一叠叠整齐的钞票，数量多得惊人。波利娜大叫了一声。

“去马赛的火车一个小时后出发。”阿尔伯特说道。

她有三秒钟来选择是要成为有钱人，还是继续做女仆。

只有一次选择的机会。

当然，这儿有满满一箱的钱，但是令人好奇的是，让她下定决心的却是票上面那一排蓝色的字：“头等车厢”。这一切就意味着……

啪的一声，她将行李箱的盖子合上，跑回去拿了大衣。

对于佩里顾先生来说，纪念建筑的事件结束了。他不知道为什么要去鲁特西亚大酒店，也没有想要进去的意愿，更不想见到那个人或者和他说话。没有其他的，不想要告发他，也不阻止他的逃跑。不。他人生中第一次接受了失败。

他输了，无可争议地战败了。

奇怪的是，居然感到一种解脱。失去，这是作为人才有的东西。

接着便是结束，而他正好就缺少一个结束。

他去鲁特西亚，就和在借条下方签下名字一样，因为这是一种必要的鼓舞，当然，也是因为没有其他的办法。

这一队人不是来表示尊敬——在显赫家族里工作的仆人们也不会这样做，但是这样的行为却十分相像：所有为欧仁先生服务的仆人全部都在底楼等着他。他出了电梯，狂叫着，身上仍然穿着他的殖民地服装，背后还有一对装饰着羽毛的天使的翅膀，现在，大家都看得十分清楚。

每当款待工作人员的时候，他都有很多怪癖，现在虽然没有表现出其中一种古怪的行为，但是那个“正常人的”面罩，尽管真实，然而却又没有生命。他到的时候就戴着这个。

确信无疑地，这是一件再也见不到的东西。应该拍张照片，门房感到十分可惜。欧仁先生，这个前所未有的富豪，用钱打赏着每个人，大家都说：“谢谢您，亲爱的欧仁先生。”“再见！”大把大把的钞票撒向所有人，他像一个圣人，大概是因为这个吧，是这双翅膀的原因。人们心里想着，但是为什么是绿色的呢？

佩里顾先生想着和女婿的对话，一遍又一遍说着，噢，这对翅膀，什么愚蠢的想法啊。他在不太拥挤的圣日耳曼大道上向前开着车，大道上只有几辆汽车和出租马车，天气十分好。女婿说那是些“怪东西”，他便想到了那对翅膀，确实是的，但是还有乐团表演，这不也是吗？佩里顾先生最终明白，他的解脱是因为输掉了那场他不可能赢的战争，因为这个人，这个对手不是他自己的。我们不可能战胜我们不理解的东西。

不理解的东西就应该简简单单地接受它，鲁特西亚的员工们大概能够高谈阔论，同时还将欧仁先生的恩赐揣进腰包，而欧仁先生一直在叫喊着，大步向前迈着步子，膝盖抬得很高，还背着军用背包，径直地走向面向大道敞开的大门。

同样是这样一个动作，佩里顾先生都得避开。为什么想出了这个滑稽的麻烦事呢？于是他决定，快，最好是调头就走。他已经开到了拉斯拜尔大道，路过了鲁特西亚大酒店，又立马往右转，往回开。快结束这件事情吧。这个决定给他带来了宽慰。

鲁特西亚的门房也一样，希望这场喜剧赶快结束：其他的客人都认为大厅里的嘉年华是“十分差劲的表演”。而这个钱如雨下的行为让工作人员们都变成了乞丐，这是有失体面的，最终他还是离开了啊！

想必欧仁先生应该能感觉到，因为他一下子就停下了脚步，就像一只警觉的野生动物发现了天敌。他看上去就像是脱臼了，那姿势和脸上无动于衷的面罩完全不协调，就和瘫痪了一样。

突然，他伸出手臂，直直地放在身体面前，又重复叫喊起来，声音清晰明亮：哈哈啊啊！接着指了指大厅的角落，那儿有个女仆，才刚刚擦完了矮桌的灰尘。他猛地冲向她，而她被眼前的画面吓到了，这个脸上没有表情的、身穿殖民地服饰的、背上还有一对绿色大翅膀的男人正朝着自己奔过来。“天哪，好害怕，但是他又在笑，他是想要我的……我的扫帚——扫帚？正如我跟你说的那样。”果然，欧仁先生抓过它，扫帚的柄抵住肩膀，像士兵举着长枪，雄赳赳气昂昂；一瘸一拐地迈着步子，他一直叫喊着，脚下的节奏配合着一段无声的音乐，仿佛所有人都能听见一样。

像这样迈着军人的步伐，大翅膀拍打着空气，爱德华跨过了鲁特西亚大酒店的大门，冲向人行道，沐浴在阳光下。

接着，他向左转过头，看到了一辆往大街转角处行驶过来的汽车，速度十分快。于是，他将扫帚扔到空中，冲了过去。

佩里顾先生刚要加速就注意到酒店门前聚集了一小群行人，爱德华向前冲过来的时候，车正好开到正门处。他看到的唯一一件事，并不是像我们想的那样：一个天使迎着他飞来，事实上，爱德华的脚拖着地，并没有离开地面。他站在马路的正中，张开双臂，迎接着汽车，双眼看着天空，尝试着飞到空中去，就仅此而已了。

或者说，差不多也就这样。

佩里顾先生停不下来，但是又想要刹住车。这个不知道从哪儿冒出来的令人惊讶的场景使他惊呆了，不是因为那是一个穿着殖民地服装的天使，而是因为那是爱德华的脸，是他的儿子，他完好无损，一动不动，如雕像般地出现在那儿，看上去就像死人一样，还眯着眼睛，似乎在表达十分惊讶的情感，佩里顾先生没有反应过来。

汽车猛烈地撞上了那个年轻人。

那儿传来了一阵沉闷、凄惨的声音。

于是，天使真正地飞了起来。

爱德华的身体被弹射到空中。尽管这个升空是如此不雅，就像一架没有完全打开机翼的飞机，就在很短的一秒之间，所有人都清楚地看到了年轻人的身体弯成弓形，眼睛看向天空，手臂大大地张开，就像是做高举圣体的弥撒仪式。接着，他落了下来，掉到地面上，头重重地砸到人行道的边上，结束了一系列的动作。

在正午前的那一刻，阿尔伯特和波利娜上了火车。他们是第一批上车的旅客，她问了无数问题，他有些应付不过来，只是草草地回答。

听到阿尔伯特的回答，事情的真相解除了她的疑惑。

波利娜时不时地就看向行李架上那个她放在自己面前的行李箱。阿尔伯特则唯恐有失地紧紧按住放在膝盖上那个装着马头的帽盒。

“你的战友，他是谁？”她不耐烦地小声问道。

“一个伙伴……”他支支吾吾地回答道。

他没有足够的力气去描述，她会自己看到的。他既不想让她感到害怕，也不希望她现在逃走，离开自己，因为自己已经失去了所有的力气，精疲力尽。在坦白后，出租车、火车、车票、脚夫、查票员，所有这一切都是波利娜一个人负责的。如果可能的话，阿尔伯特会立马就睡着。

时间一分一秒地过去。

其他的旅客也相继上了火车，火车已经满了，行李箱和盒子像是在跳着华尔兹，人们用绳子将它们从窗户吊上火车，小孩大声嚷嚷着，到处都弥漫着出发的热潮，站台上有来送行的朋友、丈夫、妻子、亲人，他们说着各种各样的嘱咐，人们找着自己的座位，瞧，是这儿，可以吗?

阿尔伯特坐在窗户边，将窗户整个放了下来，接着，又将头伸出窗外，往火车后面转过头去，看向站台，就像一只等待着主人的狗。

过道上来来往往的旅客把他挤得东倒西歪，他只能歪着身体，这让他感到不安：车厢里装满了人，只剩下这一个空位，那是为还没到的战友留的。

就在出发前的那一刻，阿尔伯特明白了爱德华不会来了。他情绪低落，痛苦到了极点。

波利娜是明白的，她缩成一团，躲到他的怀里，紧紧地握住他的双手。

调度员一边沿着站台走，一边大喊着火车即将出发，就在火车渐渐远离的时候，阿尔伯特低下头，哭泣起来，现在已经没有办法停下来了。

他的心都碎了。

马亚尔夫人不久后就会向人们述说："阿尔伯特想去殖民地，好的，我没有问题。但是如果他像这样，动不动就在那些当地人面前哭泣，我可以很确信地说，他是干不了大事的！好吧，不管怎么说这就是阿尔伯特。你能怎样呢，他就是这样的一个人！"

# 后 记

第三天，也就是1920年7月16日，早上8点，亨利·奥尔奈·普拉代勒便知道了他的岳父使出了最后一招：将军。如果他可以的话，他会杀死他。

警方到家里来质询了亨利。责任的重量压到了他的身上，很快地，法庭就安排临时的扣押。而他出来唯一做的事情就是参加对他发起的诉讼，案件于1923年3月开庭。他被叛了五年的有期徒刑，只监禁了三年，最后，他自由地离开了法院，但失去了一切。

在此期间，玛德莱娜和他离了婚，这都靠了她父亲的关系才加快了离婚的进程。

萨勒维耶的家产被没收，亨利所有的个人财产也被查封。判决书下达后，应偿还的钱、罚金、诉讼费用一被政府缴收，他就只剩下一些没有价值的东西，但是，不管怎样还是留下了一点儿。然而，政府对所有复权的诉状置若罔闻。亨利不再反抗，于1926年加入了一场诉讼，在诉讼过程中，他挥霍了一些还能支配的钱财，然而却从来没有获得胜诉。

他被迫过着十分清贫的生活，孤独终老，于1961年过世，享年71岁。

萨勒维耶的家产由公共救济事业局下的一个协会监管，后来转变成了孤儿院，一直持续到1973年，这场十分可耻的丑闻掀起了社会的轰动，每每谈论起来都十分痛苦。最后，这里关了门。接着，这里便出现了许多的建筑工程，有开发商来开发经营此地。后来，这里被卖给了一家专门从事会议和协商会谈的公司。1987年10月，就在那儿，热烈地举行了一场名为“14–18战争买卖”的历史研讨会。

1920年10月1日，玛德莱娜诞下了一个男孩。在那个时代，人们通常用战争中死亡亲人的名字来给新生婴儿取名，然而不同的是，她拒绝给儿子取名为爱德华。她解释道：“他已经有了一个问题父亲，我们就不要再给他添加更多的麻烦了。”

佩里顾先生什么也没说，从那以后，他明白了不少事情。

玛德莱娜的儿子从来没有和他父亲有亲密的关系，作为儿子，他没有支付诉讼费用，只是同意为他租了一间简朴的寄宿房间，答应一年去见他一次。1961年，就是在这个每年一次见面的机会下，他发现了父亲的遗体。他已经死了两周了。

佩里顾先生对造成爱德华死亡的责任很快就被解除了。所有的目击者都证实是那个年轻人自己冲到了车轮下面，这件令人震惊的偶然事件仍然让人琢磨不清，很难相信这一切就这样发生了。

佩里顾先生长时间都沉浸在这个悲剧中。曾经好几个月他都想要紧紧将儿子拥在怀里，而现在得知在自己怀念儿子的同时，儿子却活着，生平第一次，他陷入了完完全全的绝望中。

那些偶然事件纠缠到一起，同样让他感到无能为力，爱德华死在自己的车轮下，而自己开车的次数每年差不多也就只有四次。他不得不承认事实：尽管这不可思议，但是也没有任何的偶然性，这就是一场悲剧。结局，不管像这样还是有其他方式，大概都会发生，因为在很长时间以来，这就是命中注定的。

佩里顾先生取回了儿子的遗体，埋葬到了家族的陵墓里。石碑上刻着："爱德华·佩里顾，1895—1920。"

他还退还了所有诈骗来的钱财。奇怪的是，诈骗共计一百二十万法郎，而证明文件上却有一百四十三万法郎，处处都是偷奸耍滑的人。佩里顾先生闭上眼，付了钱。

他逐渐地从职位上退了下来，离开了自己的生意，卖掉了很多东西，并以他女儿和外孙的名义做了不少投资。

在余生当中，他又见到过爱德华，汽车将他撞飞到空中的场景又出现在他面前。很长时间里，他都在思考着应该如何去形容这件事情。喜悦流露出来，是的，还有解脱，但是，其中仍然还有其他的东西。

于是，有一天，他最终想到了：感激。

这是一种纯粹的幻想，的确如此，但是当你大脑里产生了同样的想法，你要摆脱掉它，那就……

他在1927年2月想到的这个词，是在吃饭的时候。接着，他离开餐桌，同往常一样，亲吻了玛德莱娜的额头，上楼回到房间里，躺下，然后死亡。

阿尔伯特和波利娜到了的黎波里，在这个未来充满希望的大黎巴嫩的中心城市贝鲁特定居下来。阿尔伯特·马亚尔收到了一张国际汇票。

路易·埃夫拉尔十分轻松地用三万法郎获得了身份证明，波利娜却认为这太贵了。

她讨价还价到了二万四千法郎。

临死之前，贝尔蒙夫人给女儿留下了位于佩尔斯大道的房子，因为缺乏整修，房子贬值很多。另外，路易丝还从公证人那儿收到了一笔数量惊人的钱，和一个小本子，那里有母亲以女儿的名义进行的交易和投资，每一分钱都谨慎地记录了下来。路易丝发现了这笔启动资金是由阿尔伯特和爱德华分别留给自己的钱组成（其中一人留了四万法郎，另外一人则留了六万法郎）。

路易丝并没有一个十分卓越的人生，到20世纪40年代初期才有了一些名声。

剩下的约瑟夫·梅兰，再也没有人想起过他。当然，也包括你。

不用担心：在约瑟夫·梅兰的生命中，始终如一地，被人讨厌着，他一消失不见，人们就忘记了他。一旦有他的事情出现，也不过只是一些不好的回忆。

一整夜，他都在用胶纸将亨利·奥尔奈·普拉代勒贿赂他的钱粘到报告中。每一张钱都是他的故事和失败的一个片段，但是你都知道所有的一切。

在上交了这个给亨利定罪的爆炸性报告后，梅兰进入了冬眠。他认为，他的职业生涯结束了，人生也一样，犯了许多错误。

他于1921年1月29日退休。虽然被政府从一个职位踢到了另一个职位，但是为政府做的关于公墓的报告和检查工作却是好的，和真实情况一样，这些都不是我们要辩解的。天大的丑闻！在古代，人们惩罚带来坏消息的人，用石块攻击他。而不同的是，每天早上他都准时去内阁汇报工作。所有的同事都在思考，这样一笔等价于十年工资的钱，要是换成自己会怎么做。人们更加讨厌他，因为他连二十法郎都没有留下，至少这还能给他那双巨大的套鞋上蜡，清洗满是墨渍的外套或者用这些钱给自己买一副假牙。

于是，1921年1月29日，他无家可归，成了退休的人。至于他的等级，最后领到的退休金差不多也就和佩里顾府邸里波利娜作为仆人的工资一样。

长时间地，梅兰都会想起那个晚上，那时，为了不让别人看低自己而放弃了那笔钱财，尽管他不喜欢高尚的词，但是这样做都是出于道德情感。从退休那一刻开始，士兵遗体被挖掘出来的事情就继续在他心里翻动着。他一定是重新对这个世界感兴趣了，才注意到了那些报道。正是因为这样，他才加入到了逮捕亨利·奥尔奈·普拉代勒的行动和那场人们称为“诈骗死人钱财的投机商人”的诉讼案件中去。看到自己在法庭面前的证词被报道出来，他十分满意，然而，法庭却几乎没有向他表示敬意，记者们不喜欢这种悲哀的证词，因为这样不好，法院台阶上等着询问他的记者们被挤得东倒西歪。

接着，新闻过去，人们失去了对这件事情的兴趣。

纪念仪式、死亡、光荣流传了下去，还有爱国。梅兰不知道是受到了什么样的义务的指引，继续读着日报。他没有办法每天都买很多的报纸来读，于是就去不同的地方——图书馆、咖啡馆、市政厅，就是在那些地方，他可以不用花钱就得到信息。也正是因为如此，在1925年9月的时候，他读到了一则小广告，于是便答复了对方。圣索沃军事公墓想要招收一名管理员。他去面试，展示了自己在行政部门工作的情况，于是就被招收了。

之后很多年，如果你到圣索沃，无论天气好坏，一定能见到他手拿铁锹，用力一踩，把铁锹插进雨水浸湿后黏黏的泥土里。像这样，他维护着这里的花坛和小径。

库尔布瓦，2012年10月

# 结束语

我的这部小说同“真实历史”不相符合的地方和所有我想要感谢的人没有任何关系，我是唯一的责任人。

就我所知的，小说中关于战争纪念建筑的诈骗是虚构的。我曾经读过安托万·普罗斯特写的一则关于战争纪念建筑的著名文章，因此得来了这样的灵感。相反，关于亨利·奥尔奈·普拉代勒的贪污罪名，大部分则是来自1922年爆发的“军队挖掘丑闻”，其在贝娅特丽克丝·波–埃里的两篇阐述和剖析文章中体现得淋漓尽致。因此，一篇是真实的，另一篇则不是，刚好相反。

我还拜读了安妮特·贝克尔、斯特凡娜·奥杜安–鲁佐、让–雅克·贝克尔以及费雷德里克·鲁索的著作，其中的观点和分析给了我宝贵的建议。

当然，我从布律诺·卡巴纳和其引人入胜的著作《悲伤的胜利》中得到了特别的灵感。

《天上再见》的创作应该特别感谢战后的浪漫主义文学，从亨利·巴比斯到莫里斯·热纳瓦，以及从朱尔·罗曼到加布里埃尔·舍瓦利耶。还有两篇小说给我提供了有用的参考：一篇是罗兰·多热莱斯的《死亡的苏醒》，另一篇则是J.瓦尔米–贝斯的《尤利西斯的回归》。

如果没有法国Gallica数字图书馆以及文化部成立的Arcade和Mérimée文献资料库的极其宝贵的帮助，我想我可能完不成这部小说，我还要特别感谢法国国家图书馆的大力支持。

同时，我要感谢阿兰·舒巴尔，其做的战争纪念建筑的统计是激动人心的，这对我的创作是有利的，因此，我要感谢他的帮助和接待。

当然，应该将以下帮助我整个创作的人列入我要感谢的名单中：让-克洛德·阿诺勒的第一感受和对我的鼓励，韦罗尼克·吉拉尔总是十分友善地指出重点，热拉尔德·奥贝尔十分中肯的校审和他的建议以及友谊，还有一丝不苟、慷慨大方的编辑蒂埃里·比亚尔。我要特别提到我的朋友娜塔莉和贝尔纳·让萨纳，他们不计较时间，其分析和意见总是如此丰富，他们值得获得我的赞扬。同样还有我亲爱的帕斯卡利娜。

在通篇文章中，我都从以下作者那儿借来了不少东西：埃米尔·阿雅、路易·阿拉贡、热拉尔德·奥贝尔、米歇尔·奥迪亚尔、荷马、奥诺雷·德·巴尔扎克、英格玛·伯格曼、乔治·贝尔纳诺斯、乔治·布拉桑、史蒂芬·克莱恩、让-路易·屈尔蒂斯、德尼·狄德罗、让-路易·埃济内、加布列尔·加西亚·马尔克斯、维克多·雨果、石黑一雄、卡森·麦卡勒斯、儒勒·米什莱、安东尼奥·穆尼奥斯·莫利纳、安托万·弗朗索瓦·普雷沃、马塞尔·普鲁斯特、帕特里克·朗博、拉罗什富科等等。

他们都应该被致以崇高的敬意。

约瑟夫·梅兰这个人物创作的灵感完全来自克里佩尔，而安东纳普洛斯则来自一个同名人物，这两个人物角色都象征着我对路易·吉尤和卡森·麦卡勒斯的喜欢和赞美。

另外，我还要向阿尔班·米歇尔出版社全体团队表达我强烈的感激之情；应该要表扬所有人，第一个就是我的朋友皮埃尔·西皮翁，我欠他的很多。

最后，要知道我最强烈的情感是关于让·布朗夏尔的，无意之间，他的故事，让我有了这本小说的名字。由于被判叛国罪，他于1914年12月4日被枪毙，直到1921年1月29日才得以平反。

我要将这个情感最大限度地献给那些死者和整个民族以及1914年至1918年间的战争。

**图书在版编目（CIP）数据**

天上再见 / (法) 勒迈特著；杨鹤龄译. -- 南京：江苏凤凰文艺出版社, 2017.2

（读客全球顶级畅销小说文库）

书名原文：Au revoir là-haut

ISBN 978-7-5399-9249-5

Ⅰ. ①天… Ⅱ. ①勒… ②杨… Ⅲ. ①长篇小说—法国—现代 Ⅳ. ①I565.45

中国版本图书馆CIP数据核字（2016）第097171号

---



图字：10-2016-079号

书　　名　天上再见

著　　者　（法）皮耶尔·勒迈特
译　　者　杨鹤龄
责任编辑　丁小卉　姚　丽
特邀编辑　赵思婷　周奥扬
责任监制　刘　巍　江伟明
策　　划　读客图书
版　　权　读客图书
封面设计　读客图书　021-33608311
出版发行　江苏凤凰文艺出版社
出版社地址　南京市中央路165号，邮编：210009
出版社网址　http://www.jswenyi.com
印　　刷　北京海石通印刷有限公司
开　　本　890mm x 1270mm　1/32
印　　张　15
字　　数　354千
版　　次　2017年2月第1版　2017年8月第2次印刷
标准书号　ISBN 978-7-5399-9249-5
定　　价　52.00元

如有印刷、装订质量问题，请致电010-85866447（免费更换，邮寄到付）